겹쳐진 도서관

겹쳐진 도서관

최세은 장편소설

TXTY

등장인물 소개

선우현(남, 18세)

중학교까지 바이올린을 전공했으나 사고로 인해 트라우마가 생겨 포기하고 인문계로 진학했다. 인생이 망했다고 생각한다. 오랫동안 바이올린이 제 길이라 생각하며 몰두해 왔기 때문인지, 지금은 길을 잃었다고 느낀다. 그래서 학교는 대충 힘 빼고 다니는 중이다. 일련의 사건으로 민형과 운성, 유리를 알게 되어 도서 위원이 되었다. 친구들은 우현의 때 묻지 않은 선한 면모를 좋아하지만, 우현은 그런 자신이 특색이 없는 건가 고민하기도 한다.

한민형(남, 18세)

분위기 메이커. 항상 밝고 명랑하고 친화력이 좋다. 장난기가 많은 편. 우현에게도 먼저 손을 내밀며 가까워졌다. 어두운 모습은 자신과 어울리지 않는다고 생각한다. 뭐든 좋게 넘어가는 게 좋지 않냐는 마인드로 사람들을 대한다. 사형제 중 막내. 둘째 형은 좋아하지만 셋째 형과는 친하지 않다. 같은 도서 위원인 모범생 운성과 절친한 사이다.

이운성(남, 18세)

냉철한 성격. 잔정이 없고 이성적이다. 모호한 것을 싫어한다. 질척거리는 관계도 마찬가지다. 하지만 속마음을 숨긴 채 남들에게 웃어 주는 것도, 친절하게 대하는 것도 잘한다. 교내에서 모범생으로 통하며 여학생에게 인기가 있는 편이나, 본인은 관심 없다. 쌍둥이 여동생이 하나 있고, 유복한 집안에서 자랐다. 부모님의 기대에 부응하는 편이지만, 어쩐지 답답하다 느끼고 있다.

아유리(여, 18세)

이운성의 쌍둥이 동생. 어릴 적부터 호기심이 많고 사람을 좋아했다. 키즈 모델에서 시작해 현재는 모델 겸 아이돌 지망생. 학교에 자주 나오는 건 아니지만 모델 활동으로 나름 유명세를 얻었다. 밝은 기운이 넘치는 스타일. 지나가다 한 번쯤 돌아볼 정도로 누가 봐도 미인이다. 민형이 가끔 운성의 복사본이라고 놀리곤 하지만 인정하지 않는 편. 사람을 잘 믿고 의지하기 때문에 연예계는 힘들게 느껴진다. 최근 평생 달려온 꿈이 맞는 길인지 고민 중이다.

사서(?, ?)

도서관을 안내하는 길잡이.

수호(남, ?)

사서가 키우는 검은 고양이. 귀엽다.

목차

1. 그 책 ······ 9

2. 대여 ······ 43

3. 선우현 ······ 69

4. 한민형 ······ 162

5. 이운성 ······ 280

6. 이유리 ······ 392

7. 반납 ······ 509

8. 도서 위원 ······ 521

9. 도서관 ······ 540

1. 그 책

시끄럽다.

왁자지껄한 말소리. 저 멀리 울리는 어딘가의 사이렌 소리. 컹컹 짖는 개의 울음소리. 자동차가 아스팔트를 짓이기며 오르막길을 오르는 소리.

그래서 매주 일요일엔 청소를 한다.

아침 일찍부터 마스크를 쓴 우현은 장비를 챙겨 비장하게 나섰다. 오늘의 목적지는 아버지의 서재—라고는 하지만 '흉집'이나 마찬가지—다.

계단을 올라가는 우현을 보고 엄마는 반쯤 웃고, 반쯤은 못 말리겠다는 얼굴을 한다. 청소를 하면 개운해. 우현이 그렇게 말한 후로 엄마는 그를 말리지 않았다.

우현이 아버지의 서재를 헤집자, 묵은 먼지가 잔뜩 나

왔다.

　벌레는 끔찍이도 싫어하는 우현이지만 빛바랜 가구와 오래된 책을 닦아 조금씩 광택이 나는 것은 꽤나 보람찬 일이다.

　읽지 않은 책은 누렇게 바래 있었고 우현은 정리 겸 버릴 것들을 선별했다. 한쪽 상자에 두고, 외출했던 아버지가 오면 남길 것만 남긴 채 버릴 예정이다.

　'안나 카레니나'라는, 우현은 제목만 겨우 들어 봤던 오래된 고전문학 책이 한 권 나왔다. 한눈에도 오래된 출판사에서 나온 책처럼 보였는데, 다른 책과 다른 점이 하나 있었다.

　"이거 우리 학교 거잖아."

　책 표지 아래 학교 이름과 바코드가 찍혀 있었다. 이게 여기 있다는 건…… 아버지가 졸업한 지 최소 30년은 되었으니, 초장기 연체라고 봐도 무방했다.

　우현은 잠시 고민했다. 혹시 여기다 비상금이라도 숨겼나? 팔랑팔랑 펼쳐서 넘기자 중간에 한 페이지에서 딱 멈췄다. 무심코 다시 넘기려던 우현은, 그 페이지가 다른 페이지와 달리 삐죽이 솟아나 있다는 사실을 알아챘다. 책갈피? 편지? 그는 아무 생각 없이 잡아당겼다. 북. 너무 쉽게 종이가 뜯어졌다.

　"헉."

우현은 제 손에 들린 종이를 잠시 허망하게 바라보곤 다시 붙여 놓으려고 했다. 하지만,

"어……. 여기가 아닌가?"

아무리 찾아봐도 뜯긴 이음새가 보이지 않았다. 소설책이니 내용 흐름을 보면 어느 위치인지 알 수 있지 않을까 싶어서 우현은 책을 읽어 보기 시작했다. 그때 우현의 뒤에서 들리는 목소리.

"뭐 해?"

엄마였다. 우현은 저도 모르게 종이를 손으로 구겨서는 주머니에 넣었다.

언제부턴가 엄마의 시선이 버겁다. 우현은 자신의 손을 향한 엄마의 시선을 애써 피하며 말했다.

"아무것도 아니야."

왜 그랬을까.

우현은 바로 방으로 돌아와 문을 닫고 자리에 앉았다. 서재에서 들고 온 책과 찢어진 종이를 책상에 나란히 펼쳐 놓고 잠시 바라보았다.

네모반듯한 종이였다. 크기는 A5 용지 정도. 한글로 쓰인 활자가 가득 차 있는 책 속 어느 페이지.

이상한 일이었다.

분명 세게 뜯어냈는데 다시 보니 새 종이 같았다. 구겨

진 흔적마저 없이 반듯했다. 혹시나 해서 들고 옆을 쳐다 봤지만 여전했다.

"……."

 책상 위 종이를 두고 우현은 잠시 고심했다. 다시 한번 가만히 종이를 들여다보니 그 안에 적힌 활자가 눈에 들어왔다.

 '8반 문 앞에서 빼꼼히 고개를 들이밀고 있는 그 남학생은 선우현이었다. 그를 먼저 발견한 건 운성이었다. 둘의 시선이 마주친 순간 운성은 우현이 자신을 알아본 줄 알았다. 아는 얼굴을 발견한 표정이, 분명 자신과 같은 얼굴이었다. 우현은 이내 교실로 들어오더니 운성을 불렀다.

 "어디 있나 했더니 교실에 있었네. 왜 안 올라와?"'

 여기 왜 내 이름이 적혀 있는 거지?
 우현은 옆에 있던 『안나 카레니나』를 펼쳤다.
 '행복한 가정은 모두 모습이 비슷하고, 불행한 가정은 모두 제각각의 불행을 안고 있다.'
 그렇게 시작하는 소설에는 여러 사람이 나왔다. 안나 카레니나. 알렉세이 알렉산드로비치 카레닌. 알렉세이 키릴로비치 브론스키. 아무리 봐도 한글 이름은 없었다.

외국 소설에 우현의 이름이 있다고 하더라도 이상하긴 했다. 어느 것 하나 기존 소설과 어울리는 게 없었다.

여기 나오는 '운성'이 누구일까. 우현은 생각해 보았지만 알 만한 사람이 떠오르지 않았다.
우현은 글자를 좀 더 읽어 보았다.

'거의 누워 있다시피 앉아 있는 건 한민형이었다. 그리고 그 맞은편에 앉아 있는 사람은…'

이게 내가 아는 민형은 아니겠지.
상황을 꿰맞추려고 하다 보니 뭐든 들어맞는 것 같았다. 같은 반인 한민형은 이른바 분위기 메이커에 속하는 남학생이다. 밝고 명랑하며, 수업이 지루해지는 틈을 타 선생님에게 장난 섞인 적당한 소리를 하고 분위기를 주도한다. 우현은 죽었다 깨어나도 저런 류의 사람이 될 수는 없을 거라 생각했다. 성격만큼이나 사교성도 탁월해서 길 가다 우현과 딱 마주치더라도 세상없을 친구처럼 반가워할, 또 그게 딱히 이상해 보이지 않을 만한 인물이었다.
하지만 갑자기 찾아가 뭘 묻기는 애매한 사이였다.
"도서관……."

찢어진 종이에 나오는 사람은 세 사람이었다.

종이에는 '우현'과 함께 도서관에 간 '운성'이 '민형'을 봤다는 내용이 적혀 있었다. 우현은 아버지가 미납했을 책을 잠시 바라보고, 가방 안에 챙겨 넣었다.

도서관은 고요했다.

"바코드 보니까 우리 학교 도서관 책은 맞는 것 같은데, 되게 오래됐네요."

"저희 아버지가 학교 다닐 때 빌린 책이라고 해요."

"아하, 아버지가 선배님이셨구나."

3학년 선배가 고개를 끄덕였다.

책의 출처를 알 만한 아버지에게 물었을 때, 그는 빌려 놓고 정말 새까맣게 잊었다고 했다. 어차피 학교 도서관 소유의 책이니 이참에 반납해 달라는 말을 듣고 결국 우현이 학교에 가져온 참이었다.

"보통 이렇게 오래된 책은 별도 서가에 보관하거든요. 잠시만, 좀만 더 찾아볼게요."

3학년 선배가 일어서더니 서가 사이로 들어갔다.

조용한 공간이다.

50년 넘는 전통을 자랑하는 학교와 도서관은 말이 전통이지 너무 낡았다. 특히나 도서관은 허름하고 후지다는 인상이 강했기 때문에 방문하는 학생 자체가 적었다.

우현 역시 학교를 1년 넘게 다니면서 도서관에 처음 와 봤다. 그래서 이 고요함이 더 독특하게 다가왔다. 우현도 서가 사이로 들어가 보았다. 코는 금세 익숙해졌고, 먼지 낀 불투명한 벽창에선 햇살이 들어오고 있었다. 책장 사이를 걸을 때마다 간헐적으로 삐그덕거리는 소리가 났다. 서재를 지나 나오면 책을 읽을 만한 트인 공간이 나오는데, 그곳엔 가운데가 반질반질해진 가죽 소파가 하나 놓여 있었다. 우현은 그곳에 잠시 앉아 볼까 하다가 그만두었다.

 짧은 거리를 한 바퀴 걸어 나오며 우현은 귀가 아프지 않다는 사실을 깨달았다. 시끄럽게 떠드는 소리도, 누군가 뛰는 소리도, 윙윙 울리는 이명도 없었다.

 음률로 가득 찼던 세계 대신 그 자리를 채웠던 시끄러운 소리가 사라졌다.

 우현은 중학생 때까지 음악을 했다.

 하지만 음악이 사라진 후 들려온 것은 온갖 소리였다. 항상 뭔가에 집중하고 있어야만 시끄러운 소리를 무시할 수 있었다. 특히나 청소는 좋은 방법 중 하나였다.

 그런데 이곳에선 집중할 만한 뭔가가 없어도 주변이 고요했다.

 그때 3학년 선배가 다시 서가 밖으로 나왔다. 우현과 눈이 마주치자 웃으며 고개를 설레설레 흔든다.

선배는 우현이 가져온 책에 대한 대출 기록을 찾을 수 없다고 했다. 어쨌든 학교 이름이 붙어 있는 책이니 받아 두겠다고 하기에 우현은 고개를 끄덕였다.

"2학년 7반……."

3학년 선배가 모니터를 보며 말했다. 우현의 인적 사항이 떠 있나 보다. 내 패만 보여 주는 느낌이 별로였다. 이수혁. 우현은 명찰에 쓰여 있는 이름을 힐끗 바라봤다. 명찰에 새겨진 이름보다도, 3학년인데 성실하게 명찰을 차고 있다는 사실이 우현에게는 더 생경했다.

"민형이랑 같은 반이네?"

"네? 아, 네……."

"반납은 받아줄게. 대신에 이것 좀 가져다줄래요?"

얼결에 우현은 수혁이 건넨 종이 가방을 받아 들었다. 그가 인사를 하고 나갈 때까지 수혁은 웃음을 잃지 않고 눈인사로 배웅해 줬다.

우현이 애써서 민형을 찾을 필요는 없었다. 반에 들어서면서 딱 마주쳤기 때문이다.

"어? 선우현이! 집에 안 가고 뭐 해?"

우현은 민형을 향해 종이 가방을 건넸다.

"이거 도서관 선배…… 이수혁이라는 사람이 전해 주래."

"수혁이 형이?"

우현이 고개를 끄덕였다. 민형은 종이 가방을 열었고, 그 안에서 파일철이 나왔다.

"도서관 자료네. 근데 이걸 왜 네가 전달해 줘?"

우현은 친절하게 대답해 주는 대신 이렇게 물었다.

"너 혹시 '운성'이라고 알아?"

민형이 놀란 얼굴로 반문했다.

"네가 이운성을 어떻게 아냐?"

이쯤 되면 우연이라고 하기엔 이상한 거 맞지? 슬슬 예사롭지 않다는 느낌이 들기 시작했다. 우현은 잠시 고민하다 민형에게 물었다.

"내가 책에서 종이 하나를 발견했는데, 아무래도 너랑 내 이름 그리고 운성이라는 이름이 나와서……. 이상하지?"

그렇게 말하며 우현은 민형에게 찢은 종이를 건넸다. 민형은 종이를 받아 들고는 잠시 뚫어져라 쳐다보았다. 눈동자가 바삐 움직이는 걸 보니 읽고 있기는 한가 보다. 의외로 민형이 성적이 좋은 건 이런 집중력 때문인지도 몰랐다.

"……이게 뭐야?"

민형이 다시 물었다.

"그건 내가 알고 싶어."

그저 어깨를 한번 으쓱해 보이는 것 말고는 더 이상 우현이 할 수 있는 게 없었다.

"모르겠는데."

다음 날 만난 운성이라는 남학생은 흥미 없다는 듯 민형을 보고 말했다. 그럴 리가. 민형이 탄식하자 그가 덧붙였다.

"정확히 이게 뭔데?"

"그걸 네가 알 줄 알고 왔지. 네가 마지막 희망이었단 말이다."

그 말에 안경 너머 운성의 눈이 실처럼 가늘어졌다.

"혹시 네가 꾸민 짓 아냐?"

"뭔 소리야. 나 아닌데."

"진짜 아니야?"

"진짜. 맹세코. 기필코! 그리고 이거 우현이가 발견한 거다? 나 아니다?"

"……."

운성이 우현을 쳐다보았다. 우현은 저도 모르게 침을 꿀꺽 삼켰다.

의외로 종이에 흥미가 많았던 민형과 달리 운성의 반응은 시큰둥했다. 그의 반응에는 '그래서 이 종이가 뭔지 꼭 알아야 하냐' 싶은 의구심마저 있었다. 그래, 저게 당연한 반응일지도. 물어보러 간다는 민형을 굳이 따라오고 싶었던 건 아니었지만 우현에게도 사정은 있었다.

어제 하굣길에 민형이 종이를 복사해 간다기에 아무 생각 없이 우현은 그러자고 했다. 그리고 그들은 결과적으로 사본을 만들지 못했다. 처음엔 의아함에, 나중엔 오기로 총 일곱 군데의 피시방을 돌아다녔으나 종이가 좀 이상한가……라는 얼토당토않은 말로 대부분 끝이 났다. 그도 그럴 것이 다른 용지는 복사가 잘 되었으나 유독 우현과 민형이 들고 간 종이가 말을 듣지 않았다. 결국 얻은 거 없이 헤어지면서 민형은 '저주설'까지 주장했던 것이다.

'설마 너는 아니지?'라는 표정으로 물끄러미 쳐다보는 통에 우현은 할 말을 잃었다. 우현은 어제까지 운성이 어떻게 생긴지도 몰랐다. 이름은 물론이거니와 심지어 같은 학교라는 사실도 몰랐다. 모르는 사람에 대해 장난을 친들 무슨 소용이란 말인가. 그도 나름대로 억울했지만 말하다 보면 앞뒤가 맞지 않을 게 뻔했다. 역시 쓸데없는 관심은 쏟는 게 아니었어. 그가 결심하고 입을 열었다.

"미안. 내가 잘못 봤나 봐. 그냥 그건……."

종이를 되찾아 가려는데 타이밍이 어긋났다. 운성이 한 번 더 읽어 보려고 종이를 위로 들었고, 우현이 아래로 잡아당겼다.

상황상 종이는 찢어졌어야 했다. 하지만 종이는 찢어지지도 않았다. 그저 우현과 운성 두 사람이 종이를 위아래로 잡아당기고 있는 어중간한 상황이 연출되었을 뿐이었다.

"이건 저주받은 종이가 분명해! 어제도 구김 하나 안 생기더니……. 그러니까 복사도 안 되는 거야."

민형이 끼어들며 어제 이야기를 주저리주저리 늘어놓았다. 그 말을 듣고 있던 운성의 눈빛이 조금 변했다고, 우현은 생각했다.

"네가 우현이야?"

"응? 어……. 왜?"

"우현. 민형. 운성……. 이 한 장만 봤을 때 세 명만 나오네. 여기 보니 내가 너를 반가워했고, 한민형은 평소같이 소파에 널브러져 있고."

민형이 뭐라 대꾸하려 했지만 운성이 빙긋 웃으며 막았다.

"이거 어디서 찾았다고?"

세 사람은 방과 후 도서관에 모였다. 도서관은 열린 공간이라며 민형이 우현을 초대했고, 운성은 여긴 초대하고 초대받는 공간이 아니라며 일침을 가했다. 우현은 그저 웃으며 자리에 앉았다.

민형과 운성은 도서 위원이었다. 그런 도서관도 누군가 관리하고 있긴 했구나. 하긴, 그 '이수혁'이라는 3학년 선배도 있었지. 우현은 도서관에 갔던 걸 떠올리다 말고 말했다.

"네가 도서 위원이라니……."

"뭐야, 나같이 사색하는 남자가 어디 있다고!"

민형이 억울해했다.

"정말 사색하는 남자는 '나같이 사색하는 남자'라고 어필하진 않겠지."

운성이 민형의 억울함에 고춧가루를 뿌렸다.

두 도서 위원과 종이를 발견한 한 사람. 그렇게 세 사람은 미묘한 결속을 다잡았다. 아무래도 신경 쓰일 법했다. 접점도 없고 그다지 친했던 사이도 아닌 그들을 한데 모은 소설—로 추정되는 글귀—은 궁금증을 자아내기에 충분했다.

딱 봐도 앞뒤가 있어 보이는 내용이었다. 이걸 대체 누가 쓴 걸까.

그리고 종이가 훼손되지 않는다는 점은 민형이 일관되게 주장하는 '저주설'을 무시하기에 어려운 점 중 하나였다.

"혹시 오래된 책들 중 이런 페이지가 섞여 있는 게 아닐까?"

민형이 다 쓴 스프링 연습장을 뜯으며 우현에게 물었다.

"이렇게 다 뜯어서 누군가 넣어 놨을지도?"

"그건 좀 일리 있네."

옆에서 듣고 있던 운성이 말했다.

 "그러면 여기서, 찾아야 한다는 거지?"

 우현이 앉은 자리에서 시선을 돌려 내부를 한번 둘러보았다.

 학교 도서관은 낡고 오래되었고 무엇보다 매우 컸다. 새 책에는 없거나 확률이 낮을 거라 판단, 그들은 오래되고 두툼한 책부터 살피기 시작했으나 책꽂이에서 뽑자마자 나오는 먼지에 기함했다.

 "민형아, 도서관 청소하는 거 아니었어?"

 우현이 교복 소매로 코와 입을 막으며 소리쳤다. 남색 교복 재킷이 희뿌예지니 미칠 노릇이었다.

 "도서 위원은 대출, 반납, 책 관리만 해도 바쁘다고."

 그러는 민형도 얼굴을 왕창 찡그렸다.

 "악, 이거 진짜 유물 수준이야. 미쳤어."

 "종이가 들러붙어서 펼칠 수도 없는데?"

 "으아. 벌레, 벌레!"

 대부분 이런 식이었다. 우현은 조용히 잠자던 도서관을 헤집는다는 느낌을 지우기 어려웠다. 처음에 느낀 고요한 감각에 초를 치는 것 같았다. 나름의 위용이 있는 공간 아닌가. 하지만 그렇게 말했을 때 민형은 대수롭지 않게 말했다.

 "책이 얼마나 오래 꽂혀 있기만 했으면 이럴까. 이렇게 먼지 쌓일 때까지 아무도 안 읽었다는 거잖아. 그건 책의 자존심이 용납 못 하는 거 아니야?"

"그렇게 생각할 수도 있겠네. 오, 대단하다."

순수한 우현의 반응에 멋쩍은 듯 코를 긁적이는 민형의 코끝에 만화처럼 검댕이 묻었다.

당연하게도 한 번에 뭔가가 나오지는 않았다. 그날 이후로도 세 사람이 도서관을 헤집고 있자, 사람들이 와서 묻기 시작했다.

3학년 선배들이 물었을 때는 오래된 서적 정리를 한다고 갖다 붙였다. 작년에 그만두신 사서 선생님 대신 임시로 상담 선생님이 계셨지만 상담하는 학생들이 많아 도서관에는 거의 신경을 못 쓴다고 들었다.

매번 민형과 운성을 따라 책을 뒤적거리는 우현을 보던 선배 하나가 도서 위원이라도 하지 그러냐고 물었다. 어쩐지 그를 흐뭇하게 보는 시선에 누군지 기억이 났다. 지난번 책을 찾아 준 3학년 선배 이수혁이었다.

그게 시발점이 되어 우현은 얼마 지나지 않아 도서 위원이 되었다.

며칠 뒤 모의고사가 끝난 날, 시험 덕분에 조금 이른 하교를 했다. 집으로 가기엔 아쉽다며 시끄럽게 놀러 나가는 애들이 우르르 우현을 스쳐 지나갔다.

교문을 나서는 길이었다.

"어? 선우현?"

누군가 우현을 불렀다. 돌아봤을 때 그는 어깨에 바이올린 가방을 멘 남학생을 마주했다.

"야! 오랜만이다!"

"누구? 친구야?"

우현을 부른 남학생 옆에 있던 학생 중 한 명이 물었다.

"어. 나랑 같이 바이올린 하던 앤데……."

그렇게 말끝을 흐리는 남학생은 한솔예고 교복을 입고 있었다. 남학생 옆에는 같은 교복 차림의 친구들이 각자 악기를 들고 서 있었다.

우현도 1년 반 전에는 당연하게 저 교복을 입을 것으로 여겼다.

"너 여기 다녔구나……?"

"응. 뭐……."

남학생은 우현 너머로 아이들이 지나가는 걸 보고 학교 명패도 힐끗 보았다. 그도 그럴 것이 남학생은 우현과 같은 학원을 다니던 학생이었다. 똑같이 바이올린 전공이었기 때문에 모를 수가 없었다.

"의외다."

남학생이 설핏 웃으며 말했다. 쳐다보는 얼굴이 여기에서는 악기 할 수 있나? 마치 그렇게 묻는 것 같았다.

그 시선은 불편하고 껄끄러웠다. 왜 하필 여기서. 교복을 입고 마주쳐 버려서.

그때 우현의 어깨에 누군가 손을 턱 얹었다.

"요! 선우현 씨! 어디 가시나."

"······민형아."

우현의 몸이 앞으로 살짝 쏠렸다가 돌아왔다. 다시 봤을 때 민형이 씨익 웃었다.

"엇, 얘기 중이었네? 쏘리."

눈앞에 있는 애들이 친구냐고 물어보면 난감할 거라 생각했다. 하지만 민형은 묻지 않았고, 그저 앞에 있는 애들을 싹 무시한 채 우현을 잡아끌었다.

"오늘 네 환영회잖아."

"응?"

처음 듣는 소리였다.

"늦었어. 자, 가자가자~!"

얼떨떨한 우현의 어깨를 감싸안고 민형이 와아아 하며 앞으로 나아갔다. 우현은 저도 모르게 그 페이스에 맞춰 총총거리며 뛰듯이 걸을 수밖에 없었다. 뒤에 서 있던 예고 학생들은 멋쩍은 웃음을 지으며 발걸음을 돌렸다. 이대로 가도 되는 건가? 우현이 잠시 고민하는 사이, 아이들 사이를 요리조리 피해 가는 길이 트였다. 음······ 왜인지 방금 전보다 기분이 한결 나아졌다.

몇 분 뒤, 우현은 운성의 집에 와 있었다. 민형이 다짜고짜 '환영회는 운성이네에서!'라고 외쳤기 때문이다. 그리고 도착한 운성의 집은…… 대저택이었다.

"이런 집은 드라마에서나 나오는 줄 알았어."

"나도 처음엔 그렇게 생각했어."

민형이 으쓱하는 얼굴로 말했다. 옆에서 운성은 네가 왜 자랑스러워하냐고 비웃었다.

문을 열고 들어갔을 때 우현은 한 번 더 순수하게 감탄했다.

"와……. 너 진짜 잘사는구나."

"크크크크."

옆에서 민형이 이모티콘처럼 웃고 있었다. 순수한 우현의 반응에 운성도 멋쩍은지 설핏 웃었다.

"일단 들어와."

"와아."

우현은 다시 한번 감탄하며 주위를 둘러보았다. 그러다 운성과 두 눈이 마주쳤다. 경계심 풀린 운성의 얼굴이 우현을 향했다. 피식피식 웃는 것이 우현이 웃긴 모양이었다.

정원 한쪽에 작은 집이 있었다. 그 안에서 개 한 마리가 나올 때까지 그것이 개집이라는 걸 몰랐다. 작은 텐트 같아 보여서, 운성에게 어린 남동생이라도 있는 줄 알았다.

"맥스!"

운성이 부르는 소리에 개가 달려 나왔다. 민형이 우현의 뒤에 냉큼 숨더니 소리쳤다.

"이운성 이 나쁜 놈! 맥스를 부르다니. 나 쟤 무서워!"

검은색 사냥개는 안광을 빛내며 달렸다. 제법 커다란 덩치에 우현도 주춤했지만 맥스는 우현 앞에 가만히 멈추더니 다소곳하게 앉아서 그를 멀뚱히 쳐다보았다.

"맥스……?"

이름인 듯하여 불러 보니, 맥스는 가늘고 기다란 꼬리를 빠르게 흔든다.

"귀여운데?"

우현이 민형을 보고 말했다. 민형의 얼굴이 안타까움으로 구겨졌다.

"배신이야, 선우현……. 배신이야, 맥스……."

"쟤도 너 반가워서 그런 건데."

운성이 말했다.

"헛소리! 완벽한 내가 개를 무서워하는 허점을 이용한 네놈의 전략임을 내가……."

"자자, 헛소리는 그만하시고 가자."

운성이 맥스의 목덜미를 쓰다듬어 주고 걸어갔다. 우현과 민형은―민형은 우현의 뒤에 딱 붙어서― 그를 따라 집 안으로 들어갔다.

운성이 몇 가지 음식을 배달시키고 세 사람은 거실에 모여 앉아 TV를 틀었다. 몇 군데 돌려 보더니 흥미를 잃은 민형이 게임을 하자고 말했다. 게임은 2층에 있는 방에 있다고 운성이 말하자 민형이 가져오겠다고 했다.

우현은 계속 혼자만 가만히 있는 것 같아 마음에 걸렸다.

"내가 갔다 올게."

"그럼 같이 가자."

운성이 자리에서 일어섰다. 민형은 잘됐다는 듯한 표정으로, 둘이 잘 다녀오라며 손을 흔들었다.

2층에 올라가는 계단도 깨끗했다.

"부모님은 언제 오셔?"

"출장 가셔서 아마 며칠 더? 보통 거의 혼자 있어."

"아하……."

우현은 이 넓고 좋은 집에 혼자 덩그러니 밥을 먹고 TV를 보고 공부를 하는 운성을 상상해 버렸다. 우현도 외동이지만 말 많은 아버지와 항상 옆에서 웃고 있는 어머니가 있어 집이 조용하다는 생각을 해 본 적은 드물었다.

이렇게 넓고 고요한 공간에서, 운성은 쓸쓸하지 않을까.

"여기야. 방은 아침에 안 치워 놔서, 내가 가져올게."

"응."

1층이 워낙 넓어서 그런가, 복도를 따라 이어진 2층 역시 넓었다.

운성의 방 옆에도 방이 있었다. 이런 건 게스트 룸 뭐 그런 거 아닐까.

우현이 그렇게 생각하던 찰나 갑자기 방문이 벌컥 열렸다.

"어······?!"

그 안에서 나온 건 여자애였다. 가느다랗고 긴 머리칼이 찰랑, 하고 흔들렸다. 여자애는 우현과 눈이 바로 마주쳤고, 놀란 듯 눈을 크게 떴다.

"누구······?"

"누구?"

여자애와 우현이 동시에 서로에게 물었다. 우현은 말하고 나서야 깨달았다. 이 집에 손님으로 들어온 건 우현이었다.

때마침 운성이 방에서 나왔다. 운성은 여자애를 힐끗 보더니 말했다.

"집에 있었어?"

"응. 좀만 있다 나가야 해. 너는?"

"친구들 놀러 왔어."

우현을 사이에 두고 두 사람이 평온하게 대화를 나눴다.

'친구들'이라는 말에 여자애는 고개를 갸웃거리더니 시선을 1층으로 옮겼다. 거실에선 민형이 과자를 먹으며 웃고 있었다. 그리고 다시 시선을 우현에게로 향했다. 묘하게 기시감이 있는 시선이었다. 아, 이 여자애 시선이 운성이랑 조금 비슷하네.

"아, 저…… 나는 선우현이야."

"아. 이운성 친구를 너무 오랜만에 봐서."

"야."

운성이 낮게 짜증 냈다.

"발끈하기는. 나는 이유리야. 이운성 쌍둥이 동생."

"너 쌍둥이였어?!"

"응."

운성은 담백하게 대답했다. 놀라운 사실을 오늘 하나 알게 된 우현이었다.

"선우현이면 이름이 현이야?"

운성의 쌍둥이 동생, 유리가 물었다. 우현은 자신을 신기하게 바라보는 것 같아 기분이 묘해졌다.

"아니, 내 이름은 우현이야. 선씨."

일단 우현은 오해를 정정했다.

"오, 신기하네. 우현이란 이름도 예쁘다."

유리는 그렇게 말하곤 씨익 웃었다. 커다란 눈동자가 반달 모양으로 휘었다. 그걸 보며 우현은 저도 모르게 입을 반쯤 벌리고 말았다. 운성이 쌍둥이라는 사실도 놀라웠지만 더 놀라운 건 따로 있었다.

우현은 살면서 이렇게 예쁜 여자를 처음 보았다.

정말 상투적인 표현인데, 순간적으로 숨 쉬는 걸 잊었다.

다른 학교에 다니나? 학교에서 봤다면 기억 못 할 리 없는 얼굴인데.

우현의 생각을 읽은 듯 운성이 말했다.

"우리 학교 다녀. 근데 모델 일 하느라 자주 등교하진 않아. 그러다 졸업 못 할라."

"아슬아슬하게 잘 채우고 있거든요."

그 말을 듣고 보니 작년 학교 팸플릿에서 그녀의 얼굴을 본 것 같기도 했다.

"모델……. 멋지다."

운성의 집을 보고 감탄한 것처럼 우현은 또 한번 순수하게 감탄했다. 그런 그를 보고 유리가 잠시 놀란 얼굴을 했다. 그녀는 가만히 있다 미소 지었다.

"이운성답지 않은 친구를 사귀었네."

"시끄러."

"네네. 근데 먹을 건 뭐 시켰어?"

유리가 두 사람을 지나쳐 계단 아래로 내려갔다. 민형이 유리를 보고 반갑게 환호성을 질렀다.

아무래도 우현만 빼고 이미 다 알고 있는 사이인가 보다.

배달 음식이 오자 유리는 시간이 됐다며 치킨 한 조각

만 집어 먹고는 나갔다. 남은 세 사람은 시답잖은 이야기를 마구 던지고 웃으며 놀았다. 어느 순간 답답했던 무언가가 스르르 사라졌다. 우현은 아주 오랜만에 해방되는 느낌이 들었다.

언제나, 항상 우현에게는 연습이 우선순위였다. 그것이 싫은 건 아니었다. 우현이 가장 좋아하는 건 바이올린이었으니까. 평범하게 노는 건 나중에 해도 된다고 생각했다.

정말 그럴까?

오늘만큼은 집에 늦게 들어가고 싶었다. 겨우 이 정도 방황이라니. 우현은 스스로 생각해도 우스웠다. 하지만 아이들과 떠들고 노는 순간만큼은 진심으로 즐거웠다.

"그래서 그때 우리 반에서 내가,"

민형이 중학교 시절 무용담을 펼치던 중이었다. 그때 그의 휴대폰이 진동 소리를 내며 크게 울리기 시작했다.

세 사람의 시선이 자연스레 그곳으로 갔다. 휴대폰 진동 소리라는 게, 무릇 어디서나 들을 수 있는 것이 아니었던가? 순간적으로 말소리가 끊겼고, 그 소리를 끊어낸 채 울리는 진동이 유달리 크고 불온하게 들렸다.

우현은 상념을 떨쳐냈다. '그날' 이후로 일상의 작은 틈새에서 불안을 찾아내고서 뭔가 있을지도 모른다는 근거 없는 사고에 휩싸이곤 했다. 오버하지 마, 선우현. 아무 일도 아니겠지.

하지만 그런 우현의 믿음은 금세 깨졌다. 평이하게 전화를 받은 민형은 귀에 수화기를 대고 몇 초 지나지 않아 그대로 자리에서 일어섰다. 남은 두 사람의 시야를 벗어나 민형은 거실 너머 복도가 있는 쪽으로 들어갔다. 그러고 나서도 몇 분 있다 다시 나왔다. 얼굴은 평소의 그답지 않게 살짝 굳어 있었다.

"나, 가 봐야 될 것 같아."

"무슨 일 있어?"

우현이 물었다.

그 말에 민형은 '나중에'라며 난감한 듯 웃었다.

"미안. 먼저 가 볼게. 학교에서 봐!"

민형은 빠른 몸놀림으로 짐을 챙겨 나갔다. 그가 나가고 나자 갑자기 주변이 휑해졌다. 배달 음식은 아직도 절반 넘게 남아 있었다.

나갈 때 보인 민형의 다급한 얼굴 때문인지, 방금 전까지 들떠 있던 우현의 기분도 어딘지 모르게 가라앉았.

그건 운성도 마찬가지처럼 보였다. 결국 그렇게 파티는 흐지부지되고, 우현은 여전히 크고 넓은 집에 운성을 두고 나와 버리고 말았다.

바로 다음 날 볼 수 있을 거라는 생각과 달리, 민형을 며칠 동안 볼 수 없었다.

"민형이는 집안 사정으로 출석하지 않으니까, 그렇게들 알아라."

선생님은 무미건조한 얼굴로 민형이 '집안 사정'으로 인해 결석하는 걸 알렸다. 하지만 하루가 이틀이 되고, 이틀이 사흘이 되니 의아한 건 우현뿐만이 아니었다.

우현은 그사이 도서관에도 가지 않았다. 운성이 갔을는지는 모를 일이었다.

그리고 나흘째 되는 날, 민형은 평소와 다름없는 얼굴로 학교에 왔다.

"야, 너……!"

우현은 반가움보다 먼저 화가 났다. 오면 그간 대체 무슨 일이 있었냐고 묻고 싶었는데, 난감하게 웃던 얼굴이 떠올라 쉽게 말이 나오지 않았다.

하지만 우현의 반응에 민형은 장난스럽게 웃었다.

"우쭈쭈. 우현 도령이 내가 오기를 오매불망 기다렸나?"

"어!"

그렇게 대답하니 오히려 당황한 건 민형이었다.

"연락도 안 되고, 선생님은 그저 '집안 사정'이라고만 하고. 걱정하는 사람은 생각하지도 않냐."

말을 쏟아내고 나니 민망함이 몰려왔다. 소리가 커져서 그런지 민형과 우현의 주변으로 사람이 몰려왔다. 우현처럼 화를 내고 걱정하는 사람은 없었다. 그저 다시 학교에 온 민형에 대한 반가움만 있었다. 민형도 방금 전 우현이 한 말이 신경 쓰이긴 하는 모양이었으나, 다른 애들을 향해 반갑게 인사했다.

나만 괜히 유별나게 행동한 사람이 되어 버렸다.

우현은 서둘러 자리로 돌아간 뒤, 민형에게 가지 않았다.

도서관으로 가는 길목에 우현은 민형과 마주쳤다. 민형이 머쓱한 얼굴로 웃었다.

"선우현, 도서관 가?"

"응."

"그렇군."

두 사람은 나란히 걸었다. 민형이 입을 다무니 두 사람 사이에는 고요함만 감돌았다.

이 상황을 자신이 초래했다고 생각하니, 불편하기만 했다.

우현은 작게 한숨을 내쉬었다가 입을 열었다.

"아까 그건 신경 쓰지 마. 그냥 네가 너무 멀쩡해 보여서⋯⋯. 뭐, 안 좋아 보이길 바란 건 아니었다만."

"하하, 선우현 착하기는. 고마워."

민형이 허허 소리를 내며 웃고선 작게 덧붙였다.

"멀쩡해 보였다니 다행이다."

그 말은 멀쩡하지 않다는 거 아닌가. 우현은 민형을 쳐다보았다. 하지만 마주 보는 민형의 얼굴은 평소와 같았다.

더 물어보고 싶었으나 민형의 태도에는 암묵적인 거부가 느껴졌다. 말하기 싫은 일에 대해 우현도 굳이 끄집어내고 싶은 건 아니었다.

누구에게나 사정은 있다.

우현은 그렇게 납득하고 넘기기로 했다.

도서관에는 먼저 온 손님이 있었다.

"먼저 와 있었네? 유리 오랜만."

민형이 유리에게 인사했다.

"하이."

쳐다보지도 않고 인사만 건넨 유리의 시선은 책에 고정되어 있었다. 우현이 꽤 가까이 갈 때까지도 유리는 미동도 없었다. 그녀가 문득 고개를 들었고, 우현과 눈이 마주쳤다.

"아, 선우현이다."

반갑다는 눈동자가 우현을 향했고, 우현은 순간적으로 긴장했지만 최대한 어색하지 않게 보이길 바라며 인사했다.

"둘이 무슨 소개팅 해?"

운성이 말했다.

"아니야, 그런 거."

바로 대꾸했지만, 말하면서도 변명 같다는 생각이 들었다. 우현은 화제를 돌리기로 했다.

"무슨 책 읽어?"

"『데미안』."

"재밌어?"

"응······. 내가 제일 좋아하는 거야."

이미 읽어 본 걸 저렇게 열심히 다시 읽을 수 있는 걸까. 우현은 머릿속 한구석에 조만간 꼭 읽어 보겠다는 다짐을 하며 책 제목을 곱씹었다.

"너도 도서 위원이야?"

유리가 읽던 책을 옆에다 두고 물었다.

"얼마 전부터······. 어쩌다 보니······?"

"어쩌다 보니?"

그렇게 시작된 이야기는 이상한 종이의 일부를 찾는 이야기로 다시금 연결되었다. 그간의 사정을 다 듣고 나서 유리는 큰 관심을 보였다.

"흥미롭다. 나도 도와줄게."

"괜찮겠어?"

민형이 옆에서 거들었다.

"벌레가 엄청 나온다구. 먼지도. 거미도. 장난 아닌데? 우현이는 소리를 엄청 질러서······."

"그게 어쨌다고?"

"역시 이운성 복사본……. 강한 여자야."

민형은 중얼거리다 유리에게 한 대 맞았다.

지난 3주간의 노력으로 도서관은 점점 깨끗해졌다. 3학년과 임시 도서 위원 담당 선생님이신 상담 선생님은 깨끗해지는 도서관을 보고 기뻐했다. 실제로 점차 나아지는 도서관을 보니, 아직 갈 길은 멀지만 우현은 제법 뿌듯하기까지 했다.

그간의 사정도 설명했겠다, 우현이 책 정리를 다시 시작했다. 유리가 그런 그를 따라왔다. 옆에 서서 움직일 때마다 유리의 가늘고 밝은 갈색 머리카락이 흔들렸다. 손을 머리 위로 뻗을 때마다 보이는 가느다란 손목이 자꾸만 눈에 들어와 우현은 더욱 책 정리에 집중하려 애를 썼지만 도통 집중이 되지 않았다.

그래서일까. 옆에서 책장을 유심히 보던 유리가 하나의 페이지를 툭, 별다른 힘 없이 뜯어냈을 때, 그 장면을 보던 우현은 저도 모르게 소리를 지르고 말았다.

으아악! 유독 벌레만 보면 소리를 지르는 통에 운성과 민형은 그 소리에도 익숙했다. 유리는 아직 상황 파악이 되지 않은 채 두 눈을 빠르게 깜빡거렸다. 우현이 유리의 손에 들린 종이를 가리키며 소리쳤다.

"찾았어!"

그제야 말뜻을 알아들은 두 사람이 후다닥 달려왔다.

"읽어 봤어?"

운성이 말했다.

"아니, 그럴 시간이 어디 있어. 너희들이 찾던 게 이 종이야?"

유리가 억울하다는 듯 대꾸하며 우현에게 종이를 건넸다.

"빨리 보자. 이번엔 뭔 내용?"

민형이 재촉했다.

우현은 빠르게 글자를 읽어 내렸다. 하지만 실제로 가장 먼저 읽은 건 운성이었다. 우현의 어깨 너머로 안경을 빛내던 그가 재빨리 말했다.

"뭐야. 이거 순 묘사뿐이야."

"으잉?"

때마침 마지막 문장을 읽고 난 우현도 고개를 끄덕였다. 인물은 나오지 않고 공간에 대한 묘사만 있었다. 높은 천장이 있고 풀들이 있는 공간이었다. 묘사는 꽤나 구체적이었으나 그것만으로는 알아낼 수 있는 게 없었다.

"이거 어느 책에서 찾았어?"

우현이 물었고, 유리가 두꺼운 책 한 권을 두드렸다. 『역사의 시작』. 저자는 이름 모를 외국인이었고 발행 연도는 1975년이었다.

"여기 비집고 나온 종이를 살짝 건드렸는데……."

"뜯어졌다?"

유리가 고개를 끄덕였다.

그 말을 듣는 순간 깨달았다. 우현 역시 책에서 튀어나온 종이를 잡아 보려고 했을 뿐이었다. 우현은 그제야 첫 번째 발견과 두 번째 발견 사이의 공통점을 잡아냈다. 왜 몰랐을까. 쉽게 생각할 수 있었던 건데.

우현은 민형과 운성 그리고 유리까지 번갈아 바라보며 확신에 찬 말투로 말했다.

"얘들아, 책을 일일이 펴 볼 필요가 없었어. 그냥 삐져나온 종이를 뜯어내면 돼."

우현의 말에 나머지 세 사람도 고개를 끄덕였다. 이내 흩어져 열심히 책 사이를 오간 네 사람은 그로부터 3시간여 만에 종이 뭉치를 찾아낼 수 있었다.

"나 한 가지 말하고 싶은 게 있는데."

민형이 서두를 띄웠다.

"뭔데?"

"이런 말 너무 남사스러운 거 같아서 피했지만…… 말해야겠어. 이거 마법 아니야?"

아무도 비웃지 않았다. 우현은 어색하게 호응하며 말을 흐렸고 운성은 방금 새로 뜯어낸 종이를 바라보며 고개를 작게 끄덕였다.

"적어도 우리가 배워 온 물리학 법칙에는 통용되지 않지……?"

우현이 종이를 뜯어냈다. 종이가 제 한 몸에 있던 부분과 단절되는 지익 소리는 분명 존재했으나, 뜯고 나면 감쪽같았다. 미리 뜯어지도록 만들어진 종이도 이 정도는 아니었다. 게다가 아무리 거칠게 찢어도 종이는 제 모양대로만 책 밖으로 나왔다.

"인쇄를 잘못해도 이럴 수는 없어."

운성이 종이를 햇빛에 비춰 보며 말했다.

"한두 개도 아니고."

우현은 소파 앞 탁자에 어질러진 종이를 바라보았다. 가까이 다가갔다. 총 몇 장일까? 늘어져 있는 종이에 쓰인 글자들, 이름들, 문장들, 이야기들……. 잘 조합되지는 않았지만 그저 보았다. 새로 찾은 종이를 포함해서 보면 적어도 여기 있는 네 사람의 이름이 있었고, 뭔가 알 것 같은 느낌이 들었다. 손에 하나 집었다. 책. 찢어서. 도서관……. 더 읽어 보려는데 그 종이가 바람에 날렸다.

"어엇?"

당황한 우현이 종이를 잡으려다 다시 모여진 종이 위로 시선을 옮겼다.

이 안에서 바람이 분다는 게 이상했다.

파닥파닥. 종이 한 장이 간헐적으로 움직이고 있었다.

파닥거리는 종이를 잡으니 유달리 크게 부스럭거리는 소리가 났다. 민형과 운성이 우현을 돌아보았다. 우현의 손에 들린 종이는 움직임을 멈췄다. 이내 공기의 흐름이 딱 멈췄다. 찰나의 고요함이 주위를 가득 메웠다.

"이게,"

"?"

"이게 시작인가 봐."

'시끄럽다.

왁자지껄한 말소리. 저 멀리 울리는 어딘가의 사이렌 소리. 컹컹 짖는 개의 울음소리. 자동차가 아스팔트를 짓이기며 오르막길을 오르는 소리.

그래서 매주 일요일엔 청소를 한다.'

우현은 직감적으로 알았다. 뭘 알았다는 사실조차 모른 채 알았다. 우현이 다시 운을 떼려는 순간, 거센 바람이 불었다.

2. 대여

 바람은 아래에서, 옆에서, 위에서 불어 젖혔다. 도무지 어디서 불어오는지 알 수 없었다. 우현이 들고 있던 종이가 날아갔고, 탁자 위 종이도 회오리 모양을 만들며 정신없이 흩날렸다. 묵직한 타음에 귀를 때리듯 비명 같은 고음이 섞여 들었다. 바람이 내는 소리인지 물건이 내는 소리인지 가늠하기 어려웠다.

 몇 분 정도나 지났을까? 바람은 멈췄다. 이리저리 쏠린 머리카락은 엉망진창이 되었고 교복 넥타이는 목 뒤로 돌아가 있었다. 방금 전 상황을 최대한 인지해 보려는 여덟 개의 눈동자만 침묵 속에서 빠르게 움직였다.

 우현이 천천히 몸을 일으켰다. 잇달아 나머지 운성과 민형, 유리도 조심스레 움직였다.

어느 누구도 입을 열지 않았다. 도서관의 창문은 모두 닫혀 있는 상태였다. 바람이 어디서 분 거냐고 묻는 건 어리석은 질문이었다.

한차례의 태풍이 지났다고 하기엔 너무 큰 고요가 맴돌고 있었다. 아무런 소리도 들리지 않고 아무런 기척도 느껴지지 않았다. 끝난 건가? 우현은 사냥감을 쫓는 사냥꾼처럼 숨을 죽였다. 일단 이곳에서 나가는 게 가장 시급했다.

나머지 세 사람도 의견은 동일해 보였다. 고개를 살짝 끄덕이고 천천히 그들은 문 쪽으로 향했다.

내딛는 한 걸음 한 걸음에 땀이 배어 나왔다. 여기서 나가지 못할 수도 있겠다는 서늘한 직감.

우현은 기분 나쁜 생각을 떨쳐 버리려 했으나 그럴수록 손끝이 차가워졌다. 우현이 문 앞에서 돌아봤을 때 운성과 민형 그리고 유리는 그를 물끄러미 바라보고 있었다. 이거 내가 열어야 해? 진짜? 무언으로 외치고 한숨 한번 쉬고, 그는 문을 열었다.

입구 밖으로 발을 내딛는 순간 사각거리는 소리가 들렸다.

풀들이다, 라고 인지하는 동시에 뺨에 닿는 보드라운 바람이 느껴졌다. 그 순간 무척이나 평온한 느낌이 들어서 우현은 모든 것을 자연스럽게 넘길 뻔했다. 원래라면 우현의 학교 도서관은 별관 3층에 있었으므로 입구로 나가면 건물 아래쪽으로 향하는 계단이 있을 뿐이었다. 하지만 지금 우현의 발아래는 파릇파릇한 풀들이 가득했다.

 그곳을 기준으로 발아래부터 펼쳐진 푸르른 자연의 향연. 하지만 막연히 넓은 들판이 펼쳐져 있는 건 아니었다. 우현은 조금 전까지 '실내'라고 인식한 터라 저도 모르게 바깥이 어디 있는지 찾아보려고 했다. 그리고 깨달았다. 이곳이 야외처럼 보이는 실내라는 것을. 시선이 멀리 뻗어 나갈 정도로 넓은 공간은 커다란 건물 속에 존재하는 양상을 띠고 있었다.

 목이 꺾일 정도로 바라보아야 겨우 보이는 천장은 아치형으로, 고급스러운 무늬가 입체적으로 새겨져 있었다. 아치형 천장을 중심으로 양옆에 투명한 창문이 있었다. 따스한 햇볕이 쏟아지고 있는 창문 너머로는 하늘만 보였다. 우현이 발을 딛고 있는 공간은 마치 정원처럼 풀과 나무로 가득했는데, 커다란 나무가 벽에 뿌리를 내린 채 비스듬히 서 있었다. 마치 그곳을 자양분 삼아서 자라난 것처럼 보였다. 그런 현상은 벽을 따라 이어졌다. 고개를 높이 들어야 보일 정도의 벽에도 나무가 자라나고 있다는 사실이 눈으로 보면서도 생경했다. 바닥뿐 아니라 벽까지 포함해 모든 공간이 나무와 풀이 자라날 수 있는 땅처럼 느껴졌다.

그렇게 이 공간을 둘러싼 벽은 온갖 나무와 잎사귀에 덮여 있었다.

펼쳐진 무수한 정보에 길을 잃을 것 같았다. 그리고…… 가장 놀라운 점은 따로 존재했다.

바닥에도, 벽에도 나무가 있었지만 이 공간을 채운 나무는 그것뿐만이 아니었다.

우현의 눈앞에는 웅장한 느티나무 몇 그루가 뿌리내린 지면째로 허공에 떠 있었다.

마찬가지로 거대한 톱니바퀴 몇 개가 일정한 집합을 이루며 느티나무 근처에 떠 있는 채로 천천히 돌아가고 있었다. 마치 그게 허공에 떠 있는 원동력이라도 되는 것처럼.

"이게 뭐야."

관자놀이가 쿵쿵 뛰었다. 여기 대체 어딘데. 우현은 뒤를 돌아봤다. 도서관이 보였다. 풀과 나무들, 공간에 대한 묘사를 어디선가 본 것 같았다. 그리고 우현은 이내 기억해 냈다. 그 종이에서다. 그 종이에 적힌 대로 일이 일어나고 있는 걸까?

지금 이 상황이 비현실적으로 다가왔다.

우현은 눈을 꾹 감았다. 다시 눈을 뜨면 원래대로 돌아올 것처럼.

"괜찮아?"

운성이 우현의 어깨에 손을 올리며 물었다.

"아....... 어, 괜찮아."

여전히 그대로였다. 자신뿐 아니라 나머지 세 사람도 같은 처지라는 사실에 우습게도 안도했다.

"대체 이게 뭐냐. 여기 밖이야? 저기로 나가 볼까?"

민형이 창문을 가리켰다.

"애당초 여기 밖이 우리가 아는 밖이 맞긴 할까 싶네."

"그러게······."

우현은 눈을 돌려 떠 있는 나무를 쳐다보았다. 그나마 지면에 가깝게 떠 있는 나무였다. 가까이 가서 바라보니 나무의 두꺼운 뿌리가 지면까지 이어져 있었다. 일정한 모양이 잡힌 생김새가 마치 계단처럼 보였다. 나선을 그리며 이어져 있는 안쪽은 구부러져 잘 보이지 않았지만, 사람이 지나갈 수 있을 만한 크기였다.

"올라가 보자."

민형이 말했다. 이미 한 발은 계단에 올려놓은 상태였다. 나머지 셋도 고개를 끄덕이고 행동에 나섰다.

네 사람은 나무의 뿌리로 짐작되는 계단을 따라 올라갔다. 여기저기 자리 잡은 잎사귀들 때문에 걸을 때마다 바스락거리는 소리가 났다. 위로 올라갈수록 계단이 나뭇가지에 가려져, 바닥이 더 그늘지고 어두웠다. 하지만 예상보다는 튼튼했다.

네 사람은 간신히 위를 향하고 있다는 감각에 의존하며 올라갔다. 어느 순간 계단이 끝나고 시야가 트이는 공간이 나타났다.

 들판 같은 곳이었다. 아래에서 봤을 때는 나무와 주변 땅을 통째로 들어 올린 모양새여서 불안해 보였는데, 막상 도착하니 넓은 공간이 꽤 안정적이었다.

 올라온 뿌리 계단에서 이어진 커다란 나무가 기둥처럼 굳건하게 자리 잡고 있었다. 우현은 나무를 올려다보았다. 우거진 나무의 커다란 잎사귀가 부드럽게 흔들렸다. 바람이 불고 있구나.

 "나무가 이상해."

 그때 민형이 소리쳤다.

 다시 보니 그 말이 맞았다. 지면 위로 솟아난 나무는 여기저기 뒤틀려 있었다. 인위적인 모양새가 나무의 자연스러움과는 거리가 있었다.

 "누가 나무를 이렇게……."

 "이거, 책장인가?"

 운성이 한마디 던졌다. 그 말은 잔물결처럼 살짝 일렁였으나 이내 파도로 다가왔다.

 "어……?"

 뒤틀린 나무가 만들어 낸 여유 공간 속에 차곡히 자리 잡고 있는 게 책이라는 사실이 그제야 보였다. 하지만 문제는 또 있었다.

"이거 빠지지도 않는데? 뭐야, 눌어붙은 거 아냐?"

그새 성큼성큼 걸어간 민형이 책을 잡고서 말했다.

두께도 상당했지만 한번 꺼내 보려 해도 책은 꺼내지지 않았다. 어쩌면 책 모양을 한 나무가 아닐까 싶은 생각마저 들었다.

한참이나 꺼내 볼 수 있는 책을 찾으러 둘러보다 진이 빠진 네 사람은 주저앉았다.

"어떤 곳이길래 아무런 단서도 없어……."

우현이 중얼거렸다.

"어?! 그거다!"

그때 민형이 소리쳤다. 바닥에 반쯤 늘어져 있던 몸이 벌떡 일어나더니 검지로 우현을 가리켰다.

"뭐가?"

"단서 말야, 단서. 우리가 결정적으로 놓치고 있던 것. 그 페이지들. 우리가 나오는 소설 같은 내용 말이야."

우현과 운성은 잠시 멍한 채로 있었다. 어째서 그걸 까맣게 잊고 있었지?

"그 종이가 소설이었어?"

내내 별다른 말 없이 대화를 지켜보던 유리가 물었다.

나머지 세 사람이 고개를 끄덕였다.

"우리 이름이 쓰여 있었다고 했잖아. 그게 이상해서 찾아보기 시작한 거였으니까."

"하지만 그게 단서라고 쳐도, 우린 제대로 읽어 보지도 않았잖아."

찬물을 끼얹는 운성의 말에 낮은 탄식이 울려 퍼졌다.

"내가 '시작'이라고 생각한 종이는…… 내 이야기라고 생각했어."

우현이 말하자 세 사람이 놀란 눈으로 그를 쳐다보았다. 그는 뭉쳐진 생각의 덩어리를 놓치지 않으려 잠시 골몰했다.

"소설이 아니라 실제 있는 이야기 같다는 거지."

"누가 우리 이야기를 쓴 거라고? 어째서?"

민형이 되물었다.

"그게……."

하지만 거기까지 말한 우현은 더 이상 할 말이 없었다. 모르는 누군가가 여기 있는 사람들의 이야기를 쓸 이유도 모를뿐더러 이 공간에 들어온 이후부터 종이에 대한 기억이 모호해졌다. 기억해 보려 할수록 두루뭉술해지는 느낌이 들었다.

"종이 내용 기억 나?"

우현이 역으로 세 사람에게 물었다.

"……잘 기억이 안 나네."

운성이 중얼거렸고 민형과 유리 역시 공감하는 얼굴로

고개를 끄덕였다.

그랬다. 종이에 여기 있는 네 사람이 나온다는 사실은 알겠다. 하지만 안개에 가린 것처럼 내용은 잘 기억나지 않았다.

"워낙 섞여 있어서 판단이 안 된 걸지도 몰라."

유리가 말했다.

"그래도 몇 가지 포인트는 기억하려고 애썼어. 소설이라는 걸 알게 된 것만으로도…… 어느 정도는 기억나야 하는 거 아냐?"

운성이 관자놀이를 꾹꾹 눌렀다. 그렇게 하면 무언가 알 수 있다는 듯이. 하지만 이내 고개를 내저었다.

"꿈 같은 건가?"

우현이 중얼거렸다.

"엥? 꿈은 아니지. 우린 분명히 깨어 있었어."

"여기가 꿈속이 아니라는 보장도 없잖아."

운성이 던진 말에 다시금 침묵이 이어졌다.

침묵을 깬 건 유리였다.

"반대로 나가는 조건이 있다면? 들어온 것도 뭔가 계기가 있었다면 아마 그 종이겠지. 그러면 반대도 있는 거 아닐까?"

일리 있는 말이었다. 그 말을 들은 민형이 덧붙였다.

"우리가 이 공간에 들어온 거라면, 유리가 말한 대로

나갈 수 있는 조건도 따로 있다고 봐야겠지. 일단 우리가 들어온 조건을 정확히 모르는 게 문제긴 한데……. 아무리 봐도 아무나 들어올 수 있는 건 아닌 것 같고, 그 조건을 충족시킨 기폭제가 있지 않을까?"

"기폭제?"

"응. 이게 뭐, 비 오는 날 새벽 2시, 공터, 열일곱에서 열아홉 살 사이의 사고를 앞둔 남자 둘, 여자 하나. 이런 식의 조건 충족이 일종의 열쇠가 되어서 열리는 입구라고 해 봐."

"야, 너는 무슨 비유를 들어도 그딴 식으로……."

가만히 듣고만 있던 운성이 얼굴을 구겼다. 옆에 있던 유리도 같은 얼굴이라, 쌍둥이다운 구석이 있다고 우현은 생각했다. 운성이 짜증을 내건 말건 민형은 다시 말을 이어갔다.

"그런 식으로 뭔가 공통점이 있어서 온 걸 수도 있잖아."

여기 있는 네 사람의 공통점이 뭘까. 같은 학교, 같은 나이라는 걸 빼고 우리에게 남다른 공통점이 있을까? 우현은 바이올린을 떠올렸다. 사고만 없었다면 이들을 만날 일은 없었을지도 모른다.

"같은 학교, 같은 학년인 거 빼고는 딱히……."

네 명으로 좁히기엔 범위가 너무 넓었다. 네 사람의 말문이 막혔다. 여전히 알 수 있는 건 거의 없었다.

"아무래도 이 책들이 뭔가 중요할 것 같단 말이지……."
"책인지도 모르겠는데. 나무 같기도 하고."

모양만 인지하면 책인데 전혀 잡히지 않는 나무의 이음새를 보며 민형이 중얼거렸다.

들어온 지 얼마나 지난 건지 감이 안 왔다. 스마트폰은 작동하지 않는 데다 네 명 모두 스마트폰 액정에 보이는 시간이 제각각이라 정확한 시간도 알 수 없었다.

정말 갇힌 거라면 언제까지 이곳에 있어야 하는 거지?

우현은 하늘을 올려다보았다. 천장 속 무늬와 그 창문에서 비추는 햇살까지 처음 이곳에 왔을 때와 같았다. 꼭 시간이 멈춘 것처럼 고요하고 평화로운 풍경이 눈앞에 그대로 있었다. 졸리지도 않고, 배고프지도 않았.

"여기서 평생 못 나가면 어떻게 하지?"

혼자 생각한다는 것이 그만 우현의 입 밖으로 말이 튀어나왔다.

조용한 시선이 느껴졌다. 유리가 그를 바라보고 있었다.

"왜 그런 생각부터 해."

운성이 조용히 나무랐다. 딱히 다정한 말투는 아니었지만 우현은 왠지 편안해지는 기분을 느꼈다.

두 사람 나름대로 우현의 불안한 마음을 위로해 준 모양이었다.

"사실 우리가 지금 혼수상태로 병원에 있는 거지……."

민형이 덧붙였다.

운성이 한숨을 쉬자 민형은 키득거렸다.

"장난이야. 나도 이런 생생한 꿈은 처음이니까. 진짜 병원이면 풀 내음이 아니라 바닥에서 소독약 냄새가 나야 할 게 분명해."

"여기서 나가야지. 어떻게든."

단호한 운성의 말투에 민형이 되물었다.

"너는 뭔가 하고 싶은 게 있나 보다?"

"하고 싶다기보단 해야 할 의무는 있지."

"에휴."

유리가 과장되게 한숨을 내쉬고 민형은 재미없다며 툴툴거렸다.

"그러는 너희들은?"

운성은 그렇게 말하면서 우현을 쳐다보고 있었다.

"나? 나는······."

말문이 막혔다.

"잘 모르겠어. 하고 싶은 게······. 지금은 딱히 없는 것 같은데."

그건 진심이었지만 말로 하니 더 없어 보였다.

"모를 수도 있지 뭐."

유리가 우현의 입장을 대변해 주었다. '그치?'라며 동의를 구하는 눈빛이 유난히 빛나는 것 같았다. 우현은 고개를 끄덕일 수밖에 없었다.

"나는 그냥 이대로가 좋아."

민형이 말했다.

"그러냐. 좋겠네."

"이운성 비아냥거리는 거 보소. 정말로. 딱히 뭔가 변하지 않았으면 좋겠어. 지금이 제일 평화롭고……. 음음, 뭐든 나쁘지 않아."

그 말이 우현에게는 약간 쓸쓸하게 들렸다. 민형이 앉아 있던 자리에서 몸을 털고 일어났다.

그 모습을 물끄러미 바라보고 있자니, 저도 모르게 입에서 질문이 튀어나왔다.

"정말?"

"응?"

민형이 돌아보았다.

"정말 변하지 않았으면 하는 거야?"

민형은 자신에 대해, 가장 중요한 얘기는 빼놓고 얘기하는 것 같다. 심각한 얼굴로 가 봐야 한다며 나가던 일도, 멀쩡한 얼굴로 다시 학교에 나온 일도, 멀쩡해 보였다니 다행이라는 말도.

이 낯설고 설명할 수 없는 공간에 와서도 그는 지금이 제일 좋다고만 말한다.

이제야 보인다. 그가 대책 없이 밝기만 한 긍정형 인간이 아니란 것이.

우현의 진지한 얼굴을 마주한 민형이 잠시 난감한 표정으로 볼을 긁적였다. 그는 주변을 한번 둘러본다.

민형은 이 상황을 넘어가고 싶은 것처럼 보이기도 했다. 자신의 질문이 민형에게 부담을 준 것일까.

어쩔 수 없나.

우현이 그렇게 생각하는 순간 민형이 입을 열었다.

"내가 바꿀 수 없는 일에 대해서는 받아들이려고 해."

"……."

"솔직히 학교 와서 내 걱정 하는 사람 본 적이 없었거든? 별일 아니라고 하면 그냥 별일 아닌가 보다, 하고 넘기잖아. 근데 네가 날 걱정했다고 했잖아……. 솔직히 좀 놀랐어."

민형은 거기까지 말하고서 멋쩍은 듯 헛기침을 했다.

"나 사형제 중 막내야. 근데 셋째 형이 집안의 골칫덩이랄까, 내가 형을 이렇게 판단하면 패륜일 수도 있는데. 우리 부모님이 좀 힘들었거든. 물론 현재진행형."

민형은 한숨을 참아내는 것처럼 잠시 입을 꾹 다물었다.

"이번엔 가출했어."

"……가지가지 하네."

옆에서 운성이 한마디 보탰다.

"아, 참고로 이번이 가출 다섯 번째라 무덤덤하긴 한

데, 이상한 데서 연락 온 전적이 있어서. 다 같이 찾으러 다녔어. 웃기지?"

웃기지 않았다. 우현은 자신이 민형의 밝히기 싫어하는 어떤 부분을 끄집어냈다는 생각에 마음이 불편해졌다.

"일부러 숨긴 건 아냐. 그냥…… 그게 편해서."

민형은 잠시 침묵했다.

이건 내 잘못이다. 누구에게나 숨기고 싶은 건 있는 법인데.

우현도 누군가 과거 일에 대해 캐묻는다면 불쾌할 것이다. 그는 사과하려 했다.

"미,"

"미안해하지 마! 너한테 말해 주고 싶었어. 이렇게 되기 전에 말했으면 좋았겠지만."

민형이 리액션을 크게 하며 손을 내저었다.

"우현, 선우현이. 이제 넌 내 베프다!"

"아, 그래? 고마워……?"

우현은 머쓱해져 대답했다.

"풉, 아하하하하하."

갑자기 큰 소리가 들려 쳐다보니 운성과 유리가 한참 웃음을 참다가 터진 모양이었다.

운성은 고개를 돌리고 애써 참고 있지만 어깨는 들썩

거리는 데다 귀가 새빨개져 있었고, 유리는 그런 운성의 어깨를 마구 두드리며 대놓고 웃는 중이었다.

"둘이 뭐 해? 청춘 드라마 찍어? 아하하하하."

"아이 씨, 내가 그러니까 쌍둥이 앞에서 이런 소리 안 하려고 했는데……."

민형은 제 머리를 쥐어 잡으며 씩씩거렸다.

우현만 두 사람이 웃는 연유를 몰라 어리둥절할 뿐이었다.

한참 놀림을 당한 민형은 억울해했지만 분위기 환기는 되었다. 낯설고, 어딘지 모를 곳에 있었지만 이 공간 자체는 자연에 가까워 묘하게 마음이 편해지는 구석이 있었다.

네 사람은 다시 힘을 내서 움직여 보기로 했다.

"찾아보자. 이거 아무리 봐도 책 같거든? 이상하긴 한데 찾아보면 뭔가가 나오지 않겠어?"

그들은 일단 나무 아래로 다시 내려갔다. 자력으로 허공에 떠 있는 나무는 이제 보니 마치 하나의 행성처럼 보이기도 했다.

전혀 손 닿지 않을 높은 공간에 있는 나무도 있었지만, 땅 근처에 있는 다른 나무에도 올라갈 만한 구석은 있었다.

나름 목적이 생기니 몸이 또 움직여졌다. 다 같이 한

군데씩 나무를 둘러보며 꼼꼼하게 살펴보았다. 하지만 다섯 번째 나무를 반 바퀴쯤 돌았을 때는 목적의식이 희미해졌다.

"여기가 마지막인데……."

우현이 오후 2시 방향으로 눈을 돌리며 말했다. 사선 너머로 더 높은 허공에 떠 있는 나무는 어떻게 올라가야 할지 감도 오지 않았다. 이곳엔 밧줄도, 사다리도 없었다.

다른 아이들도 우현과 같은 마음인지 반쯤 포기한 얼굴이었다.

"나 어른들이 공부가 제일 쉬웠다는 말 할 때 항상 속으로 코웃음 쳤거든?"

민형이 입을 열었다.

"그런데, 진짜다. 이렇게 답이 뭔지도 모르겠는 문제는 뭘 해야 할지 감도 안 와. 미치겠네, 진짜."

우현은 짧게 한숨을 내쉬었다. 민형의 말에 강하게 공감했다. 열심히 움직인 몸에선 열이 올라오고 있었다. 땀도 났다. 우현은 집으로 돌아가 방에 누워 쉬고 싶었다. 하지만 그걸 입 밖으로 꺼냈다간 걷잡을 수 없을 것 같아서 입을 꾹 다물었다.

그때 유리가 자리에 쭈그리고 앉더니 그대로 벌러덩 드러누웠다.

작은 풀 사이에 교복을 입고 누운 그녀는 지독히 이질

적이었다. 무슨…… 화보 같네.

"뭐?"

"응? 내가 말로 했어?"

"응. 너 말로 했어."

유리 대신 운성이 대꾸하더니 유리 옆에 자리를 잡고 앉았다. 이내 그도 드러누웠다.

유리는 팔뚝으로 얼굴을 반쯤 가리고 웃었다. 싱그러운 햇살이 그녀의 이마를 비추고 있었다.

어쩐지 더 보고 있기가 어려워져 결국 우현도 자리에 드러누웠다. 시선이 위로 향하니 천장에 있는 창문 너머 뭉게구름이 눈에 들어왔다. 마음이 한결 편해졌다.

"뭐 하는 거야, 다들."

민형은 부러워하는 얼굴이지만 똑같이 드러눕지는 않았다. 그는 은근히 책임감이 강했다. 이대로 다 같이 퍼져 버리면 안 된다는 걸 직감적으로 판단한 것이겠지.

"그래도 여기까지는 돌아보자고, 할 수 있는 데까지 하고 쉬는 게 프로페셔널한 거 아니겠어?"

너희들이 끝마치지 못한 일을 마저 해 보겠다며 민형은 두 손을 높이 뻗었다. 다섯 번째 나무부터 다시 되돌아 가면서 보다 보면 새로운 게 보일지 모른다면서 민형은 의지를 다지듯 흠, 하고 소리를 냈다. 민형은 다시 심오한 얼굴로 책들 사이로 다가갔다. 한 손으로 턱끝을 매만지며 가늘게 눈을 뜬 채 집중했다.

누워 있던 세 사람은 고개만 살짝 들어 민형의 행동을 물끄러미 바라보았다.

살짝. 민형이 눈앞에 있는 아무런 특징도 없는 책을 건드린다. 그리고 툭. 마치 슬로 모션처럼 책은 책장에서 떨어져 나와 바닥으로 향한다. 둔탁한 소리가 났다. 바닥이 풀과 흙으로 뒤덮여 있어서 두께에 비해 소리가 작은 듯했다.

"……어?"

상황을 바로 받아들이지 못한 세 사람 사이에 정적이 흐르고, 그다음 모두가 소리 질렀다.

본의 아니게 바닥에 내동댕이쳐진 책은 이제 제법 선명한 색으로 빛났다. 꽂혀 있을 때는 나무의 일부 같았던 그것은 이제 명확하게 존재감을 발휘하고 있었다.

"어떻게 한 거야?"

유리가 누구보다 빠르게 몸을 일으켜 다급하게 물었다.

민형이 황당한 표정으로 대답한다.

"나도 몰라……. 진짜 살짝 건드렸는데 이게 그냥……."

민형만큼이나 우현도 당황스러웠다. 아까는 그보다 더 얇은 책이어도, 네 사람 모두 시도해 봤지만 꺼내 볼 수 없었다.

"이거 안 펼쳐지는데? 잠깐, 들리지……도 않아."

바닥에 떨어져 있는 책을 펼쳐 보려던 운성이 당황한 목소리로 말했다. 유리까지 가세했지만 책은 꿈쩍도 하지 않았다. 고개 숙인 민형이 다시금 책을 들어 올렸다. 아주 가뿐하게. 책은 깃털처럼 가볍게 들렸다. 보는 것만으로도 알 수 있었다.

우현이 그에게 손을 내밀고 책을 받아 들려 했지만, 책은 다시 땅으로 떨어졌다.

"다들 왜 그래. 이건 무게가 없는 수준인데?"

민형과 우현이 서로 마주 보았다. 이 괴리감은 대체…….

"이건 무겁다는 수준이 아니야. 바닥과 분리되어 있다고 생각하기 어려울 정도였어. 근데 너는 무게가 안 느껴진다고?"

"거의 안 느……껴지네."

여전히 가뿐하게 민형이 책을 들었다.

"펼쳐 보자."

유리가 말했다.

민형은 침을 한번 꿀꺽 삼키더니 고개를 끄덕였다. 그리고 무게감이 없어 허공을 가르는 듯한 느낌으로 조심스럽게 책을 펼쳤다.

"이것도 소설인가?"

운성이 중얼거렸지만 민형은 곧바로 맞받아쳤다.

"아니야……."

두려움과 당혹감이 번져 나가는 민형의 목소리에 세 사람은 그를 쳐다보았다. 민형은 눈을 비비고 몇 장 더 넘기더니 말을 이었다.

"이거…… 우리 형 이야기야."

민형은 책에 코를 박을 듯 가까이 들이밀며 두 눈을 끔뻑거렸다. 뭔가를 찾는 듯 보였지만 심각하게 집중하고 있어서 말을 붙이기가 어려웠다. 우현이 묻고 싶은 말은 속에서만 맴돌았다. 왜 형의 이야기라는 거야? 대체 뭘 찾고 있는 거야? 그 책 속에 어떤 단서가 있지?

"이거 읽을 수가 없는데?!"

민형이 소리쳤다.

세 사람은 이때다 싶어 다들 책에 머리를 들이밀었다. 하지만,

"뭐야, 이거."

"아무것도 안 쓰여 있잖아."

우현, 운성, 유리의 시선이 민형을 향했다. 민형은 분명 '형'의 이야기라고 했다.

하지만 펼쳐진 책에는 아무런 글씨도 쓰여 있지 않았다. 오히려 책이 아니라 두꺼운 노트라고 말하는 게 나을 모양새였다.

시선을 받은 민형의 얼굴이 묘하게 일그러졌다. 책 한 번, 그리고 세 사람을 연거푸 번갈아서 쳐다보더니 입을

열었다.

"여기 글씨. 안 보여?"

동시에 세 명이 고개를 가로저었다.

"너는 뭐가 보이는데? 근데 읽을 수 없다고 했잖아."

운성이 말했다.

"음……. 빽빽하게 글이 쓰여 있어."

우현은 그 말에 다시 민형이 들고 있는 책을 봤지만 여전히 백지였다.

"근데 형 이름 말고는 다 블러 처리된 것처럼 뿌예서……. 읽을 수가 없어."

순간적으로 정적이 흘렀다. 귀신에 씐 것도 아니고 누군가에겐 보이고, 누군가에겐 보이지 않는다니……. 하지만 그 말을 믿을 수밖에 없었다. 지금 우현의 눈앞에 펼쳐진 풍경부터 겪는 현상까지, 상식선에서 이해할 수 있는 건 아무것도 없었으니까.

"그리고…… 어? 여기부턴 안 넘어간다."

민형이 책을 들고 애를 썼지만, 어느 기준부터 페이지가 딱풀로 붙어 있는 것처럼 미동도 없었다.

도와주고 싶었으나 다른 사람들에겐 이미 첫 장을 펼치는 것부터 불가능했다.

"뭐지……?"

민형이 책을 요리조리 돌려가며 유심히 보았지만 특이

한 부분은 없어 보였다.

"각자 펼쳐 볼 수 있는 책이 정해져 있나 본데……. 웃차."

화제를 돌리며 몸을 움직인 운성은 책장에 꽂힌 책들을 꺼내 보기 시작했다. 물론 꿈쩍도 하지 않았다. 뒤이어 우현도 운성이 건드려 본 책들을 차근차근 순서대로 꺼내려는 시도를 시작했다.

이 수많은 책들이 누군가의 이야기 책인 걸까. 그렇게 생각하니 기분이 이상했다.

민형의 책—이런 식으로 불러도 되는 건지 모르겠지만—은 양장에 금테가 둘려 있었다. 내용을 떠나 고급스러운 느낌이 물씬 풍겼고 책 안의 종이는 양피지라고 해야 할까, 종이보단 천에 가까운 모양새로 책장은 부드럽게 곡선을 그리며 넘어갔다. 꺼내 보기 전까지 자세한 건 알 수 없었지만 나무의 일부처럼 보이는 책의 두께와 크기는 각양각색이었다. 우현은 자신이 꺼내 볼 수 있는 책이 과연 어떤 모습을 하고 있을지 궁금했다.

오래 지나지 않아 우현과 운성은 책을 발견했다. 우현은 잎사귀에 그늘진 구석 아래에서 자신의 책을 찾았다. 툭, 하는 경쾌한 소리와 함께 책장에서 빠져나온 책은 상당한 두께감이 인상적이었다. 양장은 아니고 페이퍼백이었다. 진한 녹색에 고동색을 살짝 섞은 색의 표지는 단정한 느낌이 들었다. 전체적인 테두리가 일반적인 각이 아닌 둥그스름한 모양새로 그것을 제외하고는 특별히 눈에 띄는 것은 없었다.

반면 운성의 책은 상당히 얇았다. 얇고 양장인 그 책은 베이지색 표지에 수채화 같은 그림이 그려져 있었다. 제목은 어디를 보아도 찾을 수 없었지만 표지의 그림 때문인지 동화책처럼 보였다.

유리 역시 책을 발견했다. 운성의 책과 비슷하지만 조금 더 두께감이 있었다. 낙엽 같은 노란색이 그러데이션을 이루고 있었다. 이 모든 차이가 뭘 의미하는 건지 아직은 모르겠다.

우현은 책을 펼쳐 보았다. 두께에 비해 무겁지 않아 놀랐고, 펼쳐진 종이의 투박한 질감에 어딘지 모를 익숙함을 느꼈다. 이게 뭘까. 대체 뭘까. 그는 어떠한 단어 하나를 떠올리려 노력했지만 쉽사리 찾아내기 어려웠다.

그 문제는 이내 해결되었다. 사실 고민할 필요도 없었다. 책을 펼치고 가장 첫 문장에 쓰인 이름만 보고서도 알 수 있었으니까.

네 사람은 각자 찾은 책을 들고서 한 자리에 모였다. 우현은 손에 든 책에 쓰인 글귀를 확인했다. 민형의 말대로 이름 빼고는 블러 처리된 것처럼 읽을 수 없었지만, 무언가 적혀 있다는 사실은 알 수 있었다.

네 사람이 고개를 들어 서로 마주했다. 이제 어떻게 하냐는, 질문이 튀어나오기 직전이었다.
"어?"
　민형의 시선이 한쪽을 향했다. 우현도 그의 시선을 따라 고개를 돌렸다.
　연노란색 나비 한 마리가 허공을 가르며 이쪽을 향해 날아오고 있었다.
"나비다."
　유리가 말했다. 햇빛 아래 날갯짓을 하는 나비는 어쩐지 반짝이는 것 같았다. 네 사람은 숨을 삼키고 나비가 날아오는 것을 바라보고 있었다. 그러고 보니 나무와 풀은 있는데도 곤충 한 마리 보이지 않았다는 사실을 그제야 깨달았다.
　나비는 네 사람이 모여 있는 중앙으로 날아왔다. 그리고 바람이 불기 시작했다.
　발끝에서부터 시작되는 잔잔한 바람이 점차 옷과 머리카락을 휘감듯 속도와 부피감을 키웠다.
　놀란 아이들의 얼굴이 우현의 눈에 들어왔다. 무슨 말이라도 해 보려 입을 열었지만, 바람 소리에 묻혀 아무런 말도 닿지 않았다.
　곧 몸이 날아갈 것처럼 강한 바람이었다. 우현은 얼굴에 불어오는 바람을 막으려다 책을 쥔 손에 힘이 빠졌다. 바닥에 책이 떨어지는 그 순간, 바람이 멎는 소리가 들렸다.

 기척이 사라졌다. 소리가 없어도, 움직이지 않아도, 나무와 풀이 있는 곳에는 생명력이 있다. 흔히들 말하는 '기'의 종류일지도 모르겠는 그것은 자연이 충만한 공간이라면 누구나 느낄 수 있다.

 그런데 바람이 멈추면서 그런 형상화할 수 없는 것들의 기운이 동시에 멎어 버렸다. 마치 시간이 멈춘 것처럼.

 그리고 순식간에 암전되었다.

3. 선우현

눈이 뜨였다. 자신이 칠판 앞에 서 있다는 것을 깨달았다.

우현은 놀라기보단 순전한 궁금증이 들었다. 왜? 잠깐. 방금 전까지 뭐 하고 있었지?

기억의 흐름이 시간의 순서와 맞지 않았다.

조금 더 신중히 상황을 파악하려 했다. 하지만 바로 그 다음 순간, 그는 아프다기보단 깜짝 놀라게 되는 감각에 온 신경이 쏠리고 말았다.

"이틀 전에 배운 거잖냐, 으구."

고개를 돌리니 아주 낯선 사람이 그를 잘 안다는 듯이 말하고 있다. 그의 손에 들린 기다란 나무 자가 보였다. 저걸로 지금 때린 거야? 황당한 얼굴로 상대방을 쳐다봤지만 도리어 그를 한심하다는 듯 바라보는 눈빛을 마주했다. 그리고 일순 키득거리는 소리가 그의 귀에 박혔다.

그의 손에는 분필이 쥐어져 있었다. 분필이라니. 뭔지는 알아도 써 본 적은 없는 물건이었다. 하얀 분필 가루가 손가락 주름 사이를 파고들어 수분 없이 퍼석했다. 얼마나 지난 건진 모르지만 멍 때리고 있는 모습이 비웃음을 자아냈다는 건 분명했다. 우현은 어쩐지 자존심이 상해 일단은 눈앞의 문제를 풀기로 했다.

다행히 알고 있는 내용이었고, 그다지 어렵지 않은 문제였다. 도무지 이해되지 않는 이 상황을 회피하기에 적합한 정도의 집중력을 요구했기 때문에 오히려 안정감을 주었다. 몇 분이 채 되지 않아 길게 쓴 수식 끝으로 답이 나왔다. 우현은 문득 주위가 유달리 조용해진 것을 깨달았다.

궁금증에 돌아본 교실 안에 모르는 얼굴이 가득했다. 그때 누군가 말했다.

"이야! 선대국 다시 봤다?"

"하면 되잖냐. 녀석 참……."

말하는 아이들 너머로 'D-14'라는 문구가 허공에 떠 있었다.

우현은 방금 전까지 있던 낯선 공간과 그곳에서 발견한 책을 떠올렸다. 책 속에 적혀 있던 이름과 지금 자신을 부르는 이름은 일치했다. 하지만 그건 우현의 이름이 아니었다. 무언가 어긋난다고 느꼈던 감각은 정확했다. 난제는 칠판이 아니라 여기에 있었다.

　선우현의 아버지인 선대국은 우현과 같은 고등학교를 나왔다. 옛 느낌이 나지만 왠지 익숙한 이곳이 30년 전의 학교라는 사실을 인지하기까지는 오랜 시간이 걸리지 않았다.
　우현은 지금 꿈을 꾸고 있는 건지, 아니면 어딘가로 이동한 건지도 확신이 서지 않았다. 그만큼 아직은 현실감이 없었다. 오래된 영화 속에 들어와 있는 것 같았다. 세트장 한복판에 서 있는 느낌이었다. 영화 주인공의 이름은 선대국이고 자신이 그 배역을 맡은 것 같았다.
　어디서든 그러하듯, 학생들은 수다스럽고 기운이 넘친다. 변하는 것들 사이에서 '전혀'라고 할 만큼 다르지 않은 것이 있었다. 그건 우현에게 안도감을 주었다.
　대국의 활달한 성격과 어울리게 그의 주위에는 사람이 많았다. 조금 전 수학 문제를 푼 것이 애들 사이에서는 화젯거리였다. 놀라움을 금치 못하는 반응이 대부분이었지만, 그 와중에도 짐짓 의심스럽다는 얼굴도 몇 있어서 우현은 내심 억울했다. 아버지는 우현에게 자신이 공부를 잘했었다고 당당하게 말했다. 우현은 그 말을 정말 철석같이 믿었다. 하지만 아버지도 자신의 완벽한 거짓말이 이렇게 들킬 거라는 사실은 몰랐을 거다.

우현은 아버지를 닮은 편이 아니다. 아들이면서도 선이 가는 엄마를 닮은 우현은 성격도 그다지 아버지와 비슷한 측면이 없었다. 그런 우현을 바라보며 대국의 이름을 남발하는 학생들이 착각을 하고 있는 건 아닐 것이다. 거울을 확인하고 싶었지만 사람들에게 둘러싸여 쉽지 않았다.

자신이 아버지가 되었다고 가정한다면 일단 어떻게 된 일인지 파악해야 했다.

실제로 칠판의 문제를 풀었다는 이유로 이렇게 주목받고 있다. 그래서 더욱 우현은 조심스럽게 주위를 구석구석 살폈다.

자연과 책들이 한데 뒤섞여 있던 그 환상적인 공간에서 우현이 꺼내 든 것은 대국의 책이었다. 대국의 이름을 보았고, 갑자기 바람이 불었다. 기억은 거기서 끊겼다.

그리고 지금의 상황이 우현 앞에 펼쳐져 있다.

나는 시간 여행을 하고 있는 건가?

가장 일반적인 생각인 데다 매우 그럴듯하고 합당했다. 아버지가 고등학생이고, 학교 너머 보이던 게 아파트가 아닌 산봉우리인 것만으로도 여긴 과거가 확실했다. 과거로 역행했다면 시간 여행 말고는 도무지 설명이 안 된다.

"분명 그 종이들에……."

이상한 공간으로 이동하기 전에, 대국의 책을 발견하기 전에, 우현은 첫 시작이 한 장의 종이였음을 떠올렸다.

그 종이 뭉치를 한참 찾아서 중앙 책상에 놓았을 때 바람이 불고 있었다. 어지럽게 눈에 담았던 글귀 속에 이름이 있었다. 우현, 민형, 운성, 유리. 도서관에 있던 네 사람.

그리고 그 글귀 속에도 도서관이 나왔다. 도서관에서 우현이 '그녀'를 보고 웃으며 말하던 장면. '그녀'가 누굴까. 유리인가?

'우리가 이제부터 이 책을―.'

그 안에서 우현이 뭐라고 말했는데, 그 뒤가 기억나질 않았다. 그 종이에 뭔가가 있었다. 뭔가가…….

우현이 좀 더 상념에 빠지려는 찰나였다.

"대국아, 선생님이 부르신다."

나무 자로 그를 때렸던 선생님이 우현을 바라보고 있었다. 주춤거리며 일어난 그는 교실 밖으로 나갔다. 선생님은 왜인지 아주 흐뭇한 표정이었다.

"나는 네가 해낼 줄 알았다. 무슨 심경의 변화야?"

"아, 그게…….""

딱히 할 말이 없었다. 심경의 변화가 아니고 사람이 변했는데요, 라고 말할 수도 없는 노릇이었다.

"학생이니까 공부해야죠."

스스로 생각하기에도 허무맹랑한 소리가 입 밖으로 튀

어나왔다. 이 정도면 되려나? 하지만 웃는 얼굴로 그를 바라보던 선생님이 갑자기 미소를 지운 채 대꾸했다.

"'겹쳐진 도서관'에 오신 것을 환영합니다."

"네?"

"저는 겹쳐진 도서관의 '사서'입니다."

"겹쳐진…… 도서관?"

"당신은 '선대국'의 책을 대여했습니다. 이곳은 가능성의 공간. 여기 온 시점부터 대여 기간 동안 하는 행동에 따라 '선대국'의 삶의 분기점은 달라질 수 있습니다."

"대여? 분기점? 뭐라고요?"

친절하지 못한 남자의 설명은 우현의 머릿속에 와닿지 않았다. 우현은 되물었지만 사서는 그를 흘낏 한번 보더니 말을 이었다.

"반납 기한은 보시는 바와 같이 14일입니다. 14일이 지나면 자동으로 반납됩니다."

"아니, 지금 무슨 소리를……."

자기 할 말만 와다다 쏟아내는 사서의 설명에 우현이 다그쳤다. 아니, 그러려 했다.

하지만 남자는 갑자기 얼굴을 찡그리더니 한 손으로 머리를 잠시 붙잡고선 말했다.

"아……. 갑자기 어지러워서, 미안하다. 어디까지 얘기했더라, 대국아?"

"네? 방금 전까지 대여했다고 말씀하신 건……."

남자가 의아한 눈빛으로 그를 쳐다보았다.

"방금 전에 여긴 '겹쳐진 도서관'이라고 말씀하셨잖아요."

"음? 그게 뭐지? 나는 그런 말을 한 적이 없는데?"

하여간 앞으로도 잘해 보자며 어깨를 다독이면서 돌아서는 사람은 영락없이 방금 전까지 대화한 선생님이었다.

우현의 머릿속은 혼란스러웠으나 그걸 해결해 줄 사람은 이미 없었다.

'반납…….'

그는 분명히 그렇게 말했다. 우현은 허공에 떠 있는 D-14를 바라보았다. 빨간색인 데다 존재감이 엄청난데, 아이들은 전혀 의식하지 않는 듯했다. 안 보이는 건가? 저 기한이 아버지의 책을 대여한 기간이라고 '사서'는 말했다.

보통은 도서관에 가서 책을 반납한다. 어렵지도 않은 일이다.

하지만 아까 사서가 말한 말 중 반도 이해를 못 했고, 갑자기 아버지에게 빙의한 이유도 모르는데, 되돌아가는 방법을 알 리도 만무하다. 그리고 뭐라고 했더라……. 행동에 따라 '삶의 분기점'이 달라질 수 있다고 했다. 삶의 분기점? 그게 무엇이기에? 그게 내가 아버지의 모습으로 이곳에 있는 이유인가? 구체적인 방법에 대한 건 아무것도 알 수 없었다.

반납은 자동으로 된다고 했지만 뭔가 찜찜했다. 여기서 뭘 하지 않으면, 어떻게 된다는 거지?

아무래도 다시 사서를 찾아서 구체적으로 물어봐야겠다는 결론에 다다랐다. 하지만 어디서부터?

우현은 다시 한번 머리 위에 보이는 'D-14'를 가만히 바라보았다. 대여 기간이라고 했으니 하루가 지나면 숫자가 줄어드는 개념인 것 같았다.

"어디 봐?"

옆에 앉은 친구가 물었다.

"이거 보여?"

"뭐가? 아무것도 없는데?"

혹시나 했지만 역시나 예상 밖의 상황은 없었다.

"그래, 보일 리가 없지."

30년 전 학교에 다니는 학생들은 스마트폰은커녕 휴대전화도 없었다. 쉬는 시간엔 그저 놀고, 수업 시간엔 자거나 옆자리 짝꿍과 장난을 치는 모습만 보였다.

손이 심심한 우현은 그들을 관찰했다. 가만 보고 있으면 잠이 솔솔 오는, 참으로 평화로운 풍경이었다.

"사서를 찾아야……."

"사서?"

낯선 친구가 아무래도 아버지 대국의 짝꿍인 것 같았다. 혼잣말을 하는데도 용케도 알아듣는다.

"아니야."

우현이 남은 시간은 학교를 둘러볼 생각으로 일어섰다.

"사서 찾는 거면 임시 도서관에 가 보든가."

"임시 도서관?"

"응, 도서관 리모델링 중이라서 임시 도서관 있잖아."

임시 도서관은 1층 교무실 바로 옆에 있었다.

임시 도서관의 첫인상은 딱 그거였다. '학교에 도서관이 없으면 좀 그렇지 않나?'라는 대충 흘러가는 생각에 구색만 갖춘 느낌이었다. 그 위치가 교무실 옆에 있는 것도 부담스러웠다. 나무 미닫이문 상단에 작은 창이 있었다. 그 아래 '임시 도서관'이라고 써서 출력해 붙인 간판이 하나 있을 뿐이었다.

이래서 학생들이 오긴 할까.

우현은 조심스레 문을 똑똑 두드렸다. 아무런 반응이 없었다. 다시 한번 두드렸다. 이번에도 아무 소리가 나지 않았다.

문을 열고 들어섰다.

몇 개의 책장에 듬성듬성 책이 꽂혀 있는 황량한 공간

이었다.

안내 데스크로 보이는 낮은 탁자 앞에 학교 비품과 자료가 정리되지 않은 채 어수선하게 자리 잡고 있었다. 탁자 위 작은 책꽂이에는 여러 개의 종이가 끼워져 있었는데, 가까이 가서 보니 그것은 말로만 듣던 도서 카드였다. 책을 빌린 각양각색 학생들의 필체가 일자별로 쓰여 있었다. 어떤 책은 길었고, 어떤 책은 한두 줄뿐이었다. 이렇게 책의 인기를 실감할 수도 있겠구나. 뭐라고 쓴지 모를 정도로 갈겨쓴 글씨체가 있는가 하면 가지런하고 반듯한 글씨체도 있었다. 동글동글하고 귀여운 글씨체를 보고 있으려니 우현은 문득 유리의 필체도 궁금하다는 생각이 들었다.

우현의 시선은 옆으로 옮겨 갔다. 탁자 앞 의자에 누군가 앉아서 졸고 있었다.

깨워야 하나.

교복을 입고 있는 걸 보니 사서가 맞는지—애당초 사서가 학생인지 교사인지도 몰랐으니까— 의문스러웠지만 두 번이나 문을 두드렸는데도 안 일어난 걸 보니 깨우기도 애매했다.

그래도 깨워야겠지?

"저기······."

우현이 말을 건네려던 찰나, 졸고 있던 남학생이 눈을

번쩍 떴다.

헙. 우현은 저도 모르게 숨을 들이켰다.

"선대국?"

"으응……?"

아무래도 대국을 아는 사람인 모양이다.

"네가 여기 왜 있어."

"그러게. 내가 여기 왜 있을까."

말을 하며 잠이 깬 듯한 남학생이 자리에서 일어나 기지개를 켰다.

"수업 시작했어?"

"아니, 아직……."

"그래? 그러면 용건이 뭔데?"

우현은 잠시 고민했다. 하지만 이 정도는 말해도 될 것 같았다.

"여기 사서가 너야?"

"사서? 도서관 당번이긴 한데……."

남학생이 고개를 갸웃거렸다.

사서는 정해져 있는 사람은 아닌 것 같았다. 교무실에 다시 들렀을 때도 이곳에 오자마자 마주했던 수학 선생님은 그저 선생님일 뿐이었다. 이 모든 상황을 알고 있는 핵심 인물로 보이는 사람이 자신을 '사서'라고 표현했으므로 사서를 찾아야 했다. 그리고 사서는 지금의 우현처럼 사람들에게 빙의할 수 있는 존재인지도 모른다.

우현은 도박을 해 보기로 했다.

"여기엔 사서가 없어? 사서를 찾고 있어. 내가 아버지의 책을 대여했다고 했거든. 시간 여행을 하는 셈인데, 그다음 중요한 말을 하다가 그냥 사라져서……."

"……그런 중요 정보를 일반인에게 너무 말하는 것은 옳지 않은 것 같습니다."

예상이 맞았다. 남학생의 말투가 바뀌더니 아까의 그 사서처럼 느껴졌다. 사서는 특정 인물이 아니라 이런 식으로 남의 모습을 빌려 나타날 수 있는 듯했다.

"도서관에서 책을 빌리면 기본적인 규칙 사항이나 순수 사항을 알려 주지 않나요? 저는 당신의 설명이 너무 부족했다고 느꼈어요. '가능성'이니 '삶의 분기점'이니 제대로 얘기해 주지 않았으니 제가 알 방도가 없다고 보는데요."

사서는 잠시 입을 꾹 다물었다.

"납득했습니다. 궁금하신 점에 대해 문의해 주시면 안내해 드리겠습니다."

의외로 빠르게 우현의 의견에 수긍한 사서였다.

"정확히 여기가 어디인 거죠? 아까 겹쳐진 도서관에 온 걸 환영한다고 했는데, 여기가 도서관인 건가요?"

"정확히 말씀드리자면 도서관 내부는 아닙니다. 도서

관에서 대여하신 책을 기점으로, 책 주인 삶의 어느 한순간에 오신 거라고 보면 됩니다."

"그러면 시간 여행을 하는 게 맞네요?"

"그렇게 이해하셔도 무방합니다."

남학생의 얼굴을 한 사서의 목소리에는 고저가 없어서 마치 AI와 대화를 하는 것 같기도 했다.

"책을 대여했고, 저건 반납 기한이라고 했고……. 하지만 제가 들고 있던 책은 사라져 버렸는데, 반납을 어떻게 하는데요?"

"곧 책 주인에게 있어 삶의 분기점이 되는 중요한 순간이 찾아올 겁니다. 분기점의 순간에서 책 주인의 삶을 바꿀 기회가 있어요. 그러니 대여 기간이 끝나기 전까지 최선을 다해 주시면 됩니다."

"최선을 다하라니…… 어떤 식으로요? 뭔지 모르겠지만…… 바꾸지 못하면요?"

우현이 물었다. 사서가 그를 무감각하게 바라보았다. 그 얼굴이, 우현의 실패와 성공에는 전혀 관심이 없는 것처럼 보여서 괜스레 긴장이 되었다.

"삶의 분기점에서 바뀌지 않고 책 주인의 삶은 이어지겠죠."

"그게 무슨……."

"선대국의 인생이 바뀌면 당신의 인생에 영향을 미치

나요?"

"당연하죠!"

그걸 말이라고. 우현은 약간 울컥한 마음에 소리쳤다. 그 말에 사서가 잠깐…… 웃은 것 같은데, 내 착각인가?

"여기까지만 말씀드리겠습니다. 더 이상 정보를 안내하는 건 어려울 것 같네요."

"잠깐만요. 아직 얘기가 안 끝났……."

말이 끝나기도 전에 사서의 눈이 감겼다. 인상을 잔뜩 쓰며 이마를 짚은 채 다시 눈을 뜬 남학생이 우현을 보고 말했다.

"아……. 그래서 용건이 뭐라고?"

남학생은 이제 사서가 아니었다. 임시 도서관에서 나온 우현은 천천히 복도를 걸어갔다. 이번에도 궁금증을 다 해결하지 못한 채 사서는 사라져 버렸다. 그와의 대화를 곰곰이 곱씹던 우현은 중앙 계단 앞 복도에 있던 거울을 발견하곤 멈춰 섰다. 그럴 수밖에 없었다. 거울 속에 비춰 있는 건 대국이 아니고 우현이었다.

내 얼굴……? 우현은 거울 속에 있는 익숙한 자신의 얼굴을 의아한 표정으로 쳐다봤다. 모든 사람이 자신을 대국으로 불렀다. 우현이 착각한 게 아니라면 대국으로 보여야 할 것 같았는데, 거울에 비친 사람은 우현이었다.

우현은 거울을 보고 제 머리와 어깨 손 등을 매만지고

바라보았다. 이질감은 없었다. 그러면 사람들이 내 모습을 아버지의 모습으로 착각하는 건가? 하지만 사서는 '시간 여행'을 하고 있다고 했고, 우현을 '대여자'라고 지칭했다.

거울에 빨려들 듯 쳐다보며 몸을 만지고 있으니 뒤에 걸어가던 선생, 학생 들이 지나가며 수군거렸다. 그때 누군가 어깨에 손을 턱 올렸다.

"선대국 씨, 오늘도 본인이 잘생긴 듯합니까?"

같은 반 친구로 보이는 학생이 키득거렸다. 그런 거 아니야. 말을 얼버무리며 우현은 괜히 헛기침을 했다. 거울을 뒤로한 채 교실로 향했다.

여기, 이곳에서 얼마 지나지 않아 아버지의 삶에 중요한 순간이 온다.

그게 뭔데……?

다시 교실로 돌아오고 수업이 시작되었다. 수업 시간 내내 우현은 반납과 대여, 아버지가 고등학교 시절 고민했을 법한 여러 가지 문제를 생각해 보았다.

하지만 딱히 성과는 없었다.

선대국……. 그러니까 아버지는 우현이 보기에 뭔가를 크게 고민하거나 질질 끌고 있는 스타일이 아니었다. 언제나 호탕하고, 도전해 보고자 하면 도전한다. 대차게 실패하면 실패한 대로 허허 웃는, 그런 사람이었다.

다시 한번 수업 시간이 끝났다. 아이들은 자리에서 우당탕 일어나 뒷문을 닫고 말뚝박기를 하기 시작했다. 와, 저러고 노는 걸 실물로 보다니. 신기하고 웃겼다.

그때 무성의하게 내버려 둔 시선 안에 뭔가가 들어왔다. 사람이 지나갔는데, 어딘가 익숙했다. 왜인지 놓쳐선 안 될 것 같다는 직감이 들었다. 우현은 무의식적으로 몸을 일으켰다. 서둘러 복도로 나간 우현은 마침 들어오려던 사람과 마주했다.

"아……."

상대방을 보자마자 우현은 자신이 무엇을 찾고 있었는지 알 수 있었다. 어떻게 알았을까. 하지만 알 수밖에 없지 않을까.

마주친 시선을 그대로 유지한 채 우현은 입을 다물었다.

여학생은 조금 놀란 얼굴을 들고 우현을 바라보았다. 뚫어질 듯한 시선과 거리감에 당황한 듯 한 발짝 멀어졌다.

하얀 얼굴에 오목조목한 이목구비, 햇빛에 빛나는 흑갈색 머리칼은 깔끔하게 묶고 있었다. 평소 성격을 보여 주는 듯 반듯한 명찰에 새겨져 있는 이름, 한서연.

지금과는 여러 의미로 다르지만 그 얼굴이 확실히 남아 있다.

엄마―.

우현은 순간 입 밖으로 튀어나오려던 그 말을 꾹 집어삼켰다. 지금은 다르다. 눈앞의 소녀는 딱 자신의 또래인데도 무심코 부를 뻔했다. 덕분에 붕어처럼 입만 뻐끔거리는 모양새가 되었다.

일단 그에게 닥친 상황을 파악하는 데 급급했기에 같은 학교를 다니던 엄마가 있을 거라고는 미처 생각하지 못했다. 우현의 나이인 서연은, 물론 지금의―우현 엄마로서의― 모습과는 달랐다.

서연은 딱 봐도 어렸다. 서연의 얼굴인데도 우현 또래로 보인다는 게 신기할 정도였다. 어릴 적 사진 속에서 젊은 엄마를 본 적이 있었지만 그것과는 또 달랐다. 어른들이 아이들을 보고 그 자체로 빛이 난다고 말하는 이유를 이해할 것 같은 순간이었다. 고등학교 2학년의 서연과 지금 엄마 사이의 간격이 한없이 경이로운 어떠한 정의를 담고 있는 듯했다.

우현은 이 감정은 뭔가 싶어 생각하다가 그것이 감동이라는 것을 깨달았다.

그렇구나. 나 감동받았구나.

"저기……."

"어?"

멈칫하고 있던 순간이 조금 길었던 모양이다. 우현은 자신이 서연을 너무 뚫어지게 주시하고 있었다는 것도 동시에 알아챘다.

"아……. 미안."

교실에 들어가는 길을 막고 있던 우현이 크게 한 발짝 옆으로 가서 길을 터주었다. 서연이 들어가려던 발걸음을 잠시 멈추고 우현에게 말했다.

"아까 문제 잘 풀더라? 다시 봤어."

가녀린 소녀에게는 다소 어울리지 않을 법한 장난스러운 미소가 얼굴에 퍼졌다. 씨익 웃는 그 모습이 다시 엄마와 겹친다. 할 말만 끝낸 채 걸어 들어가는 서연의 뒷모습을 우현은 멍하니 바라보았다.

먼저 반한 쪽은 아버지였다고 했다.

그의 성격을 생각해 보면 대놓고 직진할 거라 확신했는데, 막상 대국의 입장에서 서연과 한 교실에 있는 동안 우현은 그 생각이 옳은 건지 확신할 수 없었다. 그래서 더욱 마주하기가 조심스러웠다. 갑자기 너무 다른 모습을 보인다면 아무래도 아버지의 입장이 난처해질 테니.

두 사람이 같은 반이었다는 건 제대로 들은 적이 없었다.

우현이 유일하게 이 공간에서 알고 있는 사람은 한서연뿐이었다. 지금 얼굴이 남아 있었지만 낯선 건 어찌할 수 없었다. 그래도 엄마인지라 또래 여자아이라는 느낌보다는 그립다는 느낌이 많이 들었다. 그래서일까. 자꾸만 시선이 갔다.

 아버지는 어린 우현에게 이런저런 옛날이야기를 하는 것을 좋아했다. 무슨 그런 얘기를 아직도 꺼내냐며 작게 핀잔을 주던 엄마도, 아버지의 이야기 소리를 들으며 결국엔 미소 짓던 모습을 기억한다. 그 분위기와 시간이 주는 따스함이 좋았다. 그래서 우현은 질리도록 얘기를 들었음에도 가만히 아버지의 말에 귀 기울이곤 했다.

 가장 많이 들었던 건 주로 아버지가 엄마와 연애를 시작했을 때의 이야기로 하나같이 시시콜콜했다. 과장하는 감이 없지 않아 매번 들으면서도 황당한 웃음으로 마무리 지었던 적이 한두 번이 아니다. 부모님에게도 어린 시절이 있다. 나처럼 고등학생일 때도 있었다. 아무리 봐도 어른이라고 하기엔 한없이 부족해 보이는, 그런 얼굴이 있었다. 당연한 사실인데도 그걸 간과하고 살아간다.

 힐끔거리는 횟수가 많아질수록 눈이 마주치는 순간이 자주 생겼다. 우현은 괜스레 찔리는 기분이 들어서 눈동자를 이리저리 굴렸다. 자신을 빤히 쳐다보는 엄마의 시선이 느껴지는 것 같았다.

 좀만 덜 힐끔거려야겠다.

 쳐다보지 않겠다는 생각은 아예 하지 않는 우현이었다.

 그다음 시간은 체육 수업이었다.

 "축구……."

"왜, 네 특기라 오늘도 날아다니려고?"

아버지의 친구들로 보이는 학생들이 우현의 어깨를 툭툭 치며 지나갔다. 장난스러운 그들의 말투에 우현은 웃을 수 없었다.

선대국은 활동적인 남자였다. 운동 신경이 좋아 뭐든 보통 이상은 했다. 한때는 아들과 같이 축구 하는 게 꿈이라며 우현을 한참 끌고 다니기도 했다.

하지만 공을 차다 넘어져 우현의 새끼손가락에 금이 간 이후로 아버지는 한 번도 축구에 대해 언급하지 않았다.

어쨌든 선우현은 아버지와 달랐다.

'나는 엄마 닮았는데…….'

자세 정도는 흉내 낼 수 있을지 모르지만 우현의 축구 실력은 별로 좋지 않았다. 아버지가 체육 시간마다 운동을 잘해서 이름을 날렸다는 이야기는 귀에 딱지가 앉도록 들은 소리였다. 그것마저 거짓말이기를 바라기엔 아이들의 시선이 아까 수학 시간과는 너무 달랐다.

시합이 시작되고, 우현은 후방으로 빠졌다. 최대한 눈에 띄지 않는 게 이번 시간의 목표였다. 괜히 나서서 아버지의 명예를 실추시키는 것보다야 활약이 없는 게 백 번 낫다는 판단 때문이었다.

"여자애들이 응원한다!"

옆 반과 같이하는 수업이라 각 반의 여학생들이 옹기

종기 모여 구경하고 있었다.

그중엔 서연도 있었다. 우현은 그녀와 눈이 마주쳤다. 아무리 봐도 엄청나게 기대하는 얼굴이었다.

아……. 큰일 났네.

우현은 나름대로 최선을 다했다. 하지만 운동장 한쪽 계단에 앉아서 이쪽을 보는 서연이 신경 쓰여 시합에도 집중할 수 없었다. 부모님은 대학에 들어가면서 사귀었다고 했다. 여기 있는 대국은 고등학교 2학년이었다.

혹시나 지금 제대로 하지 못해서 아버지와 엄마가 결혼하지 못한다면 그거야말로 큰 문제가 아닌가. 인생이 바뀌는 게 아니라 나, 없어질 수도 있는 거 아냐……?

그런 생각이 머릿속을 오가는 데다, 원래 잘하지도 못하는 축구를 잘하는 척하는 건 무리수였다.

"오늘 왜 이래, 대국아."

"살살 하지 말고. 아무리 수업이라지만 너무 대충 한다, 야."

"하하하……."

우현은 숨이 턱끝까지 차올라서 헛웃음만 나왔.

전반전이 끝난 후, 우현의 어깨는 더욱 무거워졌다.

남자애들이 잠시 쉬는 동안 여자애들은 피구를 했다. 무심코 서연을 눈으로 좇았지만, 서연은 우현만큼 시선을 의식하지 않는 듯 보였다.

후반전. 우현은 축구에 좀 더 집중하기로 했다.

하지만 고개를 돌렸을 때 먼 곳에 있던 서연과 눈이 딱 마주쳤다.

어째서인지 달리면서도 그 눈을 뿌리칠 수가 없었다. 엄마나 우현이나 습관이란 건 무서운 법이었다.

우현은 여전히 서연을 보며 달리고 있었다.

"받아!"

뒤늦게 그 소리를 듣고 공을 받으려 했지만, 상대방의 패스는 이미 그를 향해 날아왔다. 스텝이 꼬이는 건 한순간이었다.

"악!"

축구공을 이상하게 발에 휘감으며—우현은 휘감겼다고 느꼈다— 우현은 꼬꾸라졌다. 몸이 옆으로 돌아가며 어깨가 바닥에 쿵 하고 부딪혔다. 바닥으로 넘어질 때 허리 근처에 떨어진 축구공을 눌러 버렸다. 축구공은 매우 딱딱했다. 아파서 눈물이 나온다는 말이 절로 이해됐다.

시합이 잠시 중단되고 우현은 너무 창피해 당장 양호실에 가겠다며 혼자 뛰어갔다.

양호실로 가는 거리는 멀게만 느껴졌다. 한창 수업 중이라 복도는 한산했다. 잰걸음으로 걷던 우현은 잠시 뒤를 돌아봤다.

"으, 헉!"

"쉿!"

아무도 없을 것이라는 예상과 달리 그곳엔 서연이 있었다. 소리칠 뻔했으나, 우현은 간신히 참아냈다.

놀란 심장이 뒤늦게 쿵쾅거렸다. 식은땀인지 운동의 여파인지 모를 땀이 이마에 맺혔다.

"왜……? 무슨 일……?"

"양호실에 혼자 간다는 게 마음에 좀 걸려서. 선생님한테 말씀드리고 따라왔어."

"그렇구나……."

"많이 아파? 얼굴빛이 안 좋은데."

그건 엄마 때문인데. 우현은 정말 아무것도 모르는 것처럼 보이는 서연을 힐끗 쳐다봤다.

"아냐……. 괜찮아."

말하자마자 방금 전 얼마나 우스운 모습으로 넘어졌는지 떠올랐다. 우현은 고개를 돌리고 양호실 쪽으로 발걸음을 옮겼다. 그 옆을 서연이 따라 걸었다.

뚫어져라 보는 시선이 옆얼굴로 와닿았다. 아, 이런 걸 불편하다고 하는구나. 우현은 새삼 깨달았다.

"너 아까 왜 나를 뚫어져라 봤어?"

그 말엔 고개를 돌릴 수밖에 없었다. 서연은 정말로 궁금하다는 듯이 서 있었다.

"신기하니까?"

우현은 속에 있던 말이 나와 버려 살짝 당황했다. 하지만 내 또래의 엄마가 신기하지 않을 리 없잖아.

"내가 신기해?"

"……어, 아니 말이 헛나왔어. 습관이라 그래."

"신기한 게 습관이라고?"

"아니아니."

어째 말할수록 수습이 안 되고 있었다.

"눈을 보면 다 알 수 있단다."

"……."

"……라고 우리 엄마가 말했어."

어릴 적부터 엄마는 우현에게 말했다. 그리고 항상 눈을 맞추며 이야기했다. 그렇게 자라 온 우현은 남의 눈을 쳐다보는 데 거리낌이 없었다. 남들이 하는 말의 의중을 파악해 보려 하면 저도 모르게 뚫어져라 쳐다보기도 했다. 그게 상대방한테는 불편할 수도 있겠다는 생각이, 또래의 서연을 마주하면서 들기 시작한 참이었다.

"그랬구나."

서연이 고개를 끄덕였다. 다행히 납득해 준 모양이었다.

"신기하다……. 나도 비슷한 생각인데."

결국 서연은 서연인 건가. 재밌다는 생각이 들어 우현은 내심 웃음이 났다.

"넘어진 거 창피해?"

쿨럭. 우현은 정곡이 찔렸다. 헛기침을 하니 바닥에 부딪혔던 갈비뼈 부근이 뻐근해졌다.

"아하하하."

서연이 웃었다. 괜히 억울한 마음에 그는 서연을 흘겨봤다.

"괜찮아. 그럴 수도 있지."

하지만 이어지는 말에 이내 눈빛은 풀어졌다. 엄마가 저렇게 순도 높은 웃음소리로 웃는 게 신기했다. 게다가 웃으면서도 위로해 주는 말이, 어릴 적 우현이 뭔가 잘못했다고 우물쭈물할 때마다 안아 주며 해 주던 말과 똑같았다. 많이 그리운 느낌이 들었다.

양호실에서는 바닥에 쓸린 자잘한 찰과상만 조치를 받았다. 크게 다친 곳은 없어 보이지만 혹여나 아프면 꼭 병원에 가 보라는 말을 듣고 나서야 침대에서 쉴 수 있었다.

"고마웠어."

혼자 와도 상관은 없었지만 서연이 와 준 것엔 감사했다.

"걱정 마. 나 너 넘어진 거 못 봤어."

서연은 이제 우현을 놀리고 있었다.

"원래 축구도 못 하는데 갑자기 하려니까······."

"응?"

서연이 되물었다. 그 순간이었다. 머릿속에 어떤 이미

지가 떠올랐다.

'나 솔직히 축구는 잘한다? 기회 되면 꼭 잘 보고 있어!'
나는 서연을 향해 말한다. 서연은 반신반의하는 얼굴로 쳐다본다.
허공에서 공을 차는 시늉을 하자, 서연이 피식 웃는다.
서연을 웃게 했다는 사실만으로도 몇 골은 더 넣을 수 있을 것 같은 기분이 든다.

우현은 겪지 않은 장면이 마치 기억처럼 떠올랐다는 사실보다 뽐내는 대국의 모습이 민망해 참기 힘들었다.
"아, 아니야……."
우현은 괜히 민망해져 볼을 긁적였다. 그런 그의 얼굴을 바라보는 서연의 얼굴이 의아함으로 물드는 것을, 우현은 알지 못했다.

D-12.
이틀 뒤 음악 시간, 선생님이 서연을 불렀다.
"서연이가 나와서 반주 좀 해 줄래?"
"네."
나 아니면 누가 하겠냐는 듯 산뜻한 발걸음으로 서연이 앞으로 나갔다. 우현은 자신의 자리를 스쳐 지나가던 서연의 옅은 미소를 보았다.

우현은 음악 책을 펼쳤다. 반주하기에 어렵지 않은 곡이었다.

하지만 엄마라면.

♬♪♪♬~

역시 그렇지. 서연은 기존 악보를 변주해서 소리를 바꿨다. 좀 더 다채롭고 풍성한 소리가 교실 내부에 울려 퍼졌다.

"원래 이런 음이었나?"

"그러게. 좀 다르긴 한데……. 뭔가 좋다."

악보대로 치는 건지 잘 판단하지 못하는 아이들은 의아한 얼굴이었다. 우현은 본인이 치는 것도 아니면서 내심 뿌듯했다.

음악 선생님도 잠시 놀란 듯싶었으나 연주를 중단시키지는 않았다.

연주가 끝난 후, 박수갈채가 쏟아졌다. 서연은 쑥스러운 얼굴로 배시시 웃었다. 그 모습이 생경했다. 피아니스트로서 그보다 더 큰 무대에 섰을 때도 엄마는 저렇게 웃지 않았다. 부드럽고 여유가 넘치는 미소를 지을 뿐이었다.

지금의 서연은 이 작은 반 안에서 박수를 받는 것조차 좋아서 어쩔 줄 모르는 느낌이었다.

"역시 음악부 에이스답네. 이번에 콩쿠르도 나가지?"

"네, 조금 긴장돼요."

"잘할 수 있을 거야. 자, 이번엔 맞춰서 한번 합창해 보자."

우현은 모르는 노래라 입만 뻐끔거리며 연주하는 서연을 보았다. 서연은 방금 전보다도 잘 치려 노력하고 있었다.

우현이 태어나 철이 든 그 순간부터 이미 엄마는 피아니스트였지만 지금은 달랐다. 서연은 피아니스트가 꿈인 학생이었다. 그렇게 꿈을 향해 노력하고 있는 도중이었다.

눈빛이 반짝반짝 빛난다는 게 어떤 느낌인지 알겠다고, 혼자서 생각하던 순간이었다. 섬광처럼 어떤 장면이 떠올랐다.

'우현이가 음악을 하고 싶어 해.'

나는 그렇게 말하며 그녀의 손을 잡는다. 서연은 아무 말도 하지 않는다. 그저 나를 바라보기만 한다. 가끔 서연은 그런 텅 빈 얼굴을 한다. 그때 이후로 나아진 게 아니라 그저 묵혀 왔다는 사실을 알아채고 만다. 어찌할 수 없이 마음이 무너져 내린다.

'힘든 길이잖아.'

그렇게 말하고 잠시 침묵. 옆 창문에서 늦은 오후의 햇살이 길게 늘어지고 있다.

이내 나는 다짐하고, 잡은 손에 저절로 힘이 들어간다.

'시키지 말자.'

무덤덤한 눈동자가 나를 향한다. 왠지 모르게 긴장이 된다. 잠시 침묵하던 서연이 작게 고개를 끄덕인다.

"헉!"

선 채로 잠이 들었다 깬 것처럼 놀란 우현이 큰 소리를 냈다.

문득 주변이 조용하다 싶었다. 그리고 반 모든 아이들이 자신을 쳐다보고 있다는 사실을 깨달았다.

"대국아, 무슨 일이야?"

음악 선생님이 물었다.

"아야야……. 갑자기 화장실에 좀……."

작위적인 자신의 행동에 귀까지 열이 올랐지만 이미 엎질러진 물이었다. 우현은 배를 쥐어 잡으며 앓는 소리를 냈다. 음악 선생님은 '저런' 하며 얼른 가 보라고 했다.

아프다고 했어야 하는데 졸지에 화장실이 급한 사람이 되어 버린 것 같았다.

"아버지, 미안……."

우현은 교실 밖으로 나오며 심심한 사과를 읊조렸다.

방금 전 떠오른 장면 속에 엄마와 아버지는 대화를 나누고 있었다. 아버지의 감정이 마치 우현이 겪는 것처럼 생생하게 느껴졌다. 장면 속 엄마는 지금 이곳에 있는 서연보다는 좀 더 나이가 있어 보이는 모습이었다.

'시키지 말자.'

아버지는 분명 그렇게 말했다.

무엇을? 음악을?

하지만 이건 우현이 기억하는 것과는 전혀 달랐다.

부모님은 언제나 우현을 가장 먼저 생각해 주었다. 음악을 한다고 했을 때는 더할 나위 없이 기뻐했다. 음악을 시작하고 난 후엔 잘하거나 못하거나 언제나 부모님은 우현을 응원했다. 우현에게 있어 음악은 가족을 이어 주는 단단한 끈이었다.

그런 부모님이 그늘진 얼굴로 내가 음악 하는 것을 반대한다고?

"대체…… 뭐지?"

때마침 수업 종이 울렸다. 아이들이 교실 밖으로 쏟아져 나왔고, 우현 앞에 서연이 섰다. 걱정스러운 얼굴을 한 그녀가 말했다.

"괜찮아?"

우현은 고개를 끄덕였다. 하지만 방금 전 떠오른 머릿속 잔상으로 어지러운 상태였다. 사서는 이런 것에 관해 설명해 주지 않았다. 사서를 찾아야 했다. 지난번처럼 도서관에 가면 있을지도 모른다.

"나 도서관에 갔다 올게."

"갑자기?"

"응, 사서를 찾아야 해서."

대충 말하고 돌아선 순간이었다.

"찾으셨나요?"

서연의 목소리에 다시 고개를 돌렸다.

여전히 서연은 우현을 보고 있었다. 하지만 아까와는 달리 얼굴에 표정이 없었다.

"사서?"

묘한 기시감에 우현이 물었다. 서연의 얼굴을 한 사서가 고개를 끄덕였다.

두 사람은 사람이 없는 음악실로 다시 들어갔다. 이 현상에 대해 바로 물어보고 싶었지만 사람들이 있는 곳에서 사서는 말을 아꼈다.

우현을 바라보는 무표정인 엄마의 얼굴이 낯설었다.

사서는 주변을 조심히 바라보더니 입을 열었다.

"무엇이 궁금하신가요?"

"이거요."

우현은 검지로 관자놀이를 가리키며 말했다.

"머릿속에 이상한 장면이 떠올라요. 아버지의 기억처럼 보였는데, 묘하게 모순적인 게……. 그런 일은 없었던 것 같거든요."

사서는 고개를 끄덕였다.

"이게 대체 뭐예요? 정말로 있었던 일이에요?"

우울해 보였던 그 방 안의 분위기가 아직도 생생했다.

하지만 음악을 시키냐 마냐 하는 문제로 부모님이 얘기했을 것 같지는 않다. 더군다나 아버지 대국의 말에 고개를 끄덕이던 엄마의 표정은…… 뭔가를 놓아 버린 것 같았다. 그런 엄마의 얼굴을 본 적은 한 번도 없었다.

"일어날 수도 있는 가능성의 영역입니다. 삶의 분기점에서부터 달라질 수 있는 부분이기도 하고요."

사서가 말했다. 우현은 그 뜻을 이해하지 못해 얼굴을 찡그렸다.

"장난하지 마세요."

"장난이 아닙니다. 항상 이 부분을 설명할 때 애를 먹곤 하지만요."

사서가 어설픈 미소를 지었다. 미간이 살포시 좁아졌다. 그 얼굴은…… 약간 난감하다는 뉘앙스를 담고 있었다. 아무것도 모르는 어린아이 앞에서 어른이 짓는 표정과도 비슷했다.

요컨대 기분이 나빴다.

"겹쳐진 도서관에서 시간이란 인간이 감각하는 것과는 다릅니다. 이곳에서 과거, 현재, 미래는 동시에 존재하는 셈이죠."

"네?"

"여러분 입장에서는…… 가능성이라고 볼 수 있겠네요."

"가능성?"

우현의 물음에 답하지 않고 사서는 잠시 침묵했다. 그 시간이 길어짐에 따라 우현의 미간도 점점 좁아졌다. 가능성. 우현은 자신이 알고 있는 그 단어를 떠올려 보았다. 아직 일어나진 않았지만 일어날 수도 있는 확률에 대한 것. 하지만 가능성이 있다는 말은, 일어날 확률이 높을 때 쓰는 말이 아니었던가. 거기까지 생각이 다다랐을 때 다시 사서가 물었다.

"……이해가 되셨을까요?"

우현이 이때다 싶어 고개를 가로저었다.

"대여한 책에서 펼쳐지지 않는 부분이 있었을 겁니다."

우현은 책을 펼치자마자 이곳이었지만, 처음 민형이 책을 찾았을 때 어느 순간부터 펼쳐지지 않는다고 했었다.

사서는 뒤돌아 칠판에 그림을 그리기 시작했다. 반쯤 펼쳐진 책 모양이었다. 분홍색 분필로 바꾼 후 펼쳐진 부분에 화살표까지 그렸다.

그려 놓은 책 모양이 칠판에 그린 거라고는 믿어지지 않을 정도로 입체감이 있었다. 화살표도 칠판 위로 튀어나와 있는 것처럼 보였다. 쓸데없이 그림 실력이 출중해서 우현은 조금 놀랐다.

사서가 화살표를 가리켰다.

"해당 분기점은 책 주인의 삶이 나아감에 있어 중요한 순간이기도 합니다. 대여자는 그 순간을 맞이하기 전 삶의 한 부분에 와 있는 셈이고요. 그리고 분기점을 지나면…… 책 주인의 시간은 이런 식으로 구성됩니다."

화살표에서 길게 이어진 선은 두 갈래로 나뉘었다. 첫 번째 선에서 동그란 모양을 그리나 했더니 뇌였다. 주름까지 그려 넣고 나니 여기가 음악실이 아닌 과학실이라고 해도 무방할 정도였다.

두 번째 뇌를 그리기 시작했을 때 우현이 말렸다.

"같은 거라고 볼게요! 설명부터 좀……!"

저지당하자 사서는 잠깐 시무룩한 얼굴을 했다. 무내 아쉬운 것 같았다.

솔직히 과하게 잘 그리긴 했다.

"……어쨌든 이런 식으로 삶의 분기점에서 갈래가 나뉘게 됩니다. 사실 이보다 시간이란 건 더 복잡하게 구성되어 있습니다만, 크게 책 주인의 삶은 두 가지 형태로 달라질 수 있습니다."

"네, 여기까진 이해했어요."

"역시, 그림으로 표현하는 건 이해를 돕는다는 말이 맞았네요."

"네?"

사서가 중얼거린 말에 반문하자 사서는 모른 척 자기

할 말을 이어 나갔다.

"대여자인 선우현 님의 머릿속에 떠오른 건 방금 말한 가능성의 영역입니다."

"그러면…… 일어날 일이라는 거예요, 아니라는 거예요?"

"일어날 수도 있는 미래의 한 부분입니다. 책 주인의 중요한 순간에서 어떻게 행동하는지에 따라 두 갈래 중 하나로 향하게 됩니다. 어느 방향으로 갔느냐에 따라 책 반납 후 상황도 달라질 수 있습니다."

그렇게 말한 사서의 시선이 허공을 향했다. 디데이가 떠 있는 쪽이었다.

보통 사람은 보지 못하는 기간. D-12.

우현은 디데이와 칠판 속 화살표를 번갈아 보았다.

"디데이가 지나면 자동으로 반납이 된다고 했죠? 내가 어떻게 행동하는 것과 관계없이요."

"네, 그렇습니다."

머리가 혼란스러웠다. 쉽게 말해 머릿속 장면은 아직 벌어지지 않은 일이지만 벌어질 수도 있는 일. 반납일이 지나면 우현은 현실로 돌아간다.

'우현이가 음악을 하고 싶어 해.'

'시키지 말자.'

사서는 책 주인 삶의 중요한 순간이 오기 전으로 우현

이 왔다고 말했다. 반납이 되고 나면 삶의 분기점은 지나 있다는 의미였다.

한 가지 가정이 머릿속을 스쳐 지나갔다.

"설마…… 반납 기일 내로 아버지의 중요한 순간에 선택을 달리하면 머릿속에 떠올랐던 대로 미래가 바뀐다는 건가요?"

사서는 우현의 물음에 답하지 않았다. 다만 이렇게 말했을 뿐이다.

"12일 남았습니다."

사서의 눈빛은 '그렇다'라고 대답하고 있었다.

"말도 안 돼……."

사서가 잠시 눈을 감았다. 그리고 다시 눈을 떴을 때는 서연이 돌아왔다.

"대국아?"

"서연아."

"왜? 또 속이 안 좋아?"

걱정스러운 얼굴을 한 서연이 우현에게 말했다.

방금 전 음악 시간에 서연이 피아노를 치던 모습이 떠올랐다. 자연스레 서연과 같이 피아노를 치던 어린 날의 기억이 생각났다.

그렇게 피아노를 치다가, 바이올린을 배우고 생애 첫 바이올린을 손에 들었을 때의 기억까지도. 우현은 좋아서 방방 뛰었고 그런 우현을 보며 서연은 활짝 웃었다. 앞으로 엄마가 피아노를 치면 우현이가 바이올린 연주하면 되겠다. 엄마의 그 말에 늠름해진 저를 상상하고 신이 났었는데.

그렇게 세상 전부였던 바이올린을 집어 던진 기억까지도 떠올라 버렸다.

내게 원래부터 음악을 안 하는 미래가 있을 수도 있다.
"아냐, 나 멀쩡해. 갈까?"

우현은 애써 웃으며 서연에게 말했다. 서연은 의구심 어린 얼굴로 우현을 쳐다봤지만 더 이상 묻지는 않았다.

음악을 안 했더라면, 그냥 평범하게 학교생활을 하는 평범한 학생이었더라면. 그런 생각은 해 본 적도 없었다. 그런 게…… 가능할 거라고 생각하지 못했다.

그렇다면 내게 있었던 사고도…… 없어지는 건가?

우현의 시간이 한참 전 그날로 되돌아갔다.

그날은 두 달에 한 번 있는 바이올린 점검 날이었다. 악기라는 것은 꽤 섬세해서 항시 신경을 써 주지 않으면 안 된다.

악기 조율 후 레슨에서, 연주 소리가 매우 좋다는 칭찬을 받았기에 우현의 기분은 좀 더 들떠 있었다. 한 단계 성장했다는 느낌이 들었다. 애처럼 이런 걸로 들뜨냐고 스스로 작게 핀잔을 주어도 좋은 건 좋은 거였다. 집에 가는 걸음걸이도 가벼웠다. 골목골목마다 우거진 나무들과 계절에 맞게 꽃잎이 살랑거리며 떨어지는 모습도 그의 기분을 살리는 데 한몫했을 것이다.

그래서였을까? 매번 다니는 골목길을 돌아설 때 주위를 살피지 않은 것은.

평소 차가 자주 다니지 않는 좁은 골목이었다.

그런데 검은색 SUV가 골목을 꽉 채운 채 돌진하는 중이었다. 대낮인데도 눈앞에 환한 헤드라이트가 시야를 가득 채웠다. 눈이 부셔 저도 모르게 눈을 감았던 것 같다.

부딪히는 순간의 기억은 분명하지 못하다. 다만 그 순간 자신이 산산이 분해되는 것 같았다. 그것이 너무 생생해서 죽음이 이런 것이라고까지 생각했다.

다행히 우현은 죽지 않았다. 다시 눈을 떴을 때는 이미 병원이었다.

누군가에게 쫓기듯 소스라치게 놀라며 눈을 번쩍 뜬 우현을 보고 가족들도 놀랐을 것이다. 잠시 상황 파악이 안 된 그는 눈을 동그랗게 뜨고 좌우로 눈알을 굴리며 끔뻑거렸다. 그리고 놀란 부모님이 그를 부르는 소리에 현실로 돌아왔다. 이때다 싶게 욱신거리는 통증이 기세 좋게 달려들었다. 부모님이 우시는 모습을 보며 살았나 보다, 라고 생각했던 것 같다.

결과적으로 우현은 생각보다 멀쩡했다.

여기저기 타박상이 많아 보기에는 심각해 보였지만—실제로도 아팠다— 보통 교통사고는 보기에 이렇게 과한 편이 속이 그만큼 멀쩡한 거라 다행인 거라고 들었다.

의사의 말은 논리정연했다. 우현도 그 말을 믿고 싶었다. 하지만 그건 일상생활은 하는 '일반인'의 기준이었다.

"아, 음악을 하신다고요? 어떤 거……? 아, 바이올린……."

그렇게 말하는 의사의 말투, 톤, 높이. 진료실 안에 낮게 가라앉은 무거운 침묵.

그다음 말을 듣고 싶지 않았다.

"오른쪽 엄지, 검지가 일단 부러졌어요. 어깨 근육도 파열됐고……. 손목에는 잔금이 갔어요."

한마디로 우현의 오른손이 돌이킬 수 없이 부서졌다는 이야기였다.

"일단은 상황을 좀 지켜보도록 하죠."

어떻게 연주만 하던 나한테 그런 말을 할 수 있는 거지? 그 말은 우현에게 사망 선고와 같았다.

그래도 희망을 버릴 수는 없었다.

엄마는 뼈가 잘 붙는, 몸에 좋다는 것은 무엇이든 우현에게 나르며 시간을 보냈다.

회복이 더디다는 말에 엄마는 언제나 충분히 괜찮아질

거라고 말했다. 마치 그 말이 우현을 낫게 할 수 있는 것처럼. 아니면 엄마 자신에게 들려주듯이.

우현은 그 말을 믿었다.

믿지 않으면 이 시간이 너무 고통스러워서 그럴 수밖에 없었다.

병원에서의 시간은 지루하고, 길었고, 반복되는 생활 속에서 자신을 고독으로 몰아넣기에는 안성맞춤이었다. 우현은 자주 악몽을 꾸었다. 길을 걸어가다가 손을 보면 손이 산산조각으로 부서지는 꿈이었다. 우현은 당황해 자기 손을 주워 담으려 하지만 워낙 파편이 잘게 부서져 있어 쉽지 않다. 결국 들고 있던 바이올린을 바닥에 떨어뜨린다. 바이올린도 산산조각이 나고, 바이올린과 우현의 부서진 손이 어지러이 바닥에 흩어진다.

눈을 뜨면 식은땀 범벅이 되어 있었고 주변은 고요했다. 우현은 붕대로 딱딱하게 감아 놓은 자신의 손을 바라보았다. 안에 있겠지? 있는 거 맞겠지?

그렇게 손가락 하나라도 보고 나서야 다시 잠들 수 있는 나날이었다.

우현이 버틴 건 단 한 가지 이유였다. 그래도 이 시간이 끝나면 다시 일상으로 돌아갈 수 있으니까.

이 불안감은 그저 기우일 것이라고.

깁스를 푼 날, 우현은 오랜만에 연주할 수 있다는 사실에 조금 들떴다. 하지만 그 기대가 깨지는 데는 오랜 시간이 걸리지 않았다.

이걸 연주라고 할 수 있을까?

처음에 그는 자신에게 일어난 일이 무엇인지 인지할 수 없었다.

손목과 어깨는 나았다고 했다.

바이올린을 손에 쥐었을 때는 익숙함이 스쳐 지나갔다. 숨 쉬는 것처럼 당연한 감각. 그는 안도했다. 악몽을 꾸고 난 뒤 손에서 느껴지던 이물감은 잊어도 될 만한 것이라고 자신을 다독였다.

초보자도 내지 않을 법한 날카로운 음이 뚝뚝 끊어졌다. 간절한 마음으로 손을 움직였지만, 어깨 쪽 근육이 뻐근했다. 힘을 주는 손가락 언저리에 저릿한 감각이 있었다. 어떻게 해도 불편한 이질감이 계속 따라왔다. 그 때문에 힘 조절은 더더욱 어려웠다. 평소라면 그가 가장 잘할 만한 곡이었다.

좀 더 쉬운 곡으로 바꿔 보았지만 다를 건 없었다.

우현은 연주에 집착했다. 좀만 더……. 좀만 더……! 그는 계속 무리해서 시도했다.

시간이 얼마나 지났을까. 어깨와 손목에 으스러질 듯한 통증이 느껴졌다. 그는 땀을 뻘뻘 흘리며 장장 3시간을 내리 바이올린을 켰다. 어느 것 하나 사고 전과 같은 게 없었다.

자신이 만들어 낸 생경한 소리가 가까이 다가오던 자동차의 바퀴 소리, 클랙슨 소리보다도 무섭게 들렸다.

이게 무슨 일이지?

이게 대체 무슨 일이지?

우현의 머릿속에는 의문만이 가득했다. 도무지 이해할 수 없었다.

하지만 지나간 시간은 돌아오지 않았다. 우현이 할 수 있는 건 오로지 후회하는 일뿐이었다. 이랬다면. 저랬다면. 내가 들뜨지 않았다면. 신나지 않았다면. 그날 앞으로 좀 더 뛰었다면. 그러면 다리를 다쳤을 텐데. 아니, 그날 레슨을 받으러 가지 않았다면. 조금 더 모든 것에 주의하며 걸었더라면.

아무리 생각해도 놀라우리만치 아무것도 바뀌지 않았다. 그리고 이미 바뀐 것 또한 다시 돌아가지 않았다.

낫자마자 오른손을 함부로 썼다고 어른들은 그를 혼냈다. 내가 함부로 썼다고? 우현은 평소에도 7~8시간씩 바이올린을 연주하던 사람이었다.

의사는 조급해하면 안 된다고 했다. 앞으로 할 수 있는 재활에 대해 설명해 주며 점차 나아질 것이라는 말도 덧붙였다.

하지만 우현에게는 전혀 희망적으로 들리지 않았다.

바이올린이 없다면, 선우현은 어떤 존재라고 할 수 있을까. 내가 정말 의미 있는 사람이라고 할 수 있을까.

"그러면 저보고 이제 어떻게 하라는 거죠?"

참다못한 우현이 크게 소리쳤을 때, 그는 누군가 대답해 주기를 바랐다. 하지만 그 누구도, 그 자리에 있던 어떤 어른도 그에게 대답해 주지 않았다.

부서진 게 맞았구나. 우현의 머리 위에서 누군가 지난밤의 꿈이 현실이라고 확정 짓는 것 같았다.

일어날 수도 있다는 가능성인지 모를 무언가와 사고 당시 기억이 연달아 떠오른 뒤로, 우현은 며칠이 지나는 동안 도통 수업에 집중할 수 없었다.

미래가 바뀔 수도 있다.

그건 어쩌면 우현이 처음부터 음악을 하지 않는 미래일 수도 있다.

수업을 마치는 종소리가 울리자마자 교실을 빠져나가려던 우현을 반 친구가 붙잡았다.

"너 오늘 당번이야."

"아……. 미안."

우현은 메고 있던 가방을 다시 뒤편에 놓고 주섬주섬

걸레를 가지러 갔다.

대걸레에 달린 밀대를 꽉 쥐어 보려다 주춤했다. 사고 이후로는 아주 세게 힘을 주면, 어찌할 수 없는 이질감이 밀려왔다. 아프다고도 아프지 않다고도 말하기 어려운 감각이었다. 우현은 결국 가볍게 걸레를 들었다.

바이올린 없이 살 수 있냐고 물었을 때 대답은 분명 '아니'였는데, 또 이렇게 살아가고 있었다.

우현에게는 두 가지 선택지가 있었다.

첫 번째. 재활해서 다시 연주 실력을 끌어올린다. 하지만 원래 퍼포먼스가 나올지는 미지수.

두 번째. 그냥 음악을 포기한다. 대부분의 학생들은 학업에 열중한다. 우현이 다른 길을 택했을 뿐이다.

결과적으로 우현은 후자를 택했다.

바이올린을 손에 쥐고, 힘을 주려고 할 때면 일은 벌어졌다. 그의 손이 부서져 산산조각 나는 상상. 꿈을 넘어서 그건 현실까지 찾아왔다. 놀란 우현은 바이올린을 손에서 놓아 버렸다. 그렇게 부순 바이올린이 다섯 대를 넘어가자 결국 부모님도 그에게 다른 길을 권하기에 이르렀다.

그의 연주는 깁스를 푼 날 제대로 하지도 못했던 3시간이 마지막이었다.

우현은 걸레로 교실 바닥을 꾹꾹 누르며 생각했다.

아버지 삶의 분기점에서 행동하는 것에 따라 나의 미래는 바뀐다.

바뀐 미래에 나는 그냥…… 고등학생일 것이다. 지금도 그렇지만.

차라리 음악을 시작하지 않는 게 나을지도 모른다.

"그래. 차라리 몰랐더라면……."

몰랐다면 이렇게 아프고 슬플 일도 없었겠지. 사고가 나더라도 일상생활에는 아무런 지장이 없었다.

하지만 음악을 시키지 않겠다던 아버지의 목소리는 왜 그리도 지친 것처럼 들린 걸까. 고개를 끄덕이던 엄마의 모습도 눈에 걸렸다.

마음이 하루에도 열두 번씩 바뀌고 있었다. 우현은 괜히 뒤숭숭해져 바닥을 더 세게 문질렀다.

"와, 교실에서 광난다."

우현의 어깨를 두드린 반 친구는 인사를 하고 떠났다. 상념을 떨쳐 내려 청소에 몰두한 결과였다. 우현이 봐도 교실은 과하게 깨끗해졌다.

집에 가려고 발길을 돌리는데 희미하게 음악 소리가 들렸다. 교내 스피커에서 울리는 건가 했지만 잠시 귀를 기울이니 달랐다.

피아노 연주 소리였다. 건반을 치는 손길이 가벼웠다. 물이 흐르듯 천천히 템포가 느려지다가 다시금 빨라졌다.

우현은 저도 모르게 3층 음악실로 향했다. 혹시나 했는데 음악실엔 서연이 혼자서 남아 연습 중이었다.

연주하는 서연의 옆으로 햇살이 길게 드리웠다. 선율은 부드럽게 오르내렸다. 마음이 평온해지는 것을 느끼며 우현은 가만히 서 있었다.

음악실 문이 조금 열려 있었다. 그래서 소리가 더 크게 새어 나온 듯했다.

'아, 이거 엄마가 좋아하는 곡이다.'

연습의 마무리 곡이다. 우현이 어릴 적부터 들어왔기 때문에 알 수 있었다. 저 곡이 끝나면 연습이 끝날 텐데. 알면서도 발이 차마 떨어지지 않았다.

잔잔한 곡인데도 시작하는 순간, 강한 충격을 받은 것처럼 몸속이 지르르 울렸다. 처음엔 강렬하게 파고들던 소리가 점차 부드러워졌다. 피아노 선율이 공기를 어루만지듯 안정감을 이루며 다가왔다. 슬프고 애절하면서도 아름다움을 잃지 않는 음표들이 한데 어우러져 곡을 형성하는 단단한 줄기가 된다.

음악실 속 풍경을 바라보며 우현은 숨을 죽였다. 서연은 반쯤 눈을 내리깔고 연주에 집중하고 있다. 오래도록 엄마의 피아노 소리를 잊고 있었다. 그 소리와 진동과 공기의 흐름까지.

우현이 다친 이후로 엄마가 집에서 연주하는 일은 없

어졌다. 엄마 나름대로 배려하는 것이겠지만, 우현은 그런 배려에 도리어 화가 났다. 같은 음악가로서 사이가 좋았던 모자 관계는 점차 단절되어 가는 중이었다. 우현은 이 나이 또래에 엄마랑 친한 애가 거의 없다고, 애써 납득하려 했다. 사고 이후는 우현에게나 엄마에게나 가혹한 시간이었다.

마지막 연주곡이 끝나고 서연이 페달에서 발을 천천히 뗐다.

"들으러 왔으면 들어오지?"

"아……."

그렇게 말하는 통에 우현은 뜨끔했다. 어쩌다 보니 서연이 피아노 치는 광경을 몰래 훔쳐보는 모양새가 되어 버렸다.

"방해할 생각은 아니었는데……."

우현은 음악실 안으로 들어서며 말했다.

"응, 방해 안 했어. 내가 소리를 좀 잘 들어."

"하하하."

서연이 가까이 오라는 듯 고개를 옆으로 기울였다. 서연의 입가에 걸린 미소가 눈에 들어왔다. 언제부터 보고 있다는 걸 알았을까? 우현은 장난치다 들킨 사람처럼 머쓱해졌다. 그러고 보면 어릴 적부터 우현이 슬금슬금 다가가 장난치려고 할 때마다 먼저 돌아서 우현을 놀라게 하던 건 엄마였다.

피아노 앞으로 다가가 우현은 괜히 건반을 쓸어 보았다. 피아노를 친 지도 오래됐다는 생각이 들었다. 그런 우현을 서연이 빤히 쳐다봤다. 그 시선이 멋쩍어 우현은 화제를 돌려 서연에게 왜 이곳에 혼자 있는지 물었다. 서연은 다른 학생들이 다 돌아간 뒤 항상 남아서 연습을 마무리하고 간다고 했다.

"그래야 마음이 편해서 어쩔 수가 없네."

우현은 서연이 타고나길 피아니스트로서 자질이 있다고 여겼다. 우현이 철들 무렵에 이미 한서연은 잘나가는 피아니스트였으니.

"멋지다."

저도 모르게 말이 튀어나왔다. 서연이 환하게 웃었다.

"혹시…… 피아노에 관심 있어?"

관심이야 물론, 지대하게 있었다.

"아니, 뭐 그런 건 아니고…… 음이 좋길래."

그 말에 서연은 잠시 침묵했다. 내가 이상한 말을 했나? 우현이 고민하던 찰나, 서연이 불쑥 물었다.

"혹시 배워 볼래?"

"응?"

"내가 가르쳐 줄게."

서연이 검은색 그랜드 피아노 앞에 앉은 채 말했다. 우현이 있는 쪽으로 상체를 살짝 돌려 앉았지만 여전히 곧은 자세, 피아노 위에 올라간 가느다란 손가락 같은 게 눈에 들어왔다.

엄마가 피아노를 치고, 우현이 바이올린을 켜며 웃던 어릴 적 기억이 스쳐 지나갔다.

맨 처음 우현의 선생님은 단연 서연이었다. 도레미파솔라시를 시작으로 악보를 보는 법도, 소리에 감정을 싣는 법도 서연에게 배웠다. 음악과 소통하는 법을 우현에게 가장 처음 알려 준 건 엄마였다.

"배워 볼래?"

어느새 서연이 제 앞에 왔나 싶었는데 아니었다. 우현이 피아노 앞으로 간 것이었다.

더 이상 미련을 가지면 안 된다고 생각했다.

우현은 제 오른손을 펼쳐 바라보았다. 쥐었다 폈다를 반복했다. 힘을 더 주었다. 꽈악. 저릿한 아픔은 느껴지지 않았다. 피가 통하지 않아 하얘진 손이 있었지만 그뿐이었다.

이곳에선…… 연주할 수 있는 걸까?

마음이 술렁거렸다. 우현은 고개를 끄덕였다. 웃으면서도 오묘한 표정 변화가 있는 서연의 얼굴을 보는데 갑자기 그녀의 얼굴 위로 찡그린 다른 표정이 겹쳐 보였다. 동시에 또 다른 장면이 머릿속에 떠올랐다.

'악!'

'안 된다고!'

서연이 피아노 위에 있는 악보를 손으로 세게 쓸어 버린다.

널브러지는 악보들 사이로 하얗게 하얗게 먼지가 일렁인다. 서연의 옷차림은 단정치 않고 흐트러진 채다. 그녀의 얼굴에 짙게 내려앉은 다크 써클이 눈에 들어온다.

서연이 어깨를 한 손으로 쥐고 이쪽을 바라본다.

'나 어떻게 해……?'

운다. 커다란 눈에 눈물이 그렁그렁 맺히더니 서연이 서럽게 운다.

……마음이 찢어질 듯 아프다

방금 내가 뭘 본 거지?

우현은 눈을 동그랗게 뜨고 다시 서연을 보았다. 눈앞의 서연은 평소와 다름이 없다. 어지러운 머리를 세차게 흔들었더니, 서연이 무슨 일이냐고 물었다. 걱정스러워하는 얼굴이 방금 전 장면을 떠올리게 했다. 아팠던 감정이 아직도 남아 있는 것처럼 마음이 더 불편해졌다. 우현은 애써 괜찮은 척 아무것도 아니라고 대답했다.

별거 아니겠지?

그때 자리에 다시 앉은 서연이 건반을 통통 눌렀다. 우현의 시선이 피아노로 향했다. 서연의 가벼운 손놀림이 멜로디를 만들어 냈다. 젓가락 행진곡. 아주 익숙한 곡이었다.

"이거 들어 봤지? 쳐 보기도 했어?"

금세 연주를 끝마친 서연이 웃으며 물었다. 서연 나름대로 가라앉았던 분위기를 환기시킨 거구나.

"음, 들어는 봤지만 쳐 보지는 않았어."

수없이 들었던 곡이고, 그만큼 쳐 보기도 했다. 물론 서연과 함께 말이다. 하지만 우현은 아니라고 대답했다.

"앉아 볼래?"

서연이 옆으로 비켜 앉으며 말했다. 우현이 조심스레 다가가 서연 옆에 앉았다.

생뚱맞게도 시간 여행에 와서 피아노를 배우게 되었다.

서연이 한 마디를 쳐 보면, 우현이 따라 하는 방식이었다. 젓가락 행진곡은 못 치는게 더 어려웠다. 금방 따라 하는 우현을 보고 서연은 '재능 있는데?'라며 칭찬해 주었다.

"이건 너무 쉬웠나 보다. 그러면…… 이거 쳐 보자."

서연이 악보 하나를 꺼내 드는 동안 우현은 손목을 살살 돌리고 허공에 연주하듯 손가락 마디를 움직여 보았다. 가볍게나마 연주를 해 봤는데도 저릿한 손의 아픔과 피로도가 없었다. 연주하는 식으로 손을 쓰는 걸 피한 지도 꽤 되었다. 그새 나은 것인지도 모른다는 생각이 드니 기분이 이상했다. 아니면 이게 아버지의 몸일까? 하지만 거울을 보면 항상 자신의 모습만 보였다.

아버지는 음악과는 연이 먼 사람이었다. 아버지의 유일한 음악에 대한 인연은 피아니스트인 아내와 바이올린을 연주하던 아들뿐이었다.

설령 지금 이 손이 아버지의 손이라고 해도 상관없었다. 오히려 손이 풀리자 가벼운 연주 정도는 무난히 해낼 수 있겠다는 확신이 들었다.

그러다 보니 한 가지 문제가 수면 위로 떠올랐다.

"여기 이런 식으로 치면…… 되는……데."

서연이 우현을 향해 말하다 멈췄다.

"너 이미 손가락 모양이 잡혀 있네."

"아하하하. 그런가……?!"

자신의 실력을 최대한 숨긴 채 초보자 흉내를 내는 것은 생각보다 어려웠다. 괜히 멋쩍어진 데다가 대국처럼 해야 한다는 압박감까지 겹쳐서 목소리가 커졌다.

뭐든 티가 날 거야. 하지만 티가 나도…… 그걸 엄마가 알겠어?

서연이 이상하게 느끼지 않기만을 바랄 뿐이었다.

"너 정말 빠르게 는다."

칭찬을 아끼지 않는 것도 서연의 좋은 점이었다.

그 순간 서연의 표정에 다른 얼굴이 겹치면서 또 다른

장면이 우현의 머릿속에 떠올랐다.

어린 우현이 장난감 피아노를 둥땅거리고 있다. 그런데 어느 순간, 소리가 멈춘다. 의아함을 느낀 내가 고개를 돌리자, 우현 앞에 서연이 서 있다.

'이거 누가 사 줬어?'

'이모가……'

우현이 말하다 입을 다문다. 서연의 굳은 얼굴 때문이리라. 평소라면 그러지 않았을 서연이 침묵한다.

'나, 이거 배웠어!'

어린 우현이 눈치를 보다가 말한다. 장난감 피아노로 연주를 한다. 아마도 엄마를 즐겁게 해 주고 싶었을 거다.

하지만 연주가 끝나고도 서연은 반응이 없다.

'잘하네……'

자그맣게 중얼거리는 목소리. 하지만 말과 달리 말투는 조용하고 서글프다.

'근데 우현아, 엄마 그거 안 좋아해.'

'응?'

못 알아들은 듯 쳐다보는 어린 아들을, 서연이 잠시 쳐다보고는 쪼그려 앉는다. 아이의 머리를 가만히 쓰다듬는다.

'엄마 울어?'

'아니야.'

'울지 마아……'

결국 어린 우현이 울음을 터트린다. 작은 아이를 끌어안은 서연의 어깨도 흐느끼느라 잘게 흔들리고 있다.

"……."
"대국아?"
"아, 미안. 잠깐 딴생각하느라."

주변이 조용하다 싶었더니 손이 멈춰 있었다. 서연의 부름에 정신을 차린 우현은 다시 연주에 집중했다.

지난번 사서가 한 말에 따르면…… 이건 가능성이 반영된 장면이었다. 우현이 음악을 하지 않는 미래로 이어지면 벌어질 일 중 하나다.

단지 음악을 시작하지 않는 문제가 아닌 건가?

어차피 못할 거라면 아예 발을 들이지도 않는 게 나을지 모른다고 생각했다.

아버지가 원하는 게 무엇이든, 고등학교 시절에는 하루가 다르게 달라지기 마련이다. 아버지의 성격을 생각한다면 정말로 별것 아닐지도 모른다고 가볍게 넘겼다.

하지만 애당초 왜 아버지는 우현이 음악 하는 걸 반대했을까.

우현이 음악에 관심을 보였을 때, 부모님은 두 팔 벌려 환영했다고 들었다. 돌잔치에서 실로폰을 칠 때부터 이미 예견되었다고, 아버지가 호들갑을 떨며 말한 적이 한 두 번이 아니라 중학생쯤 되었을 때는 여간 창피한 게 아니었다.

그런 아버지가 왜?

우현은 자신이 뭘 놓치고 있는지 파악하려 했다. 그리고 문득, 연주하던 부분이 끝났다.

"……아."

악보는 이미 뒷장으로 넘어갈 차례였지만 우현은 무시한 채 연주했다. 이미 외운 곡이니까. 게다가 누가 가르쳐 줄 필요도 없이 숨 쉬듯 손가락이 움직였다.

딴생각을 하며 몸이 기억하는 대로 움직인 나머지 크나큰 실수를 저질렀다.

"……나 소질 있나?"

더 말할 필요도 없이 말도 안 통하는 핑계였다. 서연의 굳은 얼굴이 우현을 향했다.

"너……."

"아! 벌써 시간이! 나 가 봐야겠다!"

자리에서 벌떡 일어나 속사포로 말을 던진 우현은 가방을 챙겨 복도로 나갔다. 뒤에서 서연이 부르는 소리가 들렸지만 못 들은 척 전속력으로 달렸다.

도망치는 건 답이 아니다. 아니지만…….

"이럴 땐 어떻게 해야 하는지 모르겠다고……!"

우현은 운동장을 가로질렀다.

그렇게 달려가는 우현의 뒷모습이 점으로 보이다 사라질 때까지, 서연이 뒤에서 오래도록 지켜보고 있었다.

다음 날 우현은 서연을 피해 다녔다.

아침부터 몇 번쯤 서연이 우현에게 말을 걸려는 시도가 있었다. 하지만 그때마다 우현은 친한지도 모르는 애들을 붙잡고 아무 말이나 내뱉으며 시간을 때웠다. 서연의 시선이 뒤통수에 따갑게 내려앉았지만 어쩔 수 없었다.

정신을 차리니 점심시간 종이 울렸다. 아이들은 모두 1층에 있는 급식실로 향했다. 며칠 있어 보니 지금만큼 넓은 공간은 아니어도 충분히 긴 테이블에 학년별로 앉을 수 있게 되어 있었다. '오늘 반찬은 불고기야!' 하고 외치는 학생들 사이로, 우현은 계단을 내려가며 여러 가지 핑곗거리를 생각해 보았다.

사실 몰래 연습했어. 사실은 내가 피아노를 어릴 적에 배운 적이 있어서. 피아노를 잘 치는 집안이라……. 생각할수록 변명은 말도 안 되는 방향으로 뻗어갔다. 그 어느 것도 수상하지 않은 게 없었다.

차라리 내가 선우현인 걸 밝혀?

하지만 이내 고개를 가로저었다. 미래에서 온 당신의 아들이라고 하면 퍽이나 믿겠다.

한 가지 문제가 더 있었다.

악보를 제 손으로 흐트러뜨리고선 울던 서연의 모습. 피아노 앞에서 울고 있던 서연의 얼굴은 잊히기 어려웠다. 그때는 눈앞에서 서연이 걱정하는 것 같아 넘기긴 했지만, 그 장면에 뭔가 있다는 생각을 지우기 힘들었다. 우현은 그 장면에 대해 꼬리를 물고 생각해 보려 했다.

그녀는 교복을 입고 있었다. 긴 머리가 단발로 바뀌어 있었고, 얼굴에 그늘이 가득했지만 지금으로부터 얼마 흐르지 않은 시간대인 건 확실했다.

뭐가 안 된다는 걸까. 무엇이.

처절한 울음소리가 아직도 귓가에 어룽거렸다. 그 울음소리를 들으며 든 무력감. 그건 아마 아버지의 감정일 터다.

그렇다면 무엇이 그렇게 무력한 것일까.

점심시간 밥을 먹으러 계단을 내려가는 우현의 눈앞에, 몇 아이들이 계단 난간을 타고 미끄럼틀처럼 내려왔다.

그 모습을 보고 누군가의 긴 머리칼이 계단을 따라 사선으로 펄럭이는 장면이 떠올랐다. 누군가 떨어지고 있다. 잡으려 하지만 뻗은 손이 허공을 휘저었다.

어?

"너 이 자식들! 위험하게!"

"으악! 죄송합니다!"

마침 선생님이 소리치며 달려왔고, 아이들은 전혀 미안하지 않은 얼굴로 명찰을 가린 채 뛰었다.

"방금 뭐가 지나간 거지……?"

그 가능성이라는, 일어날 수도 있다는 장면이 처음보다 더 자주 머릿속에 떠오르고 있었다. 어깨가 뻐근해질 만큼 뻗은 팔의 감각이 아직 남아 있는 것 같았다.

피해 다닌 것이 무색하게 오후 과학 시간, 우현은 서연과 짝이 되었다.

우현이 피해 다닌 걸 개의치 않는 건지, 서연은 평소처럼 우현을 대했다. 선생님이 나눠 준 프린트물을 우현에게 건네줄 때도 서연이 기분 나빠하는 기색은 없었다. 두 사람은 프린트물에 쓰인 순서대로 실험을 진행했다.

"그거 좀 줄래?"

"아, 응."

우현은 옆에서 서연의 눈치만 보고 있었다. 오히려 너무 아무렇지 않은 모습이라 혹시 서연이 별거 아니라고 넘길 만한 가벼운 문제인지 싶은 마음마저 들었다.

"어제 그거 뭐야?"

플라스크에 두 가지 용액을 섞어서 살살 돌리던 서연이 아무렇지도 않은 목소리로 말했다.

"응?"

"변명할 기회."

여전히 서연의 시선은 플라스크를 향한 채였다. 스포이트로 섞인 용액을 슬라이드 글라스에 떨어뜨렸다.

이렇게 훅 들어올 줄은 몰랐다.

"어…… 어쩌다 보니 그렇게 되었달까……."

제대로 된 대답은 나오지 않았다.

"자, 글라스에 용액 색이 변하도록 이번엔……."

선생님이 말씀하시기 시작했고, 우물쭈물하다가 말할 타이밍을 놓쳤다.

"알겠어."

서연이 작게 중얼거렸다. 우현은 "어, 어" 하며 어색하게 대답했다.

그제야 우현은 깨달았다. 평소라면 눈을 마주치며 이야기했을 서연이, 수업 시간 내내 한 번도 고개를 돌리지 않고 우현에게 말을 걸었다는 것을 말이다.

수업이 끝나자 서연은 마무리하고 과학실 밖으로 나섰다. 뒤도 안 돌아보고 걸어가는 뒷모습이 냉랭하기 그지없었다.

이거…… 잡아야 하는 상황 맞지?

뭔지 잘 모르겠지만 서연은 화난 것 같았다. 대답이 성의가 없었나. 성의 없긴 했다. 하지만 어떻게 말하냔 말이다.

우현은 뛰듯이 걸어가 서연을 막아 세웠다. 우현이 그렇게 달려올 줄은 몰랐는지 서연은 잠시 주춤하며 반 발짝 뒤로 물러섰다. 그녀의 머리칼이 움직임에 따라 부드럽게 굽이쳤다.

그 순간 머릿속에 다시금 이미지가 스쳐 지나갔다.

끝이 반듯하게 말린 긴 생머리. 교복 옷자락이 허공에 휘날린다. 절박한 마음으로 팔을 뻗어 보지만 손은 닿지 않는다. 속절없이 계단 아래로 미끄러지는, 놀라고 당혹스러워하는…… 서연의 눈동자.

떨어진 건 서연이었다

"안 돼!"

소리를 지르고 우현은 눈앞을 보았다. 놀란 표정의 서연이 눈에 들어왔다. 동그랗게 뜬 눈과 살짝 벌어진 입은 약간의 당황함을 담고 있었다. 하지만 시간이 지나도 서연은 그 표정 그대로였다. 눈 한 번 깜빡이지 않는 건 이상했다. 우현은 그제야 주위를 둘러보았다.

모든 게 멈춰 있었다.

복도를 걸어가며 떠들던 아이들도, 무슨 일인지 이쪽을 보던 몇 명도, 바닥에 떨어진 필기구를 줍는 같은 반 학생도, 뛰면서 어깨동무하던 학생의 가방도.

시간이 멈춘 듯 모두 그대로였다.

"어⋯⋯?"

그때 부스럭거리는 낯선 소리가 끼어들었다. 우현의 시선이 다시 앞으로 향했다. 방금 전까지 눈을 동그랗게 뜬 채 멈춰 있던 서연이 자세를 바로 한 채 그를 바라보고 있다.

"책 주인의 분기점에 관한 핵심 장면에 도달했습니다."

멈춰 있는 시간 속에서 사서는 우현이 정답을 찾은 것처럼 차분하게 말했다.

"⋯⋯."

"놀라신 것 같은데, 잠시 시간을 드릴까요?"

"아, 아뇨⋯⋯."

우현이 저도 모르게 한 걸음 뒤로 물러서며 말했다.

서연이 아니라 사서였다. 머리로는 아는데도 방금 전 머릿속에 떠오른 장면 때문인지, 혼란스러웠다.

"엄마가 어디선가 떨어졌어요. 잡지 못했어요."

지금까지 머릿속에 흘러들어 온 단편적인 장면이 맞아떨어졌다. 어깨를 붙잡고 있던 손. 피아노 아래로 잔뜩 구겨진 채 떨어진 악보. 음악을 시키지 말자는 말에 힘없이 고개를 끄덕이던 모습까지.

"⋯⋯이게 아버지의 인생에 중요한 순간인가요?"

사서가 고개를 끄덕였다.

"네, 커다란 삶의 분기점이기도 합니다."

"왜죠……? 왜 제가 여기에 온 거예요?"

다친다. 다친다는 건 끔찍하다. 아버지의 후회라고 할지언정, 머릿속에 떠오른 모든 장면은 마치 내 것처럼 생생했다.

떨어지는 서연을 잡지 못한 순간은, 마치 그날 사고처럼 아득히 바닥으로 침잠하는 감각을 동반했다. 우현의 손은 부서진 거나 마찬가지였다. 부서진 손으로 무엇을 잡을 수 있을까.

우현을 바라보는 사서의 눈이 조금 흔들렸다. 꼭 애달파하는 것처럼. 안타까운 것처럼.

"한서연을 구하지 못한 경우. 그 삶의 미래에서 후회하는 선대국의 마음이 도서관에 닿았거든요."

"저는 그런 미래에 살고 있는 게 아닌……."

그때 머릿속에 여러 장면이 뒤죽박죽 섞여 들어오기 시작했다.

다친 서연. 피아노를 치지 못하는 서연. 우는 엄마. 달래는 아버지. 그들을 보는 우현의 마음. 하지만 음악에 대한 열망으로 결국 시작한 바이올린. 애써 웃는 아버지. 우현이 다치게 되는, 그날과 같은 교통사고.

가능성으로 앞으로가 바뀐다고 해도, 음악은 시작하게 된다. 사고 역시 마찬가지.

붕대를 한 손을 풀고 나서 느낀 절망감은 똑같다. 제대로 낫지 않는 손. 하지만 자신의 기억과 달리 장면 속에서 우현은 전혀 다른 방식으로 그 감정을 드러낸다.

걱정하는 부모님을 향해 차라리 잘된 게 아니냐고, 우현은 날이 선 말을 뱉어낸다. 슬퍼지는 부모님의 얼굴. 그 말에 더 상처받는 나 자신.

다쳐서 음악을 하지 못하게 된 것은 서연인데, 우현은 어릴 적부터 자신이 다친 것처럼 느껴졌다. 바이올린을 시작하고 나서도 항상 부모님의 눈치를 봤다. 음악은 부모에게 아픈 기억을 떠올리게 하는 것인데, 내가 연주하는 것을 보며 마냥 기쁘진 않은 게 아닐까 하는 두려움. 그럼에도 포기할 수 없어 노력하던 시간. 결국엔 이렇게 다칠 줄 알았더라면, 시작한 것도 의미가 없다.

우현은 밀려오는 장면 속 자신의 생각에 미간을 구겼다. 아냐. 아니다. 이 기억은 내 것이 아닐 텐데.

"엄마는 피아니스트인데, 아닌가……? 그리고 나는, 나는……."

우현이 제 손을 접었다 폈다. 머리가 징징 울렸다. 한쪽 손으로 머리를 꽉 붙잡았다.

"책 주인의 가능성에 대한 잔상과 당신의 기존 기억이 혼재되어 혼란스러울 수 있어요."

사서가 힘을 주어 말했다. 우현은 대답할 수 없었다.

뭐가 맞는 건지 이제는 헷갈리기 시작했다.

"그렇다고 스스로를 잃어버리지는 말아요."

사서가 말했다. 우현의 얼굴은 혼란으로 엉망이 되었다. 사서의 걱정 어린 시선이 닿았다. 우현은 양손을 꽉 쥐고 두 눈을 감았다.

그는 음악을 포기했다. 그것이 불가항력이라 여기며 자신을 설득하려 했지만, 진심은 아니었다.

이곳에 와서 서연에게 피아노를 배웠던 시간은 우현에게 여러 가지 감정을 불러일으켰다. 질릴 대로 쳤다고, 생각하던 시절도 있었다. 하지만 앞으로의 삶에서 애써 음악을 버리려 했던 시간을 지나 다시금 마주한 음률의 세계는 여전히 아름다웠다.

내 손 하나하나에서 음률을 만들어 내고 그것이 이윽고 하나의 곡이 된다. 그것은 슬프기도 잔잔하기도 아름답기도 경쾌하기도 했다. 모든 곡에 의미가 있었다. 그날의 온도와 습도에 따라 미묘하게 달라지는 소리마저 사랑할 때가 있었는데.

너무 당연하다고 여기며 잊고 있던 기억이 몰려들었다. 엄마가 피아노를 치고, 우현이 바이올린을 켠다. 그 소리를 집중해서 듣겠다며 눈을 감고 있던 아버지가 어느 순간 꾸벅꾸벅 졸 때. 엄마와 두 눈을 마주치며 조심스레 연주를 마무리하던 시간들.

그 모든 시간이 달라질 수도 있다니.

사실은 음악이 하고 싶었다.

잘하지 않아도 좋으니, 한없이 부족해도 좋으니.

음악이 세상의 전부가 아님을 알아도, 그건 우현에게 세상의 가장 큰 일부였다.

그리고 그건 서연에게도 마찬가지일 것이었다. 서연이 피아노를 칠 때 가장 행복해한다는 사실을 우현은 알고 있었다.

서연은 안 된다. 그녀가 피아니스트가 되지 못하는 건 막아야 한다.

"모든 가능성이 있어서 그렇습니다. 그래도 당신은 도달했어요. 그러니……."

어느새 가까이 다가온 사서가 우현의 얼굴을 붙들었다. 두 눈이 마주쳤다. 사서가 입을 열었다.

"삶의 분기점에서 당신의 행동이 중요합니다. 선대국을 위한 선택을 하세요. 그가 바라는 것이 무엇인지 당신은 알고 있을 테니까요."

그 말은 꼭 엄마가 우현을 향해 말하는 것처럼 들렸다.

머리 위 디데이는 D-1에 들어서자마자 24시간 체계로 바뀌었다. 시간이 얼마 남지 않았다. 우현은 머릿속에 떠올랐던 '가능성'이라는 것이 더 이상 달갑게 느껴지지 않았다. 음악을 포기하게 되더라도 음악을 시작하는 게 좋았고, 엄마가 다치는 일은 더더욱이나 원치 않았다. 반납기일이 되기 전 벌어질 일이라면 어떻게든 막아야 했다.

"너 대체 뭐 하냐……?"

그날 오후 내내 우현은 서연의 뒤꽁무니를 밟았고, 그녀가 계단이라도 내려갈라치면 어떻게든 막거나 보조를 하려고 들었다. 서연이 난감해하는 게 느껴졌다. 주변에서도 은근한 눈치를 주기 시작했지만 정작 우현은 아무도 개의치 않았다.

우현에겐 서연의 일거수일투족을 확인해야 할 이유가 있었다. 그 분기점이라는 장면 속에서 엄마가 다치는 걸 봐 버린 이상 가만히 있을 수 없었다.

학교의 모든 수업이 끝나고 아이들이 집에 가는 동안에도 우현은 우두커니 교실 안에 있었다. 음악부 방과 후 수업이 있는 날이었기 때문이다.

서연은 바로 음악실로 향했다. 우현은 서연을 따라갔다.

"너 뒤에 따라오는 애, 아는 애야?"

"으, 응."

"무시무시하게 노려보는 것 같은데."

서연과 나란히 걸어가던 여학생 둘이 뒤를 보며 힐끔거렸다.

"너 좋아해서 그러나?"

옆에 있던 다른 한 여학생이 서연의 옆구리를 찌르며 말했다. 목소리가 어찌나 큰지 몇 발짝 뒤에서도 다 들렸다.

서연이 손사래를 치며 당황한 듯 고개를 내저었다. 그 모습을 보고 있으려니 우현은 아버지에게 약간의 연민이 들었다.

결국 음악실 앞까지 따라온 우현은 그 앞에서 시간을 보냈다. 심심하진 않았다. 여러 가지 가능성을 모색해 보았지만 왠지 사건 장소가 학교라는 생각만 맴돌았다. 오늘을 잘 버티면 어떻게든 괜찮지 않을까 하는 낙관적인 마음도 있었다. 엄마에게 내일 등교하지 말라고 하면…… 너무 이상해 보이겠지?

그때 음악실 문이 열리고 각자 악기를 든 아이들이 밖으로 나왔다.

서연이 언제 나오나 기다리고 있었는데 마지막까지도 나오지 않았다. 결국 우현은 마지막으로 문을 잠그려던 1학년 학생 하나를 붙들고 서연의 행방을 물었다.

"서연 선배 아까 뒷문으로 먼저 나갔는데요?"

아뿔싸. 앞문으로 아이들이 나오기 때문에 그쪽만 보고 있었다. 일부러 나를 피해 도망간 건가? 우현의 속이 쓰렸다.

"어디로 간지 알아?"

"별관 연습실에 남은 악보 가지러 갔어요."

"별관? 거기는 지금 안 쓰잖아."

도서관 리모델링 중 별관은 이용하지 않는다는 공지문을 얼마 전에 보았다. 우현이 되묻자, 1학년 학생은 잠시 곤란하다는 얼굴을 했다.

"아, 그게…… 선생님이 악보 가지러 갈 사람 있냐고 물었는데, 다들 꺼려서……. 서연 선배가 갔어요."

지금 그곳엔 아무도 없고, 아이들이 가기 싫어하는 것도 이해가 됐다. 그런데 서연은 혼자서 그곳에 갔다는 말이었다.

원래 도서관이 있는 곳도 별관이었다.

'—도서관을 향해 달리기 시작했다.'

도서관. 그 순간 잊고 있던 문장이 떠올랐다. 우현이 이곳에 올 때 보았던 그 종이에 '도서관'이라는 단어가 있었다. 도서관으로 향하고 도서관에서 뭔가를 한다. '그녀'를 향해 말하던 장면. 이제는 그게 서연인 것 같았다. 그게 답이라고 강하게 말하는 느낌을 지울 수가 없었다. 그래서 처음 향한 곳도 도서관이었다. 교무실 옆 임시 도서관이었지만.

서연이 공사 중인 도서관에 갔다.

도서관은 별관 3층이었다. 그곳에 가려면 계단을 올라

가야 한다.

"아오!"

우현은 탄식하며 도서관을 향해 달리기 시작했다.

도서관으로 가는 동안 머릿속에 다시금 낯선 장면이 떠올랐다.

'내가 바이올린 안 하면 엄마, 아빠도 좋잖아.'

우현의 눈동자가 이쪽을 향한다. 슬프고 화나고 억울한 듯한.

'잘됐네. 어차피 못 하게 되었으니.'

당황해서 옆을 본다. 서연 역시 충격을 받은 듯 눈빛이 세차게 흔들린다. 서연이 저도 모르게 자신의 어깨를 움켜쥔다.

심장이 내려앉는다.

이미 다 나아서 아플 리 없을 텐데. 그녀가 통증을 느낀 사람처럼 얼굴을 일그러뜨린다. 무슨 말을 하려고 하는데 나오지 않는 막막한 심정을 너무 잘 알아서, 나 역시 아무런 말도 하지 못하고 만다.

"……나는 그런 말 한 적 없어."

우현은 머리를 세차게 내저으며 상념을 떨쳐 냈다. 집

스를 하고 있는 게 오른손이 아니라 왼손이었다.

처음에 우현은 자신이 음악을 아예 하지 않는 상황으로 바뀔 거라 생각했다.

하지만 이제는 알았다. 어떻게든 음악을 시작하고 일어날 사고는 일어난다는 사실을.

떠오른 장면은 시기가 사고 직후였다. 우현이 직접 겪었던 일들과 미묘하게 달랐다. 그건 원래보다도 더 안 좋았다.

다시 연주할 수 없게 된 뒤로 우현은 바이올린이 두려워졌다. 사실은 음악을 하고 싶었으면서도 형편없어진 실력을 이유로 도망친 첫다. 하지만 그렇다고 해서 주위에 있던 사람에게 상처 주고 싶지는 않았다.

저런 말을 하는 자신의 모습은 용납할 수 없었다.

서연을, 엄마를 구해야 했다. 머릿속 장면이, 그 가능성이란 것이 현실이 되게 해서는 안 됐다.

별관 건물 앞에는 공지문이 붙어 있었다. 금주 주말이 지나면 출입을 금한다는 내용이었다. 건물 내부는 사람이 없어서 그런가, 스산한 기운이 감돌고 있었다. 체육관으로 쓰는 1층을 지나 우현은 빠르게 2층 별관 연습실로 들어섰다. 불이 꺼져 있어 조금 어두웠다.

한 바퀴를 돌며 서연을 찾았지만 인기척도 없었다. 혹

시 벌써 간 건 아닐까? 하지만 서연이 왠지 이곳에 있을 것 같았다.

남은 건 3층 도서관뿐이었다.

3층으로 올라가는 계단을 반쯤 지나자 바닥에 깨진 석판과 흙이 엉겨 있었다. 누군가 별관에 오더라도 여기까지는 오지 않을 것 같았다. 장애물을 피해 가면서도 정말 이 안에 서연이 있을까 싶은 생각이 뭉게뭉게 솟아올랐다.

공사 흔적이 남아 있는 계단을 지나 도서관 입구 근처까지 오니 창문으로 들어오는 빛에 내부가 조금 밝아졌다. 일렁이는 먼지를 보니 새삼 도서관 청소를 하던 얼마 전이 떠올랐다. 그때가 무척이나 아득하게 느껴지는 동시에 그리워졌다.

3층 도서관 문은 닫혀 있었다.

"……."

다른 건 다 변했는데 도서관으로 들어가는 입구만은 유달리 정감이 갔다. 익숙한 나무 문. 이것만은 그대로라니, 그건 그 나름대로 의아한 일이기는 했다. 우현은 문고리를 조심스럽게 잡고 돌렸다. 정적에 휩싸인 건물 내부에 끼기긱 하는 소리를 내며 문이 열렸다.

"엄……. 아니, 서연아?"

서연을 불러 보았지만 그저 고요했다.

결국 우현은 안으로 완전히 들어왔다. 등 뒤로 문이 닫히는 소리에 잠시 주춤했지만 기왕 들어온 거 서연을 찾기로 했다.

"서연아! 여기 있어?"

우현이 큰 소리로 외쳤지만 여전히 내부는 고요했다.

아직 모든 정리가 끝나지 않은 것인지 도서관 안에는 안내 데스크와 책장, 소파, 책상과 의자까지 있었다. 대신 책장 안의 책은 모두 빈 채였다.

"저기요……?"

우현은 겁이 없는 편이었지만, 공사 직전인 공간에 혼자 있을지도 모른다는 생각이 들어 묘한 기분을 느꼈다. 게다가 여기 이상한 벌레가 한 움큼 나와도 이상하지 않을 만큼 낡았다.

벌써 집에 갔을지도 몰라.

우현은 몇 번이고 불러도 대답 없는 서연을 찾으면서 도서관을 한 바퀴 돌았다. 하지만 아무도 없었다. 차라리 집을 찾아가 볼까. 서연의 집은 아마 외할머니가 지금도 살고 있는 그 집일 것이다. 그렇게 판단한 그는 발걸음을 문 쪽으로 옮겼다.

그때, 우현의 시야에 바이올린이 들어왔다.

"바이올린……?"

여긴 음악실이 아니었다. 심지어 공사 중인 도서관이었다. 저렇게 의자 위에 바이올린이 떡하니 놓여 있는 상황이 멀쩡해 보이지는 않았다.

우현은 손으로 눈을 비볐다. 잘못 본 것인가 했지만 여전히 바이올린은 그 자리에 고요히 존재했다.

우현은 천천히 바이올린 앞으로 다가갔다.

반질반질한 몸체가 먼지 쌓인 다른 물건에 비해 시선을 사로잡았다. 누군가 들고 여기다 잠시 가져다 놓은 것처럼 먼지 하나 없이 깨끗했다.

가까이서 보니 오래된 것 같지 않은 바이올린이었다. 잠시 들여다보니 잘 관리된 듯 깔끔하고 견고했다.

이상하게 바이올린이 낯설지 않았다. 음악을 하는 사람들은 자기 악기에 대한 강한 애착과 유대감이 있는 편이다. 남들이 보기엔 똑같은 악기처럼 보이더라도 내 몸에 꼭 맞는 내 것이 있기 마련이었다. 우현의 바이올린은 부서졌다. 엄마가 고쳐 놓았다는 사실을 알고 있어도 케이스 안에 고이 넣어 둔 채 시간은 묵묵히 지나갔다. 말도 안 되는 일이지만 우현은 이 바이올린이 항상 쓰던 자신의 바이올린처럼 느껴졌다. 저도 모르게 바이올린을 향해 뻗던 손이 잠시 멈칫했다. 하지만 바이올린을 잡아야 한다는 느낌이 강하게 들었다. 우현은 이내 조심스레 바이올린을 들어 보았다. 손에 들자마자 익숙한 무게감이 느껴졌다.

지금까지와는 다른 의미로 마음이 술렁거렸다. 번번이 실패했던 지난날이 주마등처럼 스쳐 지나갔다. 하지만 이곳에선 달랐다. 직접적으로 바이올린을 연주해 본 적은 없었지만 피아노는 거부감이 없었다. 처음엔 낯선 환경 때문인지 오랜만이라 그런 건지 연주가 낯설게 느껴졌지만, 그마저도 몇 번 반복하니 제 리듬을 찾은 것처럼 자연스러워졌다. 이곳이 과거이기에 몸에도 영향이 있는 걸까? 그래서 그날, 저도 모르게 피아노를 치는 데 집중했을지도 모른다.

그러니 자연스럽게 드는 생각.

여기서는 혹시 연주할 수 있을까?

지금 이럴 때가 아닌데. 머릿속에 경고음이 울렸다. 하지만 이곳엔 우현뿐이었고, 바이올린을 손에 든 것 또한 정말 오랜만이었다.

더 이상 우현은 애꿎은 바이올린을 탓하고 싶지도, 피하고 싶지도 않았다.

마음먹었는데 또 외면하는 건 지금의 상황을 회피하는 것처럼 느껴졌다.

부드러운 나무 몸체 위에 턱을 올려놓았다. 활을 잡고, 줄을 당겼다. 미세하게 흔들리던 줄이 팽팽해지고, 활을 가져다 대려던 순간이었다.

끼이익―.

도서관 문이 열렸다. 우현은 얼음처럼 멈춰 섰고, 도서관 안으로 들어오던 서연 또한 그 상태 그대로 정지 화면처럼 멈췄다. 우현의 양손에 바이올린 몸체와 활이 각각 들려 있었고, 연주하기 직전 자세였다. 후다닥 내려놓으면 그 소리가 더 생경하고 위험할 것이라는 직감이 들었다. 하지만 눈에 보이는 걸 뭐라고 설명한단 말인가.

"왜? 연주해 보게?"

놀라지 않은 것 같은 서연의 말투는 고저가 없었다. 조용히, 그녀의 등 뒤로 문이 닫혔다.

서연이 우현을 바라보고 정면으로 섰다. 우현의 온몸이 속박당하듯 굳었다.

"너 누구야?"

그 말에 벼락을 맞은 듯 우현이 눈을 크게 떴다. 서연과 정면으로 시선이 마주쳤다. 그 눈동자에 맺힌 얼굴은, 열여덟의 아버지였다.

아버지는 한길 서연 바라기였다.

그는 항상 엄마를 '우현의 엄마'라고 하기 이전에 '내 아내'라고 인식하는 것처럼 보였다. 아버지와 아들은 어느 정도 엄마를 두고 견제하는 성향을 보인다고 하지만 아버지는 그 미세한 감정싸움에서 절대로 지는 법이 없었다.

엄마의 사랑을 한참 갈구하던 시절, 우현이 생각하기에도 유치원생한테는 참 너무한다 싶게 아버지는 엄마를 챙겼다. 엄마의 사랑을 독차지하고 싶어 하는 아들의 어리광도 들어주지 않았다.

엄마가 세상에서 가장 좋아하는 사람은 아빠야.

아버지의 그 말에 우현이 비죽비죽 울음을 터뜨린 게 한두 번이 아니었다. 그 광경을 목격한 엄마는 아버지의 등을 때리며 질책했고, 이후부터 아버지는 더 이상 그 말을 하지는 않았다. 하지만 우현은 느낄 수 있었다. 그 말에 담겨 있던 아버지의 진심은 바뀌지 않았단 것을.

정말 엄마가 가장 좋아하는 사람은 아빠야?

우현이 그렇게 물은 건 제 나름의 최대한 용기를 짜낸 것이었다. 엄마가 아닌 아버지에게 묻는 데에는 더 큰 용기가 필요했다. 우현은 아버지에게 지고 싶지 않았다.

질문을 던진 일곱 살의 우현과 아버지는 나란히 대치했다.

우현을 쳐다보던 아버지가 피식 웃었다. 우현이 입술을 비죽이는데도 아랑곳하지 않고 그를 안아 올렸다. 눈을 맞추고 아버지가 그에게 설명했다. 그 말이 끝나도 그는 알아듣지 못했다.

아버지는 멀뚱히 쳐다보는 그를 꽉 안아 주었다. 이내 우현의 숨이 막힐 때쯤, 아버지가 그에게 뽀뽀를 퍼부었다. 우현은 뭔지 몰라 다시 울음을 터뜨렸고, 아버지는 와하하 웃었다.

서연은 차분히 기다리고 있었다. 우현의 관자놀이에 땀이 맺힌다.

'아마 엄마는, 네가 나로 둔갑해도 알걸?'

그 말이 왜 지금에 와서야 떠오르는지. 눈앞의 엄마는 자신을 모른다. 존재조차 모른다. 그런데도 우현은 엄마가 자신을 알아본 것처럼 느껴졌다.

더 이상 어떤 변명도 통하지 않으리란 것을 알았다.

"너 대체 누구야?"

무슨 말이든 해 줘야겠다고 생각은 했으나 말은 제대로 나오지 않았다. 진실을 말해도 믿어 줄 것 같지 않았다.

우현은 바이올린을 원래 자리에 조심스레 내려놓았다. 서연의 시선은 그에게서 떨어질 줄 몰랐다. 우현은 어색해 보이지 않으려 애쓰며 입을 열었다.

"나는 대국이…… 먼 친척이야."

"친척이라고?"

말도 안 되는 소리겠지. 같은 얼굴을 하고 친척이라니. 대국의 행세를 했으면서 친척이라니. 차라리 쌍둥이라고 거짓말을 하는 게 나을 뻔했다.

우현의 말을 들은 서연은 바로 대꾸하지 않고, 입술 끝을 매만졌다. 깊이 고민할 때 나오는 그녀의 버릇이었다.

"무척 닮은 먼 친척……은 아닐 것 같고,"

서연이 우현을 뚫어져라 쳐다봤다.

"하지만 하는 행동이나 말은 대국이가 아닌데……."

"……."

품평하듯 늘어놓는 말에 아무리 변명거리를 생각해 보아도 마땅한 게 떠오르지 않았다.

"너 혹시 귀신이야?"

"음?"

"귀신이 씐 건가?"

말하면서도 서연은 전혀 무서운 기색이 아니었다. 우현이 대답할 타이밍을 놓치자 되려 싸울 기세로 그를 노려보았다.

"아니야, 나는……!"

엄마의 아들이야. 그 말이 턱끝까지 차올랐지만 눌러 담았다. 이건 서연에게 있어 아까 말한 '친척'이라는 것보다 더 얼토당토않은 말일 것이었다.

차라리 그 의심에 살을 붙이는 게 나을지도 모른다.

"……사정이 있어서 잠시 빙의되긴 했지만 곧 돌아갈 거야. 아마도."

우현은 말을 하면서 서연의 시선을 피했다. 반은 진실이었지만 대국이 돌아올 거란 말에는 우현도 확신이 없었다. 디데이가 끝나고 돌아가면 우현은 이곳의 상황을 알 수 없다.

"그러면 네 이름이 뭔데?"

우현은 잠시 눈을 깜빡거렸다. 질문은 소리만 남긴 채, 의미까지는 우현에게 닿지 않았다. 우현은 멍하니 서연을 바라보았다.

"믿어 주는 거야?"

"사정이 있다며. 그러면 나도 네가 누군지 알아야 도와주지."

심지 굳은 시선이 우현을 향했다. 서연의 눈동자에는 여전히 대국이 있었지만 그녀는 우현을 보고 있었다.

그 단순한 사실이 우현의 입을 열게 했다.

"……내 이름은…… 우현이야. 잘 부탁해."

서연은 우현을 볼 때마다 다짐하듯 그의 이름을 불렀다. 그녀는 애써 노력하고 있었다. 모로 보나 정으로 보나 우현은 대국으로 보일 터였다. 자신을 보는 시선이 흔들릴 때마다 우현은 알 수 있었다. 서연의 친절함과 도움은 아버지를 되찾기 위함이다. 그게 뭔지도 모르는 상황에 발맞춰 주는 가장 큰 이유였다.

서연은 우현과 대국을 분리해서 볼 수 있는 유일한 사람이었지만, 다시 말하자면 그런 사람이기 때문에 여기 있는 우현이 이방인이라는 사실을 더욱 실감하게 했다.

두 사람은 그나마 먼지가 덜 쌓인 낡은 소파에 앉아 처음 만난 것처럼 자기소개를 했다. 우현은 자신이 서연의 아들이라는 점을 빼고 비교적 솔직하게 말했다.

"피아노 전공일 줄 알았는데, 바이올린 전공이구나."

서연이 고개를 끄덕이며 그제야 납득했다.

"언제부터 썬 거였어?"

"응?"

"가만. 내가 맞혀 볼게. 축구 못했을 때도 그랬고, 피아노 가르쳐 준다고 했을 때도 그런 거 못 치겠다며 한사코 거절했었는데, 갑자기 수락한 것도 이상했지."

"내가…… 언제 거절을 했었는데?"

우현이 되물었다. 피아노를 배울 생각이 있냐고 서연이 물어봤을 때 우현은 바로 고개를 끄덕였었다.

"너 말고, 대국이가 그랬어."

서연은 딱 잘라 말했다. 서연은 확실하게 우현과 대국을 분리해서 보고 있었다. 우현이 시간 여행을 하기 전, 둘 사이에 그런 대화가 있었는 줄 우현이 알 리 없었다. 어쩐지 억울했다.

"거기까지도 긴가민가했는데, 피아노 칠 때 반쯤 확신한 것 같아. 순간적으로 내가 귀신에 홀린 줄 알았어. 초보자 솜씨가 아니어서."

"……."

생각보다 일찍부터 서연은 우현을 의심하고 있었다. 시간문제일 뿐 이미 다 들통난 거나 마찬가지였다.

"그렇게 한이 맺혀서 대국이 몸에……. 아니, 근데 왜 대국이지?"

"귀신은 아닌데……."

서연의 말을 몇 번이나 정정했으나 이미 서연은 그렇게 믿기로 작정한 듯싶었다. 가여운 영혼의 한을 풀어 주면 대국이 돌아올 거라 여기는 듯해서, 우현은 그냥 넘기기로 했다.

"바이올린으로 못다 한 꿈이 있어서 그런 거였어?"

"글쎄……. 정확히 말하자면 꿈을 이루기도 전에 포기한 거나 마찬가지라서."

"왜? 좋아하잖아."

서연이 정말로 궁금하다는 얼굴로 물었다.

하지만 우현은 다른 것이 궁금했다.

"내가 바이올린을 좋아하는지 아닌지…… 네가 어떻게 알아?"

"아, 그거."

서연은 손가락으로 자기 귀를 가리켰다.

"소리."

"소리?"

"응, 연주하는 소리를 들었을 때 알았어. 음악을 좋아하는 사람의 소리구나, 하고."

"나 바이올린을 켜지도 않았는데?"

"꼭 바이올린이어야 할 건 없지. 네가 피아노 연주하는 소리는 들었잖아."

내 말이 맞지? 서연은 말하며 씨익 웃었다.

그 말과 미소를 보는 순간 우현은 할 말을 잊었다.

'사실 이 말을 들으러 이곳에 온 건지도 몰라.'

마음이 울렁거렸다.

"하지만 나는 사고가 나서…… 이제는 연주할 수가 없어. 바이올린에 손을 대기만 해도 손이 벌벌 떨리고……. 한 음도 낼 수가 없는걸."

손이 부서지는 상상을 몇 번이나 했는지 모른다. 그때마다 쌓인 자절감과 무력감, 셀 수도 없이 쌓이는 부정적인 감각에 결국 모든 걸 놓아 버렸을 때, 우현은 이상하게 묘한 해방감을 느끼면서 동시에 허무해졌다. 마음만 먹으면 포기한다는 건 그토록 쉬운 일이었으니까.

서연이 우현의 얼굴을 물끄러미 바라보았다.

"나는 너를 잘 모르지만……. 사고 때문에 바이올린을 잡지 못한다기보다는 그걸 제대로 해내지 못할까 봐 무서워하는 것처럼 보이는데."

그 말에 우현의 말문이 막혔다.

"그냥 해 보면 되지 않을까? 음악은 항상 거기 있으니까."

"……그러네."

우현은 그런 식으로 생각해 보지 못했다. 전과 다른 손의 감각과 할 수 없겠다는 마음속 브레이크. 결국 스스로 실망하고, 스스로 연주를 밀어냈었던 거다.

"다시 한번 연주해 보면 어때?"

우현이 한껏 처져 있자, 서연이 분위기를 띄우며 말했다.

"지금?"

"그럼 언제 하려고. 빨리 한을 풀어야지."

자신의 등을 떠미는 손이 하나도 무겁지 않은데도 우현은 떠밀려서 일어서게 되었다. 서 있는 우현을 두고 서연은 다시 소파에 가서 앉았다. 관객의 입장으로 반듯하게 앉아서 작게 환호하고 박수를 쳤다. 서연의 눈에 기대감이 서려 있었다. 진심으로 우현을 응원하는 눈빛이었다.

어린 제 또래의 엄마는 우현을 자꾸만 놀라게 했다.

내가 살아온 시간만큼의 인생을 보낸 엄마를 마주한다는 건 정말이지 엄청난 기적이었다.

한편으로 우현은 자신이 여전히 서연을 엄마처럼 의지하고 있다는 사실을 깨달았다. 이렇게 또래로 마주한 순간에조차 그녀의 도움을 받는 상황이었다.

결국 부모 그늘 밑에서 보호받고 싶은 어린아이였다고 생각하니 그저 부끄러웠다. 스스로가 어른이라 여기던 지난날의 모든 생각과, 세상을 무심하게 바라보던 시선까지. 이런 생각으로 사람은 커 가는 걸까 싶으면서도 또 아직 멀었구나, 하는 생각이 들었다.

우현은 다시금 자세를 고쳐 잡았다. 서연이 올곧은 시선으로 자신을 바라보고 있었다. 한숨을 작게 내쉬었다.

활이 현에 닿는다. 상상 속에서 손이 다시금 부서졌다. 하지만 우현은 눈을 꾹 감고 다시 생각했다. 손은 부서지지 않았다고. 설령 그랬다 해도 다시 되돌릴 수 있다고 믿었다. 원래 있어야 할 자리에 돌아올 거라고. 그리고 그 손을 잡아 주는 사람이 있다면—.

그건 부모님일 것이다.

한 음. 한 음이 시작이었다.

우현은 본인이 생각하는 최선을 다해, 서연 앞에서 연주했다. 일단은 그것만으로 충분했다.

연주가 끝났을 때, 우현은 얼룩진 창 너머로 노을을 보았다. 따뜻하고 선명해서 이상하게 위로가 되었다.

우현은 시선을 위로 했다. 초 단위로 떨어지는 숫자가 두 사람의 머리 위에 떠 있었다.

"대국이야?"

서연이 물었고 우현은 잠시 그녀를 쳐다봤다. 서연의 눈에 비치는 모습은 대국이다. 그것이 우현의 눈에도 똑똑히 보였다. 기대감 어린 시선은 이내 옅은 실망감으로 물들었다.

"아니네. 에잇! 이걸로는 부족했나."

그걸 내비치지 않기 위해 애써 밝게 말하는 서연이었다.

"응, 미안해."

"아냐. 네가 미안할 거 뭐 있어!"

곧 해가 지겠다. 우현은 중얼거렸고 서연이 고개를 끄덕였다. 이곳은 전기가 들어오지 않으니, 더 어두워지기 전에 나가야 했다.

이곳도 답이 아니었나.

우현은 도서관을 빠져나오며 생각했다. 다행히 서연이 다치는 일은 없었다. 시간은 이제 얼마 남지 않았다.

이미 중요한 순간이 지나 버린 걸까? 우현이 저도 모르게 했던 어떤 행동 때문에 서연이 다치지 않은 걸까? 서연은 어딘가에서 떨어지는 것처럼 보였다. 손을 뻗어도 닿지 않았지만 지금은 다르다. 바로 옆에 있으니까. 사람이 미끄러질 만한 곳은 모두 피해서—.

잠시 생각에 빠져 있던 우현이 문득 고개를 들었다.

서연은 몇 발짝 앞서 걸어가고 있었다. 적당한 굽이 있는 단화가 또각거리는 소리를 내며 시멘트 바닥을 울렸다. 바로 그 앞에 계단이 있었다.

"서연……."

우현이 서연을 불렀다. 그 소리에 휙 돌아보는 그녀의 모습이 무척이나 느리게 흘러갔다.

걸어가던 서연의 발이 삐끗했다. 그녀의 몸이 뒤로 넘

어갔다.

 그 순간 우현의 머릿속에 장면들이 펼쳐졌다. 떨어지는 서연. 날리는 머리카락. 닿지 못한 손가락. 바닥을 구르는 그녀의 가녀린 몸.

 나오지 못한 비명이 목구멍을 꽉 조였다.

 지금이다.

 우현의 머리보다도 행동이 더 빨랐다. 재빨리 팔을 뻗어 서연을 꽉 끌어안고서 몸을 굽혔다. 귓가에 날카로운 굉음이 들린 것 같았다.

 말 그대로 둘은 데굴데굴 굴렀다. 퍽퍽 소리와 함께 등에 강한 통증이 일었다. 그럴수록 우현은 팔을 뻗으려는 서연을 막으려 더욱 힘껏 껴안았다.

 찰나의 시간이었을 텐데도 우현은 이 순간이 영원히 끝나지 않을 것처럼 느껴졌다. 주마등처럼 스쳐 지나간다고 하더니, 모든 고통과 소리가 생생했다. 그 와중에 서연이 뭔가를 꼭 끌어안고 있는 사실까지 눈치챘다. 정작 옆에 있을 때는 보지도 못했으면서.

 바닥에 엄청난 먼지를 날리며 패대기쳐졌을 때 우현은 꼼짝도 할 수 없었다. 뼈 마디마디가 비명을 내질렀다. 오른쪽 팔이 덴 듯 뜨겁고 감각이 없었다.

 정적에 숨소리조차 섞이지 않을 때쯤 품 안에 있던 서연이 꼼지락거리며 빠져나왔다. 그때까지도 바닥에 누워 있던 우현을 본 서연이 새된 소리를 지르더니 이내 울기 시작했다. 힘이 하나도 없었다. 통증은 가라앉기는커녕 점점 더 심해졌다. 하지만 우현은 죽을힘을 다해 몸을 일으켰다. 괜찮다고, 울지 말라고 서연에게 말해 주고 싶었다.

"팔……. 흐어……. 팔이……."

울고 있었지만 다행히 서연은 머리가 헝클어지고 옷이 더러워진 것 빼고 크게 다치지 않은 듯했다. 대신 우현은 뜨겁고 축축한 느낌에 팔을 쳐다보았다. 어디에 긁힌 건지 오른쪽 팔꿈치부터 손목에 이르기까지 피 칠갑을 한 채였다. 감각이 없다고는 했지만 눈으로 보니 너무 놀라 할 말을 잃었다. 게다가 묘하게 이질감이 들었다. 제 팔이라기엔 조금 굵고, 손바닥에 굳은살도 있었다. 피가 흐르는 상처는 흉터가 남을 것 같다.

"아!"

"왜, 왜? 많이 아파?"

작은 탄식에 서연은 크게 놀라 우현에게 물었다. 눈가에 눈물이 그렁그렁하다. 하지만 서연의 걱정과 달리, 그저 순수한 감탄사를 내뱉은 거였다.

아버지의 팔에는 커다란 흉터가 있었다. 징그럽기도 하고 동시에 신기하기도 해서 가만히 바라보고 있노라면 아버지는 영광의 상처라며 그 팔을 우현에게 더 들이대고는 했다. 그러면 어린 우현은 그 나이 아이답게 깔깔대면서 자지러지게 도망쳤다.

'아주 자랑스러운 거라고.'

아버지는 그렇게 말하면서도 이유에 대해서는 한 번도 제대로 알려 준 적이 없었다.

잊고 있던 기억의 한 조각이 퍼즐처럼 맞춰졌다. 그러고 나니 모든 것이 딱 마주한 듯한 경쾌한 소리가 들렸다.

가능성. 서연을 놓쳤던 감각이 아직도 생생했다. 서연은 다치지 않았다. 그로 인해 삶의 분기점을, 아버지의 삶의 중요한 순간에 제대로 행동했다는 확신이 들었다. 아버지에겐 상처가 남았지만, 그는 후회하지 않을 거다. 지금 우현이 그러하듯이

우현은 왠지 뿌듯했다. 기분이 좋고, 몸이 가벼워졌다. 욱신거리는 통증도 버틸 만했다.

우현의 맑은 목소리에 이변을 눈치챈 서연이 눈을 동그랗게 뜨고는 우현을 쳐다본다. 다시 두 눈이 서로를 쳐다보고는 잠시 시간이 지나길 기다리는 것처럼 그렇게 있었다. 먼저 말을 꺼낸 건 우현이었다.

"그건 뭐야?"

우현은 아프지 않은 왼손으로 서연이 들고 있는 책을 가리켰다. 꽉 움켜쥐고 있던 게 책이었구나.

"이거? 도서관 바닥에 이 책만 있길래 혹시나 해서······."

아버지의 책인가? 우현은 허공에 있는 카운트다운을

잠시 쳐다봤다. 시간은 얼마 남지 않았다. 우현이 서연을 향해 손을 뻗었다. 그녀가 가만히 책을 건네주었다. 그는 한 손으로 책을 펼쳤다.

"우현아······."

"이거다."

그가 고개를 들었다. 씨익 웃었다. 아야야. 아픔에 얼굴을 찡그리자 서연이 어서 나가자고 했다. 우현은 고개를 가로저었다.

"도서관에 다시 가야겠어."

서연은 거듭해서 물었다. 황당한지, 지금 상황이 이해되지 않는지 눈물은 이미 그쳤다. 그게 또 다행이라고 우현은 생각했다. 이제는 궁금해하는 그녀의 얼굴을 보고도 우현은 단호했다. 결국 다시 올라가기로 했을 때, 서연은 주머니를 뒤져 손수건을 꺼낸 후 우현의 팔을 서툴게 감쌌다.

"진짜 괜찮은 거지?"

우현은 고개를 끄덕였다.

우현은 놀랄 수밖에 없었다. 그도 그럴 것이 그의 왼손에 있는 책은 지금껏 그가 복기하려 애쓴 바로 그 책이었다.

첫 장만 봐도 알 수 있었다. 도서관에서 우현과 운성과 민형이 찾아다니던 책의 일부분, 이 책은 그 완전체였다.

장별로 우현과 민형, 운성과 유리의 이름이 번갈아 들어가 있었고 내용은 말 그대로 지금 상황의 시작점부터였다. 여기가 어디쯤일지 고민해 보았다. 책을 펼쳐 읽어 볼까 했지만 큰 의미는 없다고 여겼다. 아마 마지막 장에 가까울 거라 우현은 짐작했다.

모든 것이 정해져 있을까? 운명을 맹신하는 건 아니었다. 하지만 막상 눈앞에 자신의 생이 담겨 있는 것으로 짐작되는 책이 있으니 기분이 생경했다.

그대로 놀아나는 걸지도 모른다.

하지만, 그래도.

우현은 그렇게 생각하지 않기로 했다. 그렇게 다 정해져 있다면 우현이 지금 여기 대국으로 있을 필요도 없었다. 사서도 '가능성' 때문에 책의 내용은, 시간은 고정된 것이 아니라고 말했으니까.

우연이 아니라 운명이 우현을 이곳으로 이끌었을지언정 우현은 아버지의 삶에서 중요한 순간을 바꿨다. 서연을 지켜내고 자신이 대신 다친 것. 거기서 오는 안도감은 우현뿐 아니라 대국도 마찬가지였으리라.

지금까지 생각하고 힘껏 고민한 자신이 누군가의 의도대로만 행동하는 거라고 생각되지 않았다. 잘은 모르지만 지금 우현은 시간 여행을 경험하는 중이다. 그렇다면 인과관계를 무시할 수도 있을 터였다. 이 책이 몇십 년 전 낡은 도서관 건물에 있었다고 해서 이 시기에 쓰인 거라고 생각할 필요성은 어디에도 없었다.

놀라운 일은 도서관에 들어서면서 다시 일어났다.

"말도 안 돼……."

서연이 믿기지 않는다는 듯 탄식을 내뱉었다. 놀란 건 우현도 마찬가지였다.

아까 전 보았던 도서관 책장은 비어 있었다. 계단을 한 번 구르고 다시 들어온다고 해도 그 사실은 변하지 말아야 했다. 하지만 눈앞에는 책이 빼곡히 가득 들어찬 책장이 서 있었다. 오래된 책 내음이 났다. 우현은 두 눈을 끔뻑이며 저도 모르게 홀린 듯 서 있었다.

"내가 꿈을 꾸는 건가……?"

서연이 물었지만 우현은 대답해 줄 말을 몰랐다. 아까와 다른 점은 또 있었다. 한 치 앞도 보이지 않을 만큼 어두웠던 도서관에서 달빛이 은은한 조명 역할을 하고 있었다. 책장에 그늘진 옅은 빛이 음영을 드리우고 신비로움을 자아냈다. 여기가 맞구나. 우현은 다시 한번 직감했다.

"서연아."

"으, 응?"

"나 좀 도와줘."

우현은 빛이 가장 밝게 비치는 도서관 중앙으로 향했다. 소파는 없었지만 의외로 먼지도 별로 없었다. 우현이 털썩 자리에 앉자 서연도 머뭇거리며 옆에 앉았다.

"우리는 이제부터 이 책을 뜯어낼 거야."

서연이 눈을 세차게 깜빡거렸다. 그는 말을 하며 깨달았다. 종이에서 봤던 장면이 여기다. 우현은 피식 웃으며 덧붙였다.

"그리고 저기 책들 사이에 무작위로 끼워 넣는 거지."

"……그게 네가 돌아가는 방법이야?"

"응."

우현을 뚫어져라 보던 서연이 말했다.

"너 혹시 외계인이야?"

우현은 그 말에 유쾌하게 웃었다.

"아니."

"그러면……?"

이걸 말해도 될까.

"난…… 너의 소중한 사람이야."

"대국이보다도?"

"어."

우현은 확신에 차서 고개를 끄덕였다. 그건 엄마가 해준 말이었다. 아빠가 엄마를 독차지하고 우현을 놀리는 취미에 빠져 있어, 어린 그가 토라질 때면 슬그머니 엄마는 우현을 다독이며 말했다.

엄마한테 아빠보다도 소중한 사람은 이 세상에 너밖에

없어, 우현아.

그때의 엄마는 우현의 두 눈에 제 두 눈을 꼭 맞추고, 진심 어린 얼굴을 했다.

서연은 더 이상 묻지 않았다. 그녀 나름대로 결론을 내린 거라 우현은 생각했다. 우현이 책을 펼쳤다. 제법 두꺼운 책의 한 부분을 북 찢어 냈다. 서연도 머뭇거렸지만 이내 책을 뜯어내기 시작했다. 담으려 하지 않아도 간헐적으로 활자들이 눈에 들어왔다.

선우현은 아마 이 활자들을 잊지 못할 것이다.

작업을 모두 끝내고 고개를 들었을 때 시간은 채 10초도 남지 않았다. 우현은 저도 모르게 서연을 보았다. 한 번이라도 눈에 더 담고 싶었다.

그 사이 숫자가 빠르게 00:00:00으로 바뀌었다. 대여 기간이 끝났음을 알리는 빨간 숫자가 강렬하게 깜빡였다.

그때까지 아무것도 없던 소파에, 덩그러니 책 한 권이 놓여 있었다. 옆에 있던 서연 뒤로 창에 비친 얼굴이 보였다. 우현은 열여덟 아버지의 얼굴을 보고 미소 지었다.

그는 손을 뻗어 그 책을 집었고, 그 순간 왔을 때와 마찬가지로 바람이 불었다.

4. 한민형

눈을 떴을 때, 그것은 일상 속 풍경이었다.

언제 잠들었던 거지?

민형은 턱을 괴고 있던 손을 떼며 생각했다. 마치 어색한 퍼즐 하나를 맞춰 놓은 듯 의식의 흐름이 끊겼다가 돌아온 느낌이다. 무심코 주위를 둘러보다 보니 이상한 기분이 든다. 교실 안은 적당한 소음과 차분함이 감돌고 있다.

교실? 내가 교실 안에 있었던가?

그는 고개를 좌우로 두리번거렸다. 교실의 풍경은 낯설지 않으면서도 동시에 낯설게 느껴졌다. 어색해. 뭔가 어색한데. 가만히 생각을 되짚어 보던 민형은 시야에 들어오는 이질감을 파악했다. 머리 위로 살짝 올린 시선 끝에 이상한 게 있었다. 투명 아크릴 판에 빔이라도 쏜 듯 떠 있는 빨간 숫자. 그걸 보자마자 방금 전까지 자신이 어디에 있었는지 기억이 났다.

자신의 이름이 기록되어 있던 종이. 기이한 풍경. 공간. 그곳에서 발견한 책……. 기억은 거기서부터 끊겼다.

뭘 했는지 모르겠지만 도저히 그 공간에서 지금 이곳으로 오게 된 경위가 떠오르지 않는다. 얼핏 자신이 꿈을 꾸고 일어난 것인가 싶었다. 하지만 묘하게 현실감이 떨어지는 교실의 풍경이 민형에게는 오히려 이곳이 꿈처럼 느껴졌다. 게다가 눈앞에 둥둥 떠 있는 문구는 'D-14'였다. 저건…… 무슨 의미지?

실제 시계는 12시 30분을 조금 넘기고 있었다. 점심시간이 끝나려면 30분 정도 남은 시각. 허기가 느껴지지 않는 것을 보니 어쨌든 당분간 배고픔으로 고생할 것 같지는 않다.

분위기상 기묘한 공간의 모습은 남아 있지 않을 것 같지만 그는 일단 도서관에 가 보기로 했다. 자신도 모르는 새에 뭔가가 해결되었다면 눈으로 확인해야 했다. 그 와중에 어중간한 이 찜찜함도 사라지기를 바랐다.

자리에서 일어난 민형은 교실을 나섰다. 도서관이 있는 별관으로 가려면, 일단 본관 건물 밖으로 나가야 했다. 시야 기준으로 머리 위에 둥둥 떠 있는 문구는 그대로 있었다. 가까이 다가가도 일정 거리를 두고 멀어져 손에 닿지 않았다. 계단을 내려가던 민형은 이질감이 들어 잠시 걸음을 멈췄다. 민형의 반인 3층에서 다 내려왔다고 생각했는데, 계단이 한 층 더 남아 있었다.

"이것 때문인가······?"

민형이 허공에 떠 있는 문구를 향해 손을 휘저어 보았으나 딱히 달라지는 건 없었다. 괜히 도서관으로 향하는 걸음이 빨라졌다.

하지만 도서관은 여느 때와 다름없는 분위기였다.

조용한 먼지의 울림이 들릴 것만 같은 공간. 예상대로 점심시간에 도서관에 학생들이 있는 경우는 시험 기간을 제외하곤 흔하지 않은 일이다. 이 시간이라면 운성이나 우현이 자리에 있을 거라고 생각했건만, 도서관 데스크에는 아무도 없었다.

엇갈렸나? 이곳이 아무리 낯설게 느껴져도 도서관에 가면 우현과 운성을 만날 수 있을 거라 생각했다. 시간은 12시 43분을 지나고 있었다. 평소의 두 사람이라면 교실로 돌아가기엔 아직 이른 시간이다.

"뭔 일이 있을 수도 있는 거지······. 그 녀석들도 지금 패닉일 테고."

자신과 같다면 한곳에 머물러 있기는 불안할지도 모르겠다고, 민형은 생각하며 돌아섰다. 도서관 문을 나서는 순간 때마침 들어오는 사람과 정면으로 마주했다.

"어?"

꽤나 작은 체구 탓에 내려다보니 눈앞에 있는 사람이 수혁이라는 것을 깨달았다. 그는 자신을 쳐다보더니 빙긋 웃으며 말한다.

"어, 안녕하세요. 진후 형."

순간 민형은 자신의 귀를 의심했다. 네에? 되묻는 민형의 말에 수혁이 도리어 궁금해하는 표정이 되었다. 평소 장난기가 많은 저 형이라면 그럴 수도 있겠다고 생각한 것도 사실이다.

하지만 자신을 쳐다보는 수혁의 얼굴이 묘하게 앳되어 보였다. 수혁은 참고서를 하나 들고 있었는데, 그건 1학년 과목 문제집이었다.

"아니, 나를 왜 그렇게 부르는……."

"응? 뭐가요? 저 일단 할 게 있어서 먼저 들어가 볼게요."

수혁은 민형의 궁금증을 해소해 주지 않은 채 도서관 안으로 들어가 버렸다.

"왜 저 형이 나더러 '진후 형'이라고 하지?"

그렇게 중얼거리던 민형은 직전까지 있었던 이상한 공간을 떠올렸다. 그곳에서 봤던, 민형만이 들 수 있던 책. 책에서 봤던 진후의 이름. 도서관에 오기 전 한 층 더 남아 있던 계단도. 4층은 3학년 반이 있는 층이었다. 지금까지 느낀 이질감은 단순한 기분 탓이 아니었다.

민형은 도서관에서 나와 화장실로 달려갔다. 가장 먼저 확인한 건 거울이었다. 솔직히 너무 궁금했다. 도서관까지 가는 그 길목에도, 도착해서도 그리고 혼자 중얼거렸을 때조차 그는 그가 자신의 모습으로 있다는 사실을 의심해 본 적이 없었다. 자신의 목소리와 몸이라는 건 자연스러운 거다. 그게 바뀐다면 몰랐을 리가 없을 텐데.

 긴장하며 바라본 거울 속에는 태어나 줄곧 성장해 온 민형 자신의 모습이 보였다.

 하지만 거울 속에서 단서 하나를 발견했다. 수혁처럼 민형도 교복에 명찰을 차고 있었다.

 명찰에 쓰인 이름은 '한진후'였다.

 민형은 초등학교에 입학하고 나서야 자신처럼 많은 형제가 있는 경우가 드물다는 것을 알았다.

 큰형은 민형과 일곱 살 차이로 꽤 먼 존재였다. 민형은 밖에 나가 노는 것을 좋아하는 아이였다. 큰형은 집에서 조용히 자기 할 일을 하는 편이라, 민형과는 성향도 달랐다. 민형이 중학교에 갈 때엔 이미 형은 대학생이 되어 자취를 시작했기에 큰형과 같이 보낸 시간이 많지 않았다.

 둘째 형은 민형과 세 살 차이였다. 민형은 형다운 형은 둘째 형이라고 내심 생각했다. 뭘 하든 둘째 형은 민형에게 모범이 되어 주는 존재였다.

셋째 형은 민형과 한 살 차이로, 나이로 치면 그와 가장 친밀도가 높았겠지만 셋째 형은 큰형보다도 민형과 먼 사람이었다. 사람 많은 집안에서도 유달리 눈에 띄는 존재로, 문제를 일으키는 것은 잘했지만 뒷수습은 전혀 생각하지 않아서, 자주 가족들을 난감하게 만들었다.

안하무인. 유아독존. 민형은 그 말들이 셋째 형에 제일 부합한다고 생각했다.

자기 할 일만 하는 첫째 형과 자기 멋대로 하는 셋째 형 사이에 둘째 형인 진후는 균형을 잘 잡는 것처럼 보였다. 부모님도 진후에게 기대하는 바가 컸다. 진후는 막내인 민형을 잘 돌보고, 큰형의 안부를 물으며 큰형이 가족과 멀어지지 않게 하였으며, 셋째의 사고를 뒤치다꺼리하는 데 앞장섰다. 겨우 세 살 차이지만 민형의 눈에 진후는 하늘 같은 형이었다.

거울 속에는 여전히 심각한 얼굴을 한 자신이 보인다. 민형은 둘째 형처럼 선이 곡선인 얼굴형이 아니다. 얇은 눈썹을 가지고 있지 않다. 고집 있어 보이는 눈매는 형이 가진 순한 이미지와 다르다.

하물며 수혁 형이 나와 형을 헷갈릴 리 없다.

"하아……."

한숨을 한번 내쉰 그 순간, 쉬는 시간을 마무리 짓는 종소리가 들렸다. 타이밍 한번 잘 맞춘다고, 민형은 어이가 없어서 피식 웃었다.

3학년 6반.
사실 교실을 찾는 데엔 조금 시간이 걸렸다. 어찌 되었든 사람들 눈에 '한진후'로 보인다면 3학년 반으로 가는 게 정황상 맞았다. 계단이 더 남아 있을 때 알아챘어야 했다. 정확한 반의 위치는 솔직히 기억나지 않았기에 민형은 교실이 이어져 있는 복도 기준으로 한 반씩 기웃거렸다. 아는 얼굴은 전혀 없었지만 누군가 민형을 보고 아는 체를 해 준다면 그 반으로 가면 될 거라는 생각이었다. 자리가 창가 근처였다는 점은 기억나서 창가에 빈자리가 없으면 일단 그 반은 넘겼다.

이내 민형은 창가 자리가 비어 있는 반을 발견했다. 들어가면서도 의심스러웠지만 아이들이 신경 쓰지 않는 걸 보니 맞는 것 같았다. 하지만 방금 전 거울에서 '한민형'의 얼굴을 보고 온 터라 지금 '한진후'가 맞는지 확신이 안 생겼다. 아무나 와서 네가 여기 왜 앉냐고 물어보면 민형은 할 말이 없었다.

그때였다. 목덜미에 묵직하게 다가든 팔의 감촉에 그는 얼어 버렸다.

"한 실장! 점심시간 동안 어디 갔었어?"

"어?"

민형의 심장이 쪼그라들었다 다시 살아났다. 너무 놀라 제대로 반응조차 하지 못했다. 뭐야. 얜 또 누구야.

"하하. 한진후, 그건 무슨 바보 같은 표정이야."

남의 사적인 공간에 무례하게 엉덩이를 비집고 들어온 남학생은 민형의 얼굴에 삿대질까지 하며 웃어 젖혔다. 민형의 미간이 좁아졌다.

어깨에 걸친 팔을 쳐내면서 그는 말했다.

"어허, 매너 없게 왜 이래."

조금은 장난스럽게 맞받아쳤지만 순간 상대방이 굳는다. 되려 민형이 당황했다. 어? 이거 아니야? 벌써 주위의 공기가 숙연해졌다. 뭐야, 이 정도도 안 돼?

어색해 보이지 않으려면 진후 형처럼 행동해야 한다는 생각이 그제야 들었다.

"……아, 미안."

"와……. 의외다, 너? 이거, 이거. 아닌 줄 알았더니 의외로 터프한 구석이 있네?"

다행히 공기가 누그러지고, 상대방은 놀랍다는 반응이었다. 진후의 온화한 성품은 학교에서도 마찬가지였나 보다. 그럴 것이라고 예상은 했지만, 형이라도 지금의 나와 같은 나이라면 조금은 애다운 구석이 있지 않았을까 궁금하기도 했었다. 그런데 그런 그의 예상은 보기 좋게 빗나간 모양이었다. 집에서나 밖에서나 그저 모범생이었단 말이지.

그 이후에도 흥미가 생긴 듯 상대방은 집요하게 민형을 물고 늘어졌다. 더 이상 의심을 살 수는 없었기에 민형은 난처한 듯 웃으며 얼버무렸다. 하지만 어떤 말에서든 잘못 맞받아치면 다시 의심을 사거나 어색한 분위기로 흘러갈지도 모른다. 최대한 할 말을 참으며 적당히 예의 바르게 행동하는 것, 진후처럼 행동한다는 건 민형에게 그런 의미였다.

몇 시간이 지나지 않아 민형은 피곤해졌다.

3학년 수업은, 당연한 말이지만 제대로 머릿속에 들어오는 게 없었다. 민형은 노트 정리라도 해 놔야 한다는 사명감에 몇 번이고 칠판과 노트를 번갈아 보느라 고개가 아플 지경이었다. 심지어 저 'D-14'라는 문구는 항상 민형의 시야에 있는 터라 뭔가에 집중하기 어렵게 만들었다. 칠판 위로 떠 있는 빨간 문구뿐 아니라 옆에 있는 사람도 신경 쓰였다. 옆에 앉은 남학생은 아까 전에 민형을 짓궂게 놀리던 녀석이었다. 이름은 강서준. 수업 시간에는 꿀잠을 자게 생겨 놓고선 선생님과 열렬하게 시선 교환 중이었다.

짧게 깎은 머리. 옆으로 찢어진 날카로운 눈. 좋게 말하면 고등학생치고는 좀 어른스러웠고, 나쁘게 말하면 20대 중반의 양아치 같았다. 그러다 서준의 시선이 일순 민형을 향했다. 괜히 보고 있다가 눈이 딱 마주쳤고 최대한 자연스럽게 보인답시고 민형은 하품하는 척 고개를 돌렸지만, 서준이 눈을 가느다랗게 뜨고 민형을 본다는 사실만은 분명히 알 수 있었다.

긴 수업 시간이 드디어 끝나고 하교 시간이었다.
"너 왜 자꾸 허공을 봐?"
"어?"
"오늘 내내 여기, 이 언저리를 계속 보던데."
공교롭게도 서준은 정확히 문구가 있는 곳에 손가락을 가리켰다.
"내가…… 그랬나?"
당연히 그랬다. 하지만 시치미를 뗄 수밖에 없었다.
"응, 그랬지. 아주 수상하게."
"뭘 또……. 수상까지야."
민형은 최대한 말을 아끼며 수상해 보이지 않도록 주의를 기울였다.
미친놈 취급이나 안 받으면 다행이지, 사실 진후가 아니라고 털어놓아서 좋을 게 하나도 없어 보였다. 게다가 서준의 눈에는 진후로 보일 테고 말이다. 그는 눈을 흘기며 그새 사라지진 않았는지 숫자를 보았다. 여전히 건재했다.

일단 저 빨간 숫자에 대해서 알아야 할 텐데…….

안 그래도 진후처럼 온화하게 수긍하고 고개를 끄덕이는 게 어려워 죽을 맛이었다. 오늘 하루를 겪으며 민형은 깨달았다. 무슨 말이듯 맞받아치고, 기회만 있다면 장난식으로 말하는 게 마음먹는다고 자제할 수 있는 영역이 아니라는 걸.

그때였다. 제법 다채로운 표정이었던 서준의 얼굴이 무표정으로 변했다.

"겹쳐진 도서관에 오신 것을 환영합니다."

그가 높낮이 없는 말투로 말했다.

"뭐?"

민형이 놀라 서준을 쳐다보았다. 분명 서준이다. 오늘 처음 보긴 했어도 갑자기 뭐라 말할 수 없는 이질감이 들었다.

민형을 바라보는 서준의 눈빛은 무미건조했다.

"당신은 '한진후'의 책을 대여했습니다. 디데이 14일은 반납 기한을 의미합니다. 기한 중 책 주인 '한진후'의 삶에서 중요한 순간인 삶의 분기점이 있습니다. 그 순간이 바뀔 경우 책 주인의 삶은 달라질 가능성이 생깁니다."

"뭐…… 뭐라고요? 다시 한번 설명해 줘."

당황해서 그가 하는 말을 이해할 수 없었다. 다시 설명해 주지 않을 거란 예상과 달리 서준은 같은 말을 다시금 민형에게 해 주었다. 말하기 전에 잠시 그를 한심한 눈으로 바라본 것이 걸리기는 했으나, 그런 걸 따질 때가 아니었다.

"지금 여기가 책 속이라고요? 당신 누군데?"

민형이 물었다.

"정확히 말하자면 책 속이라고 할 수는 없습니다. '한진후'의 책을 기반한 '시간선의 이동' 정도로 해 두겠습니다. 저는 겹쳐진 도서관의 '사서'입니다."

저 말을 쉽게 해석한다면 시간 여행을 하고 있다는 말이었다. 민형이 혼란으로 어지러운 찰나, 사서가 다시금 말을 덧붙였다.

"기한은 14일입니다. 기한이 지날 경우 자동으로 반납되긴 하지만 온전하게 반납할 수 있기를 바랍니다."

"자동 반납? 그러면 그냥 이대로 시간을 보내면 된다고?"

연체 같은 개념은 없는 거라면 차라리 다행이었다. 디데이만 지나면 돌아갈 수 있다는 건 꽤 희소식이었다.

"틀린 말은 아닙니다만……."

사서는 잠시 D-14라는 숫자를 봤다가 다시 민형을 바라봤다.

"책을 잘 반납하는 게 책 주인 입장에서는 좋겠죠."

"잘 반납한다니······. 아까도 비슷하게 말하긴 했는데, 자동으로 반납하는 게 잘 반납하는 거랑 다른 거야?"

"다릅니다."

"어떻게?"

"책을 잘 반납하지 않을 시, 책 주인의 삶이 분기점을 기준으로 바뀌겠지요."

사서의 말은 모호했고 민형은 역으로 반문했다.

"삶이 바뀐다는 게······. 안 좋은 거야?"

사서는 그 말엔 대답하지 않고 다른 소리를 했다.

"대여 기간 동안 힌트가 있을 겁니다."

"뭐? 그게 무슨 말인데?"

민형은 서준의 팔을 붙잡고 다그쳤다.

"한진후······?"

서준이 놀란 얼굴로 눈앞에 있는 민형을 불렀다. 사서가 아니었다. 민형은 사서가 가 버렸다는 것을 알아차렸고 낭패감을 느끼며 뒤로 물러섰다.

"왜 그래? 방금 전까지······. 우리가 무슨 얘기 하고 있었나?"

"어어······. 그게······."

순간적으로 말문이 막혔다. 무슨 얘기를 했다고 말해

야 하나. 민형은 서준을 알게 된 지 얼마 되지 않았다. 하지만 서준에게 진후는 다를 것이었다. 두 사람의 관심사나 평소 나누던 대화 주제를 민형이 알 리 없었다.

"뭐라도 사 먹자는 얘기……?"

제발 넘어가라. 제발 넘어가라. 제발 넘어가라…….

"그래? 마침 출출하네. 집에 가는 길에 피시방 들러서 게임 한 판 하고 뭐라도 먹을래?"

"아, 어. 아니."

"가겠다는 거야, 말겠다는 거야."

"……안 가. 잘 가. 내일 봐."

민형은 몸을 돌리고 복도 끄트머리 쪽으로 달려갔다. 서준이 진후의 이름을 외치며 민형을 불렀지만 못 들은 척했다. 왜인지 서준은 다른 아이들과 달리 묘하게 예리해 보였다.

서준은 아무래도 진후와 막역한 사이인 듯했으나, 바로 그 점이 부담스러웠다. 더 오래 있거나, 더 말을 섞거나 하면 뭔가를 알아챌 것만 같은……. 심지어 방금 전까지 사서이지 않았던가. 민형은 괜히 서준 자체가 의뭉스럽게 느껴졌다.

사서의 말을 복기해 보고 있었으나, 민형은 여전히 반도 이해하지 못한 상태였다. 하, 이건 반칙이잖아. 괜히 억울한 마음에 소리치고 싶었다. 나는 방금 전까지도 낯선 공간에 있었단 말이다.

마침 복도를 꺾어 내려가는 계단 앞에서 수혁을 만났다.

아까 전 한 번 겪어서 그런가, 민형은 수혁이 자신을 형이라고 부르는 것에 고개를 끄덕일 수 있었다.

"신간 정리 부탁해도 돼요?"

"그럼."

수혁의 한쪽 눈썹이 약간 들렸다. 그게 유달리 확실하게 눈에 들어왔다. 뭔가 말하고 싶은데 그 말을 해야 하나 잠시 고민하는 것처럼 보이기도 했다. 대답이 잘못됐나? 둘째 형이라면 별말 없이 허허 웃으며 들어줄 것 같았는데. 형의 성격을 모른다고 할 수는 없지만 형의 입장에서 사람을 대하는 건 또 다른 문제다. 설마…… 들켰나? 예전부터 감이 좋은 이 선배 앞에서 민형은 그런 생각을 해 보았다. 서준도 그렇고 다들 왜 이렇게 의심의 눈길을 보내는 것 같지? 날카롭게 곤두선 민형의 예민함이 오히려 부작용을 낳았을지도 모른다.

잠시 침묵이 흘렀지만 이내 수혁은 감사하다는 인사를 건넨 후 이번 주 금요일에 와 달라고 얘기했다. 돌아서는 그의 뒷모습을 보고 긴장이 풀리려는 찰나, 그가 다시 돌아섰다.

"형 혹시나 해서요. 모의고사 전이니까 괜찮은 거 맞죠?"

"예? 으응······."

이상한 반존대가 나왔으나 그는 신경 쓰지 않는 듯했다.

"3학년 괴롭혔다고 선생님한테 이르면 안 돼요."

"어······. 그래."

이제야 만족한 웃음을 지은 수혁이 씩씩하게 걸어갔다. 그의 멀어지는 발걸음 소리를 듣다가 민형은 중얼거렸다.

"아······. 힘 빠져."

하루가 더 지났다. 머리 위에 떠 있는 D-13을 이미 여러 번 쳐다보았지만 달라지는 건 없었다.

"어려워."

민형은 저도 모르게 중얼거렸다.

"뭐가?"

"으아악!"

갑자기 끼어든 목소리에 민형은 화들짝 놀랐다. 쳐다보니 서준이 자신을 내려다보고 있었다.

서준은 민형의 옆에 앉았다. 의문 어린 시선을 민형에게 고정한 채였다.

민형에겐 그냥 이 모든 상황이 어려웠다. 어디서부터 손을 대야 할지 모르겠는 난제였다. 진후의 행세를 하는 것도, 형의 '삶의 분기점'이라는 것도, 온전히 잘 반납한다는 말도. 무엇 하나 알 수 있는 게 없었다.

설상가상 사서는 그 후로 코빼기도 보이지 않는다.

강서준은 예상보다 더 끈질긴 녀석이었다. 친한 건 알겠으나 민형은 아무리 생각해도 진후가 서준과 어울려 다니는 모습이 상상이 안 갔다.

이젠 혼잣말도 쉽게 못 내뱉겠네. 민형은 씁쓸한 마음을 다잡았다.

"이 문제가 어렵다는 건가?"

"아, 뭐……. 그렇지?"

그는 민형이 팔뚝으로 가리고 있던 문제집 한쪽의 수학 문제를 보고 물었다. 사실 문제집이고 뭐고 민형은 관심이 없었다. 3학년 수업을 따라갈 수도 없을뿐더러, 돌아가기 전까지 쪽지 시험 같은 게 없기를 바랄 뿐이었다.

형의 인생에 중요한 순간이 시험일 것 같지는 않았다. 원래도 공부는 잘했고 명문대까지 진학했으니. 민형이 약간의 고뇌―하지만 방도는 없다. 따로 공부한다는 선택지는 더더욱―를 하고 있던 찰나, 서준이 그의 팔을 스윽 치우더니 그의 샤프를 가져가 쓱쓱 뭔가를 끄적이기 시작했다.

"이렇게 하면 돼."

"응?"

긴 수식 끝에 답이 쓰여 있었다. 민형은 의외로 가지런하고 반듯한 서준의 글귀를 보다가 고개를 들었다.

"오……."

깔끔하고 알아듣기 쉬웠다. 리뷰라도 달라고 한다면 10점 만점에 한…… 8.5점?

"좀 멋짐?"

서준이 농담을 던진다. 민형이 고개를 끄덕이자 그가 피식 웃었다. 아, 둘이 친했던 이유를 조금 알 것도 같은 기분이 들었다.

결국 서준이 수학 문제지 두 쪽을 푸는 데 도움을 주었다. 의도치 않게 선행 학습을 끝내고 나니 민형은 괜스레 뿌듯해졌다. 하굣길에 서준이 꼬드기기에 이번엔 피시방도 같이 갔다가 귀가했다.

문을 열고 집에 들어가려는 순간 타이밍 좋게 문이 열렸다. 민형은 집에서 나오는 인물을 보고 잠시 굳었다.

"아…… 깜짝이야."

놀란 얼굴로 민형을 바라보는 건, 몇 년 전 중학생이던 '민형'이었다.

중학교 3학년인 자신의 모습이 이랬던가. 지금보다야 어리고 앳된 느낌이 있지만 자기 얼굴인지라 생경한 느낌이 더 크게 다가왔다. 애당초 타인의 시선으로 자신을 바라본 적이 없어서 더 낯설게 보이는 걸지도 모르겠다.

내 얼굴이 정말로 이렇게 생겼던가? 민형은 놀라움과 혼란스러움 그 사이에서 머뭇거렸다.

"형, 나 잠깐 나갔다 올게."

"어? 어……."

어린 민형은 자신을 향해 간단히 말한 후 급한 듯 달려 나갔다.

정말 저게 나인가……?

충격은 꽤나 묵직했다. 집 안에 들어서면서도 민형은 잠시 멍한 상태였다. 시간 여행 중에 자기 자신을 마주할 거란 생각을 해 보지 않은 것에 또 한번 충격을 받았다. 도플갱어를 만나면 죽는다는데, 내가 나를 만나면 어떻게 되는 거지? 하지만 지금은 '진후'로 있으니 괜찮은 건가? 과거의 자신은 어색하고 마치 타인 같았다.

집에는 아무도 없었다. 천장에 걸린 샹들리에가 반짝거린다. 할머니의 고풍스러운 취향이 반영된 집 안은 샹들리에를 제외하고는 간접 조명만 밝혀 두어 은은한 빛이 감돌고 있었다. 거실을 돌아 왼쪽 구석에 있는 나무 계단을 몇 발짝 올라가다가 그는 잠시 멈춰 섰다. 다섯 번째 계단 옆 난간 맨 아래쪽에 움푹 팬 부분이 있다. 어릴 적 형제들과 놀다가 패인 자국인데, 멀쩡하던 무언가에 큰 흠집을 낸 게 꽤나 충격적이라 기억에 선명하게 남았다. 할머니는 괜찮다고 했고, 그 이후로 다른 사람들도 신경 쓰지 않았다. 그는 잠시 몸을 구부리고 그 부분을 만져 보았다. 반질반질했다.

아무도 신경 쓰지 않는 흠집이었지만 민형의 눈에는 유독 잘 들어왔다. 어느 순간부터 민형은 복잡한 심경이 들 때면 그 부분을 오래도록 매만지곤 했다. 구석에 쪼그리고 앉아 패인 부분을 만지고 있노라면 어쩐지 안정감이 들었다. 남에게 투정 부릴 줄 모르던 그에게 난간 아래 흠집은 일종의 위로 수단이었다.

긴 세월을 동안 여러 번 만져진 틈새는 날카로움을 잃어 갔는데, 민형은 그게 또 좋았다.

자신만의 색이 강렬한 형들 사이에서 민형은 자연스레 스스로가 매우 평범하다고 느꼈다. 늦둥이 막내라서 귀여움받고 응석 부리며 자랄 만도 하건만 유달리 모난 돌이었던 셋째 형 때문에 민형은 자신의 색을 크게 내보일 수 없었다. 밉다 밉다 하지만 제 자식인지라 부모님은 민형의 바로 위 셋째 형에게 온통 관심을 쏟았다.

도시에서 부모님 없이 할머니, 할아버지와 살게 된 것도, 결국 그런 어른들의 마음 때문이었다.

공기 좋고 물 좋은 곳에서 소위 심신을 다스리면 애가 나아질 거라 생각한 부모님은 셋째 형만 데리고서 시골로 내려가겠다 마음먹었다. 하지만 그 모든 결정은, 민형에게 너무나 갑작스럽고 당황스러운 일이었다.

그때 민형은 열한 살이었다. 왜 떨어져야 하지? 부모님은 제대로 된 설명은 하나도 해 주지 않았다. 부모님이 셋째 형만 챙기는 상황을 민형은 이해할 수 없었다. 그저 모든 게 싫을 뿐이었다.

민형은 그즈음 자주 우는 아이였다. 원체 겁이 많고 엄마 품을 찾는 막내였지만, 부모가 제 곁을 영영 떠날까 두려워진 후로는 더더욱 칭얼거리는 아이가 되었다.

주말마다 올 거라는 부모님의 말에도 민형은 고개를 내저으며 나도 데리고 가라고 울었다.

지금은 안다. 셋째 형과 다른 형제를 떼어 놓으려는 심산인데 민형을 데려가는 건 아무 의미 없는 일이었을 것이다.

하지만 큰형과 둘째 형은 셋째 형이 생기기 전까지 부모님의 사랑을 온전히 누렸다. 민형에게는 그런 시절이 부족했다. 태어날 때부터 이미, 사랑은 민형을 제외한 다른 누군가의 몫이었다.

상황은 민형이 조금 더 조숙한 아이가 되도록 했고, 싫은 소리는 입 밖에 꺼내지 않게 만들었다. 하지만 시간이 더 지나자, 민형은 그런 생각마저도 자신의 머릿속에서 몰아내었다.

그런 감정은 느끼지 않아도 된다. 옳지 않다.

진후의 방은 깔끔했다. 민형도 이것저것 어질러 놓는

편은 아니었지만 진후의 방에는 다른 종류의 깔끔함이 존재했다. 물건 하나하나가 그의 성격을 대변해 주고 있는 듯하다.

갑자기 피로가 몰려들었다.

쓰러지듯 누운 침대의 감촉은 시트를 바꾼 지 얼마 안 된 듯, 부드럽고 포근하다. 더 이상 신경 쓰는 것도 지쳤다. 진후를 동경하는 건 그가 자신에게 없는 면모를 지니고 있어서였다. 진후처럼 되고 싶은 것과 진후가 되어 학교에 다닌다는 건 전혀 다른 일이었다. 어울리지 않는 남의 옷을 입은 것처럼 불편했다.

이대로 괜찮은 걸까? 민형이 눈썹을 들어 올려 시선을 한껏 위로 올리니, 여전히 허공에는 디데이가 떠 있었다. D-13. 겨우 하루 지난 건가. 하루나 지난 건가.

익숙한 풍경이면서 모든 것이 다른, 이곳이 어디인지 민형은 더 이상 생각하고 싶지 않았다. 진후가 되어 버린 것을 제외하고서라도 새삼 오늘 하루 동안 본인답지 않은 행동을 많이 했다. 민형은 묵직한 피로감 속에 그대로 잠이 들었다.

수혁이 부탁한 신간 정리를 하러 민형은 도서관에 왔다.

먼저 와 있던 수혁은 서가 한쪽에 오래된 서적을 정리 중이었다.

"형은 이쪽에서 신간 정리 부탁해요. 저는 서가 정리 좀 하고 와서 마저 도울게요."

먼지를 나풀거리며 움직이는 수혁을 보니, 그와 대비해 신간 정리는 아주 쾌적한 작업임이 분명했다. 나름 선배라고 신경 써 준 모양이었다. 민형은 알겠다고 말하며 자리에 앉았다.

신간 정리는 현직 도서 위원인 민형에게 나름대로 숙련된 일이라 더 쉽게 느껴졌다. 새 책의 반듯한 표면을 어루만지며 흘려보내는 시간은 정적이고 단조롭다.

자신의 쾌활한 성격과 대조되는 감각에 민형은 가끔 강한 안도감이 들었다.

민형은 신간 묶음을 대출/반납 데스크 쪽 컴퓨터 옆 책상 자리에 두고 하나씩 도서관 시스템에 입력하기 시작했다. 몇 번을 반복하던 중 한 권의 책이 눈에 들어왔다.

"이거……. 이운성이 나한테 처음 빌려준 거네."

반질반질한 표지 하단에 도서관 바코드를 붙여 넣으며 민형은 운성과의 첫 만남을 떠올렸다.

중학교 3학년, 운성과 민형은 같은 반이었다. 그때 민형은 반에 어울리는 무리가 따로 있었고 같은 반보다 다른 반에 친한 친구가 더 많았다.

민형과 운성은 오며 가며 마주치면 인사를 하고, 다음 시간이 수학인지 영어인지 물어보는 정도가 대화의 끝인

사이였다.

운성은 시끄럽게 떠들거나 과하게 웃는 법이 없었다. 언제나 비슷한 표정으로 비슷하게 수업을 듣고 좋은 성적을 유지했다. 그래서인지 시험 기간이 다가오면 그에게 질문을 하는 아이들이 많았다.

같은 반 아이들은—특히 여자애들은— 운성이 다른 남자애들처럼 방정맞지 않고, 섬세해 보여 좋다고 했다. 그런 평가에도 당사자인 운성은 별로 신경 쓰지 않는 것처럼 보였다. 집안도 잘 산다고 했다. 왠지 인간미가 떨어지는 것 같았다. 하지만 그런 감상도 딱 거기까지였다. 남에 대한 관심이란 겨우 그 정도였고, 민형은 이내 별다른 신경을 쓰지 않았다.

의식의 범주에 들어오지 않는 인간은 설사 같은 공간 내에 있어도 그다지 관심이 가지 않기 마련이다. 한 학년이 다 지나가도록 피상적인 이미지를 빼고 그들은 서로에 대해 아는 것이 전혀 없었다.

그러던 어느 날, 학교에서 하는 방과 후 봉사 활동에 민형과 운성이 가게 되었다.

둘은 친하지는 않았지만 봉사 활동에 온 다른 반 아이들 사이에서 적당히 이야기를 나누고, 양로원 근처의 쓰레기를 주우며 시간을 보냈다.

봉사 활동이 끝나고 민형은 다른 학교 친구들을 만나

러 갔다. 가방에서 제 물건을 꺼내려고 열었을 때, 자신의 가방이 아니란 걸 알아차렸다.

"어……?"

가방 속에는 두꺼운 양장본 책 두 권과 참고서가 있었다. 중학생이나 되어서 자기 물건에 이름을 써 놓는 사람은 없었지만 필기 노트를 펼치자마자 알았다. 제 얼굴만큼이나 단정한 글씨체. 시험 기간마다 아이들이 그에게 노트 한 번 찍어도 되냐고 묻던 것이 떠올랐다. 수업 내용을 이토록 체계적으로 정리해 놓을 만한 사람은 같은 반 이운성뿐이었다.

민형은 일부러 보통 아이들이 드는 것보다 큰 사이즈로 가방을 들고 다녔다. 그 안에 담긴 물건 때문에라도 가방은 무거운 편이었다. 투박하기 그지없는 검은색 백 팩. 그래서였을까. 아무렇지 않게 든 가방이 묵직했고, 그런 무게감을 가진 게 자기 가방이라고 철석같이 믿었다.

"아이 씨……!"

민형은 아랫입술을 세게 깨물고 머리를 헝클었다.

"이운성……. 이, 운……성. 아……!"

휴대폰을 들고 연락처를 찾았지만 당연하게도 운성의 번호는 없었다. 별다른 사이도 아닌 같은 반 모범생. 행여나 그 녀석이 그 가방을 들고 선생님한테 가기라도 한다면, 그래서 집까지 연락이 와 버린다면……!

그날이 어떻게 흘러갔는지 모르겠다. 민형은 뜬눈으로 밤을 지새우고, 누구보다 일찍 학교에 갔다. 운성이 오자마자 가방을 바꾸자고, 혹시나 집에 가서 가방을 던져 놓은 바람에 운성은 가방 바뀐 것을 몰랐을지도 모른다는 미약한 희망을 가지고 뛰어갔다.

예상과 달리 운성은 이미 교실에 있었다.

운성의 시선이 민형에게 닿았다. 정확히는 민형이 메고 있는 가방에.

"안녕……?!"

"안녕."

아무도 없는 새벽의 빈 교실. 두 사람은 서로에게 인사했다. 숨 막힐 것 같아. 운성은 아무렇지 않은 표정이라 더욱 조바심이 났다.

"우리 가방이 바뀌었더라고."

"응, 그렇더라."

"자, 여기. 네 가방."

민형이 운성의 가방을 건네며, 운성의 의자 뒤에 걸린 가방을 눈짓으로 가리켰다.

운성이 말없이 가방을 빼내어 민형에게 건넸다.

하지만 가방 안에는 물건이 없었다. 정확히 말하자면 민형이 넣어 놓은 술과 담배가 없어지고 그 자리에 레몬 맛 사탕만 한 무더기 있었다.

"너……?!"

"백해무익."

"뭐?"

"몰라? 백해무익이라고."

"아니, 못 알아들은 게 아니라……."

"선생님께 말 안 했어. 걱정 말고. 단명하고 싶지 않으면 그만두고. 이거나 가져가."

운성은 제 가방에 들어 있던 책 한 권을 민형에게 건넸다. 말이 건넨 거지, 그냥 떠민 거나 다름없었다. 그는 제 할 말이 끝났다는 듯 귀찮은 얼굴을 했다.

민형은 황당해서 말이 안 나왔다.

"아니, 지금 뭐 하자는……!"

때마침 청소 당번이 등교했다. 이어 학생들이 하나둘 오기 시작하자, 민형은 결국 제 자리로 가는 수밖에 없었다.

그러고 나서 며칠간 의아하고 화가 났다. 지가 뭔데 남의 물건을 버려? 뭐? 단명하기 싫으면 그만두라고?

이내 그 말에 반박하지 못했던 자신이 생각났다. 민형은 입술을 꾹 깨물었다.

지가 선생이야, 뭐야…….

하지만 기분은 나아지지 않았다.

술, 담배가 좋은 게 아니었다. 좋아하고 싶지도 않았다. 하지만 누군가 모르게 아주 삐뚤어지고 싶은 마음이 불쑥 솟아오를 때가 있었다. 어느 순간 집에서도 학교에서도 자신이 과하게 웃고 있다는 생각을 했다. 언제나 밝다고 말해 주는 사람들의 말이 기분 나쁘게 느껴지는 순간이 생겼다. 조금이라도 가라앉아 있으면 무슨 일 있느냐고 캐묻는 말이 불편했다. 네가 처지면 어떻게 해, 라는 말이 무언의 압박처럼 다가왔다. 그럴 때마다 민형은 자신의 그런 이미지를 배반하고 싶어졌다. 사실은 착하지도 밝지도 않다고. 그런 척을 하고 있을 뿐이라고. 술, 담배를 해 보고, 그걸 아무렇지 않게 여기는 다른 학교 아이들과 어울릴 때마다 죄책감이 들었지만, 그마저도 자유처럼 느껴지기도 했다.

매번 그러지는 않았다. 사실 날마다 마음이 달라지긴 했다. 이제 그만하는 게 맞다고 생각하면서도, 여전히 아예 놓지 못했다.

운성의 말은 아이러니하게도 효과적이었다. 며칠이 지나는 동안 민형은 가방에 차고 넘치는 레몬 맛 사탕을 먹으며 운성을 주시했다. 그는 조용히 자리에 있는 날이 많았고, 때때로 자리를 비웠다. 그럴 때면 운성은 그다지 크지 않은 도서실에 가곤 했다. 그곳에서 그는 종종 책을 읽었다.

책을 읽기 시작하면 운성은 웬만해선 일어서는 법이 없었다.

수업 종이 울리면 그제야 아쉬운 듯 자리에서 일어나는 점도 민형의 눈에는 독특해 보였다.

처음엔 그걸 보고 생각했다. 저게 재미있나?

그냥 봤을 때는 재밌어 보이는 구석이 전혀 없었다. 하지만 책을 탐독하는 운성의 눈은 전혀 지루해 보이지 않았다.

몇 번을 도서실에 따라갔다가 졸고 오니 민형은 자신이 무의미한 행동을 하고 있다는 생각이 들기 시작했다. 도서실에 많은 학생들이 있는 건 아니었지만 일단은 모두가 책을 읽고 있었다.

그래서 민형은 운성이 준 책을 조금씩 읽어 보기로 했다. 며칠이 지나자 어느덧 종이 울리면 아쉽게 일어나는 게 민형이 되었다.

그렇게 한 권을 읽을 때쯤이었다.

"다 읽었어?"

"……어."

귀신같이 알아챈 운성이었다. 민형은 멋쩍은 기분을 느끼며 대답했다. 서랍 안에 있던 책을 꺼내 돌려주자 운성이 받아서 들었다.

"이것도 읽어 봐."

그리고 한 권을 다시 건네줬다.

"……."

또야? 하지만 이번엔 저번보다 얇았다.

"왜 나한테 책 주는 건데?"

돌아서던 운성이 다시 민형을 쳐다봤다.

재미없는 애라고 생각했었다. 어떤 생각을 하고 어떤 행동을 할지 뻔하다고 여겼으니까. 그런데 그는 자꾸만 예상을 벗어난 행동으로 민형을 당황스럽게 만들었다.

"내가 주면 읽잖아. 그거, 엄청 대단한 거야."

운성이 말했다.

"그리고 너 그만뒀더라? 다시 봤어."

뭘 그만둔 건지는 추가로 말하지 않아도 알았다.

지가 뭔데. 민형은 억울한 마음이 들었다. 하지만.

그 말을 하는 그의 눈빛과 표정이, 그 말투와 힘 있는 목소리는 뭔가 달랐다. 민형은 자신이 가지고 있지 못한 것을 운성에게서 느꼈다.

그때부터 민형은 운성을 조금 다른 눈으로 보게 되었다.

"무슨 생각을 그렇게 해요?"

때마침 수혁이 자리로 왔다. 오래된 책 냄새가 수혁한테서 나고 있었다.

"손은 계속 움직이고 있었거든."

놀다가 걸린 사람처럼 민형이 툭 대꾸했다. 저도 모르게 평소처럼 반박이 먼저 나왔다. 하지만 실제로 숙련된 도서 위원답게 빠른 속도로 작업의 절반 이상을 해내고 있었다.

"장난이에요, 장난."

그때 도서관 문이 벌컥 열리며 새로운 방문자가 나타났다.

"늦어서 미안……! 아, 선배도 있었네요?"

컴퓨터 앞에 앉아 있던 민형을 보고 주영이 말했다. 도와드릴게요, 덧붙인 그녀가 안쪽으로 들어와 민형 옆에 앉았다.

겨우 2년 전인데도 주영은 앳되어 보였다. 주영 선배와도 아는 사이였구나.

주영은 수혁과 동갑내기 도서 위원이었다. 생각해 보니 수혁과 같은 기수니까 진후가 알고 있는 것도 이상한 일은 아니었다.

뭔가…… 좀 신기한 기분.

"이수혁. 너 또 진후 선배한테 일 시키고……. 으휴."

주영이 수혁에게 핀잔을 줬다.

"진후 형이 도와준다고 한 거야. 그쵸, 형?"

수혁은 민형을 방패 삼고 나섰다.

"어……. 뭐, 그렇지."

진후라면 그렇게 말했을 것이었다. 주영은 수혁에게 눈을 흘겼다.

주영은 민형에게 또 이렇게 오냐오냐 하면 애 버릇 나

빠진다고 중얼거렸다.

처음 민형이 도서 위원이 되어 주영을 봤을 때는 선배였고, 항상 어른스러운 분위기를 풍기고 있었다. 차분하고 침착한 데다 조용한 편이었다. 그래서인지 수혁에게 핀잔을 주고 감정을 드러내는 주영이 신기하게 다가왔다.

너무 뚫어져라 봤는지 주영과 시선이 마주쳤다. 주영은 눈을 동그랗게 뜨며 헛기침했다. 어색한 듯 배시시 웃는 모습 역시 생경했다.

그때 머릿속에 낯선 장면이 떠올랐다.

등 뒤에 숨겨 둔 포장지의 바스락거리는 소리. 주변에서는 벌써 우우우우, 하는 감탄사가 쏟아져 나온다.

눈앞의 주영이 나를 본다. 약간 놀란 표정이다. 그러겠지. 하지만 내가 더 긴장하고 있어서 다른 게 눈에 잘 들어오지 않는다.

나는 커다란 꽃다발을 주영한테 내밀며 외친다.

"주영아! 좋아해!"

주위에서 박수 소리가 연달아 들린다. 얼굴에 열이 오르는 것을 느끼며 꽃다발을 주었지만 상대방은 그걸 받아 들지 않는다.

나는 당황해서 주영을 쳐다본다. 주영의 얼굴은 나보다 더 새빨갛게 달아올랐지만, 나를 보는 얼굴에 실린 감정은…….

명백한 분노다.

"헙."
"네?"

옆에 있던 수혁이 되물었다. 민형은 도리질을 치고 신간 등록과 반납 처리가 끝난 책을 들고 서가로 들어갔다.

뭐지? 방금 전 머릿속에 영화처럼 어떤 잔상이 스쳐 지나갔다. 고백을 외치는 목소리는 진후였다.

상상인가 싶었지만 그러기엔 방금 떠오른 이미지가 너무 생생했다.

'대여 기간 동안 힌트가 있을 겁니다.'

사서의 말이 떠올랐다. 이게 혹시 힌트 중 하나인 건가? 내가, 아니…… 진후가 주영에게 고백을 하나? 근데 그렇게 사람들 많은 복도에서, 대놓고, 엄청나게 과한 꽃다발을 주면서……?

일반적으로 그건…… 아니잖아?

제대로 연애해 본 적 없는 민형이었지만 그 정도는 알았다. 여자애들이 가장 싫어하는 고백이 바로 그런 것이다. 요란하고, 게다가 모두가 쳐다보는 데서 거절할 수도 없게 하는 것.

범생이 범생이 말은 그랬지만…… 저렇게까지 요령이

없을 줄이야.

정말로 진후의 계획하에 그런 일이 이루어진다면 그것만은 막아야 했다. 마지막으로 본 주영의 얼굴은, 진후라는 사람 자체가 싫다기보단…… 상황에 대한 싫음처럼 보였다.

머릿속에 떠오른 장면 속에서 날짜를 보았다. 그 날짜가 정확하다면 딱 지금부터 일주일 뒤에 벌어질 일이었다.

혹시…… 분기점인가 뭔가 하던 중요한 순간이 그 고백 아냐?

민형은 헙, 하며 제 손으로 입을 막고 다른 한 손으로 책을 꽂아 넣던 책장을 통통 쳤다. 맞다, 그거다. 그게 아니면 뭐란 말인가.

때마침 서가 사이로 들어온 수혁이 그에게 말을 걸었다.

"형, 요 며칠 좀 이상한 거 알아요?"

"응?"

"다른 사람 같아요."

또박또박 들려온 말이 그를 뒤흔들었다. 방금까지는 실마리를 찾아서 속이 개운해졌었는데, 순식간에 냉기가 머리부터 발끝까지 훑고 지나간다.

스스로도 어색한 건 알고 있었다. 능청스럽게 상황을 잘 모면하는 점은 여기선 취약점으로 작용했다. 진후는 그러지 않으니까. 그가 형을 따르고 좋아한 건 자신과 달라서였다. 항상 촐랑대는 자신과 다르게 형은 얌전하고 성실하고 지적이며 가족들이 의지하는 사람 중 하나였다. 그런 형의 흉내를 낸다는 게 애당초 무리였는지도 모른다.

민형은 바로 대꾸하지 못했다. 다 들켰다는 생각만 들었다. 불시의 기습에 어색한 반응을, 진실을 관통한 말에 뜨끔한 자신의 모습을 봤을 거다, 분명.

찰나의 정적이 흐른 후 민형이 입을 열었다.

"왜…… 그렇게 생각하는데?"

역으로 질문할 거라고는 예상 못 한 모양이다. 잠깐 틈을 들이더니 그가 말했다

"뭔가 숨기는 거 같아요."

"내가 너한테 숨길 게 뭐가 있겠냐."

수혁의 시선이 가늘어졌다.

'책 주인의 삶이 분기점을 기준으로 달라진다'고, 가만히 반납일이 되어 반납하는 것과 잘 반납하는 것은 분명히 다르다고, 서준의 몸을 빌렸던 사서는 분명 그런 식으로 말했다. 그 말은 모호하고 애매해서 솔직히 제대로 된 해석이 어려웠다. 사서의 말과 머릿속에 떠올랐던 고백 장면을 제외하고는 더 이상 얻을 수 있는 힌트는 없었고, 시간은 막힘없이 흘러가고 있다.

혹시 내가 진후가 아닌 것을 밝히고, 수혁의 도움을 받

을 수 있지 않을까?

  수혁은 진후의 고민을 알 수도 있다. 그러지 않더라도 그의 추측이 민형보다 더 나을지도 몰랐다. 어쩌면 그 고백에 관해서도 말이다.

  여전히 의심의 눈초리를 버리지 못하고 있는 수혁을 보며 민형은 다짐했다.

"사실은……."

"저 이미 알고 있어요."

운을 뗀 찰나, 수혁이 말을 낚아챘다.

"어? 그래……?"

"형, 주영이 좋아하잖아요."

수혁이 다른 폭탄을 날렸다. 놀란 민형이 황급히 되물었다.

"알고 있었어?"

"모르면 그게 멍청이 아닌가."

"……."

"빨리 고백이나 하세요."

"가능성…… 있어?"

"하, 이 형을 어쩌면 좋을까?"

매우 유감이라는 듯 수혁이 말했다.

머릿속에 떠올랐던 장면의 이미지로 보자면, 그 고백은 형의 일방적인 감정을 강요한 것이나 마찬가지였다.

뒤를 더 보지 않아도 아마 거절로 끝났을 거고, 주변에 그를 축하하던 관중은 어색하게 해산했을 것이다. 아마 누군가 어깨를 다독여 주었을지도 모르지. 하지만 이미 벌어진 일은 되돌릴 수 없는 법. 아마 씻을 수 없는 오명이 되어 그를 괴롭혔을 것이다.

그건 100퍼센트 10,000퍼센트 10년은 갈 이불 발차기 감이었다.

"제 추측이지만…… 아마 확률은 높을걸요?"

수혁은 당당하게 말했다. 그래서 민형은 더더욱 혼란스러워졌다.

진후가 주영을 좋아하고, 주영도 진후를 좋아한다고……?

주영의 목소리가 떠올랐다. 적당히 가늘면서도 무게가 있어 신뢰감을 주는 동시에 마음이 한 꺼풀 차분해지던 목소리였다.

그녀가 부르는 자신의 이름이 맘에 들었다. 민형아. 그렇게 부를 때 울림이 좋았고, 들을 때마다 이 선배는 목소리가 참 예쁘다 하는 생각이 저절로 들었다. 그렇게 매번 생각하다가 어느 날, 그녀가 부르는 '목소리'가 좋은 건지 '그녀'가 부르는 목소리라서 좋은 건지 헷갈리게 되었다. 더 고민해 보고 싶었지만 두 사람은 생각보다 접점이 없었다. 미적거리는 사이 시간은 빠르게 흘렀고, 민형이 2학년이 되자 주영은 3학년이 되어 거의 보지 못했다. 말 그대로 흐지부지. 더 이상 고민해 봤자 변하는 것도 없지 싶은 마음에 민형은 생각하기를 그만두었다.

"그래서 고백할 거예요?"

"으응……. 뭐? 아니?"

잠시 생각에 빠져 있던 민형은 무심코 대답하다가 놀라 말을 바꾸며 수혁을 마주 보았다. 수혁은 감이 좋은 선배였다. 눈치도 빠르고 사람의 마음을 잘 읽어 내는 구석이 있었다. 수혁이라면 혹시 납득할 수도 있을 거라고, 자신이 진후가 아니라고 말하려던 참이었는데……. 일이 어렵게 되었다. 무심코 바라본 시선을 피하려던 민형은 불현듯 뭔가를 깨닫고 다시 그 눈을 똑바로 마주했다.

"어?!"

수혁의 눈이 크고 맑았기 때문일 것이다. 민형은 보았다. 그 눈에 비친 자신의 모습을. 정확히 말하자면 지금 수혁 앞에 서 있는 '진후'의 모습을 말이다.

"헉. 진짜냐?!"

머릿속에 자리 잡던 생각들이 사라졌.

더 자세히, 확실히 확인해 봐야 한다.

갑자기 들이대는 민형의 모습에 이번엔 수혁이 당황했다. 하지만 민형은 아랑곳하지 않고 수혁의 양 볼을 잡은 채 얼굴을 가까이 대고 수혁의 눈을 들여다보았다.

거울만큼 깨끗하게 보이는 건 아니었지만 그 눈에 비친 건 분명히 둘째 형이었다. 심각한 표정으로 이쪽을 뚫어져라 바라보고 있다. 그러고는 갑자기 흔들린다.

"어?"

"저기…… 너무 가까운데요."

"헉? 아, 미안……."

그제야 민형은 자신의 행동을 인지했다. 놀란 만큼 힘껏 뒤로 물러서는 바람에 수혁을 세게 밀어 버리고 말았다.

"형. 설마 저로 갈아타신 건…… 저는 안 됩니다……?"

상처받은 영혼인 양 장난스레 말했지만 많이 당황한 듯 아까와는 다르게 여유를 잃은 수혁이 툴툴거렸다. 눈동자에 비치던 진후의 잔상이 민형의 뇌리에 박혔다. 정말 진후구나. 거울을 봐도 자신만 보이던 탓에 어딘가 부유하듯 어색했던 기분이 차분하게 가라앉았다.

이상하게 아까보다 수혁을 보는 기분도 달라진 것 같았다. 뭐랄까……. 방금까지는 아무리 봐도 선배 같았는데, 지금 보니 그냥 편한 동생처럼 느껴졌다.

"내가 놀라게 했네. 미안."

민형은 멋쩍게 웃으며 말했다. 그렇게 내뱉고 나서 조금 놀라고 말았다. 그건 자연스럽게 진후가 할 법한 말이었다.

진후처럼 말해야겠다는 생각도 없었는데 말이다.

그는 옆에 있던 책을 쓸어 담았다. 자자, 시간 없으니까 마무리해야지. 자연스럽게 나오는 말 역시 진후 같다고 느끼며 그는 서둘러 몸을 움직였다.

　남들 눈 속에 비치는 자신의 모습은 '한진후'이다.
　그 사실을 깨달은 민형은 다시금 거울을 보았다. 여전히, 제가 아는 자신의 얼굴. 한민형의 얼굴이 그 자리에 있었다.
　"뭔 차이인 거지……?"
　민형은 거울에 얼굴을 들이밀며 자기 눈동자에 비친 자신의 모습까지 알뜰하게 살폈다. 여전히 한민형이 의아한 얼굴로 제 얼굴을 들여다보는 중이었다.
　형의 연애에 관심이 있는 건 아니었지만, 교과서처럼 집—학원—학교만 오가는 형이 누군가를 좋아하고 맘 졸였다는 게 상상이 되지 않았다.
　누가 고백하더라도 '지금 이 시기에는 공부가 우선이 아닐까?'라는 모진 말로 내칠 것 같지, 반대로 고백하는 진후의 모습은 영 그려지지 않았다.
　하지만 머릿속에 떠오른 장면 속에서 진후는 고백했다. 그건 민형의 상상을 벗어난 것이었다. 그러니 그가 상상으로 만들어 낸 장면은 아닐 터였다. 민형은 이게 사서가 말한 힌트이고, 이 시간 여행에서 바꿔야 할 지점이 아닐까 하는 생각에 도달했다.

고백하는 진후의 모습이 이제부터 일어날 일이라면, 그게 정말 진후 삶에 있어 '중요한 순간'이라면 정말로 그 고백은 좋지 않은 행동이었다. 그걸로 주영과 사이가 멀어지면 멀어졌지, 가까워지긴 힘들 텐데.

답은 나온 거나 마찬가지였다. 고백을 하지 않는다. 다행히 시간은 일주일 가까이 남아 있었다. 일주일만 버티면 된다는 거다. 그러면 사서가 말하는 대로 반납이 가능하고, 나는 돌아가게 되는 건가……?

하지만 그런 결론은 무언가 찜찜한 구석이 있었다. 고백을 하지 않아 시작도 못 하고 끝날 인연이 되어 버린다면……. 그건 그것대로 문제가 아닐까. 우회가 될지도 모를 일이었다. 말마따나 삶이 바뀔 수도 있는 중요한 순간이라고 했는데, 그만큼 용기 낸 일이 실패로 돌아갈 게 뻔하다 해서 하지 않는 게 맞나. 후회할지언정 진후는 고백하고 싶었던 것일 텐데.

방 안에서 거울을 보던 민형의 미간이 좁아졌다. 거울 속에는 심각한 표정의 민형과 방 풍경만 보였다.

"혹시…… 고백을 다른 식으로 해야 하나?"

"뭐 해?"

갑자기 들려온 목소리에 무심코 돌아봤다가 민형은 꽥 소리를 질렀다.

"으악!"

"우어! 깜짝이야! 뭐야, 형. 내가 더 놀랐네!"

"으헉……. 너, 너야말로……!"

민형은 벌렁벌렁 뛰는 심장을 부여잡으며 숨을 골랐다. 억울해서 말해 주고 싶었다. 거울을 보다가 고개를 돌렸는데, 자신의 얼굴이 보인다면 그야말로 호러다.

"점심 먹어. 라면, 괜찮아?"

"으, 응……."

겨우 대답만 하고 민형은 다시 거울을 봤다. 거울 속 민형이 하얗게 질려 있었다. 후. 그는 눈을 감고 생각했다. 당분간 거울 보지 말자.

늦잠을 잔 민형과 달리 어린 민형은 말끔한 차림새였다. 식탁 위에 살짝 걸쳐 놓은 가방을 보니 외출할 일정이 있는 모양이었다. 허기가 진다고 생각하지는 않았지만 막상 식탁 앞에 서니 배가 고팠다.

곧 바스락거리며 라면이 준비되는 소리만이 집 안을 채웠다. 무슨 말을 꺼내야 하는 걸까? 침묵의 시간이 어색하게 느껴지면서도 괜히 이런 생각이 공기를 무겁게 만들지는 않을까 걱정되었다. 어린 민형은 묵묵히 라면을 끓이고 있었다. 생각보다 집중하고 있는지 이쪽은 쳐다보지도 않는다.

불편하다. 불편해. 먹다 만 과자를 상온에 오래 둔 뒤

먹는 것처럼 속이 편치 않았다.

거울이나 사진에 찍히지 않은, 내 앞에서 타인처럼 움직이고 있는 스스로를 바라보는 건 여전히 낯선 일이었다. 적당히 볼록한 이마부터 조금은 둥그스름한 콧등을 지나 의외로 날카로운 턱. 그것이 한민형이라고 생각하니 이상했다. 괜찮은 것 같기도 하고 아닌 것 같기도 하고……. 맨날 보던 얼굴이 본인 아닌 다른 의지를 가지고 라면을 끓이고 있는 이 현실 역시 꿈만 같았다.

"뭘 그렇게 쳐다봐?"

금세 눈앞에 라면이 김을 모락모락 풍기며 등장했다. 고소한 냄새에 입에 침이 고인다. 민형은 '잘 먹을게'라고 말하며 허겁지겁 라면을 먹었다. 괜히 자신과 마주하고 있는 이 순간이 어색하고 불편해 더 라면에 집중했다. 그렇게 한참을 먹다 보니 시선이 느껴졌다. 옆을 보니 어린 자신이 젓가락을 든 채 오묘한 표정으로 민형을 바라보고 있었다.

"어, 왜?"

목소리가 살짝 삐끗했다. 그 소리에 괜히 더 긴장해서 침을 꿀꺽 삼켰다.

"형답지 않게 잘 먹는다 싶어서, 뭐 보기 좋네."

"……."

어린 민형은 내 솜씨가 좋아 그런 거라며 씨익 웃었다.

덩달아 마주 웃는데, 민형의 머릿속에 충동적인 질문 하나가 떠올랐다.

"넌 내가 된다면 어떻게 할래?"

"음?"

어린 민형은 잠시 고민하는 듯했다. 물어본 건 민형이었지만 그는 자신이 왜 그런 질문을 한 건지 정확히 알 수 없었다. 그저 어린 자신을 바라보는 순간 물어보고 싶어졌다. 지금 상황을 알아주길 바라는 건가? 그렇게 해서 대체 뭐가 달라지지?

"내가 어떻게 형이 될 수 있겠어. 의미 없잖아. 형은 나랑 완전히 다른 사람인데."

그렇게 말하고 쳐다보는 어린 민형의 눈동자에 진후가 비쳤다. 놀란 얼굴의 둘째 형.

민형은 두 눈만 끔뻑거렸다. 뭔가가 생각날 듯, 생각나지 않을 듯. 사실 생각이 날 만한 뭔가가 자신 안에 남아 있는지도 확신하기 어려웠다. 이걸 기시감이라고 하든가, 미시감이라고 하든가.

그때였다. 어린 민형의 얼굴 위로 다른 얼굴이 겹쳐지며, 민형의 머릿속으로 한 가지 이미지가 떠올랐다.

약통을 쳐다보는 민형의 얼굴. 얼굴은 푸석하고 그늘져 있다. 눌린 머리. 짙은 다크 써클. 둔탁한 빛을 내뿜는 눈동자가 이쪽을 향한다.

'나한테 신경 쓰지 마.'

그는 약통을 그러쥐고 말한다. 덜거덕거리는 약통 안에서 약이 나온다. 한 움큼 움켜쥐고, 물도 없이 먹으려고 한다.

나는 손을 뻗어 그를 막는다.

'어떻게 신경을 안 써.'

'어차피 신경 쓴 적도 없잖아.'

그 말이 비수가 되어 꽂힌다. 다시 쳐다봤을 때는 민형이 이미 자리에서 일어선 채였다.

민형이 길게 한숨을 내쉬더니 말한다.

'제발 나 좀 내버려 둬.'

"형?"

"어, 어……?!"

"밥 먹다 말고 왜 갑자기 멍 때려."

한순간에 현실로 돌아왔다. 그놈의 '힌트'가 또 머릿속에 떠올랐다는 사실을 알 수 있었다. 하지만 지금까지 생각했던 방향과는 달랐다.

주영과 관련 있는 내용이 아닌 것 같았다. 그리고 의욕 없고 지쳐 보이는 것을 감안하더라도 장면 속 민형은, 고등학생인 민형보다 훨씬 나이 들어 보였다.

지금이나 얼마 뒤가 아니라 한참 더 시간이 지난 후에

일어날 일처럼 보였던 것이다.

게다가 두 사람의 사이는 좋지 않아 보였다. 자신은 진후에게 반감을 가지고 있는 것처럼 느껴졌고, 진후 역시 그것이 어쩔 수 없다는 듯 민형을 대했다.

그 순간의 분위기, 소리, 촉감까지 생생했다.

눈앞에 있는 어린 민형과 장면 속 민형은 다른 사람인 것처럼 달랐다. 떠오른 장면 속 민형은 풍겨 나오는 분위기 자체가 어두웠다. 보는 사람까지도 처지게 할 정도로.

"너 혹시 우울해?"

"뭐? 갑자기?"

어린 민형의 눈썹이 팔자로 휘어졌다.

"전혀 아닌데."

어색하게 웃는 모습이 황당해서 그런가 보다 넘길 수도 있었지만, 방금 전 이미지 때문인지 민형은 그 말이 거짓말 같다는 생각을 했다.

"거짓말."

자기도 모르게 튀어나온 말이었지만, 생각보다 더 가라앉은 말투였다.

말로 꺼내기 전까지는 긴가민가했지만 이제는 확신할 수 있었다. 무언가 불편할 때 민형은 오히려 과하게 감추곤 했다. 그건 어린 민형도 마찬가지였다.

민형이 그렇게 단정 지으며 말하자 어린 민형은 '형 오늘 이상하다, 근데 말이야…….' 하며 말을 돌렸다. 민형은 어린 민형을 물끄러미 쳐다봤다. 실없는 농담이나 어제 본 예능 프로그램에 대한 이야기. 그건 민형이 곤란할 때 대화 주제를 바꿔 버리는 일종의 습관이었다. 자극적이고 가벼운 이야깃거리를 꺼내면 분위기는 금방 전환된다. 여러 명이 있을수록 더욱 효과가 좋았다.

그런 자신의 행동을 남의 시선으로 바라보고 있으니, 기분이 이상했다.

왜 불편해하는 거지. 정말로 내가 헛소리를 한다고 생각했으면 그럴 필요는 없었을 텐데. 이건 단순한 과잉 반응인 걸까?

그 시절의 자신을 되돌아보면 물론 잘 지내 왔다고 생각한다. 사람들과도 적당히 잘 지내고, 고등학교에 올라오기 전 마음에 맞는 친구도 만났다. 답답해서 방황할 뻔한 적도 있었지만 다행히 안 좋은 길로 빠진 것도 아니고. 지금은 도서 위원까지 하면서 즐겁게 보내고 있다.

머릿속에 떠오른 장면이 민형을 혼란스럽게 하고 있었다.

민형보다 더 빠르게 식사를 마친 어린 민형이 자리에서 일어났다.

"미안, 형. 시간이 좀 늦어서 먼저 일어날게."

"……어디 나가?"

"어, 친구들이랑 만나기로 했어. 밥만 먹고 바로 모이기로 한 거라. 지금 출발해야 안 늦을 것 같아."

중학교 시절, 주말마다 민형은 집 밖으로 돌아다녔다. 당시에는 할 일이 많았다. 이것저것 챙길 것도 많고, 약속도 끊임없이 생겨났다. 바쁘게 보냈었는데, 막상 어린 민형에게서 그 말을 들었을 때 딱히 떠오르는 일화는 없었다. 민형의 친구들은 틈나면 만나서 학교가 짜증 난다는 둥, 선생이 마음에 안 든다는 둥, 어떤 가십으로 누군가를 욕하거나 서로를 조롱하며 낄낄거렸다. 지금 생각해 보면 되게 한심해 보이긴 하는데……. 그때는 그것이 재밌었다. 욕하며 웃을 때만큼은 다른 생각이 안 들었으니까.

그리고 마지막엔 패싸움까진 아니어도 이거 아니다 싶은 싸움이 몇 번 있어서…… 당시 친구들과 완전히 척을 진 기억이 있는데.

지금이라도 말려야 하나?

"다녀올게."

"어, 어. 잘 다녀와."

하지만 현실은 그저 어린 민형을 배웅해 줄 뿐이었다. 지금 친구들이랑 놀지 마……. 그런 말은 너무 꼰대 같잖아.

"아, 맞다. 형."

어린 민형이 문 앞에서 잠시 돌아서더니 말했다.

"고백 잘해라. 중요한 건 기세야, 기세!"

"너……?!"

그러더니 어린 민형은 문을 열고 손만 팔랑팔랑 흔들며 사라졌다.

다 들었구나. 괜히 귀에 열이 오르는 걸 느끼며 민형은 양손으로 머리카락을 꽉 쥐었다.

다음 날 민형은 1교시가 끝나자마자 다짐했다.

아무래도 고백을 해야겠어.

전날 어린 민형을 포함해 조부모님도 늦게 귀가했기 때문에, 민형은 오후 내내 집에 혼자 있었다. 민형은 유튜브에 나오는 '레전드 로맨스 드라마 정주행' 요약본을 3시간 내내 보고 그렇게 결론을 내렸다.

그 뒤로 생각해 보니 모든 것이 맞아떨어졌다.

수혁의 놀리는 듯한 태도. 주영이 올 때마다 안절부절 못했다는 주변의 증언. 진후는 원래 도서 위원이었고, 주영은 지금 시기로 1학년이었으니 이래저래 생각해 봐도 반년 이상 짝사랑을 하고 있는 셈이었다.

"요컨대 중요한 순간에 바꿔야 한다는 게 있다는 건데……."

삶의 분기점. 민형은 노트에 그렇게 적어 놓고 잠시 골몰했다. 그 말의 뜻을 정확히 해석하기는 어려웠지만 지금 이 시점에 해야 할 일은 생각보다 명료해 보였다. 고백을 한다. 단, 떠오른 장면처럼 요란하지 않게, 하지만 한 가지 걸리는 점이 있긴 했다.

"그때 그 기억은 뭐지……?"

나이 든 민형의 모습. 약. 썩 좋아 보이지 않는 진후와 민형의 관계. 똑같이 근 미래라고 하기엔 두 사람 다 어른 같았다.

"고백과 형제 관계……. 무슨 공통점이 있지?"

"무슨 혼잣말을 그렇게 중얼거려?"

기척도 없이 서준이 옆에 앉았다. 민형은 재빨리 노트를 넘기며 대답했다.

"그냥…… 잡생각이 많아서."

"어떤 건데?"

서준의 물음에 민형은 잠시 그를 쳐다보았다. 한 손에 턱을 괴고 그를 바라보는 서준은…… 아마 여자 문제로는 고민하지 않을 것 같았다. 그러면서 진후가 이런 고민을 털어놓는다면, 제일 놀릴 것 같기도 했다.

그래도 형인데, 나름의 위상을 세워 줘야 하지 않을까.

……고백 방법은 알아서 찾아보자.

"별거 아냐."

"뭔데? 말해 봐 봐."

"아니……."

여전히 끈질기네, 이 녀석. 그때 그들 뒤에서 같은 반 학생이 진후를 불렀다.

"야, 한진후!"

쳐다보니, 뒷문 앞에서 그를 부른 학생이 말했다.

"네 동생이 부르는데?"

"내 동생……?"

진후에게 동생이란 단 두 사람뿐이었다. 적어도 지금 이 학교에서 이 시간에 찾아올 만한 사람은 더더욱 없을 텐데. 그는 남자애가 비켜선 자리에 교실 뒷문을 바라보았다.

상대방은 손바닥을 흔들며 아는 체를 했다. 민형의 미간이 좁아졌다.

민형의 셋째 형이자 진후의 동생, 윤형이었다.

교실 밖으로 나가 윤형을 마주한 민형이 물었다.

"무슨 일이야?"

저도 모르게 딱딱한 말투가 튀어나왔다. 진후라면 그렇게 말하지 않았을지도 모른다. 좀 더 다정하게 대응했을지도 모르지.

하지만 민형은 그럴 수 없었다.

오랜만에 마주하는 윤형의 모습은 딱히 달라진 점이 없었다.

민형이 고등학교에 입학할 때 진후는 졸업했지만 한

살 터울인 윤형은 여전히 학교에 있었다. 하지만 같은 학교에 다니고 있었어도, 민형은 윤형과 남처럼 지냈다. 이렇게 가까이서 대화를 하는 것은 생경하게 느껴질 정도로 오랜만이었다.

"형은 여전하네. 부탁 있어서 왔지."

여전? 그 말은 조금 의외였지만 이어진 '부탁'이라는 말이 더 신경 쓰였다.

"뭔데?"

"강아지 찾는 것 좀 도와줘."

정말, 상상도 못 한 의외의 말을 들으니 민형은 잠시 멍해졌다. 내가 잘못 들었나?

"강아지?"

"응, 강아지."

윤형은 무해한 얼굴로 고개를 끄덕였다.

"무슨 강아진데."

"같이 찾는 거, 도와줄 거야?"

"아니, 무슨 강아지인지 알아야……."

"……."

윤형의 얼굴은, 적어도 자세히 설명해 줄 것처럼 보이지 않았다. 속내를 알 수 없는 미소였다. 마치 비웃는 것 같았다.

"들어줄 거지?"

때마침 쉬는 시간이 끝났음을 알리는 종이 울렸다. 윤형은 당연하게도 진후가 부탁을 들어줄 거라는 식이었다.

"아니. 내가 왜 네 부탁을 들어줘야 하는데?"

민형의 말에 윤형의 얼굴이 굳는다. 실실 웃던 눈동자가 원위치로 돌아가고, 입매가 삐죽 솟는다. 삐죽?

"너무해."

아무렇지 않게 돌아가거나 아무렇지 않게 신경질을 낼 거라는 예상이 모두 빗나갔다. 윤형은 대차게 삐친 얼굴로 몸을 돌리더니 성큼성큼 걸어갔다. 멍하니 바라보고 있는데 윤형이 고개를 돌렸다. 흠칫해서 고개가 거북이처럼 들어갔다. 윤형이 입을 열고 혓바닥을 내밀었다. 저게…… 설마 내가 아는 '메롱' 이런 건가? 뭐야. 유치원생이야, 뭐야.

"허, 참!"

어이가 없어져 민형은 탄식했다.

"제정신 맞아?"

민형은 벤치에 앉아 중얼거렸다. 생각할수록 납득이 되기는커녕 더욱 어이가 없었다.

"뭐가?"

"한윤형 말이야, 나이를 어디로 먹은 거……!?"

민형은 어느새 옆에 와서 대화를 걸고 있는 서준을 보

고 흠칫했다. 누가 들으라고 한 소리는 아니었다. 그저 생각을 정리해 보려고 밖으로 나와 있던 건데, 서준의 행동이 너무 자연스러워서 원래부터 그와 대화를 하고 있었던 것 같은 착각이 일었다.

점심시간이었다. 등나무로 만든 야외 벤치에 앉아 있던 민형은 떨어지는 땀을 닦아냈다.

"동생이 화나게 하나 봐?"

"동생? 아……. 어, 그렇지."

"무슨 얘기 했는데?"

"별거 아니야."

"별거 아닌데 이렇게 열을 내실까."

서준이 어디서 났는지 모를 플라스틱 부채를 민형에게 건넸다. 대박학원. 수능 올 1등급에 도전하세요. 팔짱을 낀 강사진의 얼굴이 떡하니 프린팅되어 있었다. 민형은 부채로 얼굴에 열을 식히며 마음을 가다듬었다.

윤형이 하는 행동이 눈에 거슬렸다. 개인적으로 윤형을 좋아하지 않으니 그렇기도 했거니와 본인이 원하는 대로 밀어붙이는 점이 그랬다.

하지만 그런 건 사실상 부수적인 문제였다. 연신 부채질을 하고 있으니 멍한 시선 너머에 있는 카운트다운만 보였다. 연달아 머릿속에 떠오른 기억이 괜히 더 눈에 어른거렸다.

딱 두 번이었지만 분명히 지금 이 시점은 아니었다. 하지만 민형이 상상력으로 만들어 냈다기엔 현실감이 너무 컸다. 심지어 연결성도 없어 보였다. 하지만 단순히 머릿속에 떠올랐다는 것을 빼고서라도, 마치 직접 겪은 것처럼 구체적이었다.

이게 정말 힌트라면, 진후의 삶의 분기점에서 어떤 행동을 해야 제대로 반납할 수 있는지 감이 안 왔다.

애당초 삶의 분기점이라는 건 형의, 진후의 삶을 어디까지 바꿀 수 있다는 걸까.

대여 기간은 D-9를 가리키고 있었다. 사서는 그날 이후 나타나지 않았다.

"사서……."

"부르셨나요?"

옆에 있던 서준이 민형을 향해 말했다. 혼잣말에 대답한 그를 잠시 바라보았다. 무표정한 서준의 눈동자가 반듯하게 민형을 보고 있었다. 한 번 겪어서 그런가, 확실하게 알 수 있었다.

"아……. 부르면 나오는 거였어, 너?"

"꼭 그런 건 아닙니다만……."

사서의 설명이 필요한 순간이긴 했다. 민형은 뭔가를 물어보려다 사서의 모습을 한 번 더 살폈다.

"그러면 설명 좀 해 줘. 그전에……."

땡볕 아래 있느라 서준에게 빙의한 사서 역시 더워 보였다. 협상에는 기술이 필요하다. 민형은 미약한 물음표를 달고 있는 사서를 향해 말했다.

"아이스크림 어때?"

민형은 매점에서 아이스크림을 사 들고 나와 바로 먹었다. 달콤한 딸기 맛.

"크으……!"

여러 의미로 숨통이 트였다.

사서는 민형이 진후인 척하지 않아도 되는 유일한 사람이었다. 앞에서 뭘 과하게 해도 반응이 없는 게 조금 아쉽긴 했지만.

"맛있지?"

옆을 보며 민형은 로봇처럼 어색하게 아이스크림을 먹고, 눈이 휘둥그레지는 사서의 모습……을 기대했건만 평범하게 먹고 있는 모습을 보니 약간 멋쩍었다.

"시원합니다."

"……그렇군."

그늘 아래 미지근한 바람이 불어왔다. 민형은 남은 아이스크림을 한입에 먹었다. 머리가 찌르르 울렸다.

"질문."

그 말에 사서가 고개를 돌렸다.

"고백이 답이지?"

반의 확신을 가지고 백 퍼센트 확신인 것처럼 민형은 강하게 물었다. 사서는 기본적으로 안내자 역할을 하는 것처럼 보였다. 하지만 그다지 호의적으로 보이지도 않았다. 그러니 강력하게 어필하는 수밖에 없었다.

"대답할 수 없습니다."

"잉?"

불러서 나타났고 물어보는 말에 맞다, 아니다 정도는 대답할 줄 알았더니만. 이건 예상 밖이었다.

"왜? 왜 대답 못 하는데? 답이라서 못 하는 거야?"

"……."

사서는 아직 아이스크림을 다 먹지 않은 상태였다. 스틱을 잡은 서준의 손 위로 녹은 아이스크림이 뚝뚝 흘러내렸다.

"삶의 분기점은 스스로 찾아야 해서요."

"그래도 힌트가……. 아!"

민형은 좀 더 구체적으로 물어보기로 했다.

"머릿속에 불쑥불쑥 떠오르는 이미지? 장면? 이게 힌트인 거지?"

"네."

사서가 순순히 대답했다.

"이게 형한테 실제로 일어날 일이야?"

이것도 대답 못 하나? 생각했지만 의외로 사서는 그에 대해 대답해 주었다.

"책 주인의 책을 대여한 현 시점, 삶의 분기점에서부터 일어날 수도 있는 상황을 보여 주는 겁니다."

"진짜 미래야? 미래에 그런 일이 일어나?"

"어디까지나 가능성입니다. 책 주인의 삶의 분기점은 아무래도 그 이후 삶에 큰 영향을 주니까요. 대여자가 어떻게 하느냐에 따라 그러지 않을 수도 있습니다."

그래서 나름대로 잘해 보려고 물어보는 건데도 묻는 말에 모호한 대답만 나오니 답답했다. 불만스러웠지만 민형은 일단 참았다. 이러다 전처럼 사라지면 또 언제 나타날지 모른다.

"그러면 떠오르는 이미지 모두 삶의 분기점과 관련이 있는 거야?"

"책 주인을 이해하며 나타나는 현상이기에 그럴 가능성이 높기는 합니다."

가능성이 높다는 말은 거의 그렇다는 말이나 마찬가지라고 민형은 확신했다.

"형의 중요한 순간에 제대로 바꾸지 못하고 시간이 지나가게 되면? 저번에 뭐라 그랬더라? 분기점 기준으로 바뀐다?"

"정확히 기억하고 계시네요. 네, 맞습니다. 디데이가

지나게 되면 자동 반납이 되지만, 분기점을 기준으로 책 주인 '한진후'의 삶이 고정되고, 그에 따른 영향이 있을 겁니다."

"그렇게 말하니까 엄청 큰일이 있어야 할 것 같은데……."

"꼭 그럴까요?"

사서가 드물게 물음표로 말을 끝냈다. 민형은 그를 바라보았다.

"삶의 변화는 언제나 아주 사소한 것에서 시작된다는 것을, 인간은 아주 늦게 깨닫고는 합니다."

거의 다 먹었지만 녹아서 손을 다고 흐르는 그의 딸기 아이스크림에서 진한 단내가 풍겼다.

"그러니 간절히 염원하고, 해결된 시간대로 그 소망이 닿아 책이 생기고, 대여자가 필요하게 되는 거니까요."

"그게 무슨 말이래."

사서는 벤치 옆에 있던 수돗가로 천천히 걸어가 손을 씻었다. 입까지 헹구고 민형에게 손을 내밀었다. 뭔가를 달라는 듯.

민형이 교복 바지 주머니에 있던 손수건을 꺼내 주자 그제야 만족한 얼굴로 젖은 손을 닦았다.

"잘 생각해 보시고 판단하세요. 아무쪼록 건투를 빕니다."

다시 건네준 손수건을 얼결에 받아 들고 민형이 되물

었다.

"다시 설명해 주면 안 돼?"

"……뭐를?"

"응?"

"아……. 어지러워. 내가 뭐라고 말했는데 다시 설명해 줘?"

눈앞에 있던 서준이 뒷목을 잡으며 고개를 좌우로 꺾었다.

마지막 말에는 대답 없이 사서는 사라져 버렸다. 결국 알아서 하라는 건가.

어쨌든 머릿속에 떠올랐던 장면이 힌트라는 건 확실해졌다.

'일단 고백은 바꾸자.'

민형은 머리 위를 보았다. D-9. 그 정도면 충분했다.

고백 대작전.

진심은 통하는 법이다. 하지만 남들 보기에 우스꽝스러운 진심이어선 안 된다.

꽃을 들고 학교에 가서 모두의 눈에 띄는 행동은 하수가 하는 것이다. 그래서 민형은 편지를 썼다.

하지만 그 안에 모든 것을 쏟아붓지는 않았다. 사실 그럴 수도 없었다. 민형은 주영과의 기억이 적었고, 진후와 주영 사이에 어떤 일이 있었는지도 몰랐다.

 문자나 메신저를 남기지 않느냐는 물음에는 이렇게 대답하겠다. 너무 성의 없어 보이잖아.

 어쨌든 민형은 작은 카드에 오늘 방과 후 도서관으로 오라는 문구를 정성스레 적었다. 진후의 용돈을 털어 주영에게 어울릴 만한 목걸이를 샀다. 꽃 모양이었는데, 실제 꽃을 주지 못하니 대신하면 되겠다는 이중적인 의미도 있었다.

 네잎클로버는 우연히 발견했다. 길을 가다 운동화 끈이 풀어져 잠시 고개를 숙였는데, 유달리 싱싱한 잎이 눈에 들어와서 잡았더니 네잎클로버였다. 민형은 네잎클로버의 꽃말이 '행운'임을 되새기면서 주영에게 같이 주기로 마음먹었다.

 행운이 연달아 일어나고 일이 술술 풀려 갔다. 이대로 고백만 성공한다면, 진후의 인생도 잘 풀리겠지?

 변수를 감안해서 하루 먼저 진행하는 거다. 민형은 자신의 센스에 탄복하며 가벼운 발걸음으로 나섰다.

 하지만 안심하고 방심하는 순간, 위기가 찾아오는 법이다.

 호기롭게 주영의 반까지 간 것은 좋았다. 어차피 진후도 도서 위원이었으니, 도서부의 일이라며 부를 셈이었다.

 주영을 부르려고 뒷문으로 나온 남학생을 '저기' 하며

부르기 전까지는 말이다.

"어? 형이네."

"헐. 네가 왜."

"여기 우리 반인데."

윤형이 주영과 같은 반이었다. 뭐 이런 거지 같은 우연이 다 있지? 민형은 입술을 말며 윤형을 부른 걸 후회했다. 하지만 이미 엎질러진 물이었다.

"아, 형은 나 신경 쓸 거 없으니까 빨리 가 봐."

"형?"

"아니 그게 아니라······."

당황하니 말이 헛나왔다. 횡설수설하는 사이, 윤형의 시선이 손으로 향했다. 아차 싶은 순간, 이미 윤형이 민형의 손에 있던 작은 봉투를 낚아챈 후였다.

"느낌상 이거 이거······ 내 건 아니고."

"당연하지!"

"우리 반 주영이 거구나!"

헉. 윤형의 입에서 주영의 이름까지 나오자 민형은 가만히 있을 수 없어졌다. 윤형의 입을 틀어막고 복도 구석으로 빠르게 이동했다.

"······내놔."

제 손을 떼어내려는 윤형의 손을, 민형은 오히려 거칠게 밀어내며 말했다. 윤형은 재밌는 걸 발견한 개구쟁이 같은 얼굴로 민형을 바라보더니 입을 열었다.

"내 부탁 들어주면 돌려줄게."

"부탁? 무슨 부탁? 아……."

지난번에 강아지를 찾아 달라고, 앞뒤 없이 다짜고짜 그런 말을 하긴 했었다.

"그거랑 이거랑 무슨 상관이야."

민형은 더 이상 윤형과 엮이고 싶지 않았다.

"아니면 내가 대신 전달해 줄 수도 있고."

"어? 선배?"

돌아보니 주영이 있었다. 윤형의 눈은 가늘어지고, 그 손에 들린 작은 봉투는 대공내통 흔들렸다.

"들어줄 거지?"

윤형이 쐐기를 박듯 말했다. 의아한 얼굴로 이쪽을 보는 주영. 의미심장하게 웃고만 있는 윤형. 그 사이에서 민형이 할 수 있는 말은 결국 하나였다.

"알았어."

대답하며 민형은 자신의 완벽한 패배를 인정할 수밖에 없었다.

민형이 열한 살 때의 일이다. 겨울이었다. 장갑과 목도리 없이 나다니기 너무나도 추운, 그해는 유달리 추운 겨울이었다.

해가 바뀌고, 봄이 오는 3월에 부모님과 셋째 형, 윤형의 이사가 예정되어 있었다.

이사는 부모님과 윤형, 세 사람만 가기로 했다. 엄마, 아빠랑 윤형이는 시골에서 좀 지내보려고 해. 그 말을 하는 부모님의 얼굴과 말투는 조심스러웠다. 몇 번이고 그런 뉘앙스를 풍기긴 했다. 하지만 정말로 갈 줄은 몰랐다. 민형에게 그 말은 사실상 그냥 통보나 다름없었다.

형들은 의젓하게 고개를 끄덕였다. 왜, 왜지? 왜 아무도 안 된다는 소리를 안 하는 거야.

민형은 떼를 썼다. 엉엉 울며 엄마와 아빠를 당황스럽게 했다. 나중엔 할머니가 와서 민형을 달래 주었지만 소용이 없었다.

'왜 나 두고 가. 나도 같이 가.'

울며 뭉개진 발음으로 외쳤지만 엄마는 미안하다는 말만, 아빠는 그저 민형의 머리를 쓰다듬을 뿐이었다.

윤형이 미웠다. 어째서 내게서 부모님을 빼앗아 가는 건지. 형만 보면 한숨을 쉬는 엄마, 아빠이면서. 왜 다른 형들이랑 우리를 떠나려고 하는 것인지.

이사까지 일주일이 남아 있었다.

"형은 왜 엄마, 아빠를 힘들게 해?"

"뭐?"

민형은 자기 짐을 정리하고 있던 윤형에게 물었다. 한

때 같은 방을 쓰던 두 사람이었지만 민형은 언제나 혼자 방을 쓰고 싶었다. 바라던 일이 이루어지게 되었지만 이런 방식을 원한 건 아니었다.

"왜 '우리'를 힘들게 해?"

뚫어져라 자신을 쳐다보던 눈빛. 겨우 한 살 많은 주제에 윤형은 항상 민형을 한참 어린애 취급하듯, 홀대하듯 탁한 눈으로 쳐다보았다.

민형이 말한 '우리'라는 말 안에 셋째 형이 없는 것만은 분명했다.

윤형의 눈썹이 꿈틀거렸다. 주춤하는 찰나 그가 말했다.

"야, 하민형."

그 말이 너무 위협적이어서, 민형은 저도 모르게 반걸음 물러났다.

"……."

"너는 질질 짜지 말고, 광대처럼 굴어."

"광대……?"

"히죽히죽 웃으면서 속 편한 소리나 하라고. 그게 너한테 어울린다고. 엄마, 아빠가 너 우는 거 보기 싫대."

윤형은 주저앉아 있던 자리에서 일어나 민형을 내려다보며 말했다. 또래치고 키가 크고 호리호리한 윤형은 마치 민형과 서너 살 차이가 나는 커다란 존재처럼 보였다.

"거짓말."

"진짜야."

"거짓말."

민형의 눈동자에 눈물이 가득 찼다.

"진짜거든. 싫으면 지금 가서 엄마한테 물어보든가."

그 말이 너무 차갑고 서늘해서 민형은 울었다. 울면서 셋째 형이 세상에서 제일 싫다고, 앞으로도 계속 싫어할 거라고, 다짐하고 또 다짐했다. 하지만 민형은 엄마한테 물어보지 못했다. 물어보면 아니라고 대답해 줄 거야, 머리로는 그렇게 생각했지만 입을 열려고 하면 혹시나 하는 생각에 말문이 막혔다. 정말 그렇게 생각하면 어쩌지. 진짜로, 형 말이 맞으면 어쩌지. 민형이 우물쭈물하는 사이 시간은 흘렀다.

이사 가는 당일, 엄마가 민형에게 말했다.

"주말마다 올 거야. 민형아, 잠깐만 떨어져 지내면 돼. 우리 영영 헤어지는 거 아니야."

이미 여러 번 들은 말이었다. 엄마는 민형을 어르고 달래며 셋째 형을 위한 일이기도 하지만 민형을 위한 일이기도 하다고 말해 주었다. 하지만 아무리 이해하려 해도, 여기서 떼를 써 봤자 소용없다고 해도 싫은 건 싫은 거였다.

또 눈물이 나올 것 같았다. 그런데 제동이 걸렸다.

'엄마, 아빠가 너 우는 거 보기 싫대.'

여전히 입이 떨어지지 않았다.

"알았어. 나 씩씩하게 기다릴 거야."
싫어. 기다리기 싫어. 왜 떨어져야 해.
마음과는 달리 말해 보았다. 웃어 보았다.
민형의 얼굴을 보고, 엄마가 웃었다.
정말 오랜만에 보는 엄마의 웃는 얼굴이었다.

그날 저녁, 민형은 자기 방 거울 앞에서 제 입꼬리를 양손 검지로 잡아당겨 보았다. 웃는 얼굴을 만들고자 한 것이었지만 이상했다.

전혀 즐거워 보이지도, 행복해 보이지도 않았다. 거울로 봐도 그저 어색하기만 했다. 손을 다시 떼어내 이번엔 손바닥으로 제 양 볼을 찰싹 때려 보았다. 여린 살은 금세 벌게졌다.

민형은 이를 드러내고 웃는 얼굴을 만들어 보려고 노력했다. 벌게진 양 볼과 굳은 채 올라간 입꼬리를 보고 있으니 윤형의 말처럼 광대, 라는 말이 절로 떠올랐다.

언젠가 한번 보았던 하회탈 같기도 했다. 민형은 자기 자신이 우스꽝스럽게 느껴졌다.

그 겨울, 민형은 자주 웃었다. 효과가 좋았다. 주말에 부모님이 오고 갈 때마다 집 안의 분위기는 한껏 따스해졌다가 가라앉기를 반복했다. 민형은 그럴 때마다 나서서 더욱 분위기를 띄웠다. 별것 아닌 것에 자지러지게 웃고 소리를 질렀다. 장난을 치며 어른들을 귀찮게 했다. 시골로 가는 부모님을 향해 가장 밝게, 큰 목소리로 인사하는 것도 민형이었다. 할머니가 민형을 보고 괜찮냐, 물으면 허공을 보며 아무렇지 않은 척을 했다.

다행이다.

할머니와 할아버지, 엄마와 아빠에게서 종종 그 말을 들었다. 머리를 쓰다듬는 손길의 온기는 따뜻했지만 왜인지 그때마다 민형은 눈물이 날 것 같았다.

내가 밝으면 되는구나.

마음속 한구석에서 시린 바람이 불었다. 민형은 눈앞의 따스함에 빨리 이 추위가 밀려가도록 바라고, 또 바랐다.

수업 끝나고 동문 출입구 쪽에서 만나기로 윤형과 약속까지 하고 나서야 민형은 교실로 돌아올 수 있었다.

윤형이 말한 동문 출입구는 정식으로 오고 가는 교문을 의미하는 입구는 아니었다. 지각생이나 '야자를 째는' 학생들이 이용하는, 속된 말로 개구멍이었다. 동쪽에 있어서 '동문 출입구'라고 불렸는데, 학교 내 학생들 사이에서 쓰는 은어였다.

윤형이 같은 학교에 다니고 있다는 건 민형이 항상 피하고자 했던 사실이었다.

중학교까지는 학교가 달랐지만, 윤형이 지내던 읍내에

는 고등학교가 없었다. 원래 집에서 그리 멀지 않은 시골로 갔던 덕분인지, 윤형은 진후가 다니던 학교로 진학했다. 그리고 민형 역시 다음 해 같은 고등학교에 입학했다.

민형은 누구에게도 형이 같은 학교에 다닌다고 말한 적이 없었다.

학년이 다르니 윤형과 마주치는 일은 드물긴 했다. 하지만 가끔 서로의 시야에 보이더라도 아는 척 또한 하지 않았다. 윤형도 민형을 보고 아는 척한 적은 없었기 때문에, 민형은 내심 안심하곤 했었다.

민형이 도서 위원이 되고 2학년이 되어 지금 이렇게 시간 여행을 하고 있기 전까지도 그랬다. 윤형과는 접점이 전혀, 라고 할 정도로 없었다.

그랬던 민형이 '동문 출입구'에 서서 윤형을 기다리고 있었다.

"뭐, 지금은 한진후니까…… 어쩔 수 없는 걸로."

"뭘 혼자 중얼거려?"

"아니."

불쑥 튀어나온 윤형에 민형은 놀란 가슴을 가다듬었다.

"자, 가 볼까?"

여유롭게 앞장서는 윤형의 뒷모습은 어쩐지 마음에 들지 않았지만, 민형은 순순히 그를 따라나섰다.

"어떤 강아지인데? 사진 같은 건 없는 거야? 애당초 왜 강아지를 찾아야 하는 건지······."

"형, 궁금한 게 왜 이렇게 많아. 천천히 가 보자고."

윤형이 민형의 어깨를 투닥거렸다. 강아지를 찾자고 말한 건 본인이면서······. 어이가 없었다.

"음······. 검은색 털이 반질거리는 강아지야. 품종은······ 모르겠는데 주둥이가 조금 뾰족해. 하여간 보면 좀 비싸 보임."

"그 정도는 누구나 말할 수 있을 것 같은데."

"강아지 크기는 이 정도?"

윤형은 제 가슴 앞에서 동그란 원을 그렸다. 작은 배낭 정도 크기였다.

"귀엽게 생겼는데 좀······ 매서워."

'물릴 뻔했어'라고 말하는 윤형의 목소리는 왠지 흥미로워하는 것 같았다. 차라리 콱 물려 버리지. 민형은 속으로만 생각했다.

"어디서 잃어버렸는데."

"오거리 광장 옆 편의점 앞에서. 아마 그 근처부터 찾아보면 되지 않을까 싶은데."

결국 온 동네를 뒤져야 한다는 말로밖에 안 들렸다.

"하아······. 차라리 경찰서에 말해 보는 건?"

"형도 참 순진하게. 경찰이 얼마나 바쁜데 강아지 찾기에 동참하겠어. 우리끼리 찾아봐야지."

파이팅! 양손에 주먹을 쥐고 윤형이 외쳤다.

그 뒤로 두 사람은 정말 온 동네를 돌아다녔다. 지나가던 사람들에게 묻기도 하고, 담장이나 남의 집 정원 근처도 살살이 살폈다. 아파트 단지 내 산책로나 환기구 근처도 꼼꼼히 찾아보았다. 윤형의 말에 따르면 떠돌이 개가 아닌 반려견이라고 했다. 그러면 남의 집 강아지를 잃어버렸다는 것인데, 그 말을 듣자마자 민형은 머리가 지끈거렸다. 작은 반려견이라면 누군가 봤다면 알 법할 텐데, 강아지 한 마리 찾는 일이 이토록 수고스러울지는 상상도 못 했다.

금세 찾을 수 있을 거라 생각했던 것인지 여유롭던 윤형의 얼굴도 점점 굳어 갔다. '여깄다 여깄다!'를 외치던 기세도 어느새 수그러들었다.

"곧 해가 질 것 같은데."

"……그러게."

훌쩍. 코를 훌쩍이는 윤형이 코끝을 매만졌다. 여기저기 헤집고 다니느라 더러워진 손이 얼굴에 닿자, 눈에 띄게 티가 나서 웃겼다.

두 사람은 아파트 단지 내 화단 구석에 쪼그리고 앉아 있었다. 민형이 먼저 일어섰다. 윤형의 시선이 그를 따라온다.

"옆 단지에도 놀이터 있어. 그쪽 한번 가 보자."

윤형이 고개를 끄덕였다.

그리고 그쪽 놀이터에서 두 사람은 강아지를 발견해 냈다. 굽이진 미끄럼틀 입구 앞에 아이들이 옹기종기 모여서 강아지를 구경하고 있었다.

"얘 이름은 티라노야."

"그건 공룡이잖아. 아냐, 얘는 나비야."

"멍청아, 그건 고양이 이름이거든!"

초등학교 저학년 정도로 보이는 애들이 강아지의 이름을 두고 옥신각신 싸우고 있었다.

"아니야! 얘는……!"

"이 아이의 이름은 세바스찬 줄리엣 테오도르야."

윤형이 아이들 사이에 끼어들며 말했다. 강아지의 뒷덜미를 잡아채서 들고 오는 것도 잊지 않았다.

"세, 세바스……?"

아이들의 얼굴이 일제히 이쪽을 향했다. 민형은 그저 어색하게 웃을 수밖에 없었다.

"오빠가 이 아이 주인이에요?"

"그럼."

하지만 강아지는 윤형의 품에서 벗어나려 안간힘을 쓰고 있었다.

"진짜예요?"

아이들의 의심 어린 눈초리가 더욱 짙어졌다.

민형이 나서야 하나 싶은 찰나였다. 아이들의 보호자로 보이는 어른 몇몇이 아파트 입구에 나와 아이들을 불렀다. 집에 갈 시간이었다.

아이들이 사라지고 나자 윤형이 작게 한숨을 내쉬었다.

"얘야?"

"응. 형, 잠깐 들어 봐."

"어엇?"

얼결에 민형이 강아지를 받아 들었다. 새까맣고 동그란 눈동자가 민형을 향했다. 품에 안으니 더욱 작아 보였다. 그리고…… 어딘가 익숙한 느낌이 들었다.

"이제 찾았으니…… 어떻게 하는 거야?"

"데려다줘야지."

윤형이 아무렇지 않게 말했다.

"어디에?"

"여기는……."

도착한 곳 앞에서 민형이 중얼거렸다. 민형은 윤형과 함께 단독주택 앞에 섰다.

"이 집 강아지거든."

"뭐?"

"잠깐 펫시터 한다고 했다가 잃어버렸어."

"뭐? 어쩌다가!"

"목욕시키라는데 잠깐 한눈판 사이에…… 도망간 걸 나보고 어쩌라고."

윤형이 도리어 억울하다는 표정으로 대꾸했다.

"기회가 될 때 냉큼 도망간 걸 보면 걔도 사실 떠나고 싶었는지도 모르지."

"너 지금 그걸 말이라고……."

이제 윤형은 강아지 입장에서 말을 들어 봐야 하는 것 아니냐는 주장을 하기 시작했다. 너무 황당해서 말이 막혔다.

"그래도 결국 다시 찾아다 주려고 했으니 괜찮은 거 아냐?"

윤형은 당당했다. 그 태도가 보는 사람으로 하여금 더욱 어이없게 만들었다.

"형은 진짜……!"

"형? 저번부터 왜 그래?"

윤형이 의아한 얼굴로 그를 쳐다봤고, 민형의 등에 진땀이 났다.

"……아니, 너 때문에 형인 내가 힘들잖아."

"흐음."

윤형은 별로 납득한 것 같지는 않은 투였지만 넘어갔다.

"어쨌든, 도와줄 거지? 이 집 안에 무사히 강아지를 데려다 놓는 것 말이야."

윤형의 말에 민형은 품에 있는 강아지를 바라보았다. 어디서 본 것 같다는 생각은 착각이 아니었다.

'네가 그래서 나만 보면 으르렁거렸냐.'

진후가 3학년인 지금이 시기상으로 2년 전이었다. 그때에는 이렇게 작고 귀여웠는지 몰랐던 이운성네 강아지, 맥스가 순진한 눈동자를 까막거렸다.

윤형은 담을 넘으려고 했다. 민형이 말리지 않았으면 경비 시스템이 울려서 경찰서에 갈 뻔했다.

민형이 그걸 막아섰더니 윤형은 갑자기 우뚝 멈춰 서고는 이렇게 말하는 것이었다.

"그래. 꼭 우리가 들어갈 필요는 없지."

그러더니 강아지를 양손으로 잡고서 투구하듯 던지는 자세를 취했다. 담장 너머로 그냥 집어 던지겠다는 뜻이었다.

그 역시 보자마자 필사적으로 막을 수밖에 없었다.

"뭐 하는 거야!"

윤형은 생각하고 행동하는 모든 게 너무 단순하고 무식해서 어디서부터 말려야 할지 어려웠다.

"잃어버렸다 찾아온 게 무슨 자랑이라고 이렇게 돌려줘."

"나만 잘못한 거야?"

적반하장 같은 눈을 하고 윤형이 물었다. 민형이 도리

어 당황했다.

"형도 어차피 공범이잖아."

"뭐어?"

저도 모르게 목소리가 커졌다. 윤형이 검지를 입가에 대고서 말했다.

"나랑 같이 강아지 찾으러 다녔으니, 형이랑 나는 공범이지."

"……."

뭔 개똥 같은 논리래. 사람이 너무 어이가 없으면 할 말을 잃는구나. 윤형의 눈동자에 비친 진후의 얼굴도 지금 민형이 상상한 그대로였다.

잠시 침묵이 이어졌다. 이대로 여기서 세월아 네월아 보내고 있다가는 다 들키게 생겼다.

"후우……. 알겠어. 그렇다고 치고, 그래도 이렇게 갖다 버리는 것처럼은 아니지 않아?"

"그러면 다른 방법 있어?"

윤형이 눈을 가늘게 뜨며 물었다.

몇 분 뒤 운성의 집, 대문 앞에 묵직한 벨소리가 울려 퍼졌다.

인터폰 너머에서 문밖을 바라보는 가정부의 눈에 맥스의 까만 눈과 헥헥거리는 혓바닥이 보였다.

"어머나!"

문이 열리고 사람이 나왔을 때, 문 앞에는 작은 과일 바구니 안에 과일 대신 맥스가 들어 있었다.

작은 담요 위에서 맥스가 아는 얼굴을 보고 팔짝팔짝 뛰었다. 맥스의 몸통에는 리본과 함께 쪽지가 달려 있었다.

'이 댁 장 아저씨께. 보수는 학생A의 계좌 정보로―아는 거 다 알아요― 보내 줄 것. 그러지 않으면 경찰 아저씨한테 성실한 시민의 의무로 신고하겠습니다^^'

"꼭 저랬어야만 했어?"

바구니 안에 강아지를 넣고, 벨만 누르고 나서 사람이 나오기 전에 도망가자는 의견은 민형이 냈다. 하지만 가기 전 받지 못한 보수를 받아야 한다고 윤형이 박박 우겼다.

장 아저씨라는 사람은, 운성의 집에 사용인으로 일하는 분인 듯했다. 장 아저씨는 집안 가족들이 여행을 다녀오는 동안 강아지의 케어를 맡았다. 그러던 중 그에게 개인 일정이 생겼다. 그는 전문인한테 맡기는 게 비싸다는 이유로 중고 거래 사이트에서 알바를 구했다. 그게 바로 윤형이었다.

"나도 내 시간을 썼으니 대가는 받아야지."

30분 정도가 지났을 때 윤형의 휴대폰에 알림이 울렸다. 계좌 입금 문자를 보여 주며 그가 씨익 웃었다. 결국 민형도 허탈하게 웃어 버렸다.

"대체 펫시터 같은 건 왜 한 거야? 할 거면 그것만 하지, 멀쩡한 남의 집 강아지는 왜 잃어버려 가지고……. 일을—."

"일을 크게 만드냐고?"

윤형이 민형의 뒷말을 받아서 말했다. 민형이 머쓱한 마음으로 고개를 끄덕였다.

한윤형은 그런 면이 있었다. 그냥 있는 정도가 아니라 아주 많았다. 일을 크게 키우는 경향 말이다. 그래서 알고 보면 별것 아닌 일도 어느새 눈덩이처럼 불어나 있었다.

그러니 가족들이 이렇게 고생하지.

알긴 알까? 오늘 하루 돌아다니는 내내 민형은 그에게 끌려다니는 기분이었다. 그의 변덕에 휩쓸렸다. 이미 벌여 놓은 일을 짠 하고 들이미니, 움직이기 싫어도 어쩔 수 없었다.

민형은 저도 모르게 한숨을 내쉬었다. 민형의 행동을 가만히 바라보고 있던 윤형이 말했다.

"일부러 그런 건 아니지만……. 기왕 벌어진 일은 어떻게든 해결하려고 내 나름대로는 노력했다? 어떻게 하든 형이 나 한심하게 생각하는 거 하루 이틀도 아니고."

그는 고개를 주억거리며 '그래도 나름 상처받아'라고

덧붙였다. 하지만 얼굴에서는 별다른 티는 나지 않았다. 그렇게 덤덤한 반응 때문에 어색해지는 건 오히려 민형이었다.

"아니…… 그렇게까지야."

괜히 미안한 마음이 들었다. 살다 보니 윤형한테 이런 감정도 느끼는구나.

그때 윤형의 위로 눈이 내리는 장면이 떠올랐다.

'왜 나한테 와서 이러는 건데?'

말하는 윤형의 입가에서 하얀 입김이 새어 나온다. 날이 차다. 우리를 둘러싼 주변이 온통 눈 덮인 세상이다.

'민형이가…….'

'그러니까, 그걸 왜 나한테 와서 묻냐고.'

짜증 섞인 말투가 나를 향한다. 그 말에 움츠러든다. 속에 뭔가가 딱 얹힌 것처럼 거북하고 울렁거린다.

'이제 와서 웃긴다?'

'……'

나는 아무런 말을 할 수가 없다. 윤형의 말이 틀리지 않아서. 두 동생이 서로를 멀리하는 건 결국 내가 자초한 일이다.

'……이게 다 형 때문이야. 민형이가 저렇게 된 게 내 탓이라고 할 셈은 아니지?'

천천히 고개가 들린다. 윤형의 눈빛이 사납게 일렁인다. 그 안에 들어찬 분노가 온전히 나를 향한다. 나는 아무런 대답도 할 수가 없다.

"헉."
"갑자기 왜 그래?"
또 다른 힌트였다. 방금 머릿속에 떠오른 장면에서 윤형은 지금보다도 더 나이가 들어 보였다. 지난번 어린 민형을 보다가 떠올랐던 장면 속 민형과 마찬가지였다. 자기 자신이 아닌 것처럼 낯설게 느껴졌다.
"아무것도 아니야."
"나 어릴 적에 많이 아팠잖아. 그러니까 좀 봐줘."
"그게 무슨 소리야……?"
윤형이 아팠다니. 민형은 처음 듣는 말이었다.
"오늘 진짜 이상하네? 아팠던 거 내세우면 맨날 핀잔 주더니만."
"……뭐가, 어디가 어떻게 아팠는데."
윤형의 미간이 좁아졌다. 방금 전 떠올랐던 윤형의 날선 말투와 표정이 생생하게 겹쳐졌다. 하지만 민형은 물어보지 않을 수 없었다. 이건 진후의 모습으로 있다고, 어영부영 넘길 만한 일이 아니다.
"기본적인 체력이 안 됐고, 호흡곤란 종종 오지, 뛰면 기절하지, 그렇게 몸이 허했을 때 뭐 먹으면 족족 게워 내지."

"……."

"뭐 그런 거? 세 살 때 뇌에 있는 혹 제거하고 많이 나아졌지."

"지금도, 안 좋은 거야?"

으음—. 윤형이 말꼬리를 늘였다. 민형은 초조해졌다.

"아니?"

"하아……."

"지금 보시다시피 멀쩡하지. 주위가 좀 산만한 것 빼고? 근데 그건 병이 아니라 그냥 내 기질인 듯."

윤형이 세 살이면, 민형은 두 살이었다. 기억이 안 날 만도 했다. 부모님도 아무 말씀 없었다. 큰형도, 둘째 형도. 심지어 윤형 자신도 민형에게 그런 말을 한 적이 없었다. 순식간에 마음이 심란해졌다.

"뇌에 있는 혹을 제거해서 그렇게 이상한 거야?"

민형은 무심코 물었다.

"뭐야……. 이 형이 사람 이상하게 만드네. 중학교 가기 전까지 감정 기복이 좀 심하긴 했잖아. 그래서 부모님이 요양한다고 나 데리고 간 거고. 형은 내가 민형이한테 헛소리했다고 엄청 화내고."

헛소리라니. 진후가 윤형에게 화내는 장면은 민형의

머릿속에 상상이 가지 않았다.

별말 없는 민형의 반응을 어떻게 생각한 건지 윤형이 덧붙여 말했다.

"하지만 그때는 나도 스스로가 제어가 안 되고, 힘들었다고."

그 말에 민형의 심장이 덜컹 내려앉았다.

"혹시…… 광대라고 한 말?"

"헐……. 아직도 기억하네. 진짜, 나 그때 형 무서워 죽을 뻔했잖아."

으으으, 윤형이 그날을 회상하듯 치를 떨었다.

"그냥 나는 그때 잘 못 웃었으니까, 막내라도 싱글벙글 웃으면 좋지 않을까 하는, 선한 마음이었는데 말이야. 물론 표현이 좀 격했다는 건 인정."

윤형은 언제나 자기 멋대로 행동하는 사람이었다. 정말이지 그것이 오해라고 생각해 본 적은 단 한 번도 없었다.

이상했다. 정말 이상했다.

민형은 자신만 가족을 위해 노력한다고, 희생하고 있다고 생각했었다. 그런 생각에 어느 정도 위안을 가진 적도 있었다. 하지만 진후도 윤형도 각자의 위치에서 제 나름의 노력을 하고 있을지도 모른다.

스스로가 생각했던 둘째·셋째 형과 실제 그들이 다를지 모른다는 생각을 처음으로 했다.

그들이 바라보는 나도 달랐으니.

"그날 이후로 바로 이사 가고……. 민형이랑 사이는 개판 됐다만."

윤형이 먼저 다가왔다면 사실 민형은―.

"굳이 그러지 않아도 되는데."

"응?"

윤형이 되돌아서 민형을 보았다.

"너 하고 싶은 대로 하라고. 항상 그러는 것처럼."

어떤 부분에서만 배려하지 말고. 신경 쓰는 것처럼 굴지 말고. 자기 자신만 생각하지 않는 사람이라는 듯이.

~~그렇게 정말 가족을 위하는 사람처럼 행동하지 말고.~~

목 끝까지 차오른 말은 입 밖으로 나오지 않았다.

강아지를 찾던 진중한 얼굴. 뒷덜미만 잡아서 들어 올리지만, 다치진 않았는지 구석구석을 살피는 시선.

집어던지려 했을 때조차도 잠시 머뭇거리는 순간을 보았다. 민형이 잡아 뜯으며 말리니 그제야 안심한 것 같던 표정까지.

민형은 오늘 하루 본 윤형의 모습을 떠올렸다. 지금까지 자신이 알고 있던 것과는 전혀 다른 모습이었다.

이상함을 느꼈는지 윤형도 민형을 물끄러미 바라보고 있었다. 여름인데도 제법 서늘한 바람이 옷깃을 파고들었다. 문득, 춥다는 생각이 들었다.

두 사람은 강아지를 데려다주고 집으로 돌아왔다. 집 앞까지 따라온 윤형이 잠시 머뭇거리다가 가져갔던 봉투와 함께 사진을 건네주었다. 강아지 사진이었다. 한민형한테 주라고 했다. 강아지를 키우고 싶어 한다는 걸 안다고. 민형이 아주 어릴 때 했던 말을 기억하고 있었던 모양이다. 할머니 할아버지한테 조르긴 했지만 할머니의 털 알레르기 때문에 키울 수 없다는 사실을 알고 단념했던 소망이기도 했다.

"그냥 대리만족이라도 하라고."

어떻게 반응해야 할지 몰라 주춤하는 사이 윤형은 멋쩍었는지, 민형에게 사진 뭉치를 건네주고선 빠르게 멀어져 갔다. 민형은 근 몇 년간 윤형의 얼굴을 마주한 적이 없었다. 셋째 형의 시간도 자신처럼 흘러가고 있었다는 사실을, 새삼스레 깨달았다. 학교에서 마주쳤을 때 아는 척이라도 한 번 할 걸 그랬다는 생각은 뒤늦게 찾아왔다. 먼저 다가온다면 마주하고 나아갈 용기는 있었지만 반대는 아니었다.

왜 반대는 안 된다고 생각했을까? 남들에게 다가가는 건 언제나 민형이 먼저였으면서. 가족에게는 왜.

늘 크다고 생각했던 윤형의 뒷모습이 어쩐지 오늘은 조금 작아 보였다.

이상한 기억들은 어디를 향하고 있는 것일까?

약간의 찜찜함을 뒤로 물린 채 민형은 손에 있는 종이 봉투를 들여다보았다. 그 안에 있는 편지에는 짤막한 한 줄뿐이었다.

'방과 후, 도서관으로 와 줄래? 할 말이 있어.'

이 정도면 되었지. 민형은 다시금 주영의 반 앞에서 기웃거렸고, 이번엔 무사히 그녀에게 카드를 전달할 수 있었다.

"이게 뭐예요?"

히지민 머리 위 물음표를 한가득 띄운 채 민형을 바라보는 주영을 마주하니 순간적으로 굳었다. 게다가 뭐냐고 물은 건 주영의 뒤에 있던 그녀의 같은 반 친구였다.

"아니, 별건 아니고."

민형은 주영이 카드를 받아 들고 반으로 들어가는 것만 생각했지, 옆에 있던 친구가 되물을 거라고는 상상하지 않았다. 3학년이 1학년 반에 온 것을, 그것도 남학생이 여학생에게 뭔가를 주는 것을 신기해하는 여러 개의 눈동자가 이쪽을 향했다. 공개 고백까지는 아니라 해도 만만치 않은 용기가 필요한 일이었다. 제대로 준비되지 않은 마음가짐으로 여기까지 온 민형은 난감해졌다.

그때 주영이 말했다.

"아, 저번에 그거구나. 고마워요."

산뜻하게 상황을 역전시킨 주영이 그를 향해 웃어 보였다. 작게 고개를 꾸벅 숙이고는 돌아선다. 뭔데, 뭔데. 옆에 붙어서 물어보는 친구에게 '그런 게 있어.' 말하며 웃는 그녀. 너무 무겁지도 가볍지도 않은 목소리가 멀어져 갔다. 와, 천사야? 감탄하는 동시에 뒷목에 머리털이 쭈뼛 섰다. 그사이에 심각하게 긴장했었단 사실을 깨달았다.

민형은 다시 반으로 돌아오며 생각했다. 호기롭게 저지른 일이었지만 이론과 실제는 전혀 달랐다.

방과 후……. 큰일 났다.

다행히 민형이 먼저 도서관에 도착했다. 데스크에 있던 수혁이 아는 체하며 물었다.

"왜? 무슨 일 있어요?"

"아무것도 묻지 말고 30분만 있다가 와."

"아하."

명쾌하게 소리를 낸 수혁이 씨익 웃으며 손을 흔들었다. 민형은 진후 대신 창피함을 감수하며 수혁이 나갈 때까지 웃으며 배웅했다.

민형에게 고요한 도서관에서 주영을 기다리는 시간은 일분일초가 1시간처럼 느껴졌다.

괜히 나가라고 했나. 조용하니 긴장감이 더 고조되는 것 같았다. 도서관 구석에 있는 낡은 벽시계의 분침 소리가 유달리 큰 소리로 째깍거렸다.

괜히 손이 허전한 것 같아 주머니에 손을 찔러 넣었다가 지난번 윤형이 준 강아지 사진을 꺼냈다. 민형은 잠시 고민하다 도서 위원 창고에 있는 타임머신 상자에 그 사진을 넣었다.

아직 주영은 오지 않았다.

"양 한 마리……. 양 두 마리……."

뭐라도 해야 할 것 같아서, 다리를 떨다 민형은 양을 세기 시작했다. 양이 세 마리, 네 마리…. 열 마리까지 늘어났을 때, 문이 열렸다.

"선배?"

"어, 어! 왔어?"

소파에서 벌떡 일어난 민형이 마찬가지로 손을 번쩍 들어 인사했다. 니은 자 직각을 유지한 팔이 본인이 생각하기에도 어색하기 그지없었다.

"오래 기다렸어요?"

주영이 물었다.

"아니, 별로?"

제길. 목소리가 삐끗했다. 민형의 뒷목에서 끈적한 땀이 흘렀다. 아니, 진후의 뒷목인가.

진후의 할 일을 대신 해 주는 건데도 떨리기는 매한가지였다. 실수라도 했다간……. 그건 형이 알아서 잘하겠지?

 민형의 긴장을 아는지 모르는지 주영은 평소와 같이 데스크에 들어가 짐 정리를 했다. 모자란 물품이 있는지 요리조리 살펴보고, 작은 카트에 담긴 반납용 책도 살펴본다. 몸에 밴 듯 자연스러운 행동이었다.

 모르는 척하는 건가. 아니면 알고도 모른 척해 주는 걸까.

 민형은 문득 그런 생각이 들었다. 수혁도 알고 있을 정도면 어중간해서는 제대로 숨기지 못했다는 의미다. 둘째 형은 원체 요령이 없었다. 그런데 저렇게 세심하고 사람을 잘 관찰하는 주영이 모른다는 게…… 맞나 싶었다.

 "도와줄게."

 주영이 반납용 책을 한 아름 들었을 때, 한 권만 남기고 민형은 다 빼앗아 갔다. 허전해진 손을 보고 의아한 얼굴을 하던 주영이 이내 웃었.

 주영이 서가 사이로 들어갔다.

 민형이 그녀를 따라 걸음을 옮겼다. 제 키보다 높은 곳에서 책을 꺼내느라 작은 간이 사다리에 올라선 주영이 보였다. 그녀가 두꺼운 양장본 책을 세 권이나 한꺼번에 꺼냈다. 먼지가 일었고, 무게감이 묵직했다. 앗차 싶어 하는 그녀의 얼굴 위로 민형이 손을 뻗어 책을 잡았다.

 "……앗, 감사……."

"주영아."

"네?"

지금이다.

"나 너 좋,"

하지만 말이 제대로 끝나기 전 주영이 들고 있던 책 중 한 권 바닥으로 떨어졌다. 그 순간 머릿속에 겹쳐지는 주영의 다른 얼굴.

'오빠 괜찮아?!'

헝클어진 머리를 질끈 묶은 주영. 얼굴에 다크써클이 심하고, 지친 기색이 역력하다.

'아냐, 잠깐 어지러워서. 민형이 병원 가야지.'

'……그만해!'

내 시선이 돌아간다. 인상을 쓴 주영이 한숨을 길게 내쉰다.

'도련님 뒤치다꺼리 좀 그만하라고.'

'그게 무슨 소리야.'

머리가 울린다. 나도 모르게 인상을 쓴다. 주영뿐 아니라 나 역시 한계라는 것을 모르지 않지만.

'도대체 언제까지 이럴 건데. 민형이 낫는 것도 중요한데, 나는 오빠가 더 중요해. 이러다 우리 가족이 무너지게 생겼어.'

'……나 때문이야.'

'그게 왜 오빠 때문인데!'

글쎄. 왜일까. 차마 대답하지 않는 속마음. 무엇이, 어디서부터 잘못된 걸까. 사실 그게 문제 아닐까. 어디서부터 잘못된 건지 전혀 모르겠다는 사실. 왜 민형이 그렇게 될 때까지 모르고 있었던 걸까.

고개가 아래로 내려간다. 바닥이 새까매진다. 어둠 속에 잠식하는 기분이다.

손에 든 책을 간신히 쥐어 잡았다.

방금 뭘 본 거지? 민형은 눈을 빠르게 깜빡였다. 어느새 흠뻑 젖은 머리칼이 축축했다.

"선배 괜찮아요? 혹시 어디 아파요?"

심상치 않은 민형의 얼굴을 보곤 주영이 말했다. 주영의 눈에 비친 진후의 안색이 좋지 않았다.

"……아무것도 아니야."

이것으로 확실해졌다. 고백 따위가 아니었다. 한진후 삶의 분기점에서 해결해야 할 무언가는 한민형, 나와 관련이 있었다.

어디서부터 바로잡아야 하지?

민형은 첫 단추부터 잘못 끼웠다. 사서가 답답해하는 얼굴을 한 게 거짓말이 아니었다. 헛발질만 하고 있었던 셈이다.

둘째 형의 삶의 분기점이라는 중요한 순간이 민형 자신과 연결된 것이라면 이야기는 달라진다. 민형마저도 자신이 그렇게 변할 수 있다는 게 설핏 이해가 되지는 않았다. 중학생 때를 본다면 약간 불량의 길로 걸어갈 수도 있었다. 그건 인정. 하지만 지금은 잘 지내고 있잖아. 도서 위원도 하며, '중딩' 때와는 비교도 안 되게 모범생인 녀석들과 친하게 지내면서. 뭐가 문제야, 대체. 내가 그렇게 꼬인 인간이었나?

어떻게든 그렇게 되지 않기 위해서는 지금, 여기서, 뭔가를 해야 한다.

하지만 그게 뭔데?

결국 고백은 미수로 끝났다. 머리가 혼란스러워 주영이 묻는 말에도 대충 넘기며 지나갔다. 도서관을 나오는 길에 서준과 잠깐 마주쳤지만 그때도 민형은 대화에 영 집중할 수 없었다.

민형은 지독하게 피곤했다. 집으로 들어가니 식탁 위에 가방이 놓여 있었다. 지금은 저 얼굴 솔직히 보고 싶지 않았는데.

"형 왔어?"

"……나가려고?"

어린 민형이 그 말에 고개를 끄덕였다.

"응, 친구들이랑 약속 있어서. 좀 늦을 수도?"

민형은 항상 그랬다. 주변에 친구가 많았고, 약속도 많았다. 고등학교에 들어온 후로는 꽤 많은 관계가 느슨해졌지만, 그게 딱히 아쉽다고 생각한 적이 없긴 했다.

며칠간 학교를 비우고 다시 갔을 때, 다른 애들과 달리 우현의 심각한 얼굴을 봤던 게 떠올랐다. 화라고는 내지 않을 것 같은 그가 씩씩거리며 걱정하는 사람은 생각하지도 않냐고 말했을 때. 솔직히 그때는 좀 과하다는 생각보다, 진심이 먼저 다가와 놀랐다. 겨우 같은 학교 친구일 뿐이잖아. 언제든 남이 될 수 있는 가벼운 관계. 하지만 우현이 그렇게 말하고, 그 눈동자를 보는 순간 '괜찮다'는 가벼운 농담은 던질 수 없었다.

"너, 만나는 친구들 많아?"

말이 충동적으로 나왔다.

"무슨 말이야?"

어린 민형이 물었다.

"괜찮은 친구들을 만나고 있는지 물어보는 거야."

아마 대답할 수 없을 것이다. 민형은 중학교 시절 친구들을 거의 다 끊어냈다. 사이가 나쁜 건 아니었지만 항상 같이 있다가 오면 제 에너지를 뺏기는 기분이 들었으니까.

담배나 술을 살 때, 기타 어른들을 상대하는 어려운 일은 모두 자신이 맡았다. '네가 그런 걸 잘하잖아'라는 말이 처음엔 칭찬으로 들렸지만 이내 자신을 이용하기 위한 것임을 알았다. 몇 번의 다툼. 욕으로 점철된, 해결되지 않는 대화. 그것이 지겨워질 즈음 졸업을 한 김에, 아예 연락을 끊어 버렸으니까.

"그거 무슨 의미야?"

하지만 지금 어린 민형에게는 그 말이 듣기 싫은가 보다. 어린 민형이 인상 쓴 얼굴로 되물었다.

"말 그대로지. 좀 더 괜찮은 친구들을 만날 수 있는 거잖아?"

어린 민형의 눈동자에 진후가 비쳤다. 민형은 말을 하면서 기묘한 느낌이 들었다. 지금 분명 '나'가 얘기하고 있는 것인데도, 분리가 되는 감각. 눈앞에 있는 과거의 민형이 자신이 아닌 것처럼 다가왔다. 오히려 동생처럼 느껴졌다. 그래, 태어났을 때부터 봐 온 내 동생.

"하아……."

어린 민형이 작게 한숨을 내쉬었다. 그게 신호로 무언가 떠오를 것 같았다.

"내 일은 내가 알아서 할 수 있는데. 형은 걱정 마."

어린 민형이 싱긋 웃었다.

기억났다. 나는 언제나 저런 말이 듣기가 싫었다. 막내여서, 부모님이 부재중이니까 혹시라도 삐뚤어질까 봐. 형들은 가끔씩 그렇게 부모 대신이라는 타당한 이유로 자신에게 하고 싶은 말을 털어놓았다.

다 맞는 말이란 걸 안다. 하지만 마음으로 받아들이는 건 다른 문제였다.

답답했다. 너무나 답답해서, 민형은 밖으로 나돌았다.

적어도 밖에서 마주하는 친구들은 민형이 정직하고 성실한 학생이 되기를 바라지는 않았으니까.

형을 존경하고 동경했지만 그런 점만은 마음에 들지 않았었거늘, 지금 진후의 입장에서 자기 자신을 향해 똑같은 소리를 하고 있었다.

이건 나의 의지인가?

혼란스러운 와중 민형이 가장 내키지 않는 건 어린 민형의 반응이었다. 화가 나면 화가 났다고 말하면 되잖아. 왜 그걸 눌러 담는 거냐고.

"이러다 약속 시간 늦겠다. 다녀올게."

경직된 분위기를 깬 것도 어린 민형이었다. 아까의 한숨 섞인 감정은 어느새 깨끗하게 지워진 채였다.

항상 저런 식으로 반응했구나. 그게 정답이라고 생각했는데 진후의 입장에서 어린 민형을 바라보고 있으니, 감정을 드러내고 맞부딪는 일 자체가 어려웠다. 이제는 제법 선명하게 기억났다. 분명히 기분이 나빴을 것이다. 자기가 선택해서 하고 있는 모든 행동이 마치 답이 아니라는 듯 취급받는 것이니까. 민형은 그럴 때마다 한 번 더 참고, 당시 친구들과 더 과격하게 놀고 일탈했다.

다 알면서도 바로잡을 수 없었다. 꼬여 있는 마음을 어떻게든 풀어 주고 싶은데, 원천 차단당하고 마니까 지금 이 순간 민형은 무력해졌다.

"내가 하려던 말은……."

"알아, 알아. 다 나 걱정돼서 하는 말인 거. 걱정 마세용."

이제 어린 민형은 웃으며 너스레를 떨었다.

"아니, 그게 아니라……!"

가방을 한쪽 어깨에 멘 채 문밖으로 나서던 어린 민형이 고개를 돌렸다. 두 눈이 딱 마주쳤다.

그 순간 영화 필름처럼 뭔가가 민형이 머릿속을 획 지나갔다.

'뭐 하는 거야?'

고등학교 교복을 입은 민형. 고등학교 2학년 색의 넥타이를 매고 있다. 대여섯 명의 무리와 골목 안쪽에서 담배를 피우고 있다.

'누구?'

무리 중 한 명이 경계하며 묻는다. 대답하려 한다. 하지만 뭔가를 말하기 전에 민형이 내 말을 가로챈다.

'아, 아는 형.'

'아는 형?'

내가 왜 아는 형이야? 묻고 싶은 마음이 목 끝까지 차오른다. 하지만 이쪽을 바라보는 민형의 눈빛이 시리도록 차갑다.

'아는 형님, 저희 신경 쓰지 말고 가세요.'

다른 몇 명이 비아냥거린다. 민형은 그러든지 말든지 신경도 쓰지 않는다.

'야, 한민형. 아는 형이 안 가는데?'

후우. 민형이 길게 연기를 내뿜는다. 남은 담배꽁초를 바닥에 떨구고 발로 비벼 끈다. 바닥에 버린 것이 꼭 다른 것인 듯 보여 마음이 무겁다.

'잠깐,'

민형이 골목 밖으로 나온다. 독한 냄새가 교복에서 풍기고 있다.

'왜? 못 본 척 그냥 가지. 귀찮게.'

민형이 관자놀이를 검지로 살살 긁으며 말한다. 대체 뭐 하는 거냐고 다시금 묻는다.

'내 친구들이고, 다 착한 애들이야.'

믿을 수 없다. 그냥 딱 봐도 불량 학생이다. 그리고 지금 눈앞에 있는 민형도 그다지 다르지 않다.

'형은 왜 항상 그런 식이야? 맨날 설교에 복장 터지는 소리만 하지.'

몇 번의 실랑이가 오고 가고, 민형이 연거푸 한숨을 내쉰다. 민형이 돌아서는 찰나 그가 붙잡는다. 저기로 가지 말라고. 너를 망가뜨리지 말라고. 간절한 마음이 조금이라도 닿기를 바라며.

'제발 나 좀 내버려 둬. 그게 도와주는 일이니까.'

민형은 망설임 없이 손을 뿌리치고 가 버린다. 키득거리며 이쪽을 보고 욕지기를 내뱉는 무리에 끼며 같이 욕을 한다.

그 말 하나하나가 너무 아프다.

민형은 저도 모르게 어린 민형의 팔을 세게 붙잡았다. 하지만 어떠한 반응도 돌아오지 않았다. 어린 민형은 나가려던 상태 그대로 멈춰 있었다.

집 안에 켜져 있던 TV도, 바깥에서 들려올 법한 어떠한 생활 소음도 없이 고요했다.

"뭐야, 이거……. 시간이 멈췄어?"

급하게 어린 민형을 붙잡느라 바닥에서 허공으로 뜬 슬리퍼가 중력을 거스르고 있는 것까지 보자 모를 수가 없었다.

"맞습니다."

목소리와 동시에 붙들었던 팔이 떨어져 나갔다. 주변은 여전히 정적에 휩싸여 있는데, 어린 민형은 몸을 돌려 민형을 마주 보았다. 그가 무표정한 얼굴로 민형을 보고서 말했다.

"삶의 분기점에 대한 실마리에 도달했습니다."

"넌…… 사서?"

어린 민형, 아니 사서가 고개를 끄덕였다.

"서준이 아니잖아."

"대여자와 소통할 때 꼭 고정된 사람으로만 할 필요는 없으니까요."

사서는 어느 누구에게나 빙의가 가능하단 소리였다. 민형은 그 사실에 놀랐고, 어린 민형이 사서가 되어 말하고 있는 상황에 얼떨떨했다.

"그게, 형의 삶의 분기점이라고?"

"정확히 말씀드리자면 분기점에서 행동하기에 따라 벌어질 수도 있는 일이겠지만요."

"벌어질 수도 있는 일? 지금의 나랑 전혀 다른 내가 될 수도…… 있다는 의미야?"

민형에겐 그런 기억이 없었다. 진후한테 그토록 냉랭하게 말한 적도, 골목에서 담배를 피운 적도 없었다. 그의 주변에 있던 무리 중 아는 얼굴 또한 전무했다. 미래의 장면 같은 게 머릿속에 떠오른 적은 있었지만 방금 전 장면은 아예 다른 개념이었다. 장면 속 자신은 지금의 자신과 완전히 다른 사람 같았다.

"가능성, 이라고 말씀드렸던 것 기억하시나요?"

사서가 말했다. 어쩐지 민형을 설득하는 것 같은 목소

리였다.

그제야 '가능성'이라고 했던 사서의 말이 떠올랐다. 분명히 그렇게 말했었다. 책을 잘 반납하면 된다고 했던 말도 동시에 떠올랐다.

진후의 일이라고만 줄곧 생각했다. 힌트라고 하는 장면이 떠오를 때에도, 심지어 민형과 연관된 일이라고 하더라도 진후가 스스로를 위해 뭔가를 해야 한다고만 철석같이 믿었다.

"어떻게 반납하는지가 나한테도 영향이 있구나."

그렇게 생각한 순간부터 머릿속으로 여러 장면이 빠르게 뒤섞였다. 아직 받아들일 준비는 되어 있지 않은데, 쏟아붓는 것처럼 정신없이 몰아쳤다.

우연히 알게 된 민형의 도피처. 자조 섞인 태도로 주변을 거부하는 듯한 행동. 달리 무엇을 할 수 있겠냐는 듯한 태도. 날것의 감정을 바닥에 던지듯 살아가는 민형. 어디서부터 잘못된 건지 모르겠고, 신경 쓰고 싶지 않다고 말하는 동생의 원망하는 듯한 눈빛.

그런 민형에게 다가가지 못하는 진후. 떠나고, 돌아왔을 때는 이미 삶의 의욕을 잃어버린 동생. 그때부터 다가가도 마음의 문을 닫아 버린 민형. 어두운 얼굴. 해가 들지 않는 방. 쌓여 가는 약. 더 이상 닿지 않는 마음.

'형은 항상 그런 식이지.'

민형의 말. 그리고 윤형의 말. 모두가 같은 말을 하는 건 결국 내가 잘못되었다는 뜻이 아닐까.

일어날 수도 있다는 그 가능성이, 마치 원래 있던 기억처럼 민형의 머릿속에 마구잡이로 들어왔다. 막고 싶었지만 불가항력이었다. 아니야. 그런 적 없어. 아닌데. 정말 아닌가?

"가능성과 실제 기억이 겹치고 있으니 혼란스러울 수 있어요."

뭐라는 거야. 어린 민형의 얼굴을 한 사서가 외쳤지만 제대로 들리지 않았다. 머리가 아프다. 귀에 삐— 하는 이명이 들려오기 시작했다.

"머리가…… 아파!"

"원래 기억이 사라지는 건 아니에요. 잠시 혼란스러울 뿐인 겁니다!"

사서가 말했다. 그 순간 민형은 중심을 잃었다. 바닥으로 쿵 하는 소리와 함께 넘어졌다. 한쪽 머리를 감싸 안았다. 식은땀이 났지만, 마룻바닥은 꽤나 차가워 차라리 나았다.

"……원래 기억?"

"네!"

감았던 눈을 조금 떴을 때, 눈앞에 쭈그려 앉은 사서가 보였다. 어린 민형의 얼굴이었다. 표정은 여전히 없었지만 눈빛만은 걱정을 담고 있었다.

"나는 한민형이고 고등학교 2학년이야."

"네."

머릿속은 여전히 새롭고 더 생생한 장면들이 쏟아지고 있었기 때문에, 민형은 입 밖으로 말을 내뱉었다. 사서는 착실하게 대꾸해 주었다.

"나는 도서 위원이야."

"네."

"내겐 친구가 있어. 이운성이라고, 말하는 건 싸가지 없는데 그게 맞는 말이라서 더 짜증 나……."

시시기 고개를 빠르게 끄덕였다.

"이운성은 쌍둥이고 이유리는 여자 이운성이라 하는 짓이 비슷해. 그래도 이운성보단 착해. 그리고 최근엔 선우현이라고…… 되게 착한 녀석이랑 친구가 됐어."

사서의 눈빛은 아까보다도 더 포근해졌다. 자기 자신의 얼굴이라서 그런가, 왜인지 힘을 북돋아 주는 것만 같았다. 민형은 여기 오기 전 원래 상황을 되짚었다. 마음속에 꾹 눌러 담고 있던 말이 튀어나왔다.

"사실 학교에서 셋째 형 본 적 많은데, 맨날 모른 척했어."

윤형과 한 번이라도 눈빛을 주고받았더라면, 조금이라도 아는 척을 해 봤더라면. 지금과는 달랐을까? 하지만 이미 시간은 지났다.

"이제 안 그래야겠다는 생각이 들어."

"네, 좋은 생각입니다."

응원해 주듯 사서가 힘주어 말했다. 그 말을 듣고 나니 어느새 머릿속이 고요해졌다. 민형은 잠시 숨을 길게 두 번 내쉬었다. 몸을 일으키는 데 사서가 도움을 주었다.

사서, 어린 민형과 두 눈이 다시금 마주쳤다. 어린 민형의 눈동자 속 진후가 보였다. 어쩐지 형이 반갑게 느껴졌다.

"한진후의 삶의 중요한 순간에 그를, 그리고 당신 스스로를 위한 선택을 하세요."

그 말에 고개를 끄덕였던가? 아마 그랬을 것이다.

하지만 상황은 좋지 못했다.

민형은 어린 민형에게 꼰대 같은 일장 연설만 늘어놨다. 보는 순간 왜 저래야 하는 건가, 싶은 생각만 들었고 말은 이미 튀어나온 후였다.

그렇다면 무엇을 바꿔야 한다는 거지?

기억 속 자신과 지금의 자신의 괴리감을 보자면 그냥 눈에 보이는 그대로 가장 달라진 건 주변 친구들이다.

하지만 이 방법은 이미 실패했다. 지금 중학생 친구들에 대해 안 좋은 식으로 말하는 건 어린 자신과 소통을 가로막는 벽이나 마찬가지였다. 제대로 와닿지도 않을뿐더러, '아, 그렇구나' 하는 깨달음조차 주지 못했다. 오히려 반발심만 생겼다.

"후우……."

날이 점점 더워져 운동장 옆 등나무에는 아무도 없었다. 남은 디데이는 D-2. 둘째 형 삶의 분기점에 대한 실마리는 알았을지언정 어디서부터 바로잡아야 할지 모르겠다. 딸기 아이스크림을 사 와 사서를 불러 보았지만 이번엔 묵묵부답이었다. 서준 앞에서 다시 불러 봐야 하나…….

손에 든 아이스크림은 포장지째 흐물흐물해지고 있었다.

"선배."

그때 누가 민형을 불렀다.

"주영아."

상대방의 얼굴을 보고 이름을 부르며, 민형은 주영의 이름을 바로 부르는 호칭이 자연스럽게 느껴졌다. 진후의 기억을 엿본 터라 그런 걸지도 모른다.

주영이 민형의 옆에 거리를 두고 앉았다. 시선이 저절로 따라갔다.

"지난번에 안 좋아 보였는데, 괜찮아요?"

"응, 괜찮아. 걱정해 줘서 고마워."

이런 다정한 말도 술술 나온다. 민형은 걱정 어린 주영의 시선을 받으며 가볍게 웃어 보였다. 이걸로 충분하겠지. 주영도 별일 아니라며 넘길 거다.

"혹시 고민 있어요?"

그러나 정곡을 찌르는 주영의 말에 민형은 웃음이 가시고 말았다.

"그래 보여?"

"네. 그런데도 아닌 척하는 것까지도요."

"……."

주영의 말이 맞았다. 민형은 어린 민형이 상대방에게 그은 벽 때문에 답답해하고 있으면서, 자신도 똑같이 하고 있었다. 결국 나는 나라는 건가.

달라져야 했다. 무엇이? 아직 모른다. 그래도, 그럼에도. 속에 있는 말을 꺼내 보는 용기는 필요하지 않을까.

"동생을 실망시킨 것 같은데, 어떻게 해야 할지 모르겠어."

말로 꺼내고 보니 그게 맞았다. 어린 민형은 분명 민형에게 실망했다. 그의 눈엔 진후로 보였을지언정, 스스로가 스스로를 실망시킨 것이나 다름없었다. 속이 쓰렸다.

주영은 동생에게 솔직하게 말해 봤냐고 물었다. 민형은 당연히 그렇다고 대답했다. 대답이 마음에 들지 않는지 주영의 표정이 한껏 진중해졌다.

몇 번의 대화는 다시 그렇게 이어졌다. 솔직했냐. 그렇다. 그리고 원점으로 돌아왔다.

그때 당시의 내가 솔직했다는데, 뭘 묻고 싶은 걸까. 자신이 한민형이라는 사실을 빼고, 민형은 솔직하지 않은 적이 없었다. 대체 뭐가 문제라는 거지?

"선배, 주제넘을지 모르겠는데……. 한마디만 해도 될까요?"

어색한 공기를 깬 주영이 말했다.

"동생이 되기를 바라는 모습을 말하는 게 솔직한 게 아니고, 동생을 바라보는 선배의 솔직한 생각을 이야기해 보는 건 어떨까요? 제가 말하는 '솔직하게' 말했냐는 의미는 그런 의미예요."

그 말을 듣는 순간, 머리를 한 대 얻어맞은 것 같았다.

나는 이래야 한다.

그렇게 스스로를 다그치면서도 그런 자신을, 그런 상황을 답답하다고 여겼다.

그랬는데, 민형은 진후가 되어서도 자기 자신의 마음을 바라보지 않았다. 그저 자기 자신이 '되어야' 한다고 여기는 모습만 강요했다.

"아……."

민형은 벌어지는 입을 다물고 잠시 서 있었다. 주영이 다그치지 않고 기다려 주었다.

"나…… 지금 가 봐야 할 것 같아."

"지금요?"

"응."

조금 당황한 얼굴의 주영이 그를 올려다봤다. 어느새 일어선 민형은 운동화 끈을 질끈 묶었다.

"부탁할게."

잠시 의아해했으나 주영은 이내 고개를 끄덕였다. 아무런 말도 하지 않았지만, 마주한 두 눈동자에는 응원하는 마음이 담겨 있었다.

형이 주영을 좋아하는 이유를 알 것 같았다. 그런 진후 대신 고백하는 건 옳지 않은 것처럼 느껴졌다. 결과가 어찌 되었든 그건…… 진짜 진후의 몫이라는 생각이 들었다.

민형은 그늘 한 점 없는 운동장을 가로질렀다. 등 뒤로 잠시 시원한 바람이 불어왔다. 어쩐지 자신의 등을 밀어주는 것 같았다. 그는 이내 달리기 시작했다.

민형의 중학교는 다행히 고등학교와 크게 멀리 떨어지지 않은 지점에 있었다.

버스로 세 정거장 정도. 하지만 말이 세 정거장이지, 학교에서 아무것도 들고 나오지 않은 민형은 현금도 카드도 가지고 있지 않았다.

중학교 앞에 도착했을 때는 이마에 땀이 송글송글 맺혀 있었다.

"……헉, 헉……."

근데…… 온 건 좋은데 어떻게 들어가지? 때마침 점심시간이 끝났음을 알리는 종이 울렸다. 운동장에 있던 학생들이 우르르 학교 건물 안으로 들어가기 시작했다.

누군가에게 부탁이라도 해야 했다. 이럴 줄 알았으면 교복 위에 뭐라도 걸치고 오는 건데.

그때 시야에 익숙한 인영(人影)이 들어왔다.

매점 옆 도서실에서 나오는 이운성이었다. 그는 한 손에 책을 들고, 낮게 고개를 숙인 채 하품을 하며, 다른 아이들과 다르게 느긋하게 걸어가는 중이었다.

중학생인 이운성을 지금 상황에서 보게 되니 생경하기 그지없었다. 그가 들으면 싫어하겠지만 그냥 애처럼 보였다.

좌우를 둘러봤지만 어린 민형은 보이지 않았다. 아무래도 교실 안에 있는가 보다.

이맘때쯤 이운성과 교류가 생기기 시작했던 것 같다. 그전까지는 같은 반이긴 했어도 거의 접점이 없었다. 서로가 서로에게 관심이 없었다고 해도 무방할 것이다.

가방이 바뀌는 그날의 사건이 없었다면 민형은 운성과 그저 얼굴만 아는 지인으로 남았을지도 모른다. 그런 아주 사소한 계기가 없었다면 말이다.

일단 민형은 운성에게 다가갔다. 부디 이상하게 보이

지 않기를 바라면서.

"저기…… 학생."

이운성이라고 이름을 부를 수는 없어서 그렇게 불렀다.

운성이 돌아봤다. 안경 너머 두 눈이 마주치자 깨달았다. 아직 중학생이지만 눈은 여전하구나. 깊고, 무슨 생각을 하는지 모르겠다는 점에서.

"네……?"

"혹시 3학년 2반 한민형이라고 알아?"

"……네."

반 박자 늦게 운성이 대답했다. 하지만 불편한 기색은 구태여 숨기지 않았다. 굳이 자기 반 친구라고 동네방네 자랑할 건 아니어도 아는 척 정도는 해 줄 수 있을 텐데.

"좀 불러 줄 수 있을까? 나 한민형 형인데, 급한 일이 있어서."

"교무실에 가는 게 더 낫지 않을까요?"

깐깐한 녀석. 민형은 잠시 머리를 굴렸다.

"잠깐이면 돼. 개인적인 일이라서 교무실까지는 좀……. 급해서 학교에서 뛰어온 거야."

말하고 나니 땀이 진득하게 느껴졌다. 운성은 잠시 품평하듯 민형을 위아래로 바라보았다.

"네, 알겠어요. 잠시만요."

그렇게 말하더니 그는 아까보다 조금 빠른 걸음걸이

로—하지만 절대 뛰지 않는다— 건물 안으로 들어갔다.

그리고 몇 분 뒤 어린 민형이 나왔다.

"형?!"

"어? 너 왜 가방 들고 있어?"

민형과 어린 민형은 동시에 말했다.

"응? 형이 급하다며. 조퇴하고 나왔지."

"허……."

"무슨 일인데?"

어린 민형이 물었다. 이걸 어떻게 설명해야 하나…….

"아니 나는 그냥……. 얼굴이나 보려고."

자신을 만나겠다는 생각은 확고했다. 시간이 얼마 남지 않았고, 주영의 말도 들어서 솔직한 자신의 심정을 말해야겠다고 생각했다. 게다가 떠오른 여러 장면 속에서 진후가 느끼는 감정도 나 '한민형'과 관련이 있다. 생각은 했으나…… 막상 얼굴을 마주하고 나니, 어린 민형은 평소와 같았고 민형은…… 어쩐지 말문이 막혔다. 이건 무슨 감정일까. 애잔함? 안타까움? 무엇이 되었든 어린 자신을 바라보는 마음이 아까보다 훨씬 버거웠다.

민형은 그저 만나야 한다는 생각만 가지고 달려왔다. 하지만 하교 시간 이후나 주말도 아닌 지금 이 타이밍에, 불러내는 것이라면 더더욱, 가볍게 대화나 나누자는 의미로 보이기엔 어렵다는 사실을 그제야 깨달았다.

예상대로 어린 민형이 의아한 얼굴을 했다.

"음……. 사실은 말이지."

어린 민형의 시선이 마치 화살 같다. 그 눈동자 속에 비친 둘째 형의 얼굴에는 망설임이 가득했다. 입은 자석처럼 붙어서 떨어지는 힘을 저지한다. 속이 따끔거리고 손에서 땀이 났다. 아, 솔직한 마음을 말하는 게 이렇게 어려운 일이구나.

"지난번에 설교해서 미안하다고……."

"……."

"말하고 싶어서…… 왔는데."

어린 민형은 아무 말도 하지 않았다.

"내가 바라는 너의 모습을 강요할 생각은 아니었어."

"……."

어린 민형의 머리 위에는 빨간 숫자가 여전히 떠 있다.

"그러니까, 내 말은……."

눈앞에 있는데도 어린 민형의 표정이 보이지 않았다. 민형은 제 앞에 있는 게 '어린' 자신이 아니라 '지금'의 자신처럼 느껴졌다. 마치 거울을 향해 말하는 것 같았다.

"그동안 고생했다고. 항상 밝을 필요는 없다고."

그리고 동시에, 마치 어린 동생을 마주하는 것 같았다. 이건 모순된 양가감정이었다.

민형은 그렇게까지 말하고 괜히 멋쩍어져, 어린 민형

의 멍한 얼굴 위로 정수리를 꾹 누르며 머리카락을 헝클어 놓았다. 원래 민형은 누군가 자신을 어린아이 취급하는 걸 싫어했다. 안 그래도 막내인데 더욱 막내 같아 보여서. 그렇게 대하는 것 같아서.

하지만 지금은 아니었다. 확신할 수 있었다.

말하는 동시에 어떠한 기억이 스쳐 지나갔기 때문이었다. 갑자기 생뚱맞게 학교로 찾아왔던 진후의 모습. 앞뒤 맥락 없이 하던 소리. 머리칼을 마구 헝클던, 땀으로 조금은 끈적했던 손바닥의 온기까지.

기억이 났다. 그때의 진후가 '나'였구나.

그리고 지금 이 마음에는 진후의 감정도 섞여 있었다. 이건 '나'이자 '한진후'이다. 그렇게밖에 설명할 길이 없었다.

"뭐야, 갑자기……."

어린 민형은 말을 얼버무렸다. 저 때의 내가 그랬다. 싫어서가 아니라 쑥스럽고 민망해서였다. 내심 안심이 되기도 했다. 어깨에 반절만 걸쳐 있던 가방이, 어린 민형이 휘청거리는 사이 바닥에 쓸릴 정도로 아래로 내려왔다.

민형은 무심코 가방으로 시선을 옮겼다. 정확히 말하자면 가방의 벌어진 틈새 사이로 살짝 보이는, 작은 상자 모양의 비닐로 덮인 케이스가 보였다.

저게 무엇인지 다른 사람은 몰라도 민형은 알 수 있었다.

담배다.

민형은 스스로 행동했던 일임에도 놀라울 지경이었다. 저도 모르게 손과 눈이 가방 안으로 더 들어가려고 했다.

후다닥 소리가 들리더니 어린 민형이 냉큼 가방을 낚아채 지퍼를 채웠다.

"……??"

여기서 내가 궁금해해도 되는 상황 맞지?

민형의 침묵을 어떻게 받아들인 건지, 어린 민형이 난감한 얼굴을 했다.

"별거 아니야."

단순히 잡아떼기에는 너무 부자연스러운 행동이었기에 민형은 뭐라 대꾸하기가 어려웠다. 음, 이 상황에서 들킨다면 당황할 것 같긴 하다만……. 민형이 그렇게 가만히 있으니 어린 민형이 상황을 수습해 보려는 모양인지, 말을 덧붙인다.

"친구가 빌려준 물건이 있어 가지고. 형한테 보여 주기 좀 그래서……."

본인도 말에 모순이 있는 점을 아는지 말하다가 겸연쩍게 뒷머리를 긁적인다.

저 안에 왜 담배와 술이 있는 걸까. 저 가방에 있는 게 사탕이어야…….

순간 깨달았다. 저 가방의 역할이 무엇인지.

중학생 때 이운성과 가방이 바뀌었다. 그래서 운성과 얘기를 하고, 친해졌다. 그를 만났기 때문에 그간의 자신의 행동이 어느 순간 시시하게 느껴졌고, 어중간한 방황을 멈출 수 있었다. 자연스레 고등학교에 와서는 도서 위원이 되었다. 따지고 보면 그 가방이 계기였다.

저 당시 민형은 가방에 상당한 주의를 기울였었다. 잠시 눈길만 주어도 저렇게 과민반응을 하는데, 가방이 바뀌는 것도 눈치채지 못했다고?

"……아!"

집지기 감탄사를 내뱉는 탓에, 어린 민형이 의아한 표정을 지었다.

"너 내일 봉사 활동이야?"

"형이 그걸 어떻게 알았어?"

민형은 대답하지 않고, 시선을 위로 올렸다.

오전 11시 '늘푸른양로원'.

해가 뜨거워지기 전, 쓰레기 줍기를 하러 나간 아이들의 짐이 한구석에 쌓여 있다. 민형이 문을 열고 들어오자 오전 햇빛에 부유하는 먼지가 일렁인다.

그는 단박에 코너에 있는 자기 가방을 발견했다. 검은색이지만 항상 구석 틈바구니 두 번째에 맞추는 제 나름의 규칙이 있기 때문이다.

 운성의 가방은 옆옆에 있었다. 솔직히 바꾸기 어려운 위치긴 했다. 민형은 저도 모르게 허탈하게 웃었다.

 가방의 위치를 바꿔 놓고, 원래 운성의 가방이 있던 곳에 둔 민형의 가방을 열었다. 손에 땀이 조금 났다.

 그 사이에 민형은 준비해 온 쪽지를 하나 넣었다.

 '민형이를 잘 부탁함.'

 진심은 통하리라 여기며 다시 한번 적어 내렸다. 스스로 생각하기에 오글거리긴 했지만, 달리 떠오르는 말이 없었다.

 운성은 기본적인 성향이 따스하고 친절한 편은 아니다. 그런 운성이 왜 자신에게 오지랖을 부렸을까.

 가방만 바꾼다고 가능한 일일까? 문득 그런 의문이 들었다.

 민형의 가방에 든 내용물 자체는 운성의 흥미를 끌지 모른다. 하지만 일부러 그걸 정정해 줄 필요까진 느끼지 않을 수도 있다. 그렇다면 진심으로 호소하는 게 최선이었다.

 "겨우 이 정도 노력이지만."

 민형이 중얼거렸다. 그는 운성이 자신에게 호의를 내비치고, 그랬기에 친해졌다고, 그래서 다른 애들과 그가 달랐다고 여겼다. 하지만 지금 본다면 완전히 반대였다.

그때 갑자기 바깥에서 발소리가 들렸다.

방구석에 낡은 옷장 하나가 눈에 들어왔다. 민형은 일단 그곳에 몸을 구겨 넣었다. 안에서 문을 잡아당겨 틈새가 작아지는 아슬아슬한 찰나, 문이 벌컥 열리며 학생 몇 명이 들어왔다.

"……!"

그중 운성이 있었다. 옷장 문의 작은 틈새로 미처 다 잠그지 못한 가방이 눈에 들어왔다.

쪽지를 넣는다고 열어 본 것이 화근이었다.

운성이 알아채면…… 지금 이 모든 노력은 수포로 돌아간다.

작은 옷장 안에서도 머리 위로는 카운트다운이 보인다는 것이 안심이라면 안심되는 부분이었다. 이미 하루보다 낮아진 디데이는 시분초를 나타내며 빠르게 줄어들고 있었다. 겨우 15분. 민형에겐 더 이상 남은 시간이 없었다.

운성이 제 가방 쪽으로 걸어갔다. 조금 열려 있는 자신의 가방—사실 민형의 가방이지만—을 물끄러미 쳐다보더니 앉아서 열고 안을 잠시 바라봤다.

망했다. 백 퍼센트 망했다. 내용물이 완전히 다르니까. 여기서 가방이 바뀌었다는 사실을 알아차리면 어린 민형과 교류할 일은 없는 것이다.

다급한 민형이 저도 모르게 몸을 앞으로 기울였다. 끼

이익—. 채 닫히지 않았었던 옷장 문 한쪽이 존재감을 남기며 열렸다.

"헐. 저거 혼자 열렸네."

"귀신 아냐?!"

호들갑을 떠는 아이들의 장난기 어린 목소리. 서로의 팔뚝을 밀며 가 보라고 한다.

"……."

그 모든 대화를 들으며 민형은 입이 바짝 마르는 걸 느꼈다. 몸을 한쪽으로 더욱 구겼지만 알 수 있었다. 운성이 이쪽을 빤히 바라보고 있다는 사실을.

이제 서로를 밀던 애들은 가위바위보를 하며 안에 있는 게 뭔지 확인하는 역할을 결정하고 있었다. 제발 좀 그냥 가라……. 민형은 속으로 여러 번 기도했다.

한 녀석이 졌는지 앓는 소리를 냈다. 지지 않은 쪽은 키득거렸다. 진 학생이 이쪽으로 조심스레 걸어오는 소리가 들렸다.

"거기 누구 있어요?"

대답하겠냐. 이제 나가고 싶어도 절대 나갈 수 없게 되었다.

결국 코앞까지 온 남학생이 남은 한쪽 문고리를 잡았다. 열린다! 민형은 저도 모르게 눈을 꾹 감고 머리를 감쌌다.

그때였다.

"그냥 오래돼서 고장 난 거겠지."

턱, 하는 소리와 함께 문이 닫혔다. 옷장 안에 들어오던 빛이 사라졌다. 민형이 눈을 떴다.

"나도 그렇게 생각했어!"

운성의 말에 문을 열려던 학생이 반색하며 말했다.

"너무 농땡이 피우면 혼날라. 얼른 가자."

운성이 아이들을 데리고 나가는 소리가 들렸다.

아득해진 소리가 들리지 않는 걸 재차 확인한 후, 민형은 옷장에서 조심스레 나왔다. 이제 방 안에는 민형뿐이었다.

가방은 바꿔진 채였다. 운성이 분명히 알아챈 것 같았는데……. 하지만 감상에 잠겨 있을 시간이 부족했다. 그는 빠르게 밖으로 나갔다.

곧 봉사 활동이 끝날 것이다. 아이들이 우르르 몰려올 거고, 어린 민형은 가방 속에 든 물건 때문에라도 가장 먼저 이곳에 올 것이었다.

양로원 후문을 통과하면서 그는 한 학생을 마주쳤다. 눈이 마주치자 살짝 눈인사를 나눴다.

운성이었다.

겨우 이 정도, 맞다. 이게 진후의 노력인지 민형 자신의 노력인지도 사실 이제는 잘 모르겠다.

하지만 사서의 말처럼, 삶은 아주 작은 것에서부터 변화하기 시작하니까.

후문 앞을 나왔을 때에야 머리 위를 바라볼 여유가 생겼다. 시간 체계로 바뀐 숫자는 어느새 몇 초밖에 남지 않았다. 자동 반납이라고 했었지. 며칠 더 있었으면 좋았을 텐데. 어린 민형에게 앞으로는 괜찮을 거라고, 무작정 낙관적인 이야기를 해 주고 싶었다.

사실 그건 지금 자신에게 해 주고 싶은 말일지도 몰랐다.

00:00:00이 되자 카운트다운은 멈췄다.

그 아래 붉은색 화살표가 생겨났다. 담벼락을 가리키는 그곳에 있는 책 한 권.

"하하."

민형은 어쩐지 후련한 기분을 느끼며 책을 들었다. 처음과 같이 깃털처럼 가벼웠다. 책을 펼쳤다. 건너편 편의점 앞에 비친 모습은, 웃고 있는 자신의 둘째 형이었다.

5. 이운성

운성은 낯선 공간에서 눈을 떴다. 누군가의 방이라는 건 알 수 있었다. 하지만 단지 그뿐, 그 이상은 알 수 없었다. 타인의 공간에 발을 들이고 나서야 깨닫는 것들이 있다. 냄새나 분위기, 때가 탄 만큼 감정이 그득그득 담겨 있는 물건들. 그런 여러 가지 것들이 시간이 지남에 따라 어우러진 조화로움. 거기까지 깨닫고 나니 조금 불쾌해졌다.

다른 누군가의 방이라고 강력히 주장하는 공간이 운성은 맘에 들지 않았다. 운성은 덮여 있던 이불을 떨쳐 버리듯 일어났다. 누군지 모를 타인의 침대. 체취마저 낯설다. 난 왜 여기서 일어난 거지?

미간을 찡그리다가 아차 싶어 안경을 치켜세우려 했

다. 하지만 그의 손이 허공을 스치는 바람에 어색한 손놀림만 남았다. 운성은 당황했다. 어느새 습관이 되었던, 숨 쉬는 것처럼 당연한 행동에 반사적인 반응이 전혀 없었다. 안경을 안 썼다고 하기에는 시야가 무척 선명했다.

운성은 침대에서 내려왔다. 바닥이 차가워 맨발이 닿자 본인도 모르게 움찔했다. 잠옷 바지로 추정되는 옷은 입고 있지만 역시나 기억에는 없는 물건이다. 참 가지가지 하는군.

책상 옆 거울을 마주한 그는 안도했다. 모든 것이 달랐지만 거울 속 얼굴은 이운성 자신이었다. 예상과는 다르게 얼굴색도 좋다. 안경 없는 자신의 얼굴을 이렇게 뚜렷하게 보는 게 무척 오랜만이다. 혹시 지금 렌즈를 끼고 있는지 확인해 보았지만 그것도 아니었다.

운성은 다시 방 안으로 시선을 돌렸다. 방 안의 풍경 자체는 아늑한 편이었다. 비교적 잘 정돈이 되어 있고, 특히나 정갈한 책장에 꽂힌 책들의 모습이 왠지 모를 동질감을 주었다. 불편한 감각이 완전히 사라지지는 않았지만, 이토록 낯설고 개인적인 공간에 들어와 있다는 사실이 흥미롭기도 했다.

안정을 되찾고 나니 여러 가지 것들이 머릿속에 떠오른다.

공간.

그 공간에 이름을 붙인다면 어떤 것이 좋을까. 정원, 도서관, 꿈속……. 그곳에선 시간을 가늠할 수 없었다. 자신의 방에서 깨어났더라면 아마 운성은 방금 전 일들에 대해 의심할 필요도 없이 꿈이라고 단정 지었을 것이다. 독특했지만 하루 정도 곱씹어 보며 즐길 만한 조금 흥미로운 이야기 정도로 말이다.

자, 이제 어쩐다? 안경을 잃은 그의 손이 갈 곳을 찾지 못하고 뒷목을 잡았다. 그대로 고개를 들고 창문을 바라보는 동시에 방문을 두드리는 소리가 들렸다.

"오빠, 엄마가 밥 먹으래."

낯선 목소리가 자신을 불렀고, 창밖으로 눈이 내린 하얀 세상이 겨울을 알리고 있었다.

그 위로 허공에 빨간빛을 발하는 글자가 쓰여 있었다. D-14. 모를 수가 없다. 저건 디데이다. 운성은 눈을 크게 뜨고, 잠시 고민 후 작게 한숨을 내쉬었다. 그리고 방문을 열었다.

방에서 나왔을 때 역시 모든 게 낯설었지만 운성은 그런 티는 전혀 내지 않았다. 그는 집 안 풍경을 바라보며 순간적으로 대략적인 구조와 큰 물건들을 포인트로 잡아 두었다. 거실의 왼편에 주방으로 보이는 공간이 자리 잡고 있었는데, 운성의 집은 주방이 오른쪽에 있어서 새삼 어색하게 느껴졌다. 밥 먹으라는 말에 맞게 식탁 위에는 여러 가지 반찬들과 밥이 차려져 있었다.

"지운이 불렀어?"

"응, 내려왔어."

낯선 아주머니가 고개를 돌리다 말고 운성과 눈이 마주쳤다. 운성은 주춤했다. 아들 방에서 나온 이상한 사람을 보고 가족들은 어떻게 반응할 것인가. 첫 번째 문제는 그것이고, 긴장했지만 아주머니는 운성을 보고도 아무런 말도 하지 않았다. 그저 슬그머니 시선을 돌렸다. 아주머니는 고개를 작게 끄덕이며 컵에 물을 따랐다.

아무래도 나를 '지운'이라고 부르는 사람으로 인식하는 모양인가 보다.

하지만 눈이 마주친 순간 흐르던 긴장감이 묘하게 거슬렸다. 운성은 모르는 사람이 눈앞에 있으니 그럴 수 있다고 해도, 이들은 가족이니 그럴 필요가 없지 않나? 게다가 시선을 은근히 피한다는 느낌도 지우기 어려웠다.

운성은 아주머니 옆에 있던, 자신을 '오빠'라 부르며 방문을 두드린 여자애를 봤다. 여자애는 그가 똑바로 쳐다보자 시선을 피하며 어색하게 미소 지었다.

두 사람의 반응으로 확실해졌다. '지운'이라는 인물과 가족 사이에는 알 수 없는 긴장감이 존재했다.

김이 모락모락 나고 있는 밥상을 바라보는 얼굴은 무표

정을 유지했지만 정작 운성의 내면은 소용돌이치고 있었다. 안경을 치켜세우고 싶지만 없었다. 하마터면 다시 손이 위로 올라갈 뻔했다. 아마 '지운'이라는 사람은 시력이 좋은가 보다. 그렇다면 모든 사람이 날 속이는 게 아니라 내가 스스로를 속이는 건가? 알 수 없는 일이었다.

특히나 저 여자애는 정황상 동생인 것 같은데, 내 눈치를 계속 보고 있다. 밥을 한입 먹다가 눈이 딱 마주쳤다. 그 순간, 머릿속에 그 여자애의 얼굴이 보였다.

그 여자애는 이제 여자애라고 부르기엔 성숙해 보이는 얼굴이나. 다른 성인 여자가 엉엉 울고 있는 모습,

눈에서 눈물이 줄줄 흐르고, 콧물도 흐른다. 화장이 다 지워지는데도 눈을 박박 문지르며 울고, 또 운다.

'죽으면 안 돼……. 미안해. 내가 미안해…….'

작게 중얼거리는 목소리. 그 목소리에 마음이 크게 술렁인다. 괜찮다고 말해 주고 싶은데, 손에 힘이 들어가지 않는다. 목구멍에 딱 막혀 버린 뭔가가 나를 잠식한다.

이내 시야는 검게 물든다.

"……?"

운성이 꼼짝 않고 식탁을 노려보고 있으니 주위에서 이상한 낌새를 눈치챘다.

"물 마실래?"

"아, 네······."

내가 방금 뭘 본 거지? 운성은 눈앞의 여자애를 처음 보았다. 생면부지의 여자애가 지금보다 나이가 든 얼굴로 우는 모습······. 망상인가?

그렇게 생각하니 속이 울렁거렸다. 쓸데없는 망상을 하는 취미는 없었다. 운성은 자신이 지극히 정상적인 사람이라고 믿었다.

다만, 저도 모르게 떠오른 장면 속 여자애를 보면서 느낀 감정은 묘할 정도로 생생했다.

상념을 지우려 운성은 입속에 꾸역꾸역 음식물을 집어넣었다.

아, 체할 거 같다.

식사 후 시간을 보고 등교 시간이란 것을 알았다. '지운'은 몇 살일까. 잠시 머뭇거렸지만 친절하게도 학교 갈 준비를 하라는 말에 나갈 준비를 하러 운성은 방으로 들어갔다. 같은 학교 교복을 보고 조금 안심이 되었다. 운성의 사이즈보다는 조금 작아 보였지만 입어 보니 딱 맞았다. 이건 내 몸이 아닌 건가? 무심코 던진 의문이 파장을 일으키기 전에 일단 제쳐 두기로 했다. 그래도 학교에 가면 익숙한 풍경을 볼 수 있을지도 모르겠다는 생각에 기분은 한결 나아졌다. 녹색 필통, 적당히 손이 탄 교과서와 문제집. 시간표는…… 모르겠다. 대충 모양을 갖췄다고 생각한 후 운성은 밖으로 나왔다.

바깥 공기는 한층 더 차가운 기운이 감돌았다. 눈이 내린 하얀 세상은 눈이 부시고, 내뱉는 숨에 입김이 쏟아져 나온다. 운성은 둘러맨 목도리를 얼굴 근처로 끌어올렸.

나무와 풀, 책으로 둘러싸인 그 공간은 따뜻했다. 영문도 모른 채 도서관이 이상한 곳으로 변해 버리긴 했었지만, 묘하게 평화로웠던 기분이 들었던 게 마치 꿈 같아 어색할 정도였다. 운성은 지금 자신을 둘러싼 겨울이 그새 익숙했다. 사람이란 이다지도 적응이 빠른데 말이지. 그는 뭔가를 털어 버리듯 학교를 향해 발걸음을 옮기기 시작했다.

가방 안에 있던 책의 표지에 적힌 글자들로 그의 성이 '강'이고, 그가 2학년 8반 3번이라는 것을 알 수 있었다. 학교에 도착해서는 단서가 더욱 많아졌다. 운성이 8반 교실 앞에서 잠시 뜸을 들이고 있으려니 누군가 어깨를 툭 치며 인사를 건넨다. 올 것이 왔다고 느끼며 운성은 가볍게 받아치고는 자연스럽게 교실로 들어갔다. 인사를 건넨 학생이 먼저 자리에 앉더니 어제 빌려준 노트를 준다며 뒷자리 빈자리에 놓았다. 덕분에 예상보다 쉽게 강지운의 자리를 찾을 수 있게 된 셈이었다.

자리에 앉으니 그제야 긴장이 풀렸다. 이토록 남의 시선을 의식하고 행동하는 건 오랜만이다.

점심시간, 그는 낯선 아이들 사이에서 익숙한 얼굴을 발견했다.

8반 문 앞에서 빼꼼히 고개를 들이밀고 있는 그 남학생은 선우현이었다. 그를 먼저 발견한 건 운성이었다. 둘의 시선이 마주친 순간 운성은 우현이 자신을 알아본 줄 알았다. 아는 얼굴을 발견한 표정이, 분명 자신과 같은 얼굴이었다. 우현은 이내 교실로 들어오더니 운성을 불렀다.

"어디 있나 했더니 교실에 있었네. 왜 안 올라와?"

"응?"

순간적으로 무방비 상태가 된 운성은 우현의 말에 더욱 혼란스러워졌다. 진짜로 나를 알아본 건가?

"그게, 도서관을 말하는 거야?"

운성의 말에 의아한 표정이 우현의 얼굴 위로 떠올랐다. 잠시 생각하는 듯 진중한 얼굴을 하더니 우현이 대답했다.

"당연한 걸 왜 묻는데. 얼른 와."

엉거주춤 그는 우현을 따라 자리에서 일어섰다.

넌 내가 이운성으로 보이냐? 아님 강지운? 목 끝까지 올라온 말을 꺼낼 수가 없다. 잘 짜인 연극처럼 모든 사람이 자신을 가지고 노는 것만 같다. 하지만 속고 있기엔 모두가 하나같이 자연스러웠다. 굳이 운성 하나를 두고 모두가 연기할 이유는 없으리라. 입이 떨어지지 않는 이유는 그 때문이었다.

도서관으로 들어가자마자 소파에 마주 보고 앉은 두 사람이 보였다.

거의 누워 있다시피 앉아 있는 건 한민형이었다. 그리고 그 맞은편에 앉아 있는 사람은…… '이운성'이었다.

운성은 순간 그대로 멈춰 서서 숨을 삼켰다.

내가 지금… 뭘 보고 있는 거지?

그때 소파에 앉아 난잡한 자세를 유지하고 있던 '이운성'이 고개를 잠시 돌렸다. 흘끗 쳐다보고는 다시 책으로 눈을 돌리며 손 하나만 들어 인사를 한다. 뭐, 저런…… 이라고 생각할 겨를도 없었다. 시간이 지나 돌아보니 참 웃긴 녀석이라고 생각했을 뿐이었다.

안경 너머로 자신―아마 강지운으로 보일 것인―과 우현을 쳐다보는 그의 날카로운 시선이 머무른 찰나의 순간,

운성은 이 상황이 대체 누구를 위한 건지 알 수 없어졌다.

이운성 자신은 여기 있는데, 남들이 '이운성'이라 부르는 그가 저기 또 앉아 있었다.

운성은 스스로 생각하기에도 긴장한 표정으로 잠시

서 있었다. 시선이 느껴져 바라보니 우현이 자신을 차분하게 쳐다보고 있었다. 그 시선이 뭔가를 파악하고자 하는 것 같다면, 생각이 너무 과한 건가? 최대한 자연스럽게 시선을 돌렸지만 떨어지지 않고 시선이 달라붙는 게 느껴졌다. 애석하게도 도서 위원인 두 녀석은 남을 관찰하는 데 뛰어나다. 그리고 감도 좋다. 게다가 운성은 강지운이란 사람에 대해 아는 것이 전혀 없다. 섣불리 무슨 말도 꺼내기 어려웠다. 학교에서 선우현을 마주쳤을 때까지만 해도 진실을 말할까 고민했다. 황당한 사건을 함께 겪은 이상 이런 황당한 진실도 받아들여질지 모른다. 하지만 이미 늦었다. 도서관에 떡하니 앉아 있는 이운성을 보고 운성은 할 말을 잊었다.

게다가 집을 나선 순간 배웅하던 아주머니의 얼굴. 학생들이 부르던 강지운이란 이름. 여기까지 올 때의 기분. 그리고 비록 머릿속 상상일지언정 강지운의 동생으로 추정되는 여자애의 우는 목소리. 그런 것들이 떠오르자 조급했던 마음이 가라앉았다. 도서 위원인 다른 이들과 이 상황에 대해 말해 볼 수 있겠다는 희망적인 생각은 물 건너갔고, 지금 이 자리에서 무엇을 해야 할지도 몰랐지만……. 진실을 밝히고 '강지운'을 곤란하게 만들면 문제가 커질지도 모르겠다는 생각이 들었다.

내가 지금 생면부지의 '강지운'을 배려하고 있는 건가.

운성은 마음을 가라앉히고 이성적으로 생각해 보기로 했다. 그러자 조금 전까지의 고민이 우습게 다가왔다. 만약 여기서 내가 운성이란 걸 주장한다고 치면, 가장 이성적이고 논리적인 말로 냉정하게 쳐낼 사람이 저기 앉아 있는 이운성이라는 것을 생각하면 더욱 그랬다.

평정심을 되찾은 운성은 소파 쪽으로 다가갔다.

"야, 지운아. 네가 추천해 준 거 완전 재밌다."

민형이 과자를 우적우적 씹으며 말했다. 저러면 책 더러워진다고 몇 번을…….

"한민형, 책 더러워져. 대체 몇 번을 말하냐……."

마음속 소리가 밖으로, 게다가 정확히 자신의 목소리로 들리자 놀란 운성이 '이운성'을 쳐다봤다. 운성의 갑작스러운 반응에 '이운성'도 운성을 마주 봤다.

그건 아주 오묘한 기분이었다. 안경 너머 눈을 예리하게 빛내며 '이운성'은 느긋하게 운성을 본다. 오만해 보였지만 따지고 들 만큼 예의 없는 건 아니었다. 물론 아무 생각 없이 반사적으로 봤을 테지만 그렇게 보였다. 운성은 그런 표정으로 사람을 쳐다볼 때 자기 얼굴을 본 적이 없다. 하지만 항상 이런 표정이었다고, 확신할 수 있었다. 보지 않아도 아주 익숙한 모습처럼 느껴졌다.

"왜?"

"아니……. 너무 맞는 말을 하길래……."

"뭐?! 야, 강지운. 너 그러기냐. 너만은 내 편이었잖아아……."

운성의 말에 벌떡 일어선 민형이 말꼬리를 늘이며 들러붙었다. 이게 평소의 행동이라면 강지운도 어지간히 사람이 좋은 모양이었다. 민형이 들러붙는 게 싫어 살짝 거리를 벌려 보려 했으나 소심한 방어는 수포로 돌아갔다. 저도 모르게 표정을 굳히지 않으려 애를 썼다. 그러다 어색하게 웃어 보이기도 했는데, 문득 이게 '강지운'의 표정이 맞을지 알 수가 없었다. 이제 어떻게 하면 좋을까.

언제나 답을 찾고 끝내던 그의 생각이 난생처음 물음표로 끝났다.

운성은 도서관에서 입을 다물고 있었다.

다행인 점은 원래의 강지운도 말수가 많은 성격은 아니었다는 점이었다. 오늘따라 왜 이렇게 조용하냐고 물어보면, 감기 기운이 있다고 넘어가려고 했지만 그렇게 말할 필요도 없었다.

우현이 평소보다 자신을 챙겨 주는 듯한 느낌을 받았다. 그게 내가 강지운이라서 그런 건지, 아니면 뭔가를 눈치챈 건지는 모를 일이었다. 만일 선우현한테 사실을 말한다면…… 진지하게 들어 줄지도.

"지운이는 뭐 넣었어?"

"그건……."

얼마 전 타임머신에 넣어 둘 물건을 가져왔다는 이야기를 나누는 중이었다. 기말고사가 끝났구나. 도서 위원들은 시험을 볼 때마다 타임머신을 만들었다. 역대 졸업생들이 만들어 놓은 유치한 관습이었는데, 민형은 낭만이 있다며 좋아했다. 운성은 굳이 그런 식으로 모아 둘 만한 물건도 없었고, 있다 해도 그러고 싶지 않아서 그다지 흥미가 없었다.

강지운이 타임머신 안에 넣은 물건이 뭔지 운성이 알 리 없었다. 여기서 벗어날 방법은 하나였다.

"비밀이지."

때마침 점심시간이 끝나는 종이 울렸다. 그 안에 들어 있는 물건이란 게 별것 아닌 걸 알아서 그런가, 더 이상 대화는 이어지지 않았다. 모두가 각자의 반으로 돌아가기 위해 일어섰다. 운성이 민형을 불렀다.

"할 말이 있는데."

"응? 나만?"

민형이 운성을 돌아봤다. 먼저 나가던 '다른' 이운성이 뒤를 돌아본다.

아. 시선 마주칠 때마다 더럽게 불편하네.

신기하다기보단 거북했고, 뭐를 아는지 모르는지 파악 안 되는 눈동자가 그 거북함을 가중시켰다.

그때 민형이 말했다.

"우리 지운이가 나한테만 말할 특별한 비밀 이야기가 있구나? 허허허. 그러면 들어 줘야지. 어서 다들 나가시게."

이 녀석이라면 이렇게 반응할 줄 알았다. 우현은 궁금한 듯 보였지만 더 묻지 않았고, '다른' 운성 역시 그저 잠시 바라보았을 뿐 별다른 반응 없이 밖으로 나갔다.

아무리 봐도 나를 놀려 먹지 않고, 선량하게 도와줄 만한 선우현을 두고 왜 한민형이었을까.

운성은 스스로 생각해도 자신의 행동을 이해할 수 없었다.

하지만 이 녀석과의 연이 조금 더 길기 때문이리라.

오히려 지금의 무거운 생각이 싫어서 그럴지도 모른다. 영영 돌아가지 못한다는 가정 따위는 하고 싶지 않았다.

머리 위 카운트다운으로 보면 14일이 지나면 다시 돌아갈 가능성이 높았지만, 운성은 카운트다운이 마냥 좋다고 생각하지 않았다. 저렇게 붉은색으로 자기주장을 확고히 하며 줄어드는 종류가 디데이를 끝마쳤을 때, 좋은 상황은 드물었다.

민형이라면 가볍게 넘길지도 모른다. '뭐 어때, 같이 찾아보자!'라고 말할지도 모르지.

"무슨 얘긴데? 형한테만 말해 봐."

어느새 형 행세까지 하고 있는 민형이었지만 오늘만큼

은 봐줄 만했다. 의외로 믿음직스럽기까지 했다.

"웃지 말고 들어. 내가 오늘 아침부터 강지운이 되어 있었어."

"응?"

민형은 알아듣지 못한 것 같았다. 운성은 좀 더 직설적으로 말해 보려 했다.

"내가 이운,"

"잠깐……!"

하지만 하려던 말은 끝마치지 못했다.

민형의 목소리가 너무 단호했다. 손까지 내밀며 그의 말을 막았다.

다시 손이 내려갔을 때, 운성의 눈앞에는 여태껏 본 적 없던 무표정의 민형이 있었다.

"제가 조금 늦었습니다. 죄송합니다."

"?"

운성은 그저 의아했다. 표정으로 알아들었는지 민형이 덧붙였다.

"'겹쳐진 도서관'에 오신 것을 환영합니다. 저는 겹쳐진 도서관의 '사서'입니다. 대여자 이운성은 책 주인 강지운의 책을 대여하였습니다. 이곳은 책 주인의 삶, 그 한 페이지입니다."

"도서관? 대여? 주인……?"

운성이 그렇게 되물은 건 다시 설명해 달라는 의도보다는, 너무 생뚱맞은 단어의 나열에 생각 정리가 필요했기 때문이다. 말로 하며 곱씹어 보았지만 딱히 해결되는 건 없었다.

"반납 기한은 보시는 바와 같이 14일입니다."

그러거나 말거나 '사서'라고 자신을 소개한 민형……아니, 민형의 얼굴을 한 소년은 자기 할 말만 했다.

……기계적이다.

한민형은 장난을 잘 치는 편이지만, 이토록 참신하게 운성을 놀려 먹을 것 같지는 않았다. 민형의 표정은 더없이 딱딱했고, 고저 없는 말투는 마치 처음 들어 본 목소리처럼 들렸다.

게다가 운성의 현재 상황이 믿을 수 없는 사건이었으니, 그는 눈앞에 있는 사서라는 사람의 말을 합리적으로 받아들이는 게 맞았다.

"사서가 '도서관을 안내해 주는 사람'을 의미하는 거라면……."

운성의 물음을 사서가 듣고 있었다. 사서가 작게 고개를 끄덕이는 것을 보고서 운성은 다시 말을 이었다.

"나무가 무성했던, 펼쳐지지 않던 책이 잔뜩 꽂혀 있던 공간에서 여기로 이동한 건가?"

"네, 그렇습니다."

역시. 그건 꿈이 아니었다. 고로 여기도 꿈이 아니라 현실이었다.

"너는 이곳이 강지운의 삶, 그 한 페이지라고 했어. 여긴 미래로 보이는데……. 내가 시간 여행을 하는 거야? 아니면 책 속으로 들어온 거야?"

"일종의 시간 여행이라고 보시면 됩니다."

그렇게만 대답하고 사서는 가만히 있었다. 더 설명해 주는 게 아닌, 더 물어보라는 것으로 운성은 해석했다.

"그러면 이 시간 여행이 왜 필요한 거지?"

"설명 드리겠습니다. 책 주인에게는 삶이 크게 바뀌는 '삶의 분기섬'이 존재합니다. 이를테면 아주 중요한 순간, 이라고 할 수 있겠네요. 대여 기간 사이에 그 순간을 맞이할 겁니다. 그 순간이 어떻게 지나가느냐에 따라 책 주인의 삶은 바뀔 수도 있습니다. 가능성을 바꾼다면 온전한 반납이 가능합니다."

사서는 마치 기다렸다는 듯 망설임 없이 말을 이어 나갔다.

"그래서 그 '중요한 순간'에 나보고 뭔가를 하라는 거야?"

"그건 당신이 행동하기에 따라 다릅니다."

기껏 설명해 주고서는 '네가 하기 나름이다'라는 사서의 말이 아니꼽게 들렸다. 이곳 미래에서 강지운의 '중요한 순간'이 있는데…… 그래서?

"행동하지 않으면 반납 안 돼?"

"그건 아닙니다. 14일이 지나면 대여하신 책은 자동 반납이 됩니다."

그렇다면 더더욱 이해 가지 않는 일이었다.

"강지운이랑 내가 무슨 상관이라고 여기 온 거지? 왜 내가 전혀 모르는 사람의 삶을 문제집 풀듯 해결해 줘야 하는 건데?"

운성의 말에 사서는 잠시 침묵했다. 얼굴에 표정이 없어서 그런 건지, 그게 한민형 얼굴이라 그런 건지는 모르겠으나 보고 있기 불편했다.

"……책을 대여했다는 건 그 사람과 연이 있다는 의미이기도 합니다."

"그건 미래 얘기고. 지금 내 얘기는 아니지."

스스로 듣기에도 냉정한 말이었다. 분명 강지운에게 미래의 운성이 꽤나 호의적이었던 것을 봤음에도 그랬다. 약간의 호기심은 들지언정 미래의 자신과 지금의 자신을 동일시하는 건 생각보다 와닿지 않았다.

"그렇게 생각하신다면 추가적으로 드릴 말씀은 없습니다만……. 미래라고 할지언정 그 또한 당신의 시간입니다."

그 말 또한 운성에겐 여전히 뜬구름 잡는 소리처럼 들렸다.

사서의 등장으로 흘러가는 상황은 파악되었지만 이곳에서 강지운의 삶의 분기점을 친절하게 찾아 해결해 줘야 할, 정당한 이유에 대해서는 여전히 떠오르지 않았다. 다만 이곳에 강지운으로서 계속 있어야 한다고 하면…… 그건 싫다. 굳이 남의 인생까지 살아 줄 이유는 없었다.

"반납이 되고 나면 어떻게 되지?"

"대여자는 돌아갑니다. 삶의 분기점은 해결되거나 되지 않겠지요."

짐짓 심각하게 말하는 것처럼 들렸지만 결국 이건 '강지운'의 일이었다.

"그건 강지운의 삶이지?"

"네, 그렇습니다."

"그게 나한테 영향을 줘?"

사서는 대답하지 않았다. 굳게 다문 일자 입은 뭔가를 말하고 싶지만 자제하는 것처럼 보였다.

"대답하지 않는다면 이유는 두 가지 중 하나겠지. 나한테 엄청난 영향이 있거나 아니면,"

운성은 사서를 쳐다보았다. 조금 놀라거나 주춤한다거나, 그런 반응을 보고 싶었는데 아무래도 통하지 않는 듯했다.

"전혀 상관이 없거나."

"……."

"내가 봤을 땐 후자일 가능성이 더 높은 것 같은데?"

사서와 눈이 마주쳤다. 같은 사람인데도 정말 다른 사람으로 보인다는 게 신기했다. 민형이라면 절대 짓지 않을 표정과 눈빛이었다. 이내 그가 입을 열었다.

"……삶의 분기점에 대한 힌트가 있을 겁니다. 기왕이면 빠르게 나타나면 좋겠네요."

"뭐? 그게 무슨 말이야?"

저도 모르게 민형의 어깨를 붙잡고, 본인이 생각하기에도 날카로운 시선으로 노려봤다. 하지만 사서는 잠시 침묵했다. 눈을 내리깔더니 다시 고개를 들고서 그가 말했다.

"……아, 갑자기 어지러웠다. 미안. 내가 제대로 못 들었나 봐. 뭐라고 했지?"

사서는 떠나고 그 자리엔 민형이 있었다.

"아, 씨……."

그렇게 중얼거린 탓에, 운성은 민형의 넋두리—지운이가 나한테 욕했어. 지운이가 비밀 얘기 안 해 줘—를 계속 들어야만 했다.

강지운으로 일상을 보내는 에너지 소모가 힘들다.

좋고 싫음을 떠나 익숙지 않은 건 피곤했다. 바꾸고 끼워 맞춰야 하기 때문에. 운성은 그런 부분에 있어 재능이 있는 편이었지만 그만큼 소모적인 부분이 컸다.

기계에 비유하자면 연료가 떨어지기 직전. 아마 팔 부분쯤에 스크린이 있다면 경고성 빨간불이 매섭게 깜빡거릴지도 모르겠다.

강지운은 도서 위원이었다. 시기상으로 겨울. 학년은 2학년. 이곳은 미래다. 운성은 하얀 무지 노트 위에 생각나는 대로 끄적이다 거기서 멈췄다. '미래'라는 글자 위로 동그라미를 두 번, 그리고 마침표를 찍어 넣었다. 어떤 경위로 강지운이 도서 위원이 되었는지는 모르겠다. 학기 초도 아닌 애매한 시기에 들어와서 이렇게 보란 듯이 진수를 사이에 자리를 잡고 있다니……. 지금의 운성으로서는 이해하기 힘든 일이었다.

사서를 만난 이후 민형이나 우현에게 자신이 운성이라고 말해 보려는 시도는 그만두기로 했다. 본질적인 해결책이 아닌 데다, 그들이 시간 여행이라는 이 현상에 대해 알 것 같지도 않았다. 차라리 그 사서라는 자를 궁지로 몰아 해결책을 찾아낸다면 모를까.

게다가 여기 있는 운성을 대하기란 더더욱 어려웠다. 일단, 저건 내가 맞는데도 무슨 생각을 하는지 도무지 알 수 없었다. 당사자도 그런데 다른 사람들은 오죽할까.

기본적으로 뭔가를 크게 즐거워하거나 크게 슬퍼한 적이 없는 운성은, 상대적으로 밝은 성격의 유리와 대비되어 '차갑다'라는 말을 들으며 살아왔다.

운성은 그런 자기 모습이 딱히 좋을 것도 없다고 생각했지만, 반대로 딱히 나쁠 것도 없다고 여겼다. 하지만 중학생 때 한민형을 만나고 나서 조금 바뀌게 되었다.

그와 친해진 건 그의 형 때문이었다. 학교까지 찾아와 민형을 다급하게 찾던 형은 민형을 진심으로 걱정하는 듯했다. 걱정할 게 뭐가 있다고? 하지만 양로원에서 봉사 활동을 했던 그날, 생각을 바꾸게 되었다. 가방이 바뀌었다는 건 금세 눈치챘다. 하지만 바뀐 가방 안에 민형이를 부탁한다는 쪽지를 봤을 때, 운성은 저도 모르게 바뀐 가방을 들고 나와 버렸다. 왜 그런 쪽지 하나에 마음이 움직였는지 아직도 의문이다. 하지만 그 순간엔 그게 정답처럼 느껴졌다. 그러다 양로원을 나서며 본 그의 형을 보고 나서야 상황을 이해했다. 쪽지를 쓴 게 민형의 형이구나.

그때부터 한민형이란 같은 반 아이를 제대로 인지한 것 같다. 민형은 운성이 가볍게 판단한 것처럼 단순한 사람이 아니었고, 주변 사람을 위하느라 본인을 돌보지 않는 구석이 있었다. 그래서 그의 형도 '잘 부탁한다'라고 썼던 게 아닐까.

그때까지 두 사람은 같은 반이면서 거의 말 한번 나눠 보지 않은 사이였다.

민형 역시 운성이 처음부터 마음에 들지는 않았을 것

이다. 그저 맞춰 준 것뿐이겠지. 바뀐 가방 안에 사탕을 넣어 두고 훈계하는 동급생이란, 굳이 설명하지 않아도 달갑지 않을 게 분명하니까.

누군가에게 맞춰 간다는 건 어떤 의미일까. 민형의 옆에 있기 시작하면서 운성은 그가 사람들에게 하는 행동을 유심히 관찰하곤 했다. 시답잖은 말이나 행동으로 분위기를 푸는 것이나, 몇 번 보지 않은 사람에게도 불쑥 인사를 건네는 행동 같은 것을.

상대방이 불쾌할 거라는 예상과 달리 사람들은 민형을 좋아했다. 저게 먹히는구나, 내심 감탄하기도 했다.

그렇게 바뀐 겸 중 하나는, 운성이 남들에게 보이는 태도였다.

기존에는 할 말만 하고 곁을 두지 않았다면, 고등학교에 올라와서는 누구에게나 친절하며 호감을 얻도록 노력했다.

공부는 원래도 잘했으므로 선생님들은 그런 운성을 더 좋아라 했고, 또래 아이들도 마찬가지였다. 인생의 난이도가 좀 더 쉬워졌달까. 하지만 잘 보이려는 의도를 가지고 행동하는 건 어쩐지 피곤했다.

도서관은 그런 의미에서 운성에게 진정한 휴식 장소였다.

그 안에서는 아무렇지 않게 하고 싶은 말을 하고 행동

했다. 누구에게도 잘 보일 이유도 필요도 없었다.

그래서 강지운이 도서 위원이라는 사실과 더불어 '이운성'이 강지운 앞에서는 잘 보이려는 의도 없이 행동한다는 사실은 퍽 놀라운 일이었다. 미래의 '이운성'이 강지운과 왜 친할까. 어째서 편하게 대하는 걸까.

지금의 운성이 보기엔 강지운은 낯선 타인이었다. 왜 모르는 사람의 역할을 하며 시간 여행을 해야 하는지, 자꾸만 의구심이 들었다.

방과 후 도서관에 갔을 때, 소파에 미래의 '이운성'과 민형, 우현까지 나란히 태블릿 화면을 쳐다보고 있었다.

"지운아, 여기, 여기!"

우현이 운성을 불렀다. 우현이 옆으로 자리를 비켜 주며 앉았다.

"뭐 하는 거야……?"

"방학 때 다 같이 스키장 가려고 계획 중이야."

"스키장?"

우현이 고개를 끄덕였다. 옆에서 끝내주는 스키복부터 맞춰서 입고 가야 한다는 민형과 그딴 건 절대 싫다는 운성이 옥신각신하는 중이었다.

방학 때 스키장이라니……. 운성은 미래의 '이운성'을 쳐다봤다.

시선을 느꼈는지 '이운성'이 운성을 보았다.

"왜?"

"……응?"

"물어볼 거 있으면 물어봐."

이곳에 온 뒤로 줄곧 피해 다녀서 그런가, 이렇게 대놓고 마주한 건 처음이었다.

"너 방학 때 어디 간다거나…… 안 그래?"

강지운이 운성에 대해 얼마나 알고 있을지 몰랐다. 실수하지 않으려 조심하며 그가 물었다.

"원래는 방학 때마다 해외 가긴 했는데 올해는 가기 싫어서 안 가려고."

"……."

말도 안 된다. 그렇게 쉬울 일이 아니었다. 하지만 그렇게 말하는 미래의 '이운성'의 얼굴은 무척이나 후련해 보였다.

지금껏 그런 표정을 지어 본 적이 있었는지 운성은 떠올려 보았지만 생각나는 건 없었다.

방학이 시작되면 운성은 해외 단기 연수를 떠났다. 매년 반복되어 온 '루틴' 같은 일이다. 정작 운성이 진심으로 원한 적은 없었지만.

한날한시, 3분 차를 두고 태어난 쌍둥이. 유리는 어린 나이부터 키즈 모델을 시작했고, 부모님의 전폭적인 지지를 받았다. 그래서였을까, 부모님은 운성이 평범하게 자라길 바랐다. 그러나 사실 그들이 바란 건, 보통의 틀 안에서 가장 눈에 띄는 '평범'이었다.

'그래도 의젓한 우리 운성이가 있으니까.'

부모님은 다짐하듯 운성에게 말했다. 그 말에 많은 것이 담겨 있었다. 부모님은 운성을 보고 안심했다. 무엇에 대한 안심이었을까. 운성은 그 말에 어떤 대답을 해야 할지 몰라 가만히 있었다.

부모님은 운성을 위한 일이라고 말했지만 그건 결국 부모님의 기대였다. 완벽한 부모님 아래에서 운성은 그 무게를 온전히 혼자 감당해야 했다.

그렇게 여러 가지 것들이 켜켜이 쌓여서, 해외 단기 연수가 싫다는 말을 할 수 없게 만들었다.

너무 쉽게 안 가려고 한다는 한마디로 일갈해 버리는 '이운성'의 모습이 떠올랐다. 정말로 그렇게 단순한 문제일까. 지금까지 한 번도 그러지 못했는데?

어떻게?

운성은 머리 위의 카운트다운을 보았다. D-10. 운성은 여전히 강지운이었다. 강지운이 내 미래에 나타나는 것으로, 무언가 달라지는 게 있다는 건가. 하지만 겨우 열흘 남은 시간 여행에서 뭔가가 달라질까. 고민했지만 여전히 답은 나오지 않았다.

"다녀왔습니다."
"어, 왔니……?"
운성은 집으로 들어가며 형식적인 인사를 했다. 강지운의 어머니는 TV를 보고 있다가 주춤하며 몸을 반쯤 세웠다.

그리고 잠시 침묵. 집 안을 둘러싼 공기가 가라앉았다. 강지운의 어머니도, 강지운의 여동생도 무슨 말만 하면 매번 이런 식이었다. 어째서 이런 어색한 공기가 감도는 건지 의아했다. 그나마 강지운의 어머니는 최대한 티를 내지 않으려 노력하는 편이었다.

"학교는 좀…… 어때?"
강지운의 어머니가 조심스레 물었다. 운성은 별생각 없이 대답했다.

"좋아요. 친구들도 잘해 주고."
그저 안부 인사같이, 밥은 잘 먹었냐는 말 같은 별것 아닌 이야기였다. 적어도 운성은 그렇게 생각했다. 하지만 그 말은 파장을 일으켰다. 안 그래도 불편했는데 누군가 찬물을 끼얹은 듯 싸한 기운이 내려앉았.

"괜찮아, 지운아…… 정말로 괜찮아."
무엇이 괜찮은지 몰라 운성은 대답하지 않은 거였지

만, 거듭 그렇게 말한 지운의 어머니는 곧 지수도 올 거니 저녁 먹자며 부엌으로 향했다. 식기류가 달그락거리는 소리가 났고 부산스레 움직이는 뒷모습이 눈에 들어왔다.

그 순간 머릿속에 뭔가가 떠올랐다.

'괜찮아, 괜찮아, 지운아.'

내 손을 잡은 그녀는 아이를 다독이듯 머리를 한없이 쓰다듬는다. 흐느끼는 동생의 목소리도 들리지만 신경 쓸 겨를이 없다.

'이제 괜찮아.'

그 말에는 심장이 덜컹 내려앉는다.

나는 괜찮지 않은데. 그런 불안한 마음 때문에 손에 힘이 들어간다. 내 손을 쥐고 있던 엄마가 나를 본다. 눈물이 그렁그렁하다.

또 마음이 가라앉는다.

"……."

운성은 그 자리에 우뚝 선 채로 잠시 서 있었다. 이쯤 되니 망상이 아니란 건 알겠다. 이건…… 뭐지?

'삶의 분기점에 대한 힌트가 있을 겁니다. 기왕이면 빠르게 나타나면 좋겠네요.'

흘려들었던 사서의 말이 생각났다. 기억 속에 단 둘뿐인 가족은 울고 있었다. 그리고 현시점에서는 필요 이상으로 강지운을 조심스러워한다. 왜지? 강지운이 대체 무슨 짓을 했길래.

 게다가 그 감각은 뭐였지? 우는 동생의 얼굴을 보고도, 어머니의 얼굴을 보고도 슬프다기보단 괴로웠다.

 그때 뒤에서 문이 열리는 소리가 났다. 아직까지 현관 앞에 어중간하게 서 있던 운성은 들어오던 강지운의 여동생, 강지수와 눈이 마주쳤다.

 울고 있던 여동생의 얼굴과 지금 놀란 얼굴이 겹쳐진다.

 "……오빠 일찍 왔네."

 강지운의 여동생은 들어오려다 말고 잠시 머뭇거렸다. 운성이 현관문 옆으로 돌아서며 자리를 터 주니 그제야 안심한 듯 운성을 지나 자기 방으로 들어갔다.

 그냥 비켜 달라고 하거나 조금 닿더라도 지나갈 수 있는 거리였는데도 말이다.

 가족은 어떠한 이유로든 강지운을 어려워하고 있다. 그리고 강지운도 그걸 알고 있는 듯하다.

 왜 그럴까?

 방으로 들어온 운성은 카운트다운을 보았다. 머리 위에 있는 빨간 숫자는 묘하게 선명했다. D-9. 나흘이나 지났지만 사서가 말한 힌트는 터무니없이 부족했다.

원인이 되는 사람에겐 기억이 없다. 알아챈 강지운의 기억 속엔 슬픈 사람뿐이다. 그게 강지운의 '중요한 순간'과 연관이 있겠다는 것은 짐작 가능했지만, 그렇다고 해서 핵심적인 부분을 알 수 있는 건 아니었다. 사서는 그에게 운성이 강지운의 모습으로 시간 여행을 하는 건 두 사람의 연이 있어서라고 말했다.

사서의 말에는 감정이 들어가 있지 않은 것처럼 느껴졌다. 잘 반납해야 한다고 덧붙이긴 했으나, 사실 잘 반납하든 안 하든 별로 신경 쓸 것 같지도 않았다.

운성은 적어도 한동안은 강지운으로 살아야 했다. 그러니 내친김에 그가 어떤 사람인지 알아보는 것도 나쁘지 않을 것이다.

이 작은 방 하나 빼고 편히 쉴 공간 하나 없다는 게 내키지 않았다. 운성의 방에 비하면 턱없이 좁다는 사실도 답답함을 더했다.

지운의 방 안에는 그 나이 또래가 가지고 있을 법한 평범한 물건뿐이었다. 낡았지만 꽤 고가의 유명 브랜드 카메라 하나가 있었는데, 정작 SD 카드가 없었다.

"안 쓰나?"

컴퓨터 안에 흔적도 전무. 최근에 정리한 건지 몰라도 별 소득은 없었다.

집에서와는 달리, 학교에서의 지운은 지극히 평범했다. 무던하게 행동하며 친구도 적당히 있었다.

결코 튀지 않지만 없어지면 알아챌 수 있을 정도의 존재감. '강지운 어때?'라고 물으면 '응, 그냥 착해' 정도의 무난한 대답이 나올 수 있는 학생.

거기까지는 나쁠 것이 없었다. 조용하게 학교생활을 하고 싶은 건 운성 역시 마찬가지였다.

하지만 강지운에게는 적어도 어떠한 문제가 있었다. 그 문제로 인해 가족들과 거리감이 있다. 일단 그 문제를 찾아야 했다.

집 안에서 그의 흔적을 찾을 수 없었으니, 나가는 게 맞았다. 집 밖으로 나온 운성은 지운의 행적을 찾아보기로 했다.

그리고 얼마 지나지 않아 뜻밖의 곳에서 지운의 단서를 발견했다.

"어머, 지운이 아니니?"

편의점에서 말을 걸어온 사람은 운성을 보며 반갑게 인사했다.

"네?"

"맞네, 맞네. 너 살 빠졌니? 분위기가 좀 달라진 것 같아서 못 알아봤네."

"아, 예······."

따뜻한 캔커피를 손에 쥐던 운성은 어색하게 대꾸했다.

그를 보고 심히 반가워하는 여성이 낯설었다. 지운의 가족이나 친구는 그 단어가 정의하는 울타리 속에서 어느 정도 친분을 예상할 수 있었다. 하지만 지운 또래의 남학생이 흔히 어울리지 않을 법한 30대 초반의 여성은, 그 반가운 표현에 어느 정도로 반응해야 할지 감도 오지 않았다.

다행히 상대방은 운성이 비슷한 반응을 보이지 않는다 하여 서운해하는 기색은 없었다. 반가움과 어색함 그 중간쯤의 '네, 네'를 반복하던 운성의 귀에 뜻밖의 말이 들린 건 그때였다.

"왜 요즘은 병원 안 와?"

"네?"

"요즘 시험 기간이야? 매일 7층에 와서 죽치고 앉아 있더니 요즘 통 안 보이길래. 무슨 일 있는 건가 해서 나름 걱정했어."

병원. 매일. 요즘.

말 속에 섞인 단어들에서 지운의 행동반경이 드러났다. 그의 행방에 대한 단서. 운성은 그 순간부터 신경을 바짝 곤두세웠다. 무슨 질문을 하지? 뭐라고 물어봐야 가장 효과적일까. 섣부르지 않게. 잘 물어야 했다.

그는 빙긋 웃으며 말했다.

"잠깐 친구들이랑 봉사 활동을 다녀오느라. 제가 한동안 못 갔죠? 죄송해요. 그 늘푸른병원 옆에 있는 양로원에 다녔어요."

"늘푸른병원이면 우리 병원이랑 크게 멀리 있는 것도 아니잖아. 좀 들르지 그랬어."

"그러게요. 바로 길 건너인데."

"길 건너까지는……. 하긴, 두 블록 지나야 하니까 학생이 왔다 갔다 하기에는 조금 먼가?"

두 블록. 7층. 좀 더 정보가 필요했다. 매일 병문안을 갔다면 입원해 있는 사람일 확률이 높았다. 운성은 살며시 하나 더 던져 보기로 했다.

"아니에요. 입원실 옮기거나 하진 않았죠?"

"그럼, 그게 그렇게 쉽게 바뀌나. 맨날 똑같이 707호실이지."

다행히 추측은 맞아떨어졌다.

"안 그래도 오늘부터는 다시 가려고 했었어요. 신경 써 주셔서 감사해요."

"그래? 난 오늘 오프라서. 같이 못 가 줘서 미안. 이제 다시 온다구?"

"네, 감사합니다."

운성은 손에 들고 있던 캔커피를 내려놓았다. 인사를

하고 여성이 보이지 않게 되자마자 편의점을 빠져나와 핸드폰을 켜고 검색했다. 늘푸른병원. 병원 이름을 특정 지은 건 다행이었다. 중학교 때 봉사 활동을 다녀왔던 곳이기도 하고, 간판이 초록색인데도 푸른이구나······라는 심심한 감상을 표했던 터라 바로 기억났다. 정문에서 두 블록 정도. 동서남북. 결과는 금방 나왔다. 근처에 병원은 두 군데가 있었는데 한 곳은 5층까지밖에 없는 작은 병원이었다. 남은 건 하나. 해성병원. 그는 고개를 들고 서둘러 병원으로 향했다.

병원에 들어서면서 707호를 찾고, 4인실인 그곳에서 항상 지운이 병문 왔다는 사람을 마주하는 순간까지 그가 계속해서 떠올린 건 무슨 말부터 해야 하냐는 것이었다. 학교에 있는 아이들은 적당히 대하면 되었고, 도서위원 애들은 이미 알고 있는 사이였다. 하지만 병원에 있는 사람은? 아무리 모두가 지운으로 인지한다고 해도, 매일 병문안을 다닐 정도로 각별한 사이라면 얘기는 달라질 수도 있었다. 그래서 그가 아닌 걸 알아보기라도 한다면 그땐 어떻게 해야 하는 걸까?

뛰어서 맥박이 뛰는 건지, 긴장한 건지 알 수 없었다. 옅은 땀이 운성의 머리카락 사이를 비집고 흘렀다. 동시에 차가운 바람에 식어서 추워졌다. 그는 병실문 앞에 서서 잠시 숨을 골랐다.

 최대한 지운다운 표정을 지어 보고 싶은데 운성이 아는 건 학생증에 있는 사진 한 장뿐이었다. 꽤 봤다고, 적어도 관찰했다고 생각했는데 막상 떠올리니 기억이 나지 않았다. 그는 웃고 있었나? 무표정이었나. 웃었다면 입꼬리만 올리는 쪽인가, 이가 보이도록 활짝 웃는가. 눈은? 눈은 접혔던가? 크게 뜬 채였나?

 하지만 그 고민은 병실로 들어선 순간 부질없어졌다. 707호에서 운성이 마주한 건 눈을 감고 미동도 없이 누워 있는 제 또래 남자애였다. 간헐적으로 들려오는 쉭쉭거리는 불편한 숨소리가 생경하기 그지없었다. 소년이 지운을 볼 일은 없었다. 항상 오던 지운과 지금의 지운이 다른지 알아챌 수도 없을 터였다.

 병원 간호사들은 지운을 잘 알고 있었다. 편의점에서 만난 그녀가 특별한 게 아니었다. 운성은 어색하게 인사했지만 다들 그를 반겼다. 입원실 앞에 쓰인 이름 '이진영'. 나이는 동갑이었다. 진영에게 말을 거는 간호사들은 이 상황이 매우 익숙해 보였다.

 지정석이라며 내준 간이 의자에 앉아 운성은 진영이라는 소년을 바라보았다. 겨우 찾은 단서가 너무 생뚱맞아서 어떻게 반응해야 할지 모르겠다.

 병원 관계자들 반응도 그렇고, 간이 의자는 맞춘 듯 편안했다. 지운이 밖에 나가 있는 상당수의 시간 동안 이곳에 있었다는 것은 금세 알 수 있었다. 하지만 왜? 왜 지운은 이곳에 와 있었을까. 친한 친구의 병문안이라고 해도 한두 번 아닌가?

지운의 가족들은 이 사람이 누군지 알고 있을까. 무엇이든 확신할 수 없는 상황이었다.

어째서 그래야 했을까. 어째서.

뭘 해야 할지 몰라 운성은 일단 그곳에 앉아 있었다. 진영이라는 아이의 얼굴은 핼쑥했고, 팔다리는 가느다랬다. 오랜 시간 누워 있다는 방증이었다. 그나저나 얘는 왜 이러고 누워 있을까.

차마 이 아이가 어느 학교에 다니냐고 물어볼 수는 없었다. 매일 제집 드나들듯 왔다 갔다 했다는 지운의 입에서 그런 말이 나온다면 아무래도 이상하게 보일 것이다. 그렇다면 우리 학교라고 봐도 무방할까. 아니면 고등학교를 가지 않았을 가능성은……? 입원 일자는 쓰여 있지 않았다. 이진영에 대한 정보가 부족했다. 너무나.

그때 머릿속으로 한 가지 장면이 스쳐 지나갔다.

'강지운. 너 멋지다?'

돌아본 그곳에 이진영이 서 있다. 그의 손에 들린 노트가 팔랑거리며 넘어간다. 그 안에는 내 모든 게 담겨 있다. 그런 나를 보며 한 번 더 그가 말한다.

'나는 너 같은 애가 부럽더라.'

……뭐지?

하나의 힌트를 더 얻었다. 눈을 뜨고 있는 이진영. 아는 사이인 걸 들었지만 누워 있는 그가 똑바로 자신을 보며 말하는 장면이 못 볼 걸 본 것처럼 생경했다.

"이놈의 힌트는 시도 때도 없이 튀어나오면서 도움은 안 되네……."

운성이 미간에 한참 힘을 주고 있을 무렵, 갑자기 문이 열렸다. 그 소리와 힘께 어떤기 냉랭한 기운이 실내를 감돌았다. 운성은 고개를 돌렸고 낯선 중년 부부와 눈이 마주쳤다.

누군가 나 말고 이진영을 찾아왔다.

아주머니는 운성을 보고 꽤나 놀란 얼굴이었다. 발을 내딛던 자세 그대로 잠깐 멈췄다가 이내 뚜벅뚜벅 걸어온다.

"여긴 왜 왔니."

엉거주춤 일어선 운성과 눈도 마주치지 않고 내뱉는 말.

"더 이상 오지 않아도 된다고 말했는데."

"……."

"진영이한테 사과를 받고 싶은 거야? 이렇게 누워 있

는 애한테? 진영이도 피해자야. 너는 그렇게 생각하지 않니?"

"아이, 당신도 참······."

옆에서 아저씨가 아주머니를 작게 말렸다.

운성은 아무런 말도 할 수 없었다. 책망하는 듯한 아주머니의 말투에 적응이 안 됐다. 사과를 받는다니?

문병 온 사람이 죄인이 된 것처럼 몰아붙이는 이 냉랭한 기운······. 운성은 그나마 더 호의적으로 보이는 아저씨에게 눈을 돌렸다. 아마도 아주머니가 진영의 어머니, 아저씨는 진영의 아버지인 듯 보였다.

"그래도 와 줘서 고맙잖아."

"고맙긴 뭐가 고마워."

"아니, 그래도······."

아저씨는 아주머니의 눈치를 보면서도 운성에게 애써 웃어 보였다. 말리는 아주머니를 뒤로한 채 주머니에서 현금을 꺼내 운성에게 쥐어 주기까지 했다.

"이걸로 맛있는 거라도 사 먹어."

그때 어떤 목소리가 떠올랐다.

'야, 너 돈 좀 있냐?'

멈춰 섰던 나. 고개를 옆으로 돌렸을 때 눈에 보이던 두 사람.

덩치가 큰 쪽은 이 상황이 재밌는지 쭈그려 앉은 채로 키득거린다.

'이진영 삥 뜯냐. 양아치네.'

'나는 그런 쓰레기 같은 짓 안 하거든? 그래서. 너 돈 좀 있냐?'

입꼬리 한쪽을 씨익 올리며 말하는 너. 마침 주머니에 현금이 있다. 타이밍이 너무 적절하다. 나도 모르게 손이 주머니로 향한다.

'강지운.'

쭈그려 앉은 학생이 내 명찰을 보며 말한다.

'반가워. 넌 김진석.'

떠밀리듯 밖으로 나왔다. 이진영의 어머니, 아버지를 봐서 그랬는지 제법 선명한 장면이었다.

'*진영이한테 사과를 받고 싶은 거야?*'

하지만 아주머니의 말은 의아했다. 대체 그게 무슨 의미지?

매일 오는 병문안이 달갑지 않다는 태도도 마음에 걸렸다. 그건 부담감이라기보단, 어딘가 꺼리는 눈치였다.

"이해가 안 되는데······."

그리고 이진영은 과거 언젠가 지운의 돈을 뜯어 간 것 같다. 직접적으로 거기까지 본 건 아니지만······ 상황은 명확해 보였다. 운성은 닫힌 입원실 문에 적힌 '이진영'이라는 이름을 한번 힐끗 쳐다보았다.

아무래도 강지운이 누워 있는 저 아이에게 사과받을 일이 있는 모양이었다.

병원에서 돌아오자마자 운성은 방 안을 제대로 뒤져 보기로 했다. 그가 생활하는 공간에 어떤 방식으로든 이진영과의 연결점이 있을 거라 판단했다.

하지만 방 안을 한참 뒤져 봐도 관련된 물건이나 기록은 하나도 없었다. 특히나 그 노트, 머릿속에 떠오른 장면에 이진영이 들고 있던 노트를 찾고 싶었는데 구석구석 다 찾아봤지만 아무 데도 없었다.

운성은 찾은 물건들을 바닥에 늘어놓고 하나씩 되짚어 보았다. 참고서와 몇 가지 책. 연습장, 오답 노트……. 특별할 건 없었다. 참고서 사이도 다 훑어봤지만 아무것도 나오지 않았다.

이미 한 번씩 봤던 물건을 잠시 바라보다 운성은 한 가지 사실을 깨달았다.

"……죄다 고등학교 물건뿐이잖아?"

인지하고 나니까 정말로 그랬다. 심지어 고등학교는 전학을 온 듯, 다른 선택과목 교과서도 남아 있었는데, 중학교는 교과서나 노트 등 어떠한 흔적도 없었다.

뒤늦게 중학교 앨범도 떠올렸지만 역시나 없었다. 중학교 앨범 속에는 이진영과 한 명 더 있던 남자애⋯⋯ '김진석'이라는 그 애도 있을 것 같았는데.

누워 있던 진영의 가는 팔다리가 잔상처럼 운성의 머릿속에 달라붙었다. 말을 걸던 기억 속 모습과는 전혀 달랐다. 잘은 몰라도 넉넉잡아 1년이 넘었다면. 중학생 때부터 알던 사이라고 봐도 무방했다.

책장 한쪽 구석에 초등학교 앨범과 심지어 유치원 때 앨범도 있었다. 중학교 앨범만 없는 건 어색했다. 보이지 않는 곳에 치워 놨더라도 방 안 어딘가라고 생각했는데 한참을 찾아도 나오지 않았다. 더분에 방 안은 엉망이 되었고, 운성은 지쳐 버렸다.

아주 작은 흔적조차 찾을 수 없다는 건 뭔가 이상했다.

좀 더 구석까지 헤집다 보니 별다른 취미가 없어 보였던 강지운의 다른 점도 발견했다. 오래된 영화의 DVD가 있는 점. 영화에 관한 책도 몇 권 있었다. 음악 CD도 지금 보니 모두 영화 OST였다. 영화를 좋아하나?

"⋯⋯아!"

책상 옆 두 번째 서랍을 열었다. 운성이 처음 본 그대로 있는 카메라. SD 카드는 여전히 찾을 수 없었다.

"에이, 설마⋯⋯."

버렸을까? 버렸다면 답이 없다. 하지만 버리지 않기

를 바랐다.

강지운의 방 흔적을 보아서는 영화를 좋아한다는 건 알겠다. 관련 책, 음악까지 죄다 그런 걸 보니. 요즘 애들이 관심 있을 법하지 않은 고가의 카메라가 있다는 건, 그걸로 뭔가를 찍고 싶었단 얘기일 수도 있다. 굳이 말하자면 영화 관련해서 말이지.

하지만 정작 중요한 SD 카드는 없다. 게다가 운성이 찾고 있는 중학교 앨범도.

방 안이 아니라면 실상 물건을 둘 만한 장소는 학교밖에 없었다. 사물함? 아니다. 뭔가를 피하고 싶었다면 매일 열어 보는 사물함에 넣을 리 없었다. 그때 강지운이 도서 위원이라는 것과 도서관 관습인 타임머신이 떠올랐다.

솔직히 그 안에 들어가 있는 물건은 지금 봐서는 하등 쓸모없는 것들뿐이었다. 열쇠고리, 교생 선생님한테 남긴 편지. 3년 내내 썼다는 필통. 수능 대박이 난다는 연필—모서리에 1, 2, 3, 4가 쓰여 있었다— 등. 그러니 졸업생들도 찾아가지 않은 채 물건만 쌓여 갔다.

운성은 딱히 넣을 게 없어 지난번엔 100점짜리 성적표를 넣었다. 민형과 유리는 재수 없다고 했고, 우현은 부러워하는 눈빛을 숨기지 않았다.

얼마 전 시험을 보았으니 강지운도 타임머신에 뭔가

넣지 않았을까. 꼭 그것이 아니라도 도서관엔 도서 위원이 쓰는 작은 책장이 따로 있었다. 그러니 이래저래 도서관은 뭔가를 가져다 놓기에는 적합한 공간이었다. SD 카드든 졸업 앨범이든. 강지운의 중학교 시절과 관련되어 있다면 단서가 되기엔 충분했다.

일단 도서관에 가 보자. 아무래도 방은 다녀와서 치워야겠다고 생각하며 운성은 서둘러 겉옷을 챙겨 입었다.

타임머신은 도서관 보관실에 있었다. 운성은 도서관 안에 들어가 카운터 안쪽에 있는 키를 들고서 보관실 문을 열었다. 어두운 창고에 불을 켜자 오래된 책과 먼지 냄새가 강하게 몰려 들어왔다.

"타임머신인지, 쓰레기인지······."

이런 문화에 대해 알았을 때도 동일한 감상이었지만 운성에게 그 생각은 여전했다. 졸업생들은 아무도 물건을 찾으러 오지 않았다. 하지만 남이 의미 있게 남겨 놓은 물건을 맘대로 버리기도 애매했다. 대략 10년 전 한 번, 누군가 찾아와 타임머신 속 소중한—당사자에게만— 물건을 보고 눈물을 흘렸다는 '썰'을 접한 이후로는 타임머신 속 물건은 아무리 허접하고 쓸모없어 보여도 버리지 않는 게 규칙이 되었다.

비교적 최근 거라 먼지가 쌓이지 않은 상자. 운성은 상자를 조심스레 꺼내서 열었다.

"……."

상자 속에는 예상보다도 더 별것 없었다.

학교 팸플릿. 비눗방울. 수학여행 사진. 지난 학기 운성이 넣어 놓은 성적표. 작은 멜로디언…….

"이게 정말 고등학생들이 넣어 놓은 게 맞나……."

운성은 제 두 눈에 담기는 물건을 심각하게 의심했다.

물건을 보면 넣은 사람을 바로 알 수 있을 거란 생각과 달리, 도통 감도 오지 않았다. 멜로디언은 대체 누가 넣은 거야.

그리고 지운이 자신의 물건 중 하나―SD 카드나 앨범―를 이곳에 넣었을 거란 예상도 빗겨 나갔다. 운성은 옆에 나열되어 있던 다른 몇 개의 상자도 뒤져 보았지만, 별다른 소득은 없었다. 오히려 상자 중 하나에서 강아지 사진이 나와서 당황했다.

"맥스? 얘 사진이 왜 여기에 있지?"

운성이 키우는 강아지, 맥스의 어릴 적 사진이 꽤 여러 장 들어 있었다. 그냥 같은 견종인가 싶었지만 눈 옆에 있는 작은 상처는 운성과 같이 놀다 생긴 거라 모를 수가 없었다.

운성은 일단 보관실을 다시 정리해 놓은 후 나왔다.

그러고는 이번엔 책장을 뒤져 보기로 했다. 세 번째 책장 중간쯤 두꺼운 책이 모여 있는 서가에서 운성은 지운의 중학교 앨범을 발견했다.

정말 있을 줄이야. 반쯤은 긴가민가했었기 때문에 그는 조금 놀랐다. 은표중학교라고 쓰여 있는 앨범의 이름에서 그는 중고등학교가 형제처럼 붙어 있는 그 건물을 떠올렸다. 비교적 멀지 않고, 은표중과 은표고는 실력이 좋아 나름 이름 있는 학교였다.

3학년 9반에 가서야 운성은 사진 속에서 강지운과 김진석, 두 사람을 찾을 수 있었다.

'반가워. 난 김진석.' 그렇게 말하던 목소리가 떠올랐고 마치 방금 전 들은 것처럼 생생했다. 떠오른 장면에서 김진석은 사복 차림이넜나. 졸업 앨범을 보니 같은 중학교 출신에다 같은 반이었다. 하지만 사진 속 어디에도 이진영은 없었다.

설마 이진영은 졸업하지 못했다는 건가.

단체 사진 속 두 사람은 멀찍이 떨어진 채 카메라만 의식하고 있었다.

'김진석'이 은표중을 나왔다면, 은표고등학교에 진학했을 확률이 높았지만, 그건 어디까지나 추측일 뿐이었다. 그 사이 강지운은 전학까지 했으니, 김진석의 상황도 많이 바뀌었을지 모른다. 1년 6개월이 넘었지만 제대로 된 정보를 들으려면 이 '김진석'이 지금 어디 있는지 찾아야 했다. 운성은 사진을 찍어 놓고 나서도 그 얼굴이 눈에 익을 때까지 몇 번이고 담아낸 후, 졸업 앨범을 소리 나게 덮었다. 적막이 감도는 도서관 내부가 파르르 떨리는 것처럼 진동이 느껴졌다.

집으로 다시 돌아온 운성은 책상 앞에 앉아 졸업 앨범에서 찍어 온 사진을 들여다보았다. 하지만 뾰족한 수는 떠오르지 않았다.

"곤란한데······."

중학교 졸업 앨범에 나와 있는 사진과 이름. 단지 그것만 가지고 고등학교를 찾아내는 건 솔직히 쉬운 일이 아니었다.

더군다나 운성은 지금의 강지운도 모르는데, 중학교 친구를 알 수 있을 리가 없었다.

"흠······."

그때 방문을 조심히 두드리는 소리가 들렸다. 운성은 방 안에 꼼짝도 하지 않고 있다가 퍼뜩 놀랐다.

"누구세요?"

아, 너무 딱딱했나. 하지만 이미 나온 말은 주워 담을 수 없었다. 문 너머에서 상대가 긴장하는 게 느껴졌다.

"아, 오빠. 난데, 간식 먹으라고 엄마가······."

"아."

시종일관 어색함이라는 걸 온몸으로 풍기는 지운의 여

동생이었다. 어머니의 성화에 못 이겨 가져다준 과일을 매번 들고 오면서도 저 어색함은 버리지 못한다. 덕분에 운성까지 불편했다.

적당히 딱딱하게 대해도 별 신경 쓰지 않아서 운성은 자기 편한 대로 그렇게 지냈다. 하지만 지금 이 상황에서 여동생의 목소리가 들려온 순간, 다른 생각이 머리를 스쳐 지나갔다.

"고마워."

운성이 문을 열고, 과일 접시를 받아 들며 활짝 웃었다. 놀란 지운의 여동생, 강지수는 눈을 깜빡깜빡거리며 어버버한 얼굴이 되있다.

"아, 응. 잘 먹어."

"아, 참. 지수야."

"으, 응?"

"나랑 잠깐 나갔다 올까? 맛있는 거 먹고 오자."

대외적인 이미지이긴 했지만 무릇 친오빠와 여동생의 관계란 개와 고양이처럼 앙숙인 게 아닌 걸까?

운성에게도 여동생이 있었지만, 둘의 관계에는 '쌍둥이'라는 특이점이 존재했다.

어디 소개할 때는 오빠 동생 사이가 되었지만 유리는 운성을 손윗사람 대하듯 하지는 않았다. 친구처럼 지내는 게 당연해서 그런가……. 어차피 같은 나이, 같은 학년인데 운성도 텃세를 부릴 생각은 없었다.

동네라 이 근처는 잘 알고 있었다. 유리가 단것을 좋아해서 강제로 끌려 나온 적이 한두 번이 아니다. 너 혼자가, 하면 유리는 새카만 모자를 쓰고 마스크까지 하고서 혼자 와플 먹으러 들어가는 여자애는 수상쩍다며 기어이 운성을 밖으로 끌고 나왔다.

"어차피 알아보는 사람도 없던데……."

한번은 그렇게 말했다가 유리가 진심으로 토라져서 한참 동안 운성이 그녀의 눈치를 봤었다.

어쨌든 절대 미각 이유리의 입맛과 취향은 믿어도 될 좋은 지표였다.

"와……."

어색한 제 오빠와 나오면서도 쭈뼛거리던 지수는, 카페에 들어서면서부터 경계심을 한 단계 낮췄다. 주위를 연신 두리번거리며 조용히 감탄하는 모습. 반짝이는 눈을 보며 운성은 단번에 제 성공을 직감했다.

"여기 와플이 맛있대."

그가 말하자 확연한 내색은 못 해도 지수의 얼굴이 더욱 밝아졌다. 와. 정말 생각하는 게 투명하게 보이네.

조금 기다리니 고소하고 달달한 냄새와 함께 와플이 나왔다.

구운 와플 위에 예쁘게 잘라서 슬라이딩한 과일이 얌전히 놓여 있었고, 그 위에 하얀색 크림이 가득 올라가 있었다. 그러고도 모자라 초코인지 캐러멜인지 구분 안 되는 드리즐이 접시를 휘감고 있었다.

먹기 전부터 당에 전 것 같은 비주얼이었다.

하지만 지수는 그때부터 '와아' 하며 이제는 감출 생각도 없이 감탄을 금치 못했다.

"사진 찍어도 돼?"

"그걸 왜 내 허락……. 응, 물론이지."

지수가 여러 각도에서 사진을 찰칵찰칵 찍었다.

"먹어노 돼?"

"……그럼. 나한테 일일이 허락받을 필요 없어. 너 먹으라고 시킨 거야."

"응!"

지수는 냉큼 와플을 한입 크기로 잘라 먹었다.

먹는 모습을 보고 있으니 운성은 기분이 한결 나았다. 꼭 와플일 필요는 없었지만 이렇게까지 잘 먹으니 뿌듯하긴 했다.

적당히 당도 들어갔겠다. 본론으로 들어가자.

"혹시 김진석이라고 알아?"

덜컥.

눈에 띄게 주춤하는 동작이 역으로 지수가 그를 알고

있다는 방증이었다.

"누, 누구지?"

와플 보며 빛내는 눈을 볼 때부터 짐작한 거지만 거짓말엔 영 소질이 없어 보였다.

"내 중학교 친구."

운성은 거기서 말을 멈췄다. 지수가 뭔가를 안다면 말해 줄 거라 예상했다.

하지만 그 말에 지수의 얼굴이 굳었다. 들고 있던 포크를 접시 위로 놓고 운성을 똑바로 쳐다보았다. 무언가 결심한 듯 지수가 입을 열었다.

"어떻게 그 사람이 친구야."

"응?"

예상외의 반응이 나왔다.

"아직도 그런 소리가 나와? 오빠가 그 사람이랑 어울리면서 점점 집에도 안 들어오고, 학원도 빼먹고……. 엄마랑 내가 많이 걱정했던 거, 알지? 근데도 오빠는 그 친구를 변호했잖아. 좀 거칠어 보일 수는 있지만 알고 보면 심성은 좋은 애라고. 진짜 '친구'라고 말이야."

지수는 물 한 컵을 마셨다.

"근데 아니었잖아. 괴롭힘당해서 그렇게 말한 거잖아. 왜 말 안 한 거야? 그래도 엄마랑 나는 오빠 가족이잖아. 모든 일이 벌어지고 나서야 그 사실을 알았던 엄마랑 내 마음이 어땠는지 오빤 모르지. 어떻게…… 우리까지 속이고 그렇게 말할 수 있어?"

그녀가 고개를 숙였다. 그리고 그 모습을 보는데 운성의 머릿속에 떠오르는 이미지.

속이 울렁거리고 힘이 하나도 없다. 지수가 내 옆에 앉아 나를 바라보고 있다.

나는 누워 있는 상태에서 그녀를 본다. 그녀의 어깨 너머로 병원 천장이 눈에 들어온다. 지수는 애써 울음을 참으며 말한다.

'왜 그랬어.'

내 손을 부여잡는다. 지수가 잡지 않은 손에 보이는 링거가 족쇄처럼 이어져 있다.

그냥 잠들고 싶었는데, 굳이 또 이렇게 눈을 떴네. 나는 그 모습을 멍하니 쳐다본다. 붙잡은 손에는 온기가 가득하지만 아무런 생각도 들지 않는다. 지친다. 그저 쉬고만 싶다. 나는 힘없이 그 손을 뿌리친다.

그리고 바로 이어지는 다른 장면.

점심시간 적당히 빈 교실, 선풍기 바람 아래 더위를 식히는 사이 맞은편에서 이진영이 셔츠 앞깃을 펄럭이며 묻는다.

'동생이 있어?'

'응. 나랑 세 살 차이.'

'귀엽겠네.'

'잘 모르겠는데.'

내가 대답한다.

이진영이 하하하 웃는 목소리.

'너 닮았으면 귀엽진 않을 듯.'

뒤에서 책상에 걸터앉아 있던 김진석이 맞장구친다.

'뭐라고?'

솔직히 그 말에는 울컥한다. 돌아보니 김진석이 장난스레 웃고 있다.

'장난, 장난. 사진 보여 줘.'

'내가 먼저 볼 거임.'

어느새 내 옆으로 온 이진영이 말한다. 열기가 식지 않은 뜨끈한 팔이 어깨를 툭툭 친다. 나는 마지못해 사진을 보여 준다.

'오, 귀엽다. 너랑 달리.'

'…나 닮은 거거든.'

내 말에 이진영과 김진석이 키득거린다.

방금 떠올린 기억은 뭔가…… 이상했다.

지금까지 운성은 강지운이 그들에게 호의적이지 않으

리라 생각했다. 반대도 마찬가지였다. 게다가 지수의 말로써 좀 더 확실해졌다. 괴롭힘을 당했다고 했잖아. 하지만 방금 장면 속 그들은 마치—.

그때 고개를 숙이고 있던 지수가 얼굴을 들었다. 그녀의 얼굴엔 표정이 지워진 채였다.

"강지수?"

"사서입니다."

"타이밍 좋네."

"궁금한 사항이 있으실 것 같군요."

"당연하지. 당신은 나한테 빨리 힌트가 '나타나면' 좋겠다고 했지. 내 머릿속에 이거, 내가 겪은 게 아닌 장면들, 이미지. 이게 힌트인 거지?"

"네, 그렇습니다."

"이걸 보여 주는 이유가 뭐지? 힌트라기엔 너무 단편적이고, 확실하지 않아. 게다가 지금보다 과거도 있고 더 이후 미래의 일처럼 보이는 것도 있었어. 넌 강지운의 중요한 순간을 바꿔야 한다고 말했는데……. 이렇게 시간이 뒤죽박죽이면 뭐가 진실인지 어떻게 알아?"

"일리 있는 추론이지만…… 대여자의 머릿속에 떠오르는 장면에 거짓은 없습니다. 그렇게 될 수도 있으니까요."

날카로운 질문이었네요. 사서가 덧붙였지만 전혀 칭찬으로 들리지 않았다.

"겹쳐진 도서관에서 봤을 때 과거, 현재, 미래는 모두 동시에 존재합니다. 그러니 책 주인의 시간도 마찬가지입니다."

"그러면 바꾸고 말고 아무런 의미가 없지 않아?"

운성은 허를 찌른다는 느낌으로 맞받아쳤으나 사서는 마치 이럴 줄 알았다는 듯 눈 한번 깜빡하지 않고 말을 쏟아 냈다.

"삶의 분기점에서 달라질 수도 있는 일이니까요. 강지운의 삶에 있어 중요한 순간을 바꾼다면, 머릿속 장면은 그저 가능성의 영역에 남아 있습니다. 그러니 의미가 없다고 볼 수는 없습니다. 의미는 가지기 나름이긴 하지만요."

결국 시간 여행을 하는 동안 그 중요한 순간을 찾으라고 독촉하는 방식이 머릿속 장면이었다. 아직까지 정확히 알아낸 건 없지만 지운의 삶에 깊이 관여하는 건 여전히 내키지 않았다. 그게 그의 삶을 바꿀 정도로 '중요한 순간'이라면 더더욱.

하지만 그런 운성의 마음과는 상관없이, 아무래도 이 사서는 운성이 제대로 반납하기를 원하는 것 같았다.

그럴 거면 제대로 알려 줘야지.

"그러면 강지운 삶의 중요한 순간도 볼 수 있는 거야? 언제? 시간이 점점 줄고 있는데?"

"그건 개인차가 있습니다."

"너는 꼭 그렇게 애매하게 말하더라."

"그렇다고들 합니다."

"그렇다고들? 시간 여행을 하는 다른 사람들도 많은가 보네."

"……."

"그것까진 궁금하지 않고. 장면을 보여 주는 것도 네 역할이야?"

"아닙니다. 가능성의 장면이 떠오르는 건 대여자가 책 주인을 이해하려는 과정 속에 자연스럽게 나타나는 현상입니다. 어떤 장면이 공유되는지 저는 구체적으로 알지 못합니다."

"이렇게 피해 가신다?"

안 그래도 방금 전 장면은 모호했다. 이해한 바에 따르면 강지운은 중학교 시절 괴롭힘을 당했다. 아마 전학을 온 것도 비슷한 이유가 아닐까. 그것에 관해 이진영과 김진석이 얽혀 있다.

하지만 강지운은 이진영의 병문안을 다닌다. 그것만큼은 운성으로서는 이해 불가 영역이었다.

"책 주인을 이해하기 위해서 그 힌트가 필요한 거 아니야? 강지운과 연관된 애들이 있어. 강지운이 원하는 게 뭔지 알아야 나도 행동을 할 수 있을 거 아니야."

"말이 사나우시네요."

"그렇다고들 해."

사서는 입을 다물었다. 지수의 얼굴이어서 그런가, 좀 뚱해 보이는 표정이 토라진 것처럼 보여 운성은 내심 황당했다.

"당신이 보는 장면 속에 그가 원하는 바가 있을 겁니다. 그리고 미래로 여겨지는 장면은 책 주인이 바라는 것을 수행하지 못하고 반납할 경우 일어날 수도 있는 일이니, 그 부분에 집중하시면 됩니다."

"아직 미래에 대한 제대로 된 장면을 못 봤어."

"그렇군요."

지수의 모습을 한 사서는 운성의 말에 손으로 턱을 매만지며 생각에 잠겼다.

"너무…… 사람을 분석하려고 하지 말고, 이해해 보세요."

"뭐라고?"

저 로봇 같은 인간한테 그런 소리를 들을 줄은 몰랐다. 사서는 태연한 얼굴로 포크를 들어 와플 한 조각을 찍었다. 그걸 그대로 운성에게 건넸다. 얼결에 받아 든 운성이 울컥해서 한마디 더 하려 했다.

그 순간 사서의 눈동자가 흐려졌다.

눈을 몇 번 깜빡이더니 시선이 운성이 들고 있는 와플로 향했다.

"……오빠?"

"강지수?"

되묻는 말에 지수의 얼굴에 의문이 서렸다. 그사이 사서가 사라져 버렸다.

"아니, 아무것도 아니야."

운성은 손에 들고 있던 와플을 입으로 넣으며 '아, 맛있다' 얼버무렸다. 이래서 쥐어 주고 간 건가?

"오빠……. 그래서 아직도 병원 다니는 거야?"

지수가 갑자기 훅 들어왔다. 이미 알고 있었구나.

"그런…… 셈이지?"

"대체 왜? 그 사람이 오빠를 괴롭혔잖아. 힘든 거 아니었어? 왜? 혹시…… 다시 협박받거니 김진석 그 새끼가 뭐라 그랬어?"

이제 지수는 떨리는 목소리로 김진석을 '그 새끼' 운운하며 욕하고 있었다.

"아니, 아니야. 나는…… 그저 궁금해서."

궁금했다. 이 시간 여행이 자신과는 전혀 상관없는 누군가를 위한 일이라고 생각했다. 하지만 미래의 운성은 지운에게 호의적이고, 사서는 운성이 지운과 연관된 사람이라고 말한다. 머릿속에 무언가 떠오를 때마다 마음속에 뭔지 모를 감각이 일렁였다.

이진영을 바라보면서 운성은 미약한 죄책감을 느꼈다. 왜인지는 알 수 없었다. 그런데 지운의 여동생은, 지운이 김진석과 이진영에게 괴롭힘을 당했다고 알고 있다. 운성도 그렇게 결론을 내렸다.

'진영이한테 사과를 받고 싶은 거야?'

이진영의 어머니가 했던 말. 그 말도 지수의 말과 맞춰보면 이해가 되는 상황이지만―.

나를 괴롭힌 가해자가 다쳤다고, 병문안을 다니는 피해자라······.

"제대로 알아야 나도 나아갈 수 있지 않을까."

운성은 혼잣말에 가깝게 중얼거렸다.

사서는 운성에게 분석하지 말라고, 이해해 보려고 하라고 말했다. 무시하고 싶을 만큼 울컥하긴 했지만, 꽤나 날카로워 묵직한 말이었다.

지수는 딱히 아무런 말도 하지 않았다. 하지만 운성의 말을 계기로 삼은 건지 잠시 조용해졌다. 이내 지수는 와플을 앞에 두고 울기 시작했다. 참으려고 애쓰는 사이 더 서러운 듯 눈물이 뚝뚝 흘러내렸다. 운성이 당황해서 달래 주었으나 그럴수록 더 우는 것 같았다.

찰나의 영원 같던 시간이 지난 후 지수는 울음을 멈췄다.

"다 울었어?"

지수가 고개를 끄덕였다. 그새 눈이 퉁퉁 부었다. 못생긴 붕어 같다고, 운성은 속으로만 생각했다. 하지만 꽤 귀여운 붕어였다.

"와플 다 식었네."

"와플은 식어도 맛있어……."

녹아내린 크림을 알뜰하게 모아 와플에 찍어 먹는 지수의 얼굴을 운성은 유심히 쳐다보았다.

"고마워, 오빠."

난 네 오빠가 아닌데 말이지. 하지만 운성은 이내 그 생각마저 삼킬 수밖에 없었다.

쳐다보는 지수의 눈동자에, 지운의 얼굴이 있었다.

눈동자에 비친 지운은 동생의 얼굴을 다정하게 바라보고 있었다.

이것 역시 예상외였다.

"하하."

저도 모르게 웃으니, 지수가 따라 웃었다. 운성은 처음으로 강지운이 부러워졌다.

지수에게 김진석이 다닌다는 학교를 들은 운성은, 곧장 주화고등학교로 향했다. 때마침 나오는 한 무리의 여학생들에게 다가가 물었다.

"여기 혹시 김진석이라고, 2학년일 텐데."

이름을 말하는 동시에 술렁임이 느껴졌다. 여자애들은 서로를 곁눈질하다가 그중 한 명이 입을 열었다.

"5반에 있기는 한데요. 걔는……."

그 순간 운성의 어깨에 누군가 손을 턱 올렸다. 주위의 술렁거림이 한층 커졌다. 운성이 고개를 돌렸다. 사진 속에서 보았던 남자애가 눈을 가느다랗게 뜨고 웃고 있었다.

"오랜만이네, 우리 지운이?"

얘가 김진석이구나. 운성은 웃고 있으나 악의가 담긴 얼굴을 찬찬히 바라보았다. 대놓고 싫은 티를 내는 게 아닌 실실 웃으며 사람을 건드리는 것이, 왠지 별로였다.

운성은 어깨에 올린 김진석의 손을 쳐 내며 말했다.

"응, 오랜만이다."

한 톨의 반가움도 없이 던진 말은 보기 좋게 김진석에게 닿았다.

김진석은 운성이 쳐 낸 제 손을 한번 쳐다보더니 헛웃음을 쳤다. 그러고서 바라보는 눈이 번들거렸다.

싫어한다는 감정이 보자마자 알아챌 수 있을 정도로 노골적이었다. 지금까지 고민하던 게 무색하게 확실해졌다. 괴롭히던 애가 이렇게 대드니까 좀 어이없나 보지? 운성은 굳이 여기서 지운인 것처럼 할 필요는 없다고 생각했다.

김진석이 한 발짝 운성에게 다가섰다.

"왜 왔는데?"

대답하려는 찰나, 김진석 눈동자에 비친 지운의 얼굴이 보였다.

순간 운성의 머릿속이 하얘졌다. 하려던 말이 사라지고, 행동도 멈췄다. 눈동자 속 지운의 얼굴은…… 조금 놀란 것처럼 보였다.

그리고…… 두려워하고 있었다.

몸이 조금씩 떨리기 시작했다. 심장이 쿵쿵 뛰고 알 수 없는 불안감이 느껴졌다.

방금 전까지 두렵지 않다고 생각했던 게 거짓말 같았다. 난 강지운이 아닌데 어째서일까.

김진석이 말했다.

"강지운 너 여전하구나."

그가 비릿하게 웃었다. 운성은 그 앞에서 아무 말도 할 수 없었다.

교문 앞에서 두 사람을 힐끔거리는 시선이 많아지자, 자리를 옮기자고 한 건 김진석이었다. 운성은 그때까지도 김진석을 피해 도망가고 싶은 충동을 애써 누르는 중이었다. 왜 이러는 거야, 진짜. 운성은 낭패감을 느끼며 그를 따라나섰다.

걷는 동안 김진석은 운성의 앞에 있었다. 등을 보고 있으니 혼란스러웠던 감정이 조금씩 가라앉았다.

"여긴 왜 찾아왔어?"

학교 근방을 벗어나 골목길로 들어서니 김진석이 물었다. 정말로 궁금한 모양이었다.

"확인할 게 있어서."

"뭔데?"

"……그건 좀 생각해 볼게."

"네가 물어보면, 내가 뭐 다 친절하게 알려 줄 것 같냐?"

운성은 대답하지 않았다. 사나운 목소리에 잠시 움츠러들었지만 역시 아까보다 한결 나았다.

솔직히 운성은 김진석의 눈동자 속에서 강지운을 보고 나서부터 김진석이 꺼려졌다.

그가 자신을 탐색하듯 바라보는 태도나 행동 같은 것이 신경이 쓰이는 데다, 묘하게 깎아내리는 듯한 말투에 기분이 나쁜 것보다는 도망치고 싶어졌다.

하지만 냉정하게 생각해 보기로 했다. 평소의 운성이라면 그러지 않았다. 경멸의 눈으로 바라보거나, 좀 더 도발해서 짜증 나게 하거나. 한 대 맞으면 '그래, 경찰서나 가면 되지'라는 마음이면 모를까. 그런데 순식간에 달라지는 것이다. 김진석의 눈동자에 비친 지운을 볼 때마다, 내가 마치 진짜 '강지운'이 된 것처럼 반응하고 있다.

"주화고에 다니는 줄 몰라서 찾느라 시간이 좀 걸리긴 했어."

말을 할 때마다 김진석이 이쪽을 쳐다보는 통에 운성은 고개를 돌리며 중얼거렸다. 눈을 보지 않고 말하면 좀 나을까 싶어서였다. 실제로 어느 정도 효과가 있는 듯했다.

"웃기고 있네."

김진석이 잠시 멈춰 섰다. 운성도 덩달아 멈췄다. 그가 돌아섰다. 운성은 시선을 아래로 내리며 눈이 마주치는 것을 피했다.

"꽁무니만 빼고 사라질 때는 언제고 갑자기 나타나서 뭐 하자는 건지……. 너는 도대체가 알 수가 없다."

"고마워."

"참 나……."

김진석은 '할 말은 많지만 일단은 참는다'라는 얼굴로 잠시 침묵했다. 그러더니 다시 등을 돌리고 걸어가기 시작했다. 운성은 그 자리에 가만히 서 있었다. 그런 운성을 보고 김진석이 말했다.

"뭐 해? 안 따라오고."

도착한 곳은 병원이었다. 이진영이 있는 병원.

……일부러 여기 온 건가?

김진석과 이진영. 두 사람이 지운과 연관이 있다고 여기긴 했지만 이렇게 바로 병원으로 올 줄은 몰랐다. 어쩌자는 거지?

김진석이 앞장섰고, 운성이 그를 따라갔다. 아무 말 없이 따라오는 운성을 보며 그는 무슨 생각을 할까.

"이진영. 오랜만."

김진석은 대꾸 없는 이진영에게 인사했다.
"강지운도 왔다."
꾸벅. 운성은 저도 모르게 고개로 인사를 하고 말았다. 어이없어하는 김진석의 표정이 눈에 들어왔지만 모른 척했다.

김진석은 아마도 듣지 못할 이진영에게 이런저런 이야기를 했다. 주로 과거에 어땠다더라, 라는 이야기가 대부분이었는데 말을 하면서도 김진석의 시선은 이따금 운성을 향했다.

마치 반응을 보는 것처럼.

하지만 강지운이 아니었으니 운성이 공감하고 기억할 만한 추억 같은 건 없었다. 그러니 감흥도 없었다. 더군다나 괴롭힘의 가해자가 하는 소리를 듣고 있는 강지운이 약간은 측은하게 느껴지기까지 했다.

"해가 바뀌기 전에는 얼굴 좀 보자."

그 말을 마지막으로 김진석은 자리에서 일어섰다. 김진석이 나갔고, 운성도 앉은 자리에서 일어섰다.

여전히 숨을 몰아쉬는 이진영의 얼굴이 눈에 들어왔다. 김진석의 대화로 유추해 보건대, 그는 꽤나 오래 누워 있었던 듯했다.

"네가 누군지는 잘 모르겠지만……."

거기까지 말한 운성은 잠시 입을 다물었다.

두 사람 사이에 일어난 일을 운성은 정확히 알 수 없었다. 하지만 평생 누워 지내는 모습을 보는 게 지운 입장으로서도 편치는 않을 것이다. 시간 여행이 끝나면 이진영을 다시 볼 일은 없겠지.

"기왕이면 건강해라."

운성은 그렇게만 말하고 발걸음을 옮겼다.

밖으로 나오니 김진석이 운성을 기다리고 있었다.

김진석을 찾아서 그에게 강지운의 실마리를 얻으려고 했던 건 운성인데, 뭔가 반대처럼 되었다.

"지난번처럼 뭐 한 번 봐 달라고 할 거면 필요 없고."

"내가…… 뭘 봐 달라고 했는데?"

김진석이 황당한 얼굴로 이쪽을 본다.

"SD 카드 주면서 한 번만 봐 달라고 했었잖아. 그새 까먹었다고?"

"그래서, 봤어?"

"무슨 소리를 하는 거야. 네가 도로 가져갔잖아……. 너 머리가 어떻게 된 건 아니지?"

"아니. 확인 차 한 번."

믿어 줄지는 모르겠지만 일단 던졌다. 김진석의 미간이 한껏 좁아지더니 확 풀렸다.

"야, 가라."

김진석의 말투에 더 이상 상대하기 싫다는 듯한 짜증이 묻어났다.

"싫은데."

지기 싫어하는 운성은 저도 모르게 반격했다. 눈이 마주치면 동요할 수 있으니 최대한 다른 곳을 보면서 말이다.

"좀만 더 있으면 죽여 버릴 것 같아서 그러는데."

"……."

병원 앞 작은 공터에는 환자복을 입은 사람들이 산책 중이었다. 김진석의 살기 어린 말을 들었는지 몇 사람이 이쪽을 힐끔거린다.

"할 말 있어서 찾아온 거야."

운성은 아무래도 본론을 바로 말하는 게 낫겠다고 판단했다.

"나는 너랑 할 말 없는데."

자신을 향해 이토록 선명하게 적개심을 드러내는 사람을, 운성은 처음 보았다. 엄밀히 말하면 강지운이지만. 말을 듣고 대화 중인 건 운성이었다.

거들먹거리는 것 하며, 강지운이 다 잘못한 것 같은 말투 하며. 가해자는 뻔뻔하다고 하더니 대체 뭘 잘했다고 저러는 건지.

김진석은 중학교 시절 강지운을 알고 있다. 운성은 아니었다. 그러니 섣불리 무슨 말을 하기가 어려운 것도 사실이었다. 기분이 매우 안 좋아 보이는 김진석에게서 정보를 얻어야 했다. 그러니 이 정도는 말해도 되는 것 아닐까.

"솔직히 너도 잘못했잖아."

하지만 말이 끝나는 동시에 김진석의 얼굴에서 비아냥거리는 웃음마저 사라졌다.

"와……. 너 그걸 말이라고 하냐? 존나 가식적이네."

"뭐……라고?"

"나도 너처럼 아무렇지 않은 얼굴로 거짓말 좀 해 보자. 어? 지운아."

김진석이 이를 빠득 갈며 말했다. 어깨를 툭툭 건드는 게 예사롭지 않았다.

"맞춰 줬더니 아주, 기어오르지."

김진석의 말은 너무나 감정적이었다. 운성은 그의 반응에 오히려 확신했다.

"……역시 네가 나 괴롭힌 거……."

운성은 그냥 진실을 던졌다.

"뭔 개소리야!"

김진석이 운성의 어깨를 세게 쳤다. 얼얼해진 어깨가 뒤로 밀리며 몸도 균형을 잃고 넘어질 뻔했다. 운성이 황당한 얼굴로 그를 바라보았다. 의도치 않게 눈이 정면으로 마주치고 말았다. 눈동자에 비친 지운의 굳은 표정이 시야에 들어왔다. 마치 겁에 질린 것처럼 미간이 잔뜩 구겨진 얼굴이었다.

"야, 강지운. 여기 아무도 없어. 너 이제 진짜 미쳐서 우리가 가해자고 네가 피해자라고 진심으로 생각하는 건 아니지?"

그의 목소리가 꽤 커졌다. 환자복을 입은 사람들이 근처로 모여들었다.

"무슨……."

뭔가가 잘못됐다.

떼었던 입을 다시 움직일 수 없었다. 무슨 말이든 '변명'이라는 것을 깨달았다.

왜……?

"아오 씨……! 무슨 말이라도 해!"

김진석이 운성의 멱살을 잡으려 했다.

"학생들! 왜 이래! 싸우지 말아."

결국 보다 못한 아저씨 몇 명이 김진석을 말렸다.

"아, 놔요! 남 일에 왜 끼어들어요!"

이제 흥분한 김진석은 정말로 운성을 죽일 기세였다.

"학생! 어여 가. 이 친구, 정말 친구 맞아?"

환자복을 입고, 진석을 말리던 아저씨가 물었다.

"친구……."

아저씨의 눈동자 속에 강지운이 보였다. 흥분한 김진석의 눈에도.

말을 읊조리는 강지운의 얼굴은 충격을 받은 것처럼 입이 벌어진 채였다. 괴로움을 애써 참아내는 사람 같았다. 흔들리는 강지운의 눈동자를 보는데 무언가 떠올랐다.

'친구 아니지?'
아저씨의 얼굴과 어떤 사람이, 목소리가, 겹쳐졌다.
'솔직하게 말해도 돼. 걔들 친구 맞아?'
누구였지. 뭔가가 머릿속에 스쳐 지나갔다.
운성은 저도 모르게 뒷걸음질 쳤다.
'……아니요.'
'그렇지?'
안심한 듯한 목소리.

강지운의 기억이다. 대체 언제지?
점점 뒷걸음질 쳐서 김진석과 거리를 벌렸다. 이때다 싶은지 아저씨들은 자꾸만 운성의 등을 다독이며 얼른 가 보라고만 했고, 김진석은 답답해하며 이쪽으로 오려고 했다.
'퍼억—.'
다시 한번 뭔가가 기억 속에 비집고 들어왔다.

어떤 건물의 옥상 입구다. 나는 내려가는 계단 옆에 서 있고, 무척 화가 난 상태에서 누군가와 싸운다. 시선 너머로 이진영이 보인다.

'넌 우리가 아주 창피하지? 수준 낮다고 속으로는 비웃고 있지?'

그 질문에 대답하기 어려워 잠시 주춤한다. 하지만 내 침묵을 긍정으로 받아들인 건지 이진영이 헛웃음을 친다.

'가식적인 놈.'

'뭐라고 했어, 방금?'

'내가 틀린 말 했냐?'

그 말에 분노한다. 감정적으로 손이 먼저 나간다. 공격을 당한 이진영이 잠시 주춤한다. 그가 입가를 훔치자 손등에 피가 묻어난다.

'야이 씨……!'

화가 난 이진영이 나를 친다. 나도 모르게 그를 세게 밀치고 만다.

그리고 균형을 잃은 이진영이 손을 짚으며 넘어진다. 그곳에 있던 의자 역시 균형이 틀어져 넘어진다. 그 옆은 바로 계단이었는데 말이다.

내 눈앞에서 놀란 이진영의 얼굴이 보인다. 늦었다. 나는 생각한다. 손을 뻗어 보았지만 이진영은 멀어진다. 바닥에 무거운 것이 구르는 소리가 끔찍할 정도로 크다.

계단 아래로 떨어진 진영은 더 이상 움직이지 않는다.

나는 그에게로 다가간다. 끔찍한 두려움에 머릿속이 새카매진다. 그때 누군가 온다.

그게 김진석이라는 걸 알아챈 순간, 나는 그를 피해 뒷걸음질 치기 시작한다.

"말도 안 돼……."

운성은 중얼거렸다. 머릿속이 어지럽고 속이 울렁거렸다. 뭐가 뭔지 잘 모르겠는 와중에도 김진석의 시선만은 피하기가 어려웠다.

'나도 너처럼 아무렇지 않은 얼굴로 서킷밀 좀 해 보지.'

결국 운성은 몸을 비틀어 반대쪽으로 달리기 시작했다.

"야! 강지운!"

뒤에서 부르는 김진석의 목소리가 들려왔다.

한참을 달리다 기운이 빠진 운성은 멈춰 섰다. 끝없이 따라올 것 같던 목소리도 어느새 잠잠해졌다. 헉헉거리는 자신의 숨소리. 그리고 김이 날 정도로 뜨거운 머리의 열기만 선명했다.

"헉헉……."

어느새 해가 졌다. 얼마나 달린 건지, 어디까지 온 건지도 모르겠다.

주택가 골목이었다. 다리가 물먹은 솜을 머금은 듯 무거워져 있었다. 그는 골목 구석에 주저앉았다.

차가워진 머리는 다시 돌아가기 시작했다. 모든 건 아니지만 조각난 것 같은 기억과 감정이 순서 없이 파도처럼 몰려들었다.

'나도 너처럼 아무렇지 않은 얼굴로 거짓말 좀 해 보자.'

그렇게 말한 김진석의 말을 이제야 이해했다.
"강지운…… 와…… 하……!"
운성은 완전히 헛다리를 짚었다.
"멍청한 놈."
작게 중얼거렸다. 혼잣말에 차가운 입김이 새어 나왔고, 기분은 나아지긴커녕 더 나빠졌다.
차라리 강지운이 이 말을 들었으면 좋겠다. 정말로.
잠시 그 자리에 가만히 있던 운성은 스스로에게 다짐하듯 말했다.
"이운성……. 정신 차리자."

도피. 회피.
그것 말고 지운의 행동을 설명할 다른 방법이 있나? 지운은 거짓말을 했다.

지운이 바꾸고 싶은 건 이진영을 다치게 한 것. 그리고 도망친 행동 자체일 것이다.

"하지만 그건 지금 시점에서 봐도 과거란 말이지……."

점심시간, 잠시 운동장 근처 벤치에 앉아서 생각 정리를 하던 운성은 굽었던 등을 펴고 다시 앉았다.

지운 삶의 '중요한 순간'이 달리 있을까? 이미 중학교 시절에 있던 일로 인해 친구 관계는 엉망진창이 되었겠지. 혹시 전학한 것도 그 일과 관련이 있는 걸까?

"너무 단순하긴 한데……."

그렇다 한들 지운은 여태껏 아무런 노력도 하지 않고 있었다. 그런 와중에 운성이 지운이 되어 여러 상황을 겪고 있다.

"뭐가 단순해?"

우현이 옆에 앉으며 물었다. 그가 음료수 하나를 건넸고, 운성은 얼결에 받아들었다.

우현도 음료수를 까서 한 모금 마셨다. 여전히 물음표 달린 얼굴로 운성을 쳐다보는 게, 대답을 들을 모양이었다.

"그냥. 너무 단순하게 행동하고, 일을 벌이는 사람들에 대한 심리에 대해서 생각 중이었어."

"그게 나쁜 건가?"

우현이 물었다.

"나쁘다기보단…… 책임감이 없다? 적어도 노력은 해야지."

떠오른 장면 속 감정이 생생했다. 이진영의 입가에 피가 터졌을 때 당황했던 것. 자신도 한 대 맞으니 욱하는 마음에 세게 민 것. 그럴 생각이 아니었는데 벌어진 최악의 상황. 슬로 모션처럼 계단을 구르고, 미동도 안 하던 이진영의 모습. 손발이 떨리고 기절할 것만 같던 기억이.

"노력하는 사람이 따로 있어야 하는 것도 아니고."

운성은 저도 모르게 손바닥을 내려다보았다. 그날 잡지 못한 이진영의 손이, 후회한다고 잡힐 것도 아니었다. 그렇다고 거짓말이 용서되는 것은 아니다. 김진석의 노기 어린 시선이 이제는 공감될 정도였다.

'그의 삶의 분기점을 바로잡아 줘야 한다. 그로 인해 삶은 변화할 가능성이 생긴다.'

사서란 자는 그렇게 말했지만, 지운에게는 상황을 바로잡을 기회가 없었을까? 그리고…… 꼭 그걸 내가 바로잡아 줘야만 하는 걸까?

스스로는 도망치기만 한 사람을 내가 꼭 도와줘야 할 이유가 뭐가 있냐고.

운성은 자기 일에 있어서는 할 수 있는 노력을 다 했다. 적어도 그렇다고 생각했다.

생판 남인 지운을 위해서까지, 내가 노력해야 하나?

"혹시 그거, 며칠 전 같이 있던 주화고 친구? 때문이야?"

운성이 조금 놀라서 우현을 쳐다봤다.

"저번에 같이 병원 앞에 있는 거 우연히 봤거든."

"……."

우현이 김진석과 있는 장면을 봤으리라고는 생각도 못 했다. 설마…… 공터에서 싸운 것—일방적으로 김진석이 소리를 지르는 모양새긴 했으나—까지 본 건 아니겠지.

"비슷해."

운성은 그냥 적당히 대답했다. 내가 강지운이 아니고 이운성이다, 라는 말을 할 수 없는 이상 구체적으로 설명하고 누군가를 납득시키기엔 어려운 일이였다.

"중학교 친구?"

"비슷하지."

"친구가 아닌가 보네."

"……꼭 그렇다고 할 순 없어."

"어중간한 대답이고만."

우현이 어이없어하며 웃었다. 우현의 눈동자는 지운을 비추고 있다. 운성은 눈을 깜빡거려 보았다. 눈동자 속 강지운이 눈을 감았다 뜬다.

"하……."

강지운의 주눅이 든 얼굴을 보고 있으려니, 우현이 굳이 옆에 와서 말 붙이려 하는 이유를 알 것 같았다.

주화고등학교 앞에서 김진석을 찾았을 때도 그는 외딴 섬처럼 보였다. 사람들은 그에 대해 묻는 운성을 불편해하는 기색을 숨기지 않았다.

반면 지운은 전학을 와서 평화롭게 지내고 있다. 속은 어떨지언정 겉으로는 말이다.

불편하다. 자신을 둘러싼 이 모든 상황이.

우현의 머리 위로 보이는 카운트다운. D-5. 나는 대체 뭘 하고 싶은 걸까.

"너라면 어떻게 할래?"

운성이 문득 말을 꺼냈다.

"뭐를?"

"실망스러운 사람을 도울 필요가 있을까?"

"음……."

우현은 잠시 골똘했다. 진지하게 생각해 주는 것은 좋다만 미간이 점점 깊어지는 걸 보니 괜히 물었나 싶었다. 운성이 별거 아니라고 말하려던 찰나였다.

"왜 실망했는데?"

우현의 대답에 힘이 쭉 빠졌다.

"그거야……."

거짓말을 해서, 라고 말하고 싶었다. 하지만 그 순간 또 우현과 눈이 마주쳤다. 그 안에 있는 강지운을 마주하니 입이 떨어지지 않았다.

"잘은 모르겠지만…… 네가 전학 온 이유에 대해 그 친구가 오해하고 있는 걸지도."

그저 도망친 것뿐이잖아. 오해할 게 뭐가 있어.

그 말 또한 차마 입 밖으로 내뱉지 못했다.

"도움이 못 된 것 같네. 그래도 오해 풀었으면 좋겠다."

우현이 자리에서 일어섰다. 그러더니 운성에게 손을 내밀었다.

"……뭐야, 이게?"

받아 든 건 작은 명함 크기의 종이였다. 뒤집어 보니 열 개의 스탬프가 다 채워져 있었다.

"응? 네가 떨어뜨린 거 찾아서 가져온 거야. 빈형이가 본인이 쓰겠다는 거 겨우 말렸어. 아깝잖아, 써."

우현은 그렇게 말했지만 운성 입장에서는 딱히 아까울 것도 없었다. 대수롭지 않게 넘기려고 했는데, 상호가 눈에 들어왔다. 미묘하게 익숙한 느낌이 들었다. 운성은 상호를 검색해 보았다. 대형 프랜차이즈가 아닌 작은 개인 카페였다. 카페의 위치가 이진영이 있는 병원 근처인 것을 확인하고 나니, 가 봐야겠다는 생각이 들었다.

운성이 문을 열고 들어서자 유리문 위에 달린 방울이 딸랑, 하고 울렸다.

"어서오세, 아……! 오랜만이시네요."

정답. 사장으로 보이는 여자는 지운의 얼굴을 기억하고 있었다. 운성은 고개를 꾸벅 숙이며 인사하고는 커피 한 잔을 주문했다.

"평소랑 다른 거 드시네요?"

"네? 아……."

운성은 아이스 아메리카노를 시켰는데, 지운의 취향은 달랐나 보다.

혼자 앉을 만한 작은 공간이 적절하게 배치된 카페였다. 공부를 하는 사람, 독서를 하는 사람이 있었고, 시끄럽게 떠드는 사람은 한 명도 없었다. 카페 내부에는 잔잔한 음악이 흘러나왔고 그 때문인지 전반적으로 사람들의 분위기가 여유롭게 느껴졌다.

아메리카노를 가져다준 사장님은 바로 자리를 뜨지 않았다. 운성이 의아해서 쳐다보니 그제야 사장이 앞치마 주머니에서 뭔가를 꺼냈다.

"버리지 말고 간직해요."

"네?"

되묻기 전에 사장은 자리를 떠났고, 테이블 위에는 작은 노트 하나가 남았다.

운성은 보자마자 그게 무슨 노트인지 알았다. 머릿속에 떠오른 장면에 이진영이 들고 있던 노트다.

한껏 구겨서 버린 모양새가 역력했다. KJW라 써 있는 부분을 비롯해 사장님이 펴 놓으려 애쓴 흔적이 남아 있었지만, 이건 누가 봐도 버리려고 한 물건이었다.

그렇게 찾아도 안 보이더니 정말로 버렸을 줄이야.

운성은 노트를 펼쳐 보았다. 첫 장에 테이프로 붙여서 고정해 놓은 SD 카드를 보자마자 목덜미가 긴장으로 굳어졌다.

SD 카드 아래에 써 있는 글귀. '영화 노트.'

'너희들처럼 되려면 어떻게 해야 해?'
머릿속에 울려 퍼지는 '강지운'의 목소리.
그날이다. 이진영과 김진석을 처음 만난 그날.

황당하다는 얼굴로 나를 바라보는 이진영과 김진석. 이내 이진영이 배를 잡고 웃는다. 그 모습을 보던 김진석도 어이없어하는 얼굴로 피식거린다.

'진심? 진심으로 하는 소리?'
'돈 주면 돼? 너희처럼 나도…… 카리스마 있고 싶어.'
사실 하려던 말은 '양아치처럼'이었다. 하지만 아무리 당사자라도 그런 말은 싫겠다고 생각해 급히 노선을 바꾼다.
'카리스마, 크큭.'
그 단어가 웃긴지 이진영은 이제 꺼이꺼이 우는 것처럼 숨을 몰아쉰다. 김진석의 눈동자가 흥미로움을 담고 나를 본다.

'그래. 까짓거 친구 시켜 줄게. 일단 돈 있는 것 좀 빌려줘.'

다음 날 그는 내게 돈을 건넨다. 이자까지 붙여서. 이진영은 의기양양한 얼굴로 말한다.

'잠깐 빌려 달라고, 돌려준다고 말했지, 친구?'

나는 그들이 단숨에 좋아져 버린다. 정말로 멋지다고, 생각해 버린다.

"이거 어디 있었어요?"

운성이 카운터에 가서 물었다. 커피를 내리던 사장이 조금 놀란 얼굴로 말했다.

"저번에 버려 달라고 말했는데……. 제가 챙겨 놨어요."

"아, 죄송합니다."

"아니에요. 뭐라고 하려던 건 아니고,"

사장이 손을 씻고 운성 앞으로 왔다.

"그냥…… 정말 버리고 싶었으면 쓰레기통에 버렸을 것 같은데……. 그렇게 말하고 간 게 마음에 걸려서요. 돌려주고 싶었어요."

"……네, 감사합니다."

운성이 꾸벅 인사했다. 사장은 그럴 거 없다며 계속 손사래를 쳤다.

운성은 집 안으로 들어가자마자 컴퓨터를 켜고 SD 카드에 있는 데이터를 옮겼다. 예상대로 영상 파일이 있었다.

그리고 그 자리에서 못 박힌 듯 영상을 보았다. 오후 5시. 그때부터 다음 날 어스름한 새벽 해가 뜰 때까지. 카페에서 가져온 노트와 영상을 계속해서 돌려봤다.

뻑뻑해진 눈과 뻐근한 목을 주무르며 고개를 올렸을 때는 이미 해가 뜬 후였다.

중간중간 여러 장면이 머릿속으로 밀려왔다.

주로 영화에 관한 것이었는데, 운성은 마치 자신이 오래도록 그 꿈을 바랐던 것처럼 느껴졌다. 종이에 적을 때는 흥미가 놓였고, 그걸 기반으로 영상을 찍기 시작했을 때는 벅찬 기분이 들었다. 그게 아무리 허술하고 별것 아닐지언정 지운에게는 커다란 무언가의 시작이었을 것이다.

그리고 그 많은 장면 속에 이진영과 김진석이 있었다. 영화감독이 되고 싶다는 지운의 꿈을 듣고도 난감해하거나 비웃지 않았던 유일한 또래. 그래서일까. 지운이 찍은 영상 속에서는 유난히 두 사람이 반짝거렸다.

노트에는 각종 사진들과 그림. 낙서 또는 긴 줄글이 난무했다. 영화를 만들기 위한 사전 자료 모음집처럼 보였다. 초반엔 의욕이 넘친다는 느낌을 주었는데, 노트의 3분의 2 정도가 지났을 때부터는 우울한 내용만 가득했다. 아마도 이진영이 다치고 난 이후인 것 같았다.

소재도 질병, 파괴, 멸망에 관한 것들이 주를 이루었다. 사람이 얼마나 잔인해질 수 있는지를 표현하는 방식에 관한 내용도 있었다.

지운의 노트에 담긴 글에는 감정이 있었다. 그 감정 속에서 지운은 스스로를 탓했다. 가장 나쁜 사람을 만들고 거기에 자신을 대입했다.

이전까지는 인물 모두가 성장하고 세상을 보는 눈이 한 단계 넓어지는 방식으로 마무리를 지었다면, 친구들과 멀어진 뒤 지운의 결말은 언제나 악인이 가장 고통스럽고 처절하게 후회하는 방식으로 남았다.

노트의 마지막 장에는 휘갈겨 쓴 듯한 한 문장뿐이었다.

'꿈 따위가 뭐라고. 포기할 때가 왔나 보다. 이젠 버려야겠다.'

그 문장을 보자마자 운성은 목덜미에 큰 충격을 받은 사람처럼 고개를 숙였다. 20분이나 그 자리에서 자세 하나 바꾸지 않고 가만히 글자를 노려봤다.

'포기할 때가 왔나 보다.'

그 말은 운성을 아주 오래전 기억으로 이끌었다.

'아주 완벽해!'

부모님을 포함해, 일가친척들은 '완벽'이라는 단어를 좋아했다. 운성이 아직 그 말에 대한 뜻을 제대로 알기 전부터 집안사람들은 아이들이 뭔가를 제대로 해낼 때마다 '완벽하다'라는 칭찬을 아끼지 않았다.

말에서 느껴지는 분위기라는 게 있다. 그건 이씨 집안사람들 기준으로 습관이자 가장 큰 칭찬이었다. 일단 할아버지부터가 그랬다. 그러니 할머니도, 고모도, 큰아빠, 작은아빠, 큰엄마, 작은엄마, 삼촌들도 모두가 입을 모아 그렇게 말했다. 완벽이라는 단어가 나올 때는 어른들 모두 기분이 좋았다.

그 집안에 완벽하지 않은 사람은 단 한 사람. 나이 마흔이 먹도록 결혼하지 않고, 집도 없으며, 세계 오지를 돌아다니며 언제나 '꿈'을 찾는다고 했던 삼촌뿐이었다.

친척들이 모두 모인 명절 어느 날, 저보다 어린 사촌동생들과 놀다가 지쳐 버린 운성은 자리를 피해 나갔다가 뒤뜰에 우두커니 앉아 있는 삼촌을 마주했다.

삼촌은 운성을 발견하고는 손짓하며 가까이 오라 했다. 밤하늘 아래 오래 있었는지 삼촌에게서는 찬 바람 냄새가 났다.

그러고 보니 어른들이 다 같이 모인 자리에서 처음에 인사할 때 빼고는 삼촌을 거의 보지 못했단 사실을 깨달았다.

'삼촌, 여기서 뭐 해?'

'그냥. 바람도 쐬고, 생각 정리도 하고.'

'생각…… 정리?'

장난감 정리하라는 엄마의 말처럼, 생각을 말끔하게 접어서 넣어 놓을 수 있는 건가 고민하던 운성이 고개를 갸웃거렸다. 어린 운성에게는 조금 어려운 개념이었다. 삼촌은 부드럽게 웃으며 말했다.

'운성아, 삼촌 꿈 포기할까?'

운성은 삼촌이 그런 말을 하는 게 이상하다고 생각했다. 좋은 소리는 아니었지만, 어른들의 말에 의하면 삼촌은 꿈 타령을 하다 이미 꿈을 이룬 사람이었다.

운성은 '왜?'라는 질문을 삼촌에게 하려 했다. 하지만 삼촌의 눈동자는 꽤나 진지했다. 운성이 말하는 대로 뭐든 할 것처럼.

어린 운성은 짐짓 심각한 얼굴을 해 보았다. 어른들이 하는 것처럼 미간을 모으고 으으음, 하는 추임새도 넣었다. 삼촌의 시선이 끈질기게 운성을 향했다.

나름 고민했지만 운성이 하고 싶은 말은 사실 처음부터 하나였다.

'아니, 포기하지 마, 삼촌.'

'……'

'삼촌 멋있어.'

운성은 그렇게 말하고 씨익 웃었다. 그 당시 보던 만화 영화의 주인공처럼 멋있어 보이고 싶었다. 운성을 바라보던 삼촌은 이내 환하게 웃었다. 삼촌 역시 주인공처럼 멋졌다.

'우리 운성이가 짱이네.'

삼촌은 그대로 운성의 머리를 세차게 쓰다듬었다. 어쩐지 인정받는 기분이 들었다.

그날 운성은 삼촌과 뭔가가 통했다고 생각했다. 다른 어떤 어른들보다 운성의 눈에는 삼촌이 빛나 보였다. 아직은 어리지만, 언젠가 삼촌과 어깨를 나란히 할 날도 오지 않을까. 그러면 삼촌처럼 자유로운 사람이 될 수 있지 않을까.

지금보다 더 크면 삼촌한테 물어봐야지. 그날 우리가 나눈 것이 무엇이었는지.

하지만 그 바람은 이루어지지 않았다.

삼촌은 아프리카 오지에서 총격을 맞고 사망했다. 즉사였다고 들었다. 그 동네는 원래도 갱들이 자주 출몰하는 위험한 동네였다고.

'그러니까 왜 그런 오지를 다녀 가지고.'

'뭐가 아쉬워서 그런 데를…….'

어른들은 한탄하고 슬퍼하며 꼭 그런 말을 덧붙였다.

집안사람들, 특히나 할아버지 할머니는 다 큰 자식의 영정 앞에서 어린아이처럼 엉엉 울었다.

운성은 삼촌의 영정사진을 앞에 두고 온몸이 떨렸다.

'삼촌 꿈 포기할까?'

그 말이 떠올랐다. 운성은 포기하지 말라고 했고, 삼촌은 그렇게 했다.

그는 후회했을까. 아닐까.

알 수 없었다. 하지만 자신의 말이 그를 죽음으로 몰아갔다고 생각하면 견딜 수 없을 것 같았다. 서 있는 몸이 땅으로 꺼지는 것 같았다.

머리가 더 크고 나서야 삼촌이 좋은 직장에 들어갔다가 제 발로 퇴사를 하고, 결혼생활을 한 번 했다가 이혼하고, 큰 사업에 실패했으며, 모든 재산이 압류되어 할아버지에게 손을 벌린 적이 있다는 사실을 알았다.

집안사람들에게 삼촌은 그야말로 실패한 인생의 본보기였다. 어른들은, 적어도 운성의 집안 어른들은 원래도 그랬지만, 삼촌의 부고 이후 안정적인 삶에 대해 강박적으로 집착했다.

이전이라면 그 말이 고깝게 들렸겠지만 언젠가부터는 운성도 다르게 생각하기 시작했다.

그래. 삼촌은 꿈만 좇다 실패해 버린 거야. 되지도 않는 오기를 부렸잖아. 모두가 말리는데도, 떠났잖아.

꿈이 뭐라고, 삼촌은 우리를 슬프게 했다.

운성은 몇 번이고 되뇌었다. 그날 왜 나한테 물은 거야. 포기하고 싶었던 거야, 포기하기 싫었던 거야.

내가 다르게 말했으면 삼촌은 여전히 우리 곁에 있었을까.

삼촌에게 묻고 싶은 말은 묻지 못한 채 운성의 몸만 커져 갔다. 그리고 집안의 분위기에 영향을 받기 충분할 만큼 시간이 흘렀다.

모험은 하지 않고, '꿈'은 허상이라는 생각이 어느새 자리매김했다. 다행인 건지 운성에겐 가슴이 설렐 정도로 하고 싶은 일은 없었다.

해야 할 일을 적당히, 제대로 해내기만 해도 충분히 바쁜 나날이었다. 그 세계는 열여덟 이운성에게 당연해졌다.

운성은 방 밖으로 나와 물 한 잔을 마셨다. 차가운 물이 목구멍을 넘어갈 때마다 소름이 끼쳤지만 멈추지 않고 벌컥벌컥 들이부었다.

오래전부터 묵은 채 방치되어 가라앉은 기억이 휘저은 것처럼 일어섰다.

포기해야 할 때가 된 것 같다고, 지운은 노트에 적었다.

하지만 정말로 포기하고 싶은 사람의 노트는 그렇게 빼곡할 수 없는 법이었다.

운성은 별다른 열정도 꿈도 없이 살아왔다. 남들도 그렇게 사니까. 어른들은 운성이 잘하고 있다고 하니까. 그 말을 별다른 의심 없이 믿었다.

무언가 강하게 열망하고 포기할 바에는 시작하지 않는 게 나았다.

자라면서 운성은 삼촌 같은 애들, 무슨 말 하나에도 눈이 반짝거리는 아이들을 봤다. 운성은 겉으로 웃어 보이면서도 그들이 현실을 보지 않고 허황된 꿈을 꾼다고, 속으로 차갑게 비웃고는 했다. 삼촌이 떠오르는 그 찰나의 순간을 머릿속에서 빠르게 지워 내고 싶었다.

문득 마음이 공허해질 때마다 현실은 원래 그런 것이라고 다독였다.

하지만 인정해야 했다. 꿈이 있는 사람은 운성의 눈에 여전히 멋졌다. 아주 어릴 적 보았던 삼촌의 얼굴처럼.

포기하지 말라는 말에, 기분 좋은 탄식을 내뱉던 삼촌의 눈동자는 반짝거렸다. 그 안에 운성이 모르는 더 넓은 세계를 담고 있었다.

지운의 노트를 모두 읽어 보고, SD 카드에 들어 있던 영화를 모두 보고 나서야 운성은 깨달았다.

오래도록 잊고 있던 삼촌의 눈빛을 지운도 지니고 있었다.

지운이 도망치고 포기했다고만 생각했다. 단면만 보고 괴로워하는 게 마땅하다고도 여겼다. 내가 뭐라고 그들의 아픔에 대해 왈가왈부할 수 있는 걸까.

나는 언제 이렇게 이기적인 인간이 되어 버린 걸까.

운성이 보기에 영상 속 지운의 이야기는 불명확하고 어설펐다. 하지만 진실되었다. 마음을 울리는 뭔가가 있었다.

그가 담아내는 시선이 대번에 마음에 들었다. 그는 분명 좋은 감독이 될 수 있을 거다. 그의 친구들도 그의 그런 점을 마음에 들어 했었겠지.

노트에 담긴 지운의 이야기는 그의 모든 게 맞았다. 그렇게 포기해서는 안 된다.

망가진 관계를 이어 붙일 수 있을까?

아니지. 이건 잠시 틀어진 것뿐이다. 아직, 바로잡을 수 있다.

그게 시간 여행을 하는 자신의 역할일지도 모른다.

솔직하게 말해, 김진석을 마주하는 건 운성에게도 어려운 일이었다. 다른 사람 눈동자에 비친 지운을 보고 난 이후부터 지운의 감정이 마치 내 것처럼 느껴지고, 기억이 떠오르는 순간이 많아졌다. 김진석의 얼굴을 마주하면 또다시 두려운 마음이 들거나 무심코 피하고 싶어질지도 모른다.

하지만 관계 회복을 원하는 건 지운이었다. 돌아가기 전에 삶의 분기점을 마주한다면, 결국 김진석과 엮일 거라는 강한 확신이 들었다.

가까운 미래에 운성은 지운을 만나게 된다. 도움을 준 보상은 꼭 받아야겠다, 다짐하며 운성은 노트를 덮었다.

지운의 컴퓨터 속 백업해 놓은 예전 연락처에서 김진석의 번호를 찾을 수 있었다.

"여보세요."

모르는 번호는 안 받는지 세 번째 통화에서 전화를 받은 김진석의 말투는 딱딱했다.

"난데."

"'나'가 누군데."

싸가지 없는 말투는 누구한테나 그런가 보다. 지운의 기억 속에도 그러긴 했다만 운성이 듣기는 영 거슬렸다. 목소리만으로 알아봐 주길 기대한 건 아니었지만 운성은 괜히 발끈했다.

"강지운."

"……."

"인데."

"……무슨 일? 꼬리 빼고 도망갈 땐 언제고, 갑자기 친한 척 연락이야?"

이제 대놓고 비꼬는 말투였다. 기분이 썩 유쾌하지 않았지만, 면대면으로 보고 있는 게 아니라 그런가, 쉬이 감정이 동화되지는 않았다. 여기서 김진석의 페이스에 말리면 안 된다. 지운의 감정에 동화된다면 저도 모르게 저번처럼 도망칠 확률이 높았다. 그런 상황이야말로 정말 돌이킬 수 없는 최악이었다.

"한번 보려고 연락했어."

"……."

수화기 너머 상대방은 말이 없었다.

"그날, 아니지. 이래저래 제대로 얘기를 마무리 못 지었으니까. 얘기라도 해 보는 게 맞지 않나? 너도 답답하잖아."

수화기 너머에 바람 소리가 섞여 들었다. 바깥에 있는가 보다. 김진석의 탄식 어린 한숨 소리가 들려왔다.

"새빛마트 골목길 지나서 두 블록. 왼쪽에 있는 임대 폐건물."

"어?"

"거기로 와."

뚝. 용건만 말한 그는 거칠게 전화를 끊었다.

다시 한번 전화를 걸었지만 김진석은 받지 않았다. 머리 위 카운트다운이 D-2에서 하루가 남으면서 24:00:00 숫자 체계로 변경되었다. 결국 오늘이 마지막이라는 말이었다. 운성은 더 이상 생각하지 않고 움직이기로 했다.

나오는 와중 눈이 오기 시작했다. 눈발이 심상치 않게 굵직해졌다. 김진석이 말한 폐건물은 3층짜리였다. 청소하지 않아 흐린 유리문에는 떼려다 만 걸로 보이는 너덜너덜한 종이가 붙어 있었다. 군데군데 흠집 난 와중에

'임대'라는 글자를 희미하게나마 알아볼 수 있었다. 길 건너 보이는 새빛마트를 제외하고는 주위에 변변한 편의 시설이 없었다. 게다가 비교적 높지 않아 건물 사이에 끼어 있는 느낌. 사람들이 오가지 않는 문 앞바닥이 얼어 있었다. 아무 생각 없이 걷던 운성은 넘어질 뻔했다.

"정신 차리자."

정신이 바짝 들었다. 갑자기 이런 흉흉한 곳으로 부르기나 하고. 기억 속의 김진석은 어디까지나 과거의 모습이었다. 김진석은 처음 만난 이후로 한 번도 자신에게 호의적이었던 적이 없었다.

건물 안으로 들어서면서 바깥의 바람 소리가 멎었다. 밖은 이미 어두웠기 때문에 전기가 통하지 않는 건물 내부도 상당히 어두웠다. 삐걱거리는 철 계단 소리만이 건물 안을 크게 울렸다. 운성은 계단을 올라갔다. 아무것도 보이지 않는다 싶었는데 시간이 조금 지나자 어둠에 적응된 시야가 건물을 비췄다. 눈 아래로 보이는 건물 바닥이 의외로 멀었다. 정사각형의 건물 바닥에는 잿빛 먼지들과 쓰레기들이 질서 없이 흐트러져 있었다. 페트병에 고인 물 그리고 먼지가 쌓이지 않은 과자 봉지가 눈에 들어왔다. 누군가 이곳을 쓰는 건가?

일단 1, 2층엔 아무도 없었다. 3층까지 올라온 그는 옥상 철문을 마주했다. 한숨 한번 쉬고, 망설임 없이 문을 열었다.

 날카로운 금속성의 소리와 함께 찬바람이 뺨을 때렸다. 갑자기 쏟아진 밝은 빛에 눈이 부셔 운성은 얼굴을 찌푸렸다.

 눈이 쌓인 옥상 바닥이 달빛을 반사해 하얗게 빛나고 있었다. 상황과는 대조되게 아름다운 광경에 그는 조금 멍해졌다. 하얀 도화지 같은 공간이었다. 발을 내딛자 뽀드득 소리가 났다.

 "진짜 왔네?"

 고개를 돌리니 그곳엔 김진석이 있었다. 혼자가 아니었다. 그냥 대놓고 불량해 보이는 애들 몇이 운성을 신기한 물건 보는 것처럼 쳐다봤다.

 음······. 이러면 진짜 '괴롭히는 것' 같잖아.

 "할 얘기가 있어서."

 "아······. 그렇게 말했었지? 해 봐."

 김진석은 옥상 난간에 아슬아슬하게 걸터앉아 있었다. 발아래 놓인 눈을 손으로 한 움큼 뭉치더니 공처럼 만들어 툭툭 던졌다.

 "둘이서 할 얘긴데."

 "오오~!"

 "시끄러, 새끼들아. 그런 거 아냐."

 김진석의 옆에 있던 애들이 키득거렸고, 김진석은 흥

미를 잃은 듯 눈 뭉치를 바닥에 던지고 일어났다. 그가 고갯짓했다.

 옥상에 있는 작은 기둥을 중심으로 반대편으로 걸어간 그를 따라서 걸었다.

 눈발이 점점 굵어지고 있었다. 운성은 머리에 쌓인 눈을 털었다.

 "뭐냐?"

 "내가 잘못한 게 있었어."

 솔직히 잘못을 인정하는 건 썩 내키지 않았다. 운성은 누구에게든 굽히고 들어가는 게 싫었다. 하지만 지운은 상황을 최악으로 몰고 왔다. 이렇게 직접적으로 말하지 않으면 김진석에게 가닿지 않을 거다.

 김진석은 더 해 보라는 듯 아무 말도 하지 않았다.

 '걔들 친구 맞아?'

 이제는 알 수 있었다. 그 말에 친구가 맞다고, 소중한 친구라고 제대로 대답하지 못한 스스로를 지운은 매 순간 탓하고 있었다.

 "그때…… 어른들이 물어보는 말에 제대로 대답하지 못했어. 무서웠고……. 정신 차려 보니 나는 피해자가 되어 있더라……. 어쩔 수 없단 말은 안 할게. 하지만 미안해."

 "와. 그게 끝?"

 고개를 드니 김진석이 바로 코앞에 와 있었다. 아뿔싸.

눈을 마주치지 않으려고 했는데.

그가 손바닥을 펼쳐 운성의 앞에서 맞부딪혔다. 짝짝짝.

"이제 와서 미안하다고 하면 끝인 줄 알아?"

"그러면…… 내가 어떻게 해야 할까."

"왜 그래, 갑자기 저자세로. 원래도 저자세긴 했는데……. 너 원래 도망가는 타입이었잖아."

"이제 안 도망가려고."

그 말은 진심이었다. 하지만 김진석은 운성의 말에 코웃음 쳤다.

"어떻게 해야 할지 몰라서, 물어보러 온 거야."

"이거 완전 또라이 아니야."

김진석이 말했다.

"이미 너무 틀어졌지만 돌이키고 싶으니까."

"미쳤네."

"마음대로 생각해."

"허, 참."

가만 듣고 있으니 김진석은 일부러 그러는 것 같았다. 어떤 말을 꺼내든 지운이 상처받도록. 그의 마음에 부채감이 쌓이도록. 뭐라도 하나 더 괴로우라고.

어쩌다 두 사람, 아니 세 사람은 이렇게 된 걸까.

운성이 자리에 우두커니 서 있자 김진석은 길게 침묵했다. 눈발이 점점 거세지고 있었다.

"이진영한테 빌어."

침묵이 길어서였을까. 무의식 중에 고개를 들어 버렸다. 김진석의 노기 어린 시선이 정면에서 쏟아졌다.

"그럴게."

"이진영이 안 깨어나면 너는 나한테 죽어."

"……그래."

김진석의 목소리는 미미하게 떨리고 있었다. 그도 알 것이다. 여기서 옥신각신 싸우는 건 더 이상 의미가 없다는 걸. 운성은 지운의 거짓말을 바로잡고자 했다. 하지만 아무리 바로잡아도, 병원에 누워 있는 이진영이 깨어나는 건 아니었다.

"진영이…… 이대로 죽을 수도 있대."

"뭐?"

김진석이 성큼 걸어와 운성의 멱살을 잡아챘다.

"네가 우리한테 괴롭힘당했다는 소문이 돌아도, 난 그게 네 의지가 아니라고 믿었어."

그 말에는 대답할 수 없었다.

마주친 진석의 눈동자가 마구 흔들렸다. 그 눈에 비친 지운의 눈동자 역시 마찬가지였다.

"대체 나한테, 진영이한테 왜 그랬어? 네가 미안하다고만 했으면 나는……!"

머릿속에 장면이 흘러 들어왔다.

'영화를. 만들어 보고 싶어.'
'……'

중요한 말을 할 때는 주변이 고요해져 버린다. 그게 무슨 대단한 고백이라고, 손이 금세 땀으로 축축해진다.

말이 없던 진영과 진석. 그리고 의외로 먼저 침묵을 깬 진석의 목소리.

'존나 멋진데?'
'어?! 나도 그 생각했는데, 아씨 선수 뺏겼네.'
이어지는 진영의 대답.

우리가 출연하는 영화를 만들어 보고 싶다고 말했을 때.

'누가 네 맘대로 일꾼으로 쓰래.'
'나 배우 하면 큰일 나……. 너무 잘생겨서.'
'미친놈 뭐라는 거냐.'

그런 시답잖은 말들. 웃고 떠들면서도 영화에 대해서 하는 말에 귀 기울이던 얼굴들.

구급차에 실려 가던 이진영의 모습이 계속해서 머릿속에 떠오른다.

무서워서 벌벌 떨리는 손을 본 어른들이 말한다.

'그 애들 불량하다는 소문이 많던데……'

그 소리에 나는 더욱 움츠러든다.

어른들이 내 눈앞에서 묻는 말. 네가 그런 거니.

나는 그렇다고 말한다. 실수였다고 말하는 목소리가 심하게 떨린다. 진영이가 많이 다친 거냐고, 너무나 걱정된다고 말하고 싶지만 더 이상 입이 떨어지지 않는다.

'이게 뭐야?'

그들이 내 손목에 난 생채기를 발견한다. 몸싸움을 하느라 쓸린 자국도, 더러워진 바지에도 시선이 머문다.

'친구 아니지?'

나는 놀라 그들을 바라본다. 나에게 그런 말을 하는 사람의 의도를 알지 못한다.

하지만 나는 결국 거짓을 진실로 만든다. 그들의 착각을 정정하지 않는다.

말을 전해 들은 어머니와 선생님의 안도 어린 한숨 소리. 수많은 가시가 한꺼번에 뱃속에서 솟아나는 듯한 감각.

내가 한 잘못을 도무지 되돌리지 못할 거라는 소름 끼치는 후회감.

그리고 머릿속에서 강렬한 헤드라이트를 보았다.

이어지는 이미지.

구급차가 다시금 내 눈앞에 지나간다. 손에서 열기인지 뭔지 모를 것이 빠져나간다. 아무것도 잡지 못한다. 속이 울렁거린다.

방 안, 서랍에서 카메라를 꺼낸다. 이따위 게 뭐라고.

나는 그것을 세게 집어던진다. 날카로운 소리가 난다.

사방으로 튄 파편을 밟는다. 소리를 지른다.

밖에서 누군가 문을 두드린다. 가족이 나를 부르는 소리가 들리지만, 아무것도 신경 쓰고 싶지 않다.

나는 더 크게 소리를 지른다. 안으로 들어오면 죽어 버릴 거라고, 소리를 지른다. 밖은 조용해진다.

방 안이 난장판이 되도록, 나는 모든 걸 쓸어 버리고 부순다.

이제 와서 후회한다고 달라지는 건 없다.

그 순간, 운성의 목덜미가 확 당겨졌다. 손이 반사적으로 나갔다. 진석을 밀치고 나서야 아차 싶었지만 이미 늦었다.

"이 나쁜 새끼!"

김진석의 주먹이 운성을 향해 날아왔다. 퍽 소리와 함께 얼굴이 돌아갔다. 운성은 바닥에 넘어졌고, 차가운 눈이 어깨와 팔꿈치를 축축하게 적셨다.

다시 고개를 들었을 때 이미 김진석은 운성의 위에 걸터앉아 주먹질할 자세를 잡고 있었다.

"잠깐!"

얼굴을 움직이느라 이번엔 코 옆을 맞았다. 알싸한 통증과 함께 코피가 주르륵 흘렀다. 김진석이 주춤하는 게 느껴졌다. 내가 왜 이렇게 맞고 있어야 해? 눈 위에 떨어진 빨간 피를 보자 운성도 이성을 잃었다.

이번엔 운성이 달려들어 김진석의 얼굴을 쳤다. 남을 제대로 쳐 본 적이 없어 주먹을 쥔 손이 더 얼얼하고 아팠다. 하지만 때린다고 해서 기분은 전혀 나아지지 않았다.

심지어 그 카메라는 아직도 지운의 방에 그대로 있었다. 왜. 왜지? 카메라는 강지운이 가장 아끼던 것이었다. 그 카메라로 찍었을 무수한 영상을 보았다. 렌즈를 통해 보았던 다정한 시선을 생각하면 카메라를 부수는 지운의 모습은 마치 거짓말처럼 느껴졌다. 이게 뭐지?

김진석의 티셔츠 위로 피가 뚝뚝 떨어진다고 생각했다. 하지만 묽은 무언가가 섞여 들었다. 얼굴이 축축했다. 당황한 김진석의 얼굴이 어릉거렸다.

그 순간, 운성의 눈앞이 새까맣게 물들었다.

'그만하고 싶어.'

잿빛 길을 걸어가고 있다. 주변에 뭔가 있지만 아무것도 보이지 않고, 볼 기운도 나지 않는다.

영화를 만들고 싶었는데 이제는 잘 모르겠다.

친구를 두 번이나 배신한 내가 사람을 이해하기 위해, 아픔을 다독이기 위해, 용기를 주기 위해…… 영화를 만들 수 있을까?

아니. 그럴 리가.

어둠이 나를 부른다. 나는 날카로운 칼붙이를 찾는다. 그냥, 그게 가장 필요한 것처럼 느껴져서 찾아 헤맨다. 빨간 피가 바닥으로 후드득 떨어진다. 따뜻해서 눈물이 날 것 같다.

"두 번……?"

운성이 중얼거렸다. 머릿속이 징징 울리기 시작했다.

헤드라이트 앞, 눈길 위를 검은 세단이 미끄러진다. 브레이크를 세게 밟는 소리. 끼이이익―. 어디선가 본 영화의 한 장면처럼. 그냥 볼 수밖에 없었던 나약한 사람.

부딪히고 미동도 없는 사람은…… 김진석이다.

"헉……!"

운성은 다리에 힘이 풀려 그대로 자리에 주저앉았다. 머릿속은 이제 깨질 듯 아파 왔다.

고통에 운성은 저도 모르게 소리를 질렀다. 울리던 머릿속은 순간 조용해졌지만 충격은 가시지 않았다.

주변이 문득 과하게 고요하다는 생각을 했다. 운성의

호흡만이 생경할 정도로 크게 들렸다. 운성은 시선을 돌렸다. 내리던 눈송이가 허공에 그대로 멈춰 있었다.

"삶의 분기점에 관한 핵심 장면에 도달했습니다."

고요한 가운데 목소리 하나가 끼어들었다. 고개를 퍼뜩 들자, 맞아서 뺨이 부은 김진석이 무표정으로 운성을 내려다보고 있었다.

"너는……?"

사서를 알아본 운성의 얼굴에 상대방이 고개를 끄덕였다.

"핵심 장면에 도달했다고?"

"네."

하긴 이상했다. 강지운이 후회하는 기억은 이미 지난 일인데. 기왕 시간 여행을 갈 거라면 그 일이 벌어지기 전으로 갔어도 되지 않았나 하는, 그런 생각들.

"당신이 말하는 제대로 된 반납이, 이걸 의미하는 거야? 김진석이 왜 다친 거지? 그게 나…… 아니, 강지운 때문이라고?"

"꼭 누구 때문이라고는 할 수 없지만……."

사서는 말을 고르는 것처럼 잠시 텀을 두었다.

"일이 벌어진 후에 후회하는 건 언제나 그 사람을 소중히 여긴 인간이거든요."

지운의 기억이 밀려들어 올 때마다 물속으로 들어가는 기분이었다. 숨이 막혔다. 힘들다는 말조차도 사치처럼 느껴졌다. 노트에 우울한 이야기를 써 내리고, 카메라 안에 어두운 골목길, 비가 오는 밤하늘 같은 것을 담을 때의 심경은 말로 표현하기조차 힘든 것이었다.

정말로 김진석이 다친다면. 이진영처럼 일어나지 못한다면. 상황을 마주하고 바로잡겠다는 이런 노력 따위는 아무런 도움이 되지 않았다. 그냥 무너질 것이다. 생판 남인 운성이 그의 기억을 엿본 것만으로도 이렇게 다리에 힘이 풀리고 무력해지는데. 정말 '나의 감정'이었다면—.

"지금은 어떠신가요?"

사서가 물었다. 운성은 그 의중을 알지 못했다.

"정말로 아무런 상관이 없나요? 미래일지언정, 현 시간대에서 알지 못하는 생판 남이니 도울 이유가 없나요?"

"……."

고개 숙인 운성의 머리 위로 그늘이 졌다. 천천히 어깨에 손이 올라왔다. 김진석의 얼굴을 한 사서와 운성의 눈이 정면으로 마주친다.

"중요한 순간을 바꾸세요."

운성이 작게 고개를 끄덕인다. 여전히 바닥을 향해 가지만, 그를 바라보는 진석의 얼굴에 희미한 미소가 걸린다.

"혹시 모르죠. 그런 당신을 도와주는 사람이 있을지도."

눈이 다시 내리기 시작했다. 차가운 바람이 다시금 분다. 사서가 갔다는 사실을 인지한 순간, 알 수 없는 두려움이 밀려왔다. 오늘이 마지막 날이었다. 더 이상 시간이 없었다. 어떻게 해야 하지. 어떻게…….

"너…… 이거 뭐야?"

말과 동시에 귀 옆으로 바람이 훅 들어왔다. 김진석이 운성의 한쪽 손목을 낚아챘다.

사서가 떠나고 다시 김진석이 돌아왔다는 생각을 할 겨를도 없었다. 긴 소매의 옷이 흘러내려 있었고, 팔 안쪽에는 수많은 자상이 있었다.

"이 상처 뭐냐고!"

분명히 처음에 몸을 확인했을 때는 없던 것이었다. 그도 그럴 게 운성의 몸에는 그런 상처가 없었다.

말문이 막혔다. 지금까지 왜 발견하지 못했을까. 누구에게도 보이고 싶지 않은 지운의 마음이 남아 있었던 것일까.

수차례 생채기 내어 자상이 남은 상처는, 그간의 아픔을 대변했다. 울고 있던 여동생의 얼굴이 오버랩되었다. 이걸 봤었구나. 아까 기억에서 본 날붙이를 쥔 손. 시간이 꽤 흐른 흔적이었지만 운성은 저도 모르게 얼굴을 찡그렸다.

그리고 김진석의 팔을 세게 뿌리쳤다. 보여 주고 싶지 않았다. 그런 마음이 크고 복잡하게 운성의 안으로 밀려들어왔다. 한 발짝 물러섰지만 상대방은 물러설 생각이 없어 보였다.

아까와는 다른 냉랭함이 두 사람 사이에 흘렀다.

김진석이 다가왔고, 운성은 한 발짝 다시 뒤로 물러섰다.

자신보다 키도 덩치도 큰 진석이 한없이 작아지고 볼품없어진 모습으로 자꾸만 눈앞에 일렁였다. 미동도 하지 않는 그 뻣뻣한 몸이 또 한번 진영을 떠올리게 만들었다.

안 돼. 그럴 순 없어.

보이고 싶지 않은 상처였다. 지운이 그랬을 것이고, 지금의 운성도 마찬가지로 그 감정을 고스란히 느끼고 있었다.

운성은 마주친 시선을 피할 수 없었다. 김진석의 눈은 당황과 분노를 담고 있었다. 그 시선 안에 비치는 지운의 얼굴이 한껏 일그러지는 게 선명하게 보였다.

운성은 천천히 뒷걸음질 쳤다. 이내 몸을 돌리고 옥상문을 열고 계단을 뛰듯이 내려갔다.

"야이……. 거기 서!"

김진석의 언성이 터져 나왔다. 그래도 운성은 달릴 수밖에 없었다. 그저 피하고 싶다는 마음뿐이었다. 그런데 물리적 거리가 벌어지며 다른 생각이 들기 시작했다. 강지운의 삶의 분기점. 그 사고는 김진석과 같이 있는 순간 벌어진 일이었다. 그와 같이 있는 상황을 피하는 게 우선이었다.

계단을 내려가는 길은 처음보다 더 깜깜해서 아무것도 보이지 않았다. 급하게 내려가느라 발을 몇 번 헛디뎠고, 마지막에 가서는 거의 구르다시피 했다. 그 사이 온몸이 뻐근해졌지만 멈추지 않고 일어서서 건물 밖으로 나왔다. 다시 오기 시작한 눈이 어느새 제법 쌓여 있어서 온 세상이 하얬다.

운성의 입에서 가쁜 숨이 터져 나왔다. 심장이 쿵쾅거리는 소리가 귓가에서 울렸다.

김진석이 계단을 내려오는 소리가 뒤에서 들렸다. 운성은 한 걸음 크게 내디뎠다.

"야!"

김진석이 운성을 향해 크게 외쳤다.

그때였다. 뭔가 번쩍인다 싶었다. 고개를 돌렸을 때 이쪽을 향해 달려오는 검은 세단을 보았다.

아, 지금이었구나.

김진석이 차를 발견하는 것도 같은 타이밍이었다. 그가 다급한 얼굴로 운성에게 다가왔다.

운성은 가까이 오려는 그를 있는 힘껏 밀어냈다.

찰나의 시간이지만 왜인지 더욱 선명해서, 김진석의 얼굴이 경악으로 물드는 것을 보았다. 그게 마치 구원 같아서, 운성은 일종의 안도감을 느꼈다.

타이어가 바닥을 짓이기며 칠판을 긁는 듯한 귀 아픈

소리를 냈다. 하얗고 노란 헤드라이트가 시야를 가득 채웠다.

끼이이이익. 퍽!

부딪히기 일보 직전, 갑자기 옆에서 쳐들어온 작은 승용차 한 대가 차의 후미를 쳤다. 검은 세단이 임대 건물 출입구 옆으로 미끄러졌다. 순식간에 벌어진 일이었다. 운성의 눈앞에 두 대의 차량이 채 한 뼘도 남기지 않은 거리를 두고 멈춰 섰다.

요란한 소리에 동네 주민들이 하나둘 나왔다. 검은 세단에서 아저씨가 내렸고, 작은 승용차에선 젊은 여성과 남학생이 하나 내렸다.

검은 세단에서 내린 아저씨는 부딪힌 곳을 보더니 뭐 하는 거냐며 소리를 쳤지만 작은 승용차에서 내린 사람들은 그 말에 아랑곳하지 않고 운성이 있는 쪽으로 오며 외쳤다.

"이운…… 강지운!"

그를 부른 건 최근에 온 학교 교생 선생님이었다. 그 옆에 있는 건…….

"선우현?"

선우현이 왜 여기 있지?

"괜찮아?!"

교생 선생님과 우현이 동시에 물었다. 일단 운성은 고

개를 끄덕였다. 하지만 그러는 동시에 다리에 힘이 풀려 주저앉고 말았다.

"아, 잠시⋯⋯ 긴장이 풀려서⋯⋯."

실제로 다리가 후들후들 떨리고 있었다. 온몸이 쑤시고 아프다. 나른하다.

"대체 뭐 하자는 거야! 괜찮아?"

김진석이 화를 내며 운성의 몸 여기저기를 획획 돌려가며 체크했다. 계단에서 발을 헛디디며 까진 손바닥을 볼 때는 하필 팔의 상처가 다시 보여, 진석이 주춤했다.

친구, 맞구나.

결과적으로 아무도 다치지 않았다. 어느새 목덜미를 붙잡은 아저씨는 교생 선생님한테 삿대질을 하며 뭐라고 했지만 우현이 그 옆에서 아저씨가 잘한 게 뭐냐 쏘아붙이고 있었다. 저런 면도 있었네. 그 기세에 다른 주민들도 검은 세단이 이런 길목 좁은 동네에서 과속하며 사람 칠 뻔했다고 거들었다.

"학생, 괜찮아요?"

인상이 선해 보이는 아주머니가 운성과 진석을 향해 물었다.

"괜찮아요."

"야!"

운성의 말이 채 끝나기도 전에 김진석의 외침이 날아

들었다. 아주머니가 조금 놀란 듯했다. 진석은 그런 아주머니는 안중에도 없어 보였다.

"진짜 괜찮아?"

"응, 멀쩡해."

힘이 없기는 했지만 정말 멀쩡했다. 오히려 왜 그렇게 도망쳤나 싶을 정도로 머리가 명료해졌다.

선우현은 지운이 어제부터 연락이 안 되어 걱정하는 사이, 교생 선생님이 그를 발견해서 따라온 것이라고 말했다. 운성은 학교 학생이 주말에 움직이는 걸 보고 발 벗고 따라 온 교생 선생을 쳐다보았다. 자신을 부를 때 꼭 '이운성'이라고 부르려던 것 같았는데…… 착각이겠지?

보험사가 도착했고, 어른들은 각자의 사정으로 시간을 끌었다. 하지만 운성에겐 시간이 부족했다. 운성은 해야 할 일이 아직 남아 있었다. 겨우 2시간 정도 남은 시간은 속도를 내며 마지막을 향해 가고 있었다.

병원 앞에 도착했을 때는 면회 종료 시간 직전이었다.

"원래 30분 전에는 와야지 접수해 줄 수 있어."

지난번에 편의점에서 마주친 간호사가 난감한 얼굴로 말했다.

"야, 너는 지금 여기로 오면 어떻게 해. 됐고, 내일 다시 오자."

난감해하는 간호사를 보고 김진석은 '굳이 지금'이 아니어도 된다며 운성을 말렸지만, 운성은 '굳이 지금'이어야 했다.

"안 돼, 오늘이어야 해."

너무 단호하게 말해서 그런가, 김진석은 투덜거렸지만 그 이상 덧붙이지는 않았다.

"죄송해요. 하지만 어떻게 한 번만…… 안 될까요? 오늘 꼭 봐야 해서요……!"

운성이 애처로운 표정을 지으며 그녀를 설득했다. 간호사의 시선이 두 사람을 향했다.

"……잠깐뿐이다?"

"네, 감사합니다!"

간호사는 이번만 봐주는 거라고 거듭 반복하면서 서둘러 보고 오라고 했다. 옷에 쓰여 있는 명찰이 이제야 눈에 들어왔다. 김은혜. 여지껏 이름 한번 제대로 보지 못했다는 것에 조금 미안해졌다.

인사를 하고 운성은 병실로 가기 위해 엘리베이터 앞에 섰다. 도착음이 울리고 문이 열리자 운성이 먼저 탔다. 같이 타려는 김진석을 막아선 운성이 말했다.

"진영이는 나 혼자 보고 오려고 해. 넌 집에 가. 고마웠어."

"뭐어?"

운성은 제 나름의 마지막 인사를 건넸다. 다치지 않아 다행이야. 그런 말은 오글거려서 할 수 없었지만 마음만은 진심이었다. 황당해하는 김진석을 두고 엘리베이터 문이 닫혔다. 그대로 운성은 진영이 있는 병실로 향했다.

의식이 없는 상태로 누워 있어도 들을 수 있다고, 어디선가 들었다.

기억 속 지운은 마음만은 굴뚝같아도 한 번도 진영에게 말을 걸지 않았다. 자신의 속마음을 입 밖으로 꺼낸 적이 없었다.

하지만 이진영을 마주하고, 제대로 말해야 했다.

미안했다고. 내가 거짓말을 했다고. 물리적으로 상처 준 것뿐 아니라 관계까지 부정했다고. 그래서 정말로 괴로웠다고. 설령 닿지 않는 말이라도, 그저 죄책감을 덜기 위한 방법일 뿐이더라도. 필요한 일이라는 생각이 강하게 들었다.

병실에 들어섰다. 불이 꺼진 4인실에는 고른 숨소리뿐이었다.

이진영도 곤히 잠들어 있었다.

달빛이 비쳐서 이진영의 자리는 조금 밝았다.

운성은 지운이 말했을, 진심을 담은 말을 꺼냈다. 듣고 있어도 듣고 있지 않아도 하는 것이 맞았다.

말이 모두 끝났을 때, 시선을 위로 올리자 어느새

00:00:00으로 멈춘 카운트다운이 보였다.

그 아래 창가에 못 보던 책이 있었다. 아까까지는 없던 책이.

그건 운성이 여기에 오기 전 발견했던 지운의 책이었다.

운성은 걸어가 그 책을 잡고 펼쳤다.

달빛과 함께 은은한 바람이 불기 시작했다. 운성이 마지막으로 진영을 돌아봤을 때였다. 진영의 굳게 닫힌 눈꺼풀이 움찔거리더니, 조심스럽게 열렸다.

"강지운, 복 받았네."

운성은 유리창에 비친 자신의 얼굴을 보았다.

그건 분명 지운의 미소였다.

6. 이유리

정신을 차렸더니 눈앞에 보인 건 칠판이었다.

"그래서 이상의 문학에는 이런 깊이가 담기는 거고……."

뭐지……?

국어 선생님이 수업을 하고 있었다. 그는 근현대문학에 특히나 열정적인 교사였고, 그렇기에 대다수 학생에게 인기가 없기도 했다. 학교에 자주 나오지 않는 유리조차도 국어 선생님의 열정을 알고 있었다. 유리는 교실 뒤편에 서 있었다.

왜지? 서서 졸고 있었나?

유리는 고개를 갸웃거리며 생각해 보았다. 선생님의 말은 자장가처럼 들리긴 했다. 오후 2시의 국어 수업이란 원래 그런 것이다. 하지만 시야를 조금 더 위로 올리니 원래 그렇지 않은 것이 하나 있긴 했다.

선생님의 머리 위로 레이저빔을 쏜 것처럼 'D-14'라는 빨간 글자가 허공에 떠 있었다. '카운트다운?' 좀 더 생각해 보려는 찰나, 수업 종이 울렸다.

"오늘은 이만. 내일은 175쪽까지 진도 나갈 거니 참고하고."

아이들이 자리에서 일어선다. 유리는 뭘 해야 할지 몰라 가만히 서 있었다.

"정 선생님."

앞문으로 나갔던 국어 선생님이 그녀를 보고 말했다.

"네……? 저요?"

"네, 선생님이요. 안 나오고 뭐 해요?"

국어 선생님의 시선에 유리는 무심코 자신의 차림새를 확인했다. 교복이 아닌 깔끔한 검은색 정장 치마, 베이지색에 검은 리본으로 포인트가 들어간 구두를 보고서야 다시 고개를 들었다.

교무실에 들어서면서 거울을 보니 자기 자신이 보였다. 치마 위에는 프릴이 달린 하얀색 블라우스를 받쳐 입었다. 목 부근의 포인트가 되는 진주 단추 하나. 유리가 살아오며 한 번도 입어 보지 않은 깔끔하고 단정한 스타일이다. 말 그대로 사회초년생 교생 선생님다운 모습.

"안 어울려……."

거울 속 자신에게 사이즈도 딱 맞는 옷이었지만 유리는 왜인지 남의 옷을 입었다는 느낌을 지울 수 없었다. 옷에서 나는 은은한 섬유 유연제 향기조차 낯설고 어색하다.

자리에 왔더니 명찰에 '정예슬'이라는 이름이 쓰여 있었다. 주변을 둘러봐도 빈자리는 이곳뿐이었다.

나는 지금 이유리가 아닌 건가?

하지만 거울 속에는 이유리의 모습뿐이었으니, 혼란스러웠다.

"정예슬."

입으로 작게 읊조려 봤지만, 딱히 떠오르는 사람은 없었다. 유리는 성실하게 학교에 다니는 학생은 아니었지만 선생님들의 이름 정도는 알고 있었다. 타이밍이 맞지 않았다면 교생 선생님 정도는 못 봤을 수도 있겠지만……. 그때 의자에 걸쳐 놓은 겨울 재킷이 눈에 들어왔다. 창문 너머 나무들은 이미 헐벗고 있었다.

유리는 쭈뼛거리며 자신의 자리—아마도 임시로 만든 정예슬 선생의 자리—에 앉았다. 달력은 12월이었다. 겨울. 연도는 동일하니, 이곳은 자신이 아직 겪지 않은 미래라는 이야기가 된다.

여기서 무엇을 해야 할까. 유리는 정예슬이 어떤 사람인지, 왜 이곳에 있는지 모른다. 학생의 입장에서 교무실에 들어오는 것과 선생의 입장에서 들어오는 건 전혀 다른 이야기였다.

"정 선생, 긴장 풀어. 꽤 지났는데 아직도 그러네."

"아……. 넵."

지나가는 수학 선생이 유리를 향해 물었다. 유리는 그저 낯선 환경에 긴장한 것일 뿐이었으나, 그 말에 의하면 아마 실제 예슬도 긴장했었나 보다.

그나마 다행이라 여기며 유리는 시선을 옮겼다. 깔끔한 책상이 예슬의 성격을 대변해 주는 듯했으나, 정교사가 아닌 만큼 임시로 머무르는 자리다 보니 깔끔할 수도 있겠다는 생각이 들었다.

작은 다이어리 하나와 필통이 놓여 있었는데, 유리는 잠시 펼칠까 말까 고민하다 펼쳐 보았다.

"실례하겠습니다아……."

다이어리를 펼치고 얼마 지나지 않아 작은 감탄사가 터져 나왔다. 정말 다행이랄까. 예슬은 요즘 말하는 MBTI 유형 중 J인 것이 분명했다. 꼼꼼하게 세워 놓은 계획에, 정리에 정리를 거듭한 다이어리는 보기 사납지 않고 일목요연했다.

다이어리에는 짤막한 일기도 쓰여 있었다. 집안 사정으로 1학기 실습을 놓친 예슬은, 모교에 부탁해 뒤늦게 2학기 교생 실습을 할 수 있게 된 모양이었다. 그래서인지 곳곳에 간절함과 노력의 흔적이 보였다.

학교 수업 진도와 내용, 일정이 빼곡히 적혀 있는 다이어리를 보고 나니 유리가 아닌 다른 누구라도 예슬 행세를 할 수 있지 않을까 하는 생각마저 들었다.

'최종 수업(혼자서).'

학교를 떠나는 날 혼자서 하는 수업에는 빨간 동그라미에 별표까지 두 번 그려져 있었다. 유리는 저도 모르게 다시 머리 위를 보았다.

"후……."

다행히 D-14보다 뒤에 있는 날이었다.

"정 선생, 보조 수업 따라와야지."

"……."

종소리가 울리는 찰나, 반대편에 앉아 있던 선생님이 예슬을 불렀다. 예슬이라는 이름도 아직 익숙하지 않은데, '정 선생'이라는 호칭이 제대로 들어올 리 없었다.

"정 선생?"

"네? 아, 저요?"

"그럼 누구……?"

"아, 네넵."

유리는 다이어리와 교과서, 펜 등을 주섬주섬 챙기고 일어나서 선생님을 따라나섰다.

2학년 7반 수업에 따라 들어간 그녀는 반가운 얼굴을 마주했다.

"선우……!"

선우현의 이름을 부르려던 유리는 순간 멈칫했다. 여기서 이렇게 불러도 되는 건가? 하지만 끝까지 부른 것도 아닌데, 선우현이 자신을 쳐다보았다. 그 옆에 있던 민형의 얼굴도 눈에 들어왔다.

우현의 시선은 올곧고, 어쩐지 직선으로 뻗어 나와 유리를 향했다. 찰나의 순간이 길어지는 감각. 설마 나를 알아본 건가 싶은 생각이 들었지만 우현은 예의상 작게 고개를 꾸벅였을 뿐이었다. 이내 그는 시선을 돌리고 교과서를 펼친다.

유리는 순간 얼떨떨해져 시선을 거둘 생각도 못 하고 그를 멍하니 바라보았다.

선우현은 눈에 띄는 타입의 부류는 아니었다. 다만, 저 눈빛은 처음 볼 때부터 신경이 쓰였다.

사람을 마주하는 자세가 똑바르다고 해야 할까, 과하게 진중하다고 해야 할까. 유리는 노골적인 시선엔 익숙한 편이었다. 하지만 그의 시선은 뚫어져라 보는 것과는 달랐다. 처음 봤을 때도 그래서 신기했다. 뭔데 나를 이렇게 진중하게 볼까, 하고.

그 앞에 있으면 나를 숨기지 말고 정직하게 반응해야

할 것만 같은 기분이 들었다.

 옆에 있던 선생님이 유리를 향해 뒤쪽에 있으라 작게 말했다. 아이들 사이를 지나 교실 뒤편에 서고 나서야 유리는 지금의 상황이 얼마나 어려운지 직감했다.

 우현과 민형은 유리를 알아보지 못한다. 이렇게 옷을 입고 있어도, 다른 사람들이 '정 선생'이라고 불러도, 그들만은 유리를 알아볼 거라고 믿었나 보다. 잠시 꿈을 꾸고 있는 것일지도 모른다고. 이건 시대가 열 몇도 더 간 깜짝 카메라 같은 것일 거라고. 허무맹랑하게 믿고 있었나 보다.

 지금 유리가 유리라는 사실은 그녀 스스로만 증명하고, 주장할 수 있었다. 게다가 교생 선생님과 학생, 그것만으로도 장벽이 느껴진다. 지금의 두 사람은 유리가 이 상황에서 쉬이 말 걸 수 없는 존재라는 뜻이었다.

 아주 어려운 게임 속에 들어온 것 같다.

 유리에겐 항상 클리어해야 할 미션이 존재했다.

 도장 깨기를 하듯 그걸 해내는 것. 그리고 박수갈채를 받는 것. 그리고…… 이겨야만 하는 것.

 인생이란 게임과 같구나. 그렇다면 준비를 해야지. 단순한 깨달음은 사춘기에 들어서기 전, 이미 유리의 사고방식 아주 깊숙한 곳까지 파고들었다.

수업은 머릿속에 들어오지 않았다. 어떻게 이 상황을 타개해야 할지 계속해서 생각했지만, 그 또한 쉬이 답은 나오지 않았다.

체감상 엄청나게 긴 수업이 끝나고 교실 밖으로 나가려던 찰나, 학생 한 명이 유리에게 말을 걸어왔다.

"저, 선생님."

"어……. 나?"

아직도 저 '선생님'이라는 호칭은 어색하기 그지없었다. 무릇 유리의 마음속에 '선생'이라는 존재는 나이가 지긋하고 자신에 비하자면 상당한 어른에 속했다.

제 또래에게 어른 취급을 받으니, 갑자기 늙어 버린 기분이 들었다.

"물어볼 게 있는데요."

"어……."

안 되는데. 네가 물어봐도 내가 대답해 줄 말이 없을 텐데……?

마음속 외침은 차마 입 밖으로 내뱉을 수 없었다. 그냥…… 교생 선생님의 품위고 뭐고 버려……?

하지만 우물쭈물하며 넘긴 말이 긍정으로 들렸는지 학생의 얼굴이 대번 밝아진다. 뒤를 향해 다른 아이들을 보고 고개를 끄덕인다. 음?

"……뭔데?"

"아, 그게…… 좀 개인적인 문제라."

오호라. 이건 좀 흥미가 생기네.

유리와 학생은 나란히 교실 밖으로 나왔다. 1층 산책로까지 가자는 말에도 그냥 그런가 보다 했다. 하지만 막상 걸어가다 보니 드는 생각은…….

'설마 날 좋아한다고 하는 건 아니겠지…….'

정확히 말하자면 유리는 정예슬의 얼굴을 몰랐다. 거울을 보면 유리의 얼굴만 보이니까.

이대로 드라마 같은 상황이 펼쳐지면 어떻게 대처해야 하나 고민하는 찰나, 앞서 걸어가던 학생이 돌아섰다.

"저, 선생님……."

남학생은 유리를 불러 놓고 갑자기 고개를 숙였다. 어디 아프냐? 유리가 물어보려던 차에 그가 다시금 고개를 들었다.

"'겹쳐진 도서관'에 오신 것을 환영합니다."

무표정의 남학생이 말했다.

"뭐……라고?"

"당신은 '정예슬'의 책을 대여하셨습니다. 대여 기간은 보시는 바와 같이 14일입니다. 14일 이내에 책을 잘 반납해 주시기를 바랍니다."

"아니아니……. 잠깐만……!"

유리는 한 손으로 이마를 짚고, 다른 한 손으로 손을

내저으며 '일시 중지'를 외쳤다.

이 학생이 나한테 하려던 말이, 지금 이 현상에 대한 설명인 건…… 너무 이상하잖아?

"넌 누군데?"

유리는 일단 상대의 정체가 궁금했다.

"저는 겹쳐진 도서관의 사서입니다."

"원래 그렇게 생겼니? 여기 학생으로 위장하고? 아닌가. 원래 학생인데 사서의 직위를 가지게 된 건가?"

사서가 잠시 침묵했다. 마치 정보를 소화하는 것처럼 보였다.

"……저는 '원래' 이렇게 생긴 게 아닙니다. 이 학생의 정신을 빌려 잠시 대여자에게 도서관에 대해 설명해 드리는 것입니다. 그러니 학생이 위장한다, 혹은 학생이 사서의 직위를 가지게 되었다는 말은 부적절합니다. 저는 그저 사서일 뿐입니다."

말투는 AI 같아도 생각보다 성실하게 알려 주는 사서였다.

이제야 확실히 감이 잡혔다. 머리 위에 떠 있는 숫자는 카운트다운이 맞았다. 책을 '빌렸다'라는 개념인 줄은 몰랐지만 말이다.

"반납 못 하면 어떻게 되는데? 못 돌아가는 거야?"

유리는 불안한 눈으로 빨간색 숫자를 쳐다보았다.

"그러지는 않습니다. 14일이 지나면 책은 자동으로 반납됩니다. 다만……."

"패널티가 있겠네."

유리는 사서의 말을 낚아채듯 말했다. 사서의 미간 사이가 잠시 좁아지는 걸, 유리는 놓치지 않았다.

말해 보라는 듯 가만히 서 있으니 다시금 사서가 말했다.

"이곳에서 대여자는 14일이라는 기한을 통해 책 주인의 삶에 있어 '중요한 순간', 즉 '삶의 분기점'에 다다르게 됩니다. 그 기한 동안 책 주인이 바꾸고자 했던 부분을 바꿀 수 있다면, 온전하게 반납 가능합니다."

"책 주인이 바꾸고자 한 것? 그게 뭔데?"

"……."

사서는 입을 다물었다. 표정만 봐서는 말하기 싫은 건지, 말할 수 없는 것인지 파악이 불가했다. 남학생은 분명, 아까까지만 해도 본인이었을 것이다. 그런데 갑자기 사서로 빙의했다. 그게 사서의 마음대로 가능하다면 갑자기 사라질지도 모른다.

……그러면 안 되지.

유리는 힐끗 시선을 옮겨 다시 디데이를 보았다. D-14. 일단 한발 물러서자.

"알겠어. 아직 시간이 있으니까. 그 부분 말고 다른 거 물어봐도 돼?"

"네, 가능합니다."

"네가 말한 '겹쳐진 도서관'은 실제로 있는 공간이야? 우리가 방금 전까지 있던 거기가 도서관 내부인 건가?"

"비슷합니다."

"너처럼 어디든 존재할 수 있는 건가?"

"도서관이 있는 곳에 한정해서, 그렇다고 해 두겠습니다."

"나는 정예슬을 모르는데, 모르는 사람한테 빙의할 수 있는 건가? 이거 빙의야, 시간 여행이야? 아니면 둘 다야?"

"모르는 사람은 아닙니다. 도서관의 책을 대여하셨으니까요. 대여자는 책 주인과 연관이 있는 사람입니다. 빙의나 시간 여행이라는 이름으로 표현하시고자 한다면, 그렇게 하는 건 당신의 마음입니다."

어중간한 표현이 많기는 해도 사서는 유리가 묻는 말에 생략 없이 성실하게 대답해 준다. 미심쩍긴 해도 확실하단 의미였다. 의문점을 더 파는 것보다는 관련한 다른 질문을 계속해서 던지는 게 낫다고, 유리는 판단했다.

"내가 겹쳐진 도서관에 다시 들어가도 똑같은 사람한테 빙의되는 거야? 정해져 있는 게 아니라면 랜덤 게임처럼 매번 다른 건가? 네가 말하는 도서관에 있는 책은 모두 대여 가능한 거야? 거기에 어떤 책이 얼마만큼 있는 건데? 혹시…… 내 책도 있어?"

유리는 말을 쏟아 냈다.

"……말씀 중에 죄송하지만, 하나씩 물어보시고 하나씩 대답하는 방식으로 가는 게 낫지 않을까 싶습니다."

"왜, 잘 기억하는 것 같은데. 여긴 완전히 낯선 곳인 데다가, 미래인데. 너는 사서니까 가이드 같은 존재인 거잖아? 나는 제품에 있는 설명서 같은 거 정독하는 타입이거든."

"제품…… 설명서……?"

사서는 자신이 물건 취급받은 것에 약간 충격을 받은 것처럼 보였다.

하지만 유리는 최대한 많은 정보가 필요했다.

"나 하나만 더! 여기가 미래라면 과거도 바꿀 수 있는 거야? 아니면 현재도? 도시관에 들어온 나머지 남자애 세 명은 각각 누구한테 빙의되었어? 설마…… 나만 여기 있는 건 아니지?"

유리는 사서의 양손을 붙잡고 눈을 반짝이며 물었다.

좀 과한 감이 없지 않았다. 하지만 사서가 감정적인 모습을 보였기 때문에, 유리는 그것이 더 많은 정보를 얻을 기회가 될 거라 여겼다.

이제 사서는 대놓고 불편한 기색을 내비쳤다. 태연하게 무표정을 유지하는 기계적인 모습이지만, 기계는 아니다.

유리의 의도대로였다. 시간 여행을 모두가 하는 게 맞지? 한 번 더 쐐기를 박듯이 물었다. 사서의 얼굴에 미미한 당황감이 서렸고, 굳이 말을 하지 않아도 그게 답이 되었다.

"대답……!"

대답을 종용하는 유리를 눈도 깜짝 않고 사서는 물끄러미 바라보았다. 뭐 이런 애가 다 있어, 라는 눈빛이었다. 이내 작게 한숨을 내쉰 사서가 말했다.

"같은 사람이 두 번 이상 겹쳐진 도서관에 들어와 대여해 간 기록은 없었습니다. 도서관에 있는 모든 책에는 대여자가 있습니다. 어느 정도인지는…… 실시간으로 늘어나기 때문에 파악이 불가합니다."

사서도 유리처럼 말이 빨라졌다.

"대여의 시간선에는 과거, 현재, 미래의 기준이 고정되어 있지 않습니다. 겹쳐진 도서관은 여러분이 사는 곳과는 달리 한 차원 높은 곳이기 때문입니다. 그러니 과거, 현재, 미래라는 개념도 일직선이 아니라 모두 겹쳐진 형태라고 볼 수 있습니다. 시간 여행 시점은 책 주인의 삶의 분기점에 따라 다릅니다. 동행하신 선우현과 한민형은 과거로, 이운성은……."

말하다가 사서는 입을 다물었다. 당황으로 물든 눈동자가 유리를 향했다.

왜 말을 하다 말지?

"건투를 빕니다."

그렇게 말하고 사서는 하늘을 향해 고개를 들었다. 유

리도 직감적으로 뭔가를 깨달았다. 유리는 잡고 있던 사서의 손을 놓고 한 발 뒤로 물러섰다. 그 눈동자가 잠시 흐려지더니 남학생이 고개를 털어냈다.

"아……. 어지러워. 선생님, 죄송해요."

"……아니야."

"제가 묻고 싶었던 거는요……."

남학생이 주위를 살펴보더니 입 쪽으로 손바닥을 대고서 조심스레 말했다.

"우리 국어 선생님 머리…… 혹시 가발이에요?"

아―. 유리는 입술을 위아래로 깨물며 웃음을 참아냈다.

"……아닐 거야."

차마 단호하게 말할 수는 없는 노릇이었다.

늦은 오후에는 따라갈 수업이 없었다. 유리는 학교 화단 옆 분수대 근처에 앉아 마음을 가다듬으며 현 상황에 대해 복기했다.

사서와의 대화를 통해 꽤 많은 것을 알아냈다.

사서는 제법 친절한 편에 속했지만 정작 중요한 건 알려 주지 않았다. 반납은 자동으로 된다고 했지만 그걸로 끝은 아닌 것 같았으니까.

빙의든 시간 여행이든 정의하기 나름이라는 말은, 다시 말해 그 모두가 정답이라는 이야기이기도 했다. 유리는 자신이 '예슬'에 빙의한 채 미래로 온 것이라 가정하고 생각해 보았다.

대여자는 과거, 현재, 미래 중 어디든 갈 수 있다. 유리가 미래에 있으니 다른 세 사람도 그중 어딘가에 있다는 얘기다.

운성과 구분 지어 우현과 민형은 과거라고 했으니, 운성은 현재 아니면 미래로 시간 여행을 하고 있을 가능성이 높았다.

유리가 미래에 있으니, 운성이 현재려나.

"으으음······."

유리는 양손으로 머리를 부여잡았다. 하지만 왜 사서는 말을 하다 말았을까. 그가 급한 일이라도 생긴 것처럼 사라져 버린 것이 마음에 걸렸다.

건투를 빈다고는 했지만······ 사서를 한 번쯤은 다시 만날 수 있겠지? 아직까지는 상황을 제대로 파악할 만한 근거가 부족했다.

유리는 머리 위에 있는 디데이를 보았다. 14일이라······. 어차피 쌍둥이 오빠는 어디를 가도 자신보다 잘해낼 것이다. 항상 쉬워 보이니 별다른 힘을 쓰기 싫다는 얼굴로 해냈으니까. 온전하게 잘 반납한다는 말이 무엇인지는 모르겠지만, 교생 선생님이 되어 버린 지금 상황에서 해야 할 일을 해 보자.

거기까지 생각한 유리는 앉아 있던 자리에서 벌떡 일어섰다.

원래 게임에는 '치트키'가 있는 법. 스트레스를 받을 때마다 했던 게임이라고 생각하니 조금 유리하게 시작할 수 있을지도 모른다.

유리는 힘차게 다시 학교 안으로 들어갔다.

하지만 힘차게 들어간 후 뭔가 행동에 옮기기도 전 유리는 끌려갔다.

"……이건 말도 안 돼."

"에이, 걱정 마세요. 요즘에는 잔 돌리고 그런 거 안 한다잖아요."

운성이 있는 교실로 직진하다가 중간에 국어 선생님을 만났다. 그는 유리의 앞길을 막고 '정예슬 선생님, 오늘 회식인데 어디 가요'를 시작으로 말을 와다다 쏟아내며 유리를 혼미하게 만들었다. 교무실까지 오니 어서 짐을 싸라고 하고, 결국 정신을 차리고 나니 유리는 회식 장소에 앉아 있었다.

"……."

눈앞에 있는 소주 한 잔. 유리는 눈만 끔뻑거렸고…….

"뭐 하세요?"

옆에 있는 동료—로 추정이 되는— 선생님이 눈을 왕

방울만 하게 뜨고 눈치 좀 챙기라고 무언의 압박을 가하고 있는 상황이었다. 유리는 일단 잔을 들어 올렸다.

"자, 이번에 들어오신 교생 선생님들이 고생이 많으신데요. 앞으로 남은 기간 동안 힘내 봅시다! 짠!"

학년 부장 선생님이 추임새를 넣었고, 그걸 바라보는 교감, 교장 선생님이 흐뭇하게 미소 지었다. 적절한 타이밍에 올린 한 명의 소주잔을 필두로 모두가 잔을 들고 '짠!'을 외쳤다.

드라마에서나 보던 풍경이 펼쳐졌다. 유리도 엉겁결에 잔을 들어 올렸다. 유리는 소심하게 '짠'을 외치고 내렸다. 당연한 수순으로 사람들은 모두 고개를 모로 돌리며 소주를 식도로 들이부었다.

찰랑. 허겁지겁 유리가 잔을 내리는 찰나에 술잔에서 술이 조금 흘러넘쳤다.

물처럼 보이는데. 이게 다 술이란 말이지?

유리는 조심스레 잔을 들여다보았다. 평소 술에 대한 호기심은 있었다. 하지만 미성년자의 울타리 안에서 금지되던 것을 아무렇지 않게 하려니, 어쩐지 조금 꺼려졌다.

"먹어도 되나······."

"왜? 소주 못 먹어요?"

아까 눈치 챙기라던 동료가 유리를 향해 물었다.

"아니요. 처음 먹어 봐요."

"응……? 처음?"

"네, 그래도 빙의된 거면 이 몸은 성인이니까 괜찮겠죠?"

그녀의 아리송한 얼굴을 뒤로한 채, 마음의 준비를 끝낸 유리가 술잔을 들이켰다.

아, 쓰다.

그렇게 생각한 건 잠시뿐이었다.

"맛있네요."

"응……? 맛있……?"

"더 주세요."

유리가 말했다.

몇 시간 뒤, 유리는 비틀거리며 술십 밖을 나왔다.

"으아아아……. 선생니임~."

"아, 왜 이렇게 마셨어요. 예슬 씨."

"어? 나 예슬 씨 아닌데에……."

"알았어요, 알았어. 지금 내가 호칭 안 붙였다고 이러지? 정예슬 선생님."

"아닌데에……."

무슨 말을 하려고 해도 머릿속에 버퍼링이 걸린 듯 틈이 길었다. 말이 꼬이고 몸을 가누기가 힘들어 자꾸만 고개가 떨어졌다. 생각이 짤막하게 끝나고, 머리는 어지러운데 기분은 둥둥 떠 있는 느낌.

"아이구, 김 선생이 고생하네. 부탁 좀 할게요."

몸을 가누지 못하는 유리를 부축하듯 잡고 서 있는 김 선생님을 보며, 영어 선생님이 말했다.

"예에, 걱정 마세요."

"김 선생님만 믿을게요. 파이팅!"

어울리지 않게 귀여운 포즈로 건투를 빈 선생님 둘이 택시를 타고 떠나자 남은 김 선생님, 그러니까 유리의 유일한 동료 교생 선생님의 입에서 한숨이 터져 나왔다.

"하. 그냥 뒤도 안 돌아보고 가시네."

"그냥 가면 안 되는 거야~?"

존댓말은 이미 유리의 머릿속에서 날아간 지 오래였다.

"아니 꼭 그런 건 아니지만…… 일단 회식 너무 늦게 끝났는데, 여기서 우리 집이 제일 멀단 말이죠? 괜히 짜증나잖아요. 선생님이 귀찮다는 게 아니라…… 근데 예슬 쌤 저번에는 술 잘 마시던데, 오늘은 왜 이렇게 취했어요?"

"김 선생님, 말 많네에……."

유리가 열심히 취하는 동안에도 김 선생은 주변을 빠르게 살피며 적당히 끊어 마시고 싹싹하게 모든 걸 해냈다. 그러다 보니 이렇게 술 취한 유리까지 떠안게 되기는 했지만.

김 선생은 툴툴거리긴 해도 유리가 실수할 법하면 먼저 나서 상황을 유연하게 넘겼다.

"집이 어디예요?"

김 선생이 화제를 전환했다.

"집? 몰라요······."

"아, 이러니까 주정뱅이는······!"

김 선생은 밤하늘에 대고 분통을 터트렸다. 하지만 유리는 억울했다. 그녀는 정말 정예슬의 집을 모르니까.

유리도 힘겹게 고개를 올렸다. 카운트다운은 여전히 그곳에 있었다.

아, 벌써 하루가 지났네.

유리의 기억은 거기까지였다.

끝없이, 끝없이 가라앉는 느낌이다.

잔뜩 물기를 머금은 진흙이 발목을 옥죄어 오는 감각. 서 있는 자리에서 오도 가도 못 한 채 한 발짝도 떼어지지 않을 것 같은 걸음. 그럼에도 당장 여기서 사라지고 싶은데 주변은 너무나도 밝아서. 눈물조차 흘리기 어려울 때.

나는 어떻게 해야 할까.

유리는 쌍둥이로 태어났다. 아주 어릴 적부터 당연하게 제 옆에는 '이운성'이라는 오빠가 있었다. 겨우 몇 분 차이로 그가 오빠가 된 것에 대해 불만을 얘기하는 것이, 한

창 유년기의 유리가 할 수 있는 가장 큰 투덜거림이었다.

"어머, 애들이 왜 이렇게 예뻐요."

"감사합니다."

한껏 꾸미고 나온 엄마의 은은한 미소를 기억한다. 유리와 운성이 만세하듯 손을 뻗어 엄마의 손을 잡고 산책을 나다닐 즈음엔 항상 그런 말을 들었다.

"어머머. 얘가 여자아이고, 얘가 남자아이예요? 둘이 쌍둥이? 어머머, 너무 이쁘다."

운성은 낯가림이 심해서 그럴 때마다 엄마의 다리 사이로 파고들며 숨고는 했다. 유리는 말똥말똥 사람들을 쳐다보았다.

"너 진짜 이쁘구나."

그 말이 진실인지 아닌지는 본능적으로 알 수 있었다. 의례적인 말이 아니라, 유리를 물끄러미 바라보며 진지하게 하는 말을 그 나이 셈으로 할 수 없을 만큼 들으면 알게 된다.

"키즈 모델 시키면 되겠네."

"아, 그럴까요?"

대충 그런 말로 유리의 인생은 시작되지 않았을까.

시계를 보고, 엄마 아빠의 이름을 인지하고, 유치원 친구 중 더 친한 아이와 덜 친한 아이가 구분 지어질 무렵부터 이미 유리는 키즈 모델을 하고 있었다.

유리와 닮은 운성 또한 외모는 출중한 편이었으나, 워낙 표정이 없고 무뚝뚝해서 인기가 없었다.

게다가 고등학교에 입학할 무렵부터 운성은 묘하게 '인기남' 코스프레를 하기 시작했다. 사람들에게 친절한 '척'하고, 되도 않는 미소를 짓는 게…… 유리로서는 영 마음에 들지 않았다.

어쨌든, 남들과 달리 예쁜 외모를 가진 건 행운이자 유리한 무기였다. 유리의 키즈 모델 일은 제법 잘 풀렸지만 나이에 한계가 있었다. 좀 더 커서는 아이돌 지망생으로 중소 기획사에 들어갔다.

그게 열두 살 때의 일이다.

거기까지. 딱 거기까지는 승승장구였다.

모두가 아는, 잘나가는 아이돌이 되겠다는 포부 아래 유리는 공부를 소홀히 했다. 초등학교부터 중학교까지 출석 일수를 겨우 맞추고 졸업했다.

학교를 잘 출석하지 않았기 때문에 학교에서는 제대로 된 친구를 사귀기 어려웠다. 기획사에도 또래는 있었다. 하지만 그들과의 관계는 누가 먼저 데뷔하냐에 신경을 곤두세우는 경쟁 관계였다. 마음을 터놓고 친해지기는 어려웠다.

재력적으로 지원을 아끼지 않는 부모님은, 유리가 원하면 전문 댄스 선생님도, 보컬 트레이너도 모두 구해다

주었다.

하지만 초등학교를 졸업하고 중학교를 졸업하는 동안, 시간이 점점 지날수록 뭔가가 삐거덕거리기 시작했다.

우선, 세상엔 유리보다 예쁘고 아름다운 사람이 널려 있었다.

그녀는 어딜 가도 가장 예뻤다. 커다란 눈, 오똑한 코, 하얀 피부. 조막만 한 얼굴. 진부한 표현이지만 다 들어맞았고 거울을 볼 때마다 자신이 예쁘다는 사실을 자각할 수밖에 없었다. 그만큼 자신도 아이돌 무대에 설 자격이 있다고 생각했다.

연습생 준비를 시작하며 그 자신감은 와장창 깨졌다.

"쟤가 이번에 들어온 —야."

"와……. 미친 거 아니야? 혹시 성형했다거나."

"에이……. 중학생이?"

옆에서 들려오는 소리에 유리는 아무 말도 하지 못했다. 지난달에 들어온 아이도 너무 예뻐서 기절할 뻔했는데, 이번에는 더 심했다.

이게 몇 번째지. 유리는 미약한 현기증을 느꼈고, 그런 감각이 익숙해졌다는 사실에 또 한번 충격을 받았다.

말 그대로 억, 소리가 날 정도로 아름답고 제 매력을 뽐내는 아이들.

그렇게 생겨 가지고 재능은 또 어찌나 출중하던지. 처

음에야 놀라움과 부러움에 시기심도 일었다. 하지만 그런 인간이 세상에 하나가 아니었다. 유리가 속해 있는 이 작은 기획사는, 메이저 기획사에 들어가지도 못한 아이들이 모인 곳이었다. 그렇게 예쁘면서 춤도 잘 추고 노래도 잘하는 제 또래 아이들이 이 정도로 넘쳐난다고……?

유리가 의욕과 자신감을 잃는 건 서서히, 하지만 멈추지 않고 이어졌다. 그게 늪인지도 모르게 점점 바닥으로 빠져들었다.

'좋아하는 일이니까 힘내야지' 그런 말에 지친다.

분명히 그런 것을 좋아하던 시절이 있었다. 이제는 달랐다. 춤추는 것도 노래하는 것도, 카메라 앞에서 한껏 자신이 최고인 것처럼 포즈를 잡는 것도. 모두 재미가 없어졌다.

유리는 프로의 세계에서 자신이 전혀 특별하지 않음을 자각했다. 그렇게 여기고 싶지 않았지만 이제 고등학교 2학년이 된 지금은, 확실하게 알 수밖에 없다.

학교의 홍보 모델을 한 번 한 이후로 간간이 모델 일은 하고 있지만 이제 일도 많이 줄었다. 유리가 더 노력하지 않는다면 아마…… 유리는 업계에서 잊힐 것이다.

하지만 이제 어떻게 해야 하지.

하고 싶었던 일은 이것뿐이었는데. 이제 와 다른 걸 시작해도 잘해 낼 수 있을까.

"으으……."

유리는 앓는 소리를 내면서 눈을 떴다. 영화에서 보면 주인공은 예쁘게 눈만 반짝 뜨는데, 그건 역시 연기라서 그런 거다. 눈꺼풀을 들어 올리는 순간 엄청난 숙취가 몰려왔다. 미간이 절로 좁아지고 천장이 노랗게 색을 달리했다가 원래 색으로 돌아온다. 일단 몸을 일으켜 보았다.

"읍, 으에엑……."

역효과였다.

"갑자기 그렇게 일어나면 어떻게 해. 조심!"

등 뒤로 따뜻한 손이 유리를 받쳐 안듯 감쌌다.

"김 선생님……?"

화장기 없는 얼굴에 머리를 질끈 묶어 올린 김 선생님이 그곳에 있었다. 딱히 다정한 말투는 아니지만, 등을 어루만지는 행동은 조심스럽다.

"이거 마셔요."

김 선생은 들고 온 물 한 잔을 내밀었다. 따뜻한지 김이 나고 있었다. 유리는 타들어 가는 갈증에 컵을 받아들고 천천히 물을 마셨다.

"하, 좀 나아요……."

"그죠?"

"저……."

김 선생이 물음표 달린 얼굴로 유리를 쳐다본다.

"죄송해요. 제가, 여기……."

기억이 마구 뒤엉켰다. 크게 소리치며 웃은 것도 같고, 짜증도 부렸던 것 같다. 웃다가 뛰어가는 유리를 잡아채고 한숨을 내쉬던 김 선생의 목소리. 유리는 김 선생을 앞에 두고 뭔가를 한참이나 얘기했었다. 자신이 말한 내용은 전혀 기억나지 않았지만, 그걸 가만히 듣다가 그녀가 머리를 가만히 쓰다듬어 주던 기억은 어렴풋이 떠올랐다. 조각이 뿔뿔이 흩어진 퍼즐을 맞추는 느낌이 들었다.

어찌 되었든, 잔뜩 취해서 추태를 부린 것만은 분명했다. 예슬의 몸이 술에 강하다고 생각한 건, 유리의 착각이었나 보다.

"알면 됐어요."

여전히 다정하지 않은 말투. 하지만 유리에겐 이상하게 그 말이 다정하게 들렸다.

유리가 지난밤 잠들었을 김 선생의 방 안은 적당히 따스한 데다 안온한 공기가 감돌고 있었다. 침대는 뽀송뽀송했고, 먼지 한 톨 하나 없는 작은 서랍장 위에 귀여운 피규어가 줄을 맞춰 옹기종기 모여 있다.

모든 물건이 크게 자기주장을 하지 않고 서로서로 기대어 있는 느낌이 강하게 들었다. 그런 부드럽고 따스한 공간에 나를 눕히고 재웠다. 그냥, 별거 아닌 그 모든 것이…… 김 선생님은 다정한 사람이구나, 말해 주는 듯했다.

"감사합니다."

"이제 기분은 좀 괜찮아요? 어제는—."

그녀가 무슨 말을 하려다 입을 닫았다. 내가 무슨 말을 한 건가?

"제가 실수했나요?"

"아니에요."

무슨 말을 했나 보다. 하지만 유리는 전혀 기억나지 않았다.

"아, 그리고 밤새 연락 오더라고요."

"……네?"

김 선생은 눈짓으로 침대 옆 협탁을 가리켰다. 그곳에 유리의—정확히 말하자면 예슬의— 휴대폰이 놓여 있었다.

'부재중 전화 규현이 32통'

……누구지?

그때 머릿속에 어떤 목소리가 울렸다.

'예슬아. 넌 나 없으면 안 돼.'

"……?"

다정한 남자의 목소리. 하지만 그 뜻은 기묘했다. 따뜻한 물에 몸을 담갔지만 몸은 점점 차가워지는 것처럼 부자연스러웠다.

생각해 본다고 예슬의 지인을 기억해 낼 수 있을 리 없건만, 유리는 미간을 좁혔다. 그 모습을 보던 김 선생이 말했다.

"예슬 쌤, 혹시라도 도움 필요하면 말해요. 우리가 잠시 교생 실습 하는 사이긴 해도 동료고 나이도 같으니까……."

그렇게 말한 김 선생은 고개를 살짝 옆으로 돌렸다. 유리가 집요하게 쳐다보니 귓바퀴가 점점 달아오른다.

그제야 유리는 깨달았다. 다정한 마음씨를 가지고 있는데도 냉정해 보였던 것은 그저 쑥스러움이 많아서 그랬던 거라고 말이다.

"고마워요. 김…… 아니, 혜원이라고 불러도 돼요?"

김 선생, 김혜원이 눈을 둥그렇게 뜨고 유리를 바라본다. 어느새 술기운이 가신 유리가 해사하게 웃었다.

아침부터 기온이 급격하게 떨어졌다.

출근하지마자 학년 주간 회의에 다녀오느라 유리는 진이 빠졌다. 선생님들도 그냥 수업만 하는 게 아니구나. 잠시 비어 있는 오전 시간이나 수업 사이의 짧은 쉬는 시간을 빼고는 여유가 없었다.

학교에 이렇게 오래 있던 적이 얼마 만이던가. 유리는 돌아다니는 학생들을 한 발쯤 멀리서 바라보는 자신의 모습이 낯설었다. 무슨 말을 하는 건지 유달리 키득거리고 즐거워 보이는 아이들의 얼굴을 유리가 멍하니 보고 있으면, 지나가던 선생님들이 한마디씩 던졌다.

"벌써 학교 다닐 때가 그리운가 보네, 정예슬 선생님은."
"아하하……"

유리 역시 이 학교 학생인데, 거리감을 느끼고 있었다.

잠시 비는 시간이 생겼을 때 가 봐야겠다고 생각한 건 도서관이었다. 아무래도 그곳에 있다가 시간 여행을 하게 되었으니, 도서관에 가 보면 뭔가 힌트를 얻을 수 있을지도 모른다.

가면 다른 아이들을 만날 수 있을지도 모르고. 우현과 민형은 처음 수업 때 빼고 보지 못했고, 운성은 얼굴조차 마주친 적이 없었다.

유리는 곧장 도서관으로 가는 별관 건물 계단을 올랐다.

"안녕하세요."

익숙한 목소리에 뒤를 돌아봤을 때 운성이 옆구리에 책 한 권을 끼고 서 있었다. 시선이 마주치자 운성은 자연스레 웃었다.

"어……. 안녕."

"혹시 책 찾으러 오셨을까요?"

운성의 태도는 과하거나 모자람 없이 예의 바르고 적절했다. 그래서 더욱 거리감이 느껴졌다.

지금 운성이 보기에 유리는 '이유리'가 아닌 '정예슬'이었다. 이래서는 만난다고 해도 제대로 된 대화를 하기란 어려웠다.

"문 열어 드릴게요. 원래 9시에 여는데 오늘은 좀 늦어서."

운성이 도서관 스페어 키를 가지고 문을 열었다. 그는 배려 있게 먼저 들어가지 않고 문을 열고 기다려 준다.

"저기……!"

유리는 도서관 안으로 들어가며 말했다. 운성이 고개를 돌렸다.

"내 말 좀 들어 봐. 진짜 믿기지 않겠지만 내가 이유……."

"쉿."

하지만 그 말은 끝맺지 못했다. 운성이 제 입술에 검지를 대고선 유리를 뚫어져라 쳐다보고 있었기 때문에. 눈한 번 깜빡이지 않고 무감각한 얼굴로 이쪽을 바라보고 있었기 때문에.

유리의 말문이 막혔다.

"쌍둥이라 그런가, 하는 행동도 비슷하네요."

운성이 입을 열었을 때 유리는 그가 사서임을 알았다.

"사서……?"

"네."

다시 한번 만날 거라 생각했지만 이렇게 빠를 줄은 몰

랐다. 유리는 반가운 마음에 외쳤다.

"와! 다시 만났어! 지난번엔 그렇게 사라져서……. 어떻게 찾아봐야 하나 고민했거든."

"궁금하신 사항이 있으신가요?"

"응. 갑자기 미래로 와 버린 데다 정예슬은 만난 적도 없는 사람이고. 단서가 너무 부족한데……. 뭔가 더 알려 줄 만한 건 없어? 앞으로 일어날 일이라든가."

"……."

사서가 나타난 김에 유리는 궁금한 점을 가감 없이 물었다. 뜸을 들이는 행동이 제 쌍둥이 오빠의 모습이라서 그런가, 더 얄밉게 느껴졌다.

"그 말에는 대답할 수 없습니다."

"왜?"

"제가 앞으로 일어날 일을 말함으로써, 당신의 행동이 명확하게 달라질 수 있고 시간이 뒤틀릴 수도 있으니까요. 시간에 대해서 저는 대답할 수 없습니다."

"그런 게 어딨어……."

겨우 찾아낸 실마리가 허무하게 사라져 버렸다.

"책 주인의 '삶의 분기점'에 바꾸고 싶어 했던 미래를 바꾸면 잘 반납할 수 있을 겁니다."

"어차피 14일이 지나면 돌아가는데도?"

"……정말 닮았네요."

"응? 뭐가?"

"아닙니다. 신기한 현상을 경험해서 나온 사담일 뿐입니다. 그래서…… 당신은 책 주인, 정예슬의 삶의 분기점에서 그녀가 바꾸고 싶었던 것을 바꾸는 방식으로 행동하는 게 꺼려지는 건가요?"

"음, 솔직히 말하자면 뭘 시도하기도 좀 그래. 정예슬이 바꾸고 싶었던 일을 바꾸려면 그게 뭔지 어떻게든 찾아내야 할 텐데, 난 이 사람에 대해 아무것도 모르잖아. 그 상태에서 괜히 나섰다가 정예슬의 인생을 망쳐 버리면 어떻게 해?"

그렇게 한탄하며 쳐다봤을 때, 사서의 입꼬리가 미묘하게 올라가 있었다.

"어? 웃었다."

"아닙니다."

사서가 다시 무표정으로 돌아갔다.

"원래대로 돌아왔다."

"아닙니다."

"내가 행동하는 걸로 이 교생 선생님…… 정예슬의 삶에 영향이 가는 건 맞지?"

"그렇다고 보시면 됩니다."

"그러면 더더욱 조심스럽다고. 난 남의 인생에 이래라저래라 참견하는 사람들…… 정말 싫은걸."

"……잘할 수 있을 겁니다."

그러면 남은 시간 동안 정예슬에 대해 알아야 했다. 그때 유리의 머릿속에 지난번 목소리가 기억났다.

"아! 저번에 이상한 목소리가 들렸어."

"목소리…… 말입니까."

"응. 무슨 말도 안 되는 소리였는데, 내가 모르는 사람의 목소리. 실제로 들은 건 아니었지만 영화 장면처럼 머릿속에 떠올랐고, 예슬이 아는 사람인 것 같았어. 이게 뭐야?"

"그건 책 주인 과거 기억의 일부나 앞으로 일어날 수 있는 일을 보는 것입니다. 대여자가 책 주인을 이해하려는 과정에서 자연스럽게 일어나는 현상이며, 책 주인 삶의 중요한 순간에 대한 힌트가 될 수 있습니다."

"아직 일어나지 않은 일까지도 볼 수 있다는 말이야?"

"네, 그렇습니다. 보통은 대여자가 온전히 반납하지 못했을 경우 나타날 수 있는 가능성이라고 보시면 됩니다."

"일어날 일, 힌트, 가능성……. 온전히 반납."

유리는 사서의 말 중 중요 포인트라 생각되는 것들을 곱씹듯 읊어 보았다.

얼마 전 '규현이'라는 사람한테 부재중 통화가 엄청 찍혀 있었던 사실이 떠올랐다. 목소리의 주인공이 그 사람이라면, 혹시 연관이 있을 수 있을까.

"그러면…… 내 역할이 엄청 중요해 보이는데?"

사서는 대꾸하지 않았다. 그게 답이었다.

"가 보겠습니다."

사서가 말했고 유리는 '잠깐!' 하고 소리쳤다.

"네가 말해 준 거 개념이 쉽지는 않아. 다음부터는 그림으로 표현해 보는 게 어때?"

나름 조언이랍시고 던진 거였는데 사서의 표정이 미묘해졌다. 아주 의아하지만 이해해 보려는 얼굴이었다. 그리고 이내 눈을 동그랗게 떴다. 입은 조금 벌어졌다.

"감사합니다."

감사 인사를 끝으로 사서는 사라졌다. 그 자리엔 운성만 남았다.

유리는 아무거나 집어 들고 책을 빌렸다. 운성이 "이거 한 권이면 되나요?"라고 유리에게 물었다.

유리는 대답을 기다리는 운성을 쳐다봤다. 여기서도 뭔가 잘못 물어보면 어차피 사서가 다시 나타날 테니까 괜찮지 않을까.

"그게……."

유리가 운을 떼는 찰나 운성이 말했다.

"아, 이거 바코드가 훼손됐네요."

"응?"

운성이 잠시만요, 하고 책 귀퉁에 적힌 도서번호를 확

인했다.

유리는 그제야 자신이 집어 든 책의 제목이 눈에 들어왔다. '시간 여행으로 배우는 한국 근현대사.'

하필 골라도 이런 걸. 운성의 시선 또한 책등에 잠시 머물렀다. 역시 말은 안 하지만 국어 교생이 왜 이런 책을 빌리나 의문을 가질 법한 눈빛이었다. 유리가 속으로 낭패감을 느끼며 변명거리를 생각하고 있는데 갑자기 운성이 중얼거렸다.

"시간 여행을 하면 재밌을 것 같긴 하네요."

"그렇겠지? 할 수만 있다면야……."

유리는 괜히 옆머리를 귀 옆으로 넘기며 얼버무렸다.

"진짜 갈 수 있다면 미래가 좋을 것 같지 않아요?"

"그, 그래?"

"네. 과거보다야, 미래로 가는 게 더 흥미로울 것 같은데요."

"아하하."

운성은 덕분에 재밌는 상상을 했다며 감사하다 했고, 그걸로 대화는 끝이 났다. 밖으로 나온 유리는 도서관 쪽으로 자꾸만 고개가 돌아갔다. 저 표정을 안다. 그 이상 알려 주기 싫다는 무언의 의미도 담긴 웃음. 운성이 유리를 놀려 먹을 때 자주 쓰던…….

'미래로 가는 게 더 흥미로울 것 같은데요.'

그 말에 드는 생각이 있었다. 혹시…… 정말로 이곳에 운성이 있다면?

"그러면 운성을 찾아갈 게 아니라, 운성이 빙의해 있는 어떤 사람을 찾아야……."

만약 운이 좋게도 책 주인이 학교 안에 있는 사람이라면 예슬처럼 교생 선생님이거나 학생일 확률이 높았다. 학교 밖 사람이라면…… 당장 알 방도가 없었다.

몰두하며 걸어가던 유리는 걸어가다 한 아이와 부딪혔다.

"어, 미안."

성의 없는 인사를 건네고 스쳐 지나가려다 이상한 기시감이 들었다. 그래서 눈을 돌이봤다.

허리까지 오던 긴 머리를 어깨까지 자르고, 단정하게 서 있는 여학생은 잠시 멈춰 서서 유리를 쳐다보고 있었다. 그건 몇 개월 뒤의 자기 자신 '이유리'였다.

음……. 이건 무슨 상황일까.

유리는 머리 위에 있는 D-11이란 카운트다운을 보며 생각했다. 참으로 진귀한 체험이긴 했다.

"감사합니다."

유리가 건네준 따뜻한 캔커피를 받아 들며 학생 유리가 말했다.

"아니야, 내가 잘못했는걸. 춥진 않아?"

유리와 유리는 나란히 벤치에 앉아 있었다. 유리의 물음에 교복을 입은 유리는 고개를 가로저었다.

"더 추운 날 여름을 배경으로 촬영한 적도 있었는데요."

"맞아, 그날 엄청 추웠지."

말해 놓고 유리는 아차 싶은 마음이 들었다.

"생각만 해도 엄청 추웠을 것 같긴 해, 으으."

유리는 일부러 과장되게 몸을 떠는 시늉을 했다. 그 모습을 보고 학생 유리가 웃었다.

미래의 자기 자신과 나란히 앉아서 얘기를 하는 지금 이 상황이 신기하게 느껴졌다.

그때 학생 유리가 물었다.

"지금 어떤 느낌이에요? 선생님 입장에서는 학교가 새롭게 보일 것 같아요."

유리는 자기 자신을 가만히 바라보았다. 크게 뜬 눈이 햇빛을 받아 동공이 반짝하고 빛난다. 고개를 약간 갸웃거릴 때마다 결 좋은 머리칼이 굽이진다. 갸름한 턱선에 여린 손목, 발목은 늘씬하게 뻗어 있다. 바른 자세를 유지하고 있다. 피부가 이렇게 좋았던가? 잘 모르겠다.

매일 거울을 봤는데도 그것과는 전혀 달랐다. 그저 예쁘다는 느낌과도 달랐다.

제삼자의 눈으로 보는 자기 자신은 무척 특별해 보인다. 그래서 더 낯설었다. 어딘지 반짝반짝 빛이 나는 것 같다.

그런데도 항상 자신이 없었다. 주눅 들었다. 저게 정말 나의 모습이 맞을까? 그저 그렇게 보이기 위한 나의 연기는 아닌 걸까.

"어렵고, 막막해. 나는 가짜 선생님인걸."

예슬을 앞세우고 유리는 그녀의 등 뒤로 숨었다. 예슬은 교생이고, 교사가 아니었다. 그리고 실제 유리는 평범한 수업도 제대로 들은 적이 별로 없는, 애매모호한 위치의 학생이었다.

"저랑 똑같네요."

하지만 의외의 말을 건넨 선 학생인 유리였다. 유리가 그녀를 바라보자, 학생 유리가 덧붙였다.

"저는 가짜 학생'이었어요'."

"이었다……?"

학생 유리가 싱긋 웃었다.

"선생님도 답을 찾을 수 있을 거예요."

그렇게 마주한 자기 자신의 눈동자에, 유리는 예슬의 놀란 얼굴을 본다. 순한 눈매가 살짝 처져 있는, 눈썹이 가늘고 볼은 동그랗다. 입꼬리가 얇지만 옅은 보조개가 양쪽 볼에 있어서 그런가 답답해 보이지는 않는다. 무엇보다 그녀는 유리가 상상한 것보다 앳된 얼굴의 어른이었다.

후. 유리가 작은 숨을 내뱉자, 하얀 입김이 하늘 위로 흩어진다.

"전 추워서 이만!"

학생 유리가 손바닥을 펼쳐서 이쪽을 향한다. 반사적으로 손을 내밀었더니 학생 유리가 손을 맞부딪히며 하이파이브를 했다.

"지금 도서 위원 저 포함 다섯인 거 알아요? 언제 한번 도서관 놀러 오세요. 선생님, 파이팅!"

"?!"

그 말을 듣는데 머릿속에 한 가지 장면이 물밀듯 밀려왔다.

'선생님! 가지 마세요!'

유리의 목소리가 들린다. 그 목소리뿐일까, 다른 여러 목소리가. 나를 좋아해 주던 감사한 얼굴들이 스쳐 지나간다.

'미안……'

나는 비겁하다. 비겁하게 떠난다.

그것밖에 할 수 없다.

오후에는 교무실 밖으로 나갈 일이 없었다. 수업 준비 자료도 확인하고, 교과목 선생님들이 부탁한 업무도 조금씩 하다 보니 시간이 훅 지나갔다. 특히 나이 있으신 선생님들은 유리에게 요즘 친구들은 어떤 것에 관심이 많은지 조심스레 묻기도 했다. 대화를 하려고 해도 세대 차이가 나고, 학생들이 어려워할까 봐 고민이라는 선생님들도 꽤 많았다. 유리는 새삼 학교에 있는 선생님들이 그저 교과목을 가르치는 사람이 아니라는 생각을 했다.

파일철을 하고, 엑셀을 정리하며. 프린트 용지를 비우고 다시 채우며 유리는 계속해서 방금 전의 장면을 떠올렸다.

'선생님. 정예슬. 내 목소리……? 내가 왜, 어떻게. 기억? 상상? 떠남? 어디로?'

이면지 한쪽에 끄적여 보았지만 달라지는 건 없었다.

그건 아무래도 예슬에게 일어날 일 중 하나겠지? 사서는 '가능성'이라고도 했다. 바라보는 얼굴 중 유리 자신도 있었다.

그 장면 속 예슬의 감정은 학교 그리고 아이들에 맞닿아 있었다. 교생 선생님이라는 걸 감안하더라도 그 기억은 유리 자신이 겪은 것처럼 잔상이 길게 남았다. 아이들을 등지고 걸어가는 게 싫다는 감각. 너무 싫은데도 결국 제 발로 등을 돌려야만 하는 것.

이대로 선생님의 꿈을 꾼다면 포기할 일은 없을 텐데, 예슬에게 무슨 일이 일어나는 걸까?

아직은 알 수가 없는 일이었다.

학생 유리는 저 포함 도서 위원이 다섯이라고 했다. 선우현, 이운성, 한민형, 이유리. 네 명을 제외하면 그 사이에 한 명이 더 도서 위원이 된다는 의미였다. 유리가 그 말을 한 것이 내게 힌트를 주기 위함이라면…… 그 도서 위원이 누군지 알아야 했다.

당장에라도 도서관에 가고 싶었지만 급한 일들을 거의 마무리 지었을 때는 이미 오후가 다 갔다. 야간자율학습이 시작되기 전 한 시간이 남아 있었다.

빌려온 책만 냉큼 챙겨 유리는 도서관으로 향했다. 뛰어가고 싶은데, 눈에 띌까 봐 잰걸음으로 달리듯 걸어갔다.

애들이 도서관에 있을까? 없으면 어떻게 하지? 누구든 있을 테니 물어봐야겠다고 다짐하며 문을 열었을 때—.

"엇."

밖으로 나오는 선우현을 마주했다.

"선우현?"

"네?"

잠깐의 정적. 우현이 잠시 눈을 굴리더니 몸을 아래로 숙였다. 유리는 한 걸음 뒤로 물러섰다. 그가 바닥에 떨어진 종이를 주워서 건넸다.

"이거 떨어뜨리셨어요."

"아……."

하필 그건 유리가 생각 정리를 한답시고 이것저것 적

어 놓은 이면지였다. 살짝 벌어져 있기는 했는데…… 봤을까?

물어보고 싶었지만 무슨 말부터 꺼내야 할지도 모르겠다. 뭐가 이렇게 어려워.

"책 반납하러 오셨나 봐요."

유리가 고개를 끄덕이자 우현이 살짝 미소 지었다.

"도서관 문 닫아도 옆에 반납함이 있거든요."

그러더니 고갯짓으로 문 앞 구석에 있는 반납함을 가리킨다. 과연…… 유리는 다시 고개를 끄덕였다.

"반납해 드릴게요."

문을 열어서 고정하고 우현은 불 꺼진 도서관의 스위치 중 하나를 켰다. 데스크 쪽에 불이 켜진다.

"혹시 추가 대여도 필요하세요?"

"아니……."

"넵."

삐빅. 우현은 유리가 건넨 책에 있는 바코드를 찍고 뒤에 있는 선반에 책을 올려놓았다. 그리고 할 일은 끝. 두 사람은 어색하게 나란히 도서관 밖으로 나왔다.

솔직히 그가 옆에 있는 것만으로도 소란스럽던 마음이 한결 편안해졌다. 하지만 더 이상 우현을 계속 잡아 둘 만한 구실도 없었다.

지금 물어봐야 했다.

"2학년이지? 내년이면 수험생인데, 도서관 관리하는 거 힘들진 않아?"

"아, 괜찮아요. 아직까진요."

"그래? 다행이네. 혹시… 신입생은 아직 안 들어왔어?"

그 사이 도서 위원이 다섯이 되었다면, 신입생일 가능성도 있었다. 도서 위원이 되려는 학생은 드물었다. 다른 동아리라면 1학년이 가장 많았을 텐데 말이다.

의아함과 걱정을 담은 말투로 말하자, 지극히 선생님다운 질문이라고 느꼈는지 우현은 별다른 의구심 없이 대답했다.

"지금은 1학년 없이 다 2학년뿐이라서요. 내년에는 신입생을 많이 받아야 할 것 같은데, 잘될지 모르겠어요."

"그렇구나. 걱정되겠다."

"그래도 원래는 네 명이었는데 최근에 전학생이 한 명 더 들어왔어요. 그래 봤자 다섯 명이지만요."

우현이 머쓱해하는 얼굴로 웃었다.

"와……. 고마워."

"네?"

한 가지 단서에 닿았다. 이곳 미래에 이운성이 있다면, 그가 만일 같은 학교 학생에게 빙의했다면. 적어도 그 확률이 가장 높은 게 그 전학생이지 않을까 하는 생각. D-11을 보는 유리의 눈이 굳건하게 빛났다.

 단서는 찾았지만 해결되지 않은 문제는 또 있었다.
 '부재중 전화 32통 규현이.'
 액정 화면을 바라보는 유리의 미간이 좁아졌다.
 '규현이'라는 글자를 볼 때마다 마음이 불편해졌다. 무시하고 넘기려고 해도, 너무 많은 전화가 걸려왔다. 아무래도 이 사람이랑 정예슬이 무슨 사이인지 알아야 할 것 같은데, 보란 듯이 계속해서 부재중 통화를 남기는 '규현이'를 피해야 할 것 같은 강한 예감이 들었다.
 그때 들렸던 목소리. 너는 나 아니면 안 돼. 이기적이고 고압적인, 하지만 다정했던 목소리. 그게 이 '규현이'라는 사람 같았다.
 하지만 며칠 피한 게 화근이었다.
 부재중 통화와 더불어 메신저 앱에 이 '규현이'가 연락 폭탄을 던지기 시작했다.
 '왜 나를 피하지?'
 '예슬아, 나한테 왜 그래.'
 '내가 잘못해써'
 '아니 이건 니가 잘못한 거자나'
 '이러면 곤란한데;;'
 '왜 이러지 진짜'

채 읽기도 전에 바로바로 올라오는 알림이 화면 위로 연속해서 떴다. 목덜미에 서늘한 감각이 일었다.

"이제 좀…… 무서워지려고 하는데."

"뭐가 무서운데?"

"어어?"

뒤에서 들려온 말소리에 유리는 화들짝 놀라고 말았다. 혜원은 유리가 손에 쥔, 그새 액정이 꺼진 까만 스마트폰을 들여다보더니 시선을 앞으로 옮기며 여상히 물었다.

"내가 상관해도 되나?"

그 말은 의미심장하게 들렸다. 며칠 전 같은 집에서 출근하면서도 혜원은, 안 그래도 사정상 늦게 교생실습을 하는 우리가 너무 붙어 다니는 게 안 좋게 보일 수도 있다며 유리에게 먼저 내려서 가라고 했다.

가까운 듯 먼 것 같은 관계 안에서 유리는 혜원의 의중을 파악하기 어려웠다. 친근하게 '예슬' 하고 부르면서도 선생님들 앞에서는 깍듯이 '정예슬 선생님'이라 부르는 것도 그랬고, 그냥 물어보면 될 것을 상관해도 되는지 역으로 질문하는 것도 그랬다.

이런 거에 어쩐지 조금 서운해지는 건, 나만 그런가.

"아……. 그게 말이지."

말은 하고 싶은데 유리는 어디서부터 시작해야 할지 몰랐다. 일단은 스마트폰을 들이밀며 말문을 시작해 보려고 했다.

그때, 종이 울렸다. 혜원은 손목시계를 보더니 말했다.

"으아, 미안한데 좀 이따 얘기하자. 수업 있어서."

"으응……."

정말 미안한 얼굴로 혜원이 말했기 때문에, 결국 말은 꺼내지 못했다. 애써 낸 용기가 사라져 버렸다. 일단 스마트폰의 전원 버튼을 꺼버린 유리가 작게 한숨을 내쉬었다.

"예슬아."

퇴근길 버스 정류장에서 누군가 예슬을 불렀다. 하지만 유리는 그 말을 처음에 인지하지 못하고 지나쳤다.

"정예슬."

딱딱한 목소리. 저도 모르게 발걸음이 멈춰 섰다.

"오늘은 차를 두고 왔구나. 왠지…… 집에 차가 있더라고."

유리는 천천히 돌아섰다. 한 남자와 두 눈이 마주쳤다. 스마트폰을 귀에 대고 있는 남자의 수화기에서 '전화기가 꺼져 있어…….'라는 멘트가 흘러나오고 있었다.

꾸욱. 뭔가가 유리의 온몸을 꽉 누르는 것 같았다. 저 사람이…… '규현이'다. 불길한 예감이 적중했다.

유리의 눈앞에 서 있는 남자의 모습은 추레했다.

언제부터 신었을지 모르겠는, 색이 바래고 발끝이 다 해진 슬리퍼 위로 보이는 남자의 발가락은 겨울바람에 발개져 있었다.

입고 있는 바지와 티셔츠도 마찬가지. 로고가 있었을 법한 위치에는 바랜 흔적만 남아 있었고, 티셔츠는 목이 다 늘어졌다.

가로로 찢어진 눈 사이로 눈동자가 반쯤 보였다. 다크써클이 심하게 내려와 있었다. 유리와 눈이 마주치자마자 그는 헛기침을 내뱉고 한숨부터 푹 내쉬었다.

"예슬아."

"……."

"왜 내 연락을 씹지?"

'내가 그러라고 했었나?'라고 중얼거리는 소리에 유리는 잠시 말문이 막혔다.

정확히 두 사람이 어떤 사이인지는 모르겠지만, 실제 눈으로 보니 이 남자는 예슬을 함부로 대하는 태도가 명확했다. 다정했던 목소리의 주인공이라고는 믿을 수 없을 만큼 대조적인 태도였다.

그러니 유리도 친절하게 맞출 필요는 없다고 생각했다.

"바빴는데."

그 말에 남자는 헛웃음을 쳤다.

"어쭈, 말대꾸하네, 우리 예슬이?"

남자의 얼굴에는 정예슬이 내게 절대 저럴 수 없다는, 나한테 감히, 라는 표정이 여실히 드러났다. 유리는 그게 더 화가 났다.

 "밤새도록 30통 넘게 전화하는 미친놈보다는 나은 것 같은데."

 공교롭게도 화를 돋우는 데는 자신이 있었다. 아이돌의 세계에서는 교묘하게 비꼬는 사람들이 왕왕 있었다. 그들의 말투를 들을 때마다 내 일이 아니어도 피가 거꾸로 솟았는데, 이번에 그걸 그대로 적용해 보는 기회가 생긴 것뿐이다.

 "뭐라고? 이게 진싸!"

 남자가 저벅저벅 유리를 향해 걸어왔다. 이곳은 상가 근처고 사람도 꽤 있었다. 뭐 어쩔 건데, 라는 눈빛으로 그를 쳐다보던 유리는, 남자가 제 눈앞에서 스마트폰을 바닥에 집어 던지자 화들짝 놀라고 말았다.

 순간 남자의 눈동자와 시선이 정면으로 마주쳤다. 그의 눈동자 속에…… 겁에 질린 예슬의 얼굴이 있었다.

 "……!"

 유리는 뒷걸음질 치다가 바닥으로 넘어질 뻔했다. 앞에 있던 그 남자가 유리를 잡았다.

 "꺅!"

 넘어지는 것보다 그 남자의 두꺼운 팔이 자신의 팔을

잡아끄는 것에 거부감이 컸다. 유리는 저도 모르게 소리를 지르며 남자의 팔을 밀쳐 냈다.

주변 행인들의 의아해하는 시선이 이쪽을 향했다.

남자가 몇 번 답답한 듯 한숨을 내쉬었다. 그리고 바닥에 떨어진 핸드폰을 주워서 들었다. 그 모든 동작이, 마치 슬로 모션처럼 천천히 눈에 들어왔다.

쳐다보기 싫은데, 시선을 잡아끄는 힘이 있었다.

"예슬아."

남자가 유리를 불렀다. 아까와는 달리 차분하고 다정한 목소리였다.

"연락, 하자? 휴대폰 꺼 놓지 말고. 내가 얼마나 답답하고 걱정되었으면 그랬겠어. 좀 이따 전화할게. 꼭 받아 줘."

액정이 깨진 폰을 찬찬히 흔든 남자는 서서히 멀어졌다. 남자가 완전히 점이 되어 사라진 것까지 보고 나서야 유리는 참았던 숨이 터져 나왔다.

손이 덜덜 떨렸다. 남자가, 무서웠다.

두 눈이 마주치는 그 순간부터 마치 누군가 옥죄듯 몸이 움직이지 않았다. 입도 떨어지지 않았다. '예슬아.' 단순히 이름을 부르는 것인데도, 그의 말이 올가미처럼 유리를 옭아매었다.

남자가 이상한 사람이라는 생각은 변함없었다. 마주하기 전까지는 엮이고 싶지도 않았다. 하지만 이제는 달랐다.

두려움. 떨림. 충격. 화남.

그런 감각의 한구석에, 그의 말이 묘하게 틀린 게 아니라는 이상한 생각이 들기 시작했다. 왜? 왜지?

그 남자의 얼굴이 떠올랐다. 방금 본 모습이 아니라, 좀 더 멀끔하고 생기 있을 때의 얼굴.

'좋아해.'
단정하고 밝았던 네가 말한다. 내가 웃는다.
'너무 좋아해.'
그가 내 손을 잡는다. 크고 따뜻한 손의 온기가 언제까지고 그 손을 놓고 싶지 않게 만든다.
그 모습이 그립다.

이상한 기억이 떠올라 버렸다. 정예슬은…… 저 남자, 정규현을 좋아했다.

하지만 기억 속 남자는 방금 전 눈앞에 있던 사람이 맞을까 싶을 정도로 다르다.

말도 안 돼. 그럴 리 없어. 유리는 방금 전 떠오른 장면을 애써 지우고 싶은 사람처럼 고개를 내저었다. 때마침 버스가 왔다. 유리는 허겁지겁 집으로 향했다.

한번 시작된 기억은 물밀듯 유리의 머릿속으로 밀려

들어왔다.

정규현. 고등학교 2학년 때부터 스물다섯 살인 지금까지 만나 온 정예슬의 남자친구.

정말로, 정말 진부한 말이라고 생각하지만 예슬의 기억이 머릿속에 선명한 이상 이 말을 할 수밖에 없다.

처음엔 이러지 않았다.

규현과의 추억은 예슬의 폰에서도 찾을 수 있었는데— 유리는 남의 폰을 훔쳐본다는 느낌이 싫어 일부러 보지 않았었다— 대부분의 '청춘'이라 불릴 만한 기억이 모두 정규현과 함께한 추억이었다. 거의 7년 가까운 기간의 사진이 저장되어 있는 그녀의 사진첩 속에는 그 당시의 행복한 감정이 빛바래지 않은 채 선명했다.

"도대체 언제부터……?"

떠오르는 장면은 대부분 한참 전 기억인 것 같았다. 그러니까 예슬이 유리 또래였을 시기의 것이었다. 처음엔 부정했지만 기억 속 '규현'이 '정규현'이고, 두 사람은 아직도 연인 관계를 유지하고 있다는 것만 알았다.

그때 켜 놓은 스마트폰에 알림창이 떴다.

'오늘은 미안해 예슬아.'

'우리 주말에 보자.'

보기만 해도 안쓰러워 보이는 사과 이모티콘을 보내면서 이어지는 하트를 날리는 사랑스러운 이모티콘. 메신저 앱에 주야장천 본인만 말하고 있다는 사실을 이 사람은 알고서 이러는 걸까.

"그렇게 무서워했으면서……."

유리로서는 예슬이 정규현과 관계를 유지하고 있는 게 이해되지 않았다. 하지만 그를 마주쳤을 때는 아무것도 제대로 하지 못했다. 왜 그렇게 두렵고, 답답한 마음이 들었을까. 그게 혹시 예슬의 감정인 걸까……?

"아, 모르겠다!"

'생각해 볼게.'

답장을 남기고 유리는 휴대폰을 꺼 버렸다. D-9. 이게 지금 상태에서 유리가 할 수 있는 최선이었다.

하지만 주말은 왔고, 어중간한 대답은 상대방에게 긍정으로 해석되었다. 아침부터 전화가 울렸다.

"여보세요."

"우리 예슬이 늦잠 잤나 보네."

잠결에 전화를 받았다가 잠이 싹 달아났다. 유리는 침대 위에 벌떡 앉아서 화면을 잠시 보았다.

'규현이.'

"젠장……."

"응? 뭐라고? 나 이제 너희 집으로 가려고 하는데."

"뭐? 왜?"

보자는 얘기가 집으로 온다는 얘기인 줄은 몰랐다.

"왜긴. 내가 항상 갔잖아. 좀만 기다려. 바로 갈게."

"아니. 나 일이 있어서 오늘 못 볼 것 같은데……."

"일? 나랑 만나는 일보다 중요한 일이 있어? 응?"

나긋하던 목소리가 갑자기 서늘한 냉기를 머금었다. 태세 전환이 빠르다. 어쩜 이렇게 금방 화를 내지. 유리는 애써 상황을 긍정적으로 생각해 보려고 했다. 하지만 생각은 휘발되고, 휴대폰을 쥔 손에선 땀이 났다.

"갈게. 기다려."

전화는 뚝 끊겼다. 끊어지는 소리조차도 귀에 생채기를 내듯 날카로웠다.

빈 액정 화면을 보고 유리는 머리 위를 올려다봤다. D-6이라는 붉은색 숫자가 선명했다.

그리고 몇 분 뒤 유리는 밖으로 나왔다. 시야를 가릴 정도로 크기가 큰 캡 모자와 마스크, 커다란 뿔테 안경을 끼고서.

학교 홍보 모델로 잠깐 인지도가 솟구친 적이 있었다. 그때도 이 정도로 가리진 않았던 것 같은데…….

이제 유리는 예슬의 입장을 생각하네 마네 문제를 떠나서 그냥 그 남자를 마주치고 싶지 않았다. 지난번 그 감정을 다시 느끼고 싶지 않다. 그 남자의 시선 속에서 예슬은 명백히 떨고 있었다. 무서운 일을 마주할 때처럼 그냥 그 자리에서 사라지고 싶던 감각이 아직도 생생했다.

예슬을 도와주고 싶었지만 이렇게는 곤란하다. 끈질긴 인연이라는 점을 감안하더라도 그는 예슬의 인생에 도움이 될 것 같지 않은 사람이었다. 예슬의 반응의 기저가 두려움이라면 더욱. 그녀가 바꾸고 싶었던 것은 떨쳐 내지 못하는 정규현과의 관계 그 자체일지도 모른다.

그렇다면 더욱 그를 마주하지 않는 게 낫다.

그런데 바깥으로 나오고 단 몇 걸음 만에 골목 저편에서 걸어오고 있는 정규현을 발견해 버리고 말았다.

"말도 안 돼. 이렇게 바로?"

아직 정규현은 유리를 보지 못한 상황이었다. 휴내폰을 들여다본 채 어슬렁거리며 걸어오는 그를 보자 유리는 속이 꽉 막힌 듯 답답해졌다.

급박한 마음에 유리는 좌우를 살폈다. 오른쪽 코너에 작은 카페가 하나 있었다. 무작정 그 안으로 들어갔다.

근데 만석이었다. 햇살이 좋은 겨울날 통유리는 바깥을 환히 비췄다. 바깥에서 이 안이 보일까? 그것까지 확인은 못 했다. 그때 정규현이 카페 앞쪽으로 지나갔다.

'너, 자꾸 그러면 내가 가만 안 둬.'

그가 내 멱살을 잡고 말한다. 나는 무서워 그저 미안하다고, 미안하다고 한다. 울고 있으니 그가 내 눈물을 닦아 준다. 미안해. 안 그럴 거지? 그가 다정하게 말해서, 나는 바보같이 또 안도해 버리고 만다.

"헉!"

언젠가 정규현이 했던 말. 처음으로 예슬의 기억에서 정규현의 안 좋은 기억이 뇌리에 박혔다.

나를 바라보던 얼굴. 일그러지고 눈알이 크게 뜨인 모습. 정말 내가 알던 사람이 맞는지 생각하고 또 생각했던 차가운 시선.

유리는 머리를 쥐어 매고 그냥 눈앞에 보이는 아무 테이블에 털썩 앉아 버렸다.

눈앞에 있는 음료수까지 자신의 앞으로 끌고 잡았다.

모자에 가려 얼굴이 보이지 않았지만 테이블에 앉아 있던 상대방의 당황한 술렁임이 피부로 와닿았다.

"죄송해요······. 정말 죄송한데 저 한 번만 모른 척해 주시면 안 될까요?"

"······."

유리는 속사포로 말을 쏟아 내고 고개를 더욱 숙였다. 몸을 최대한 구부렸다. 손에 쥔 아이스 아메리카노는 거의 먹지 않은 상태였다. 컵에 맺힌 물방울이 손가락을 축축하게 적셨다. 차가운 줄도 모르고 꽉 잡고 있었다. 혹여나 그가 문을 열고 들어오면 어쩌지. 그 노기 어린 눈빛으로 여기서 소리치면 어쩌지. 별의별 생각이 다 들었다. 왜. 왜. 나한테 그러는 거야. 유리는 눈을 꾹 감았다. 영원 같은 찰나의 시간이 흘렀다.

그때 옆에 그림자가 졌다.

"어……? 누구셔?"

"그게…….."

익숙한 목소리에 유리가 고개를 들었다. 테이블 옆에 가까이 다가와 선 사람은 한민형이었다. 유리의 맞은편에 앉은 아메리카노의 주인은…… 선우현이었다.

두 사람이 유리를 보고 있었다. 한 명은 의아하게, 한 명은 조심스럽게.

"선생님."

우현이 유리를 불렀다. 왜인지 깊은 안도감이 들었다.

정규현은 더 이상 보이지 않았다. 그새 땀으로 젖은 모자가 더웠다. 컵 안에 있던 얼음이 움직이며 찰랑, 하는 소리를 냈다.

사연을 들어 보니 도서 위원 일동은 주말에 모여서 놀기로 했는데, 지운이 연락이 안 돼서 그의 집 근처로 온 거라고 했다. 운성과 유리는 개인 사유로 불참이라고.

"지운? 강지운 말하는 거야?"

"네. 지난번 물어보신 전학생이요."

우현이 답했다. 유리는 강지운이 약 한 달 전쯤 전학을 왔다는 사실, 적당한 성적에 조용조용한 성격으로 무난하게 있다가 도서 위원이 되었다는 사실까지는 찾아봐서 알고 있었다.

운성이 만일 이곳에 있다면 가장 유력한 후보.

그때 음료가 나왔다. 작은 동네 개인 카페라 그런가, 사장이 직접 음료수를 가져다주었다.

민형이 유리 앞으로 레모네이드를 밀어 주었다. 고마워, 유리가 작게 말했다.

급하게 나오느라 유리는 지갑도 챙기지 못했다. 단시간에 긴장하고 땀을 쏟아 낸 유리를 보고, 결국 애들은 음료수까지 사 주었다. 선생님이 애들 '삥을 뜯는' 것도 아니고……. 예슬의 입장에서는 무척 멋쩍은 일이긴 해도 한편으로는 아이들이 진심으로 고마웠다.

"그래서…… 그 지운이네 집은 어딘데?"

"요 앞이에요. ○○아파트."

세상 참 좁다. 거긴 예슬이 살고 있는 아파트였다.

"그래서 가 볼까 하는데,"

우현이 말했다. 그 말을 듣고 있는데 유리는 자신이 눈치 없이 끼어든 훼방꾼이라는 생각을 지우기 힘들었다. 며칠 전까지만 해도 친구였던 아이들이 어른 취급을 해 주는 것도 어색했다. 하지만 강지운이 정말 이운성일 수도 있겠다는 생각이 들고 있어서 더더욱 궁금했다.

"혹시 같이 가실래요?"

고민하던 찰나 우현이 훅 들어왔다.

"나? 그래도 돼?"

"네. 저는 괜찮은데……."

우현은 말하며 민형을 슬쩍 보았다. 민형은 격하게 고개를 끄덕이며 엄지까지 치켜세웠다.

"쌤, 국어 선생님이죠? 선생님 수업 자료 재밌다고 소문났어요. 국어 쌤이 교생 쌤 엄청 자랑하시더라고요. 나중에 우리 학교 올 거예요?"

민형이 눈을 빛내며 물었다. 재밌겠다, 라는 문구가 그대로 눈 속에 콕콕 박혀 있는 것 같은 얼굴이었다.

"아마도……?"

"그러면 나중에 우리 학교 오면 도서관 고문 좀 맡아 주세요."

"어?"

"도서관 사서 선생님. 타이틀도 괜찮죠?"

"하하하."

분명히 이건 거절 못 할 줄 알고 물어보는 거다. 하지만 유리는 섣불리 대답할 수 없었다. 그야 그럴 것이…… 유리는 잠시 이곳에 머무르는 타인일 뿐이었다.

"제안은 고마워. 내가 원한다고 맘대로 되는 건 아니지만 생각해 볼게."

그래서 할 수 있는 최선의 대답을 했다.

민형이 반색하며 외쳤다.

"약속한 거예요! 감사합니다~!"

신경 쓰지 말라고 할 줄 알았던 우현조차도 그저 고개를 꾸벅 숙일 뿐이었다. 유리는 자신이 어떤 약속을 한 건지도 모르고 그들을 따라나섰다.

"오빠 친구들이요?"

와, 귀엽다. 처음 강지운의 동생 강지수를 보았을 때 유리가 한 생각.

의구심 섞인 눈으로 노려보지만 전혀 위협적이지 않은 것부터가 그랬다. 중학생? 2학년이나 됐으려나. 지수의 시선이 유리를 향했을 때, 유리는 광고 컷을 찍을 때처럼 싱긋 웃어 보였다.

"지운이 학교 선생님이야."

"선생님……?"

"지운이가 연락이 안 된다고 해서 걱정이 되어 가지고……. 주말인데 미안해요."

유리는 스스로의 순발력에 내심 놀라고 있었다. 옆에 있던 우현과 민형도 놀란 눈으로 그녀를 바라보는 중이었다.

지망생일 뿐이었지만 유리 나름대로 연예계에 나가기 위해 노력한 시간이 있었다. 무엇이든, 어떤 것이든 콘셉트를 잡으면 해내야 했기에 배우가 아니더라도 연기는 필수였다.

이런 데 쓰일 줄은 몰랐지만.

유리의 말에 안심한 지수가 말했다.

"저희 오빠가 학교에서 또 괴롭힘당하고 있는 건 아니죠?"

'또?' 일단 유리는 아니라고 말했다. 민형과 우현을 보는 지수의 시선이 잠시 가늘어졌다가 원래대로 돌아왔다. 솔직히 그냥 봐서 민형이나 우현이나 누구를 괴롭히게 생기지는 않았다. 그들은 누가 봐도 지운이 걱정되어 온 친구들처럼 보였다.

"혹시 지운이 어디 갔는지 알아?"

"……아마도 거기 갔을 거예요."

몇 분 뒤 세 사람은 커다란 건물 앞에 섰다. 해성병원. 굳이 감기나 자잘한 찰과상으로 오지 않을 정도의 나름 규모 있는 곳이었다.

"병문안……이라고 했지?"

"네."

지운의 동생은 그가 '병문안'을 갔을 거라고 했다. 하지만 그 말을 하면서도 썩 내켜 하지는 않는다는 느낌이 강하게 들었다. 도대체 누구 병문안을 다니길래?

일단 병원 앞까지 오긴 했다만 어디서부터 그를 찾아야 할지 난감한 건 매한가지였다.

"어? 저기 지운이 아냐?"

민형의 목소리에 바라보니 병원 앞 계단을 내려오고 있는 한 학생이 있었다. 저게 강지운……. 유리는 전학 왔다는 그의 생기부만 보았지, 실제로 얼굴을 본 것은 처음이었다.

민형이 그를 부르려는 찰나, 강지운이 걸어가더니 한 사람 앞에 섰다. 그 학생은 삐딱하게 서서 강지운이 하는 모습을 매섭게 쳐다보았다.

'저희 오빠가 학교에서 또 괴롭힘당하고 있는 건 아니죠?'

그 순간 왜 머릿속에 지수의 그 말이 생각났을까.

하지만 강지운이 눈앞의 이에게 겁먹고 있다는 느낌은 없었다. 오히려 관망하고 있는 것 같았다.

"누구지?"

우현이 말했고 민형이 고개를 내저었다.

"둘 다 모르는 사람이야?"

"네."

지운과 같이 있는 남학생도 사복을 입고 있긴 했지만 적어도 우리 학교 학생은 아닌 것 같았다. 두 사람은 병원 옆 공터 방향으로 걸어갔다.

"따라가 보자."

그들을 따라 공원에 갔을 때는 이미 주변이 소란스러웠다.

"뭔 개소리야!"

큰소리가 났다. 세 사람은 놀라서 뛰어갔다.

"아오 씨……! 무슨 말이라도 해!"

가까이 가니 지운과 남학생이 서로 대치한 채 서 있었다. 남학생은 곧 지운을 칠 것처럼 흉흉한 기세였다.

"아니, 저게 무슨……!"

민형이 끼어들려고 했지만 우현이 막았다. 그보다 먼저 주변에 있던 남성 몇이 남학생을 말렸다. 실제로 폭력이 있던 건 아니었기에, 제지당한 상황 자체가 억울한지 남학생은 더욱 흥분해서 소리쳤다.

"아, 놔요! 남 일에 왜 끼어들어요!"

환자복을 입은 아저씨가 남학생을 말리며 지운에게 뭐라 물었다. 그 말은 들은 지운의 표정이 묘하게 일그러졌다. 그걸 보는데 묘한 기시감이 들었다.

그러더니 강지운이 돌발 행동을 했다. 몇 발자국 뒷걸음질 치더니 달리기 시작한 것이다.

"야! 강지운!"

유리는 강지운의 뒷모습을 보자마자 그를 따라갔다.

"선생님?"

 우현의 목소리가 뒤에서 들렸지만 유리는 일단 달렸다. 그래야 할 것 같은 강한 예감이 들었다. 누군가 따라간다는 사실도 모른 채 그는 뛰었다. 거리가 점점 벌어지기 시작했지만 유리는 시선 끝에 강지운을 계속해서 잡으려 했다.

 얼마나 뛰었을까. 한 주택가 골목에 와서야 강지운은 주저앉았다. 유리의 체력도 한계에 다다랐다. 유리는 그가 자신을 보지 못하도록 건물 뒤에 살짝 기대어 숨을 골랐다.

 헉헉거리는 지운의 숨소리가 들렸다. 유리의 귀 뒤에도 맥박이 빠르게 뛰었다. 왜 따라왔을까. 아직 확신도 없는데.

 다만 강지운이 도망치기 직전에 머리 위를 본 것 같아서. 그 위치가 꼭 카운트다운이 있는 부분인 것 같아서. 저도 모르게 그를 따라 여기까지 왔다.

 "강지운……. 와……. 하……!"

 그때 강지운이 혼잣말을 했다.

 "멍청한 놈."

 중얼거리는 목소리가 자조적이면서도 낯설게 들렸다. 그리고 이어진 말에 유리는 찬물을 끼얹은 사람처럼 굳어 버렸다.

"이운성……. 정신 차리자."

잠시 뒤 강지운이 자리를 떠났다. 아니, 강지운의 모습을 하고 있는 이운성이.

유리는 확신했다. D-6. 그가 강지운으로서 이곳에 있다고.

자신의 쌍둥이 오빠 이운성은 냉정한 면이 있다고, 유리는 어릴 적부터 종종 생각했다.

낯가림이 심하기도 했거니와 커 갈수록 머릿속에 무슨 생각을 하는지 모르게 의뭉스러웠다. 그래서 더욱 냉소적으로 보였다.

한번은 유리가 악플에 주눅 들었을 때였다.

'다른 사람들한테 보여지는 건 그냥 다 가짠데, 왜 그런 걸 신경 써. 너만 힘들게.'

나름의 위로랍시고 해 준 말이 유리에겐 큰 충격이었다.

말은 그렇게 해도 중학교 때까지 운성은 자신의 성향을 숨기려는 내색 없이 살았다. 생각하는 대로 내뱉고 행동했다. 그래서 기억할 만한 친구도 없었다. 유리가 기억하는 한 한민형이 그에게 처음 생긴 유일한 친구였다. 하지만 고등학교에 들어올 때부터는 전혀 달랐다.

억지 웃음. 억지 친절.

공부를 너무 많이 하다 보니 이상해졌나? 솔직히 처음

에 유리는 그렇게 생각했다. 뻔히 거짓이란 게 보이는데, 그러면서 스트레스를 받는 모습이 극명한데도 운성은 그 상태를 유지했다.

하지만 유리의 생각과 달리 결과는 성공적이었다. 운성의 평판은 좋은 의미로 널리 퍼졌고, 원래 성적이 상위권이라 선생님들이 좋아하던 그는 이제 '엄마 친구 아들'의 대표적 이미지로 자리매김했다.

유리는 어느 순간부터 운성이 부러웠다. 평범하게 학교생활을 하고, 조직 생활은 절대 안 할 것 같던 오빠가 도서 위원이 되어 새로운 친구들을 만드는 모습이.

유리에겐 또래 친구가 거의 없었다. 출석 일수가 부족한 것도 있거니와 나중을 생각해서라도 '학폭' 등 이상한 소문에 휩쓸릴 가능성을 원천 차단하자는 게 요즘 소속사의 주된 목표였다.

어디까지나 형식적으로 친절하고 적당한 관계를 유지하라고 어른들은 말했는데, 그게 말처럼 쉬운 게 아니었다. 심지어 그마저도 운성은 잘하는 것처럼 보였다. 유리는 사람을 믿으면 한없이 신뢰했다. 그들이 잘되길 바랐고 희로애락에 깊이 공감했다. 그러니 아예 친구가 없는 방향으로 나아가 버리고 마는 것이다.

한참 달리고 나서 중얼거린 강지운의 목소리는 차가웠다. 말투와 행동, 풍겨 나오는 분위기가 이운성 판박이라

모를 수가 없었다.

자세한 내막은 모르겠지만, '정신 차리자'라는 그의 말은, 더 이상 강지운을 위해 행동하지 않겠다는 말로 들렸다. 유리는 제 쌍둥이 오빠의 성향을 너무 잘 알고 있었다. 운성이라면 충분히 가능했다.

"어떻게 해야 하지……."

모든 규칙이 동일하다면 운성도 14일이 지나면 돌아갈 것이었다. 책 주인의 삶의 중요한 순간을 바꾸지 않아도 그냥 돌아갈 수 있다. 어떠한 제약이 있는 것도 아니었다. 하지만…… 강지운과 대치하고 있던 그 남학생의 얼굴에는 단순한 분노 말고도 뭔가가 더 있었다. 운성이 그것까지 봤는지는 모르겠다. 봤어도 모르겠지만.

유리는 지금까지 사서의 말을 종합해 봤을 때 아무리 남이어도 빙의한 데에는 이유가 있다는 느낌을 받았다. '관련되어 있다'라는 비교적 추상적인 답변이긴 했지만 말이다. 이곳에 온 것에 이유가 있는 거라면 아무것도 하지 않고 돌아가는 건 마음에 걸렸다. 그게 본인이어도, 가족인 운성이어도.

"저기……."

"……."

"저기요?"

"네? 저요?"

길을 걸어가던 유리는 상념에 빠져 있어 누가 부르는지도 몰랐다. 어깨에 살짝 닿은 타인의 손길에 놀라서 돌아보았다.

"네. 아까 오신 분 맞죠?"

그 사람은 아까 우현, 민형과 만났던 카페 사장이었다. 예슬 또래의 젊은 여성인 데다가 음료수에 서비스로 쿠키까지 줘서 기억하고 있었다.

"아, 네."

유리는 어색하게 고개를 끄덕였다. 사장도 멋쩍은 듯 웃었다.

"오지랖일 수도 있는데, 아까 혹시 '강지운' 학생 관련해서 얘기하고 있지 않았던가요?"

"네. 맞긴 한데……. 왜 그러시는지?"

"사실 그 학생이 저희 가게 단골인데, 요즘 안 오더라고요. 마지막으로 들렀을 때 두고 간 게 있어서."

그러면서 사장은 지운이 마지막으로 카페에 온 날 표정이 너무 좋지 않았다는 것, 음료도 마시지 않고 테이블 위에 둔 노트를 잔뜩 구겨 놓은 것, 그마저도 두고 가기에 불렀더니 '버려 달라'며 도망치듯 카페를 나가 버린 일까지 얘기해 주었다.

"선생님이신 것 같아서요. 마음에 계속 걸렸는데……. 마침 얘기하고 있길래 저도 모르게 엿듣고 말았네요."

"아, 괜찮아요. 혹시 지운이 두고 간 노트를……."

"네, 제가 가지고 있어요. 그냥 버리기엔…… 너무 소중한 물건 같아요. 선생님이 전달해 주시면 좋을 것 같아서."

"네, 그럴게요."

그 노트가 지운의 사정에 연관된 것일 수도 있었다. 운성이 돌아가기 전 자신이 도울 수 있을지도 모른다.

그때였다.

"정예슬."

자신을 부르는 목소리에 목덜미가 서늘해졌다.

유리가 고개를 돌리니 그곳엔 예상대로 정규현이 있었다.

"하루 종일 찾아도 안 보이더니 여기 있었네?"

정규현이 헛웃음을 쳤다.

"저…… 선생님?"

뒤에서 사장이 유리를 불렀다. "괜찮으세요?"라고 묻는 그녀. 사장이 느끼기에도 정규현의 목소리가 위협적인 모양이었다. 유리는 괜찮다고 말했다. 감사하다고, 내일 찾으러 간다고 말하자 사장은 결국 고개를 끄덕이고 자리를 떠났다.

"연락은? 왜 또 안 받아?"

사장의 뒷모습이 점이 되는 걸 보자마자 그가 다그치듯 물었다. 유리는 그를 바라보기 전에 요동치는 감정을 차분하게 가다듬으려 했다.

유리는 천천히 고개를 돌렸고 그의 눈을 마주 보진 않았다. 눈을 보지 않으니 한결 나았다.

"……집에 폰을 두고 왔어."

"하하. 재밌네."

전혀 재미없는 말투로 그가 말했다.

"나 서운하게 왜 그러지, 요즘."

"……."

"무슨 말이라도 해 봐."

저 이상한 놈한테, 뭔가 하고 싶은 말은 없었다. 이렇게 마주친 건 예상 밖의 일이었지만, 원래 또라이는 상종하는 게 아니라고도 유리는 마음속으로 여러 번 다짐했다.

"야!"

큰 소리에 순간적으로 유리의 고개가 돌아갔다. 두 눈이 마주쳤다.

"미안해."

말해 놓고 유리는 제 입을 틀어막았다. 마주친 시선 속에 예슬이 있었다.

왜 나한테…… 아니, 정예슬에게 저런 식으로 말할까.

무릇 연인이라면 애정이 있는 사이라면 저렇게 차가울 수 없을 거다. 정규현은 강압적인 말투가 예슬에게 어떻게 들릴지 정확히 아는 사람처럼 굴었다. 내 말을 어떻게 무시할 수 있어? 어떻게 그게 가능할 수가 있어? 무슨 말을 해도 죄다 이런 식이었다.

머리로 생각하면 말도 안 되는 소리였다. 헛소리도 도가 넘었다. 하지만 유리는 그에 반응하고 있었다. 정규현이 원하는 대로.

지금도 그랬다. 차갑고 고압적인 말이 머리 위로 뚝뚝 떨어질 때마다 유리는 말도 안 되게 서운했다. 그럼 그렇지, 라는 얼굴로 정규현이 이쪽을 봤다.

"예슬아, 넌 나 없으면 안 되잖아."

어느새 가까이 다가온 규현이 유리의 어깨를 잡았다. 은근한 힘이 느껴졌다.

"근데 왜 자꾸 피해. 내가 혹시 뭐 잘못했어? 그러면 내가 사과할게. 내가 너 얼마나 좋아하는지 알지?"

오도 가도 못 하는 상황에 시선이 맞물렸다. 규현의 시선은 한여름 어느 날의 환한 소년이었다가, 군복을 입은 까까머리 청년이었다가, 방구석에서 흐린 눈을 하고 예슬을 쳐다보던 모습을 지나 지금에 다다랐다.

"잠깐, 나……."

"나보다 중요한 게 있다고 말하면 안 되지."

아무 말도 하지 않았는데, 단언하듯 규현이 말했다. 그의 미간이 좁아졌다. 그 순간 유리의 머릿속에 예슬의 기억이 물밀듯 밀려왔다.

'네가 그러면 안 되지.'

'뭐라고?'

'왜 너만, 왜……!'

당황한 나는 뒷걸음질 친다. 진심으로 축하해 주던 게 바로 엊그제인데. 진한 술 냄새를 풍기는 그는 원망스러운 눈길로 나를 바라본다.

'이게 다 너 때문이야. 널 위해 희생한 내가 바보지. 후…….'

그 누구도 희생이라 생각하지 않았는데. 서로를 위해 노력했고, 그 노력은 빛을 발하는 과정에 있다고 여기는 내 마음은 너에게 닿지 않는다. 목구멍에 얹힌 듯 나오지 않는 말. 너는 나의 꿈이었고, 청춘이었고, 사랑이었는데.

시간이 흐르고 그는 점점 내 탓을 한다. 실제로 나는 나아가고 있다. 그는 멈춰 서 있다. 그는 울면서 말한다. 나와 함께 걷고 싶다고. 나는 그 말이 진심이라고, 그러니 가끔 화를 내고 내 탓을 하는 그를 용서한다.

그리고 이어지는 다른 장면.

'진짜 선생질 할 거야?'

'선생질이라니…….'

내가 오랫동안 바라 온 꿈. 나는 그 직전에 있지만 그는 내 꿈을 부정한다.

'그런 거 해서 뭐 해. 그냥 나랑 살면 되지.'

'하지만 그건…….'

꿈을 포기한 그의 눈동자가 나를 향한다. '그래서 뭐?'라고 묻는 듯한 생기 없는 눈동자. 나는 하려던 말을 목구멍 밑에 숨긴다.

내가 더 잘하면 되겠지. 애써 웃는다.

"……당연히 더 중요한 게 있지."

유리는 저도 모르게 중얼거렸다. 예슬은 애써 피했지만 그 속은 문드러지고 있었다. 꿈. 누가 말하면 그게 밥 먹여 주냐고 하는 것. 하지만 어떤 누구에게는 목숨보다도 소중한 것.

유리가 며칠간 예슬로 살아가며 느낀 감정이 있었다. 빼곡하게 정리된 예·복습 자료. 어떻게 하면 학생들이 좀 더 흥미를 느낄 수 있을지 여러 번 고민한 수업 내용. 그냥 그 모든 것을 보면 모를 수가 없었다. 예슬이 이 일에 얼마나 진심인지. 그녀가 얼마나 좋은 선생님이 될 수 있을지.

그걸 유리보다 훨씬 더 오래 본 그가 모를까.

모를 리 없었다.

"네가 그걸 모르면 안 되지."

"뭐라고? 너 지금 무슨 소리 하는지 알기나 해?"

"읏."

유리의 어깨를 잡은 규현의 손에 힘이 들어갔다. 통증에 인상을 썼지만 규현은 아랑곳하지 않았다.

"네가 어떻게…… 어떻게 나를 배신해?"

"이것 좀 놓고……."

"정예슬! 내가 말하고 있잖아!"

기어이 정규현은 소리쳤다. 그 커다란 소리가 귓가를 파고들고, 유리는 또 다른 하나의 기억에 도달했다.

'난 너 없으면 안 돼.'

규현의 상태는 좋지 못하다. 내가 무언가를 혼자 하려고 할 때면 어김없이 붙드는 말. 그는 나만 찾는다.

진동이 울린다. 좋은 기회가 있다고, 면접을 보겠냐는 메시지가 와 있다. 내 시선을 따라 화면을 본 그가 말한다.

'네가 내 옆에 없으면 나 죽어 버릴 거야.'

'진짜야.'

'나만 두고 갈 거 아니지?'

하루에도 몇 번씩 그가 나를 향해 말한다. 그 말을 들을 때마다 무섭고 화가 난다. 하지만 절박해 보이는 그의 얼굴을 볼 때마다 나는 항상 그렇듯 아무런 말도 하지 못한다.

'혼자 가지 마.'

늦은 밤 내 손을 잡고 작게 중얼거리며 우는 그의 모습을 본다.

책상 위에 가득 쌓인 교재와 여러 책들이 눈에 들어온다. 나는 그것을 잠시 훑어본다. 헤질 때까지 본 종이가 나풀거린다.

수업을 준비하며 쓴 노트 사이에 삐져나온 사진이 하나 있다. 아이들과 찍은 사진 속 웃는 내 얼굴을 바라보다 그대로 상자에 집어넣는다.

난 정말로 포기하고 싶지 않았는데.

결국 너는 나를 망가뜨린다. 그리고 나는 그걸 받아들인다.

"안 돼……!"

입 밖으로 소리가 새어 나왔다. 유리는 앞에 있던 규현을 밀어내고 섰다. 유리는 저도 모르게 심장 부근에 손을 올리고 숨을 고르며 깊게 내쉬었다.

마음이 쓰리고 아팠다. 막막하고 서러웠다. 그런 생각을 하는 와중에 눈물이 뺨을 타고 흘렀다.

"……."

얼마나 큰 결심이었는지. 감히 말로 표현하기도 어려웠다. 예슬은 울지 않았다. 겉으로 보기에는 말이다. 울어선 안 되는 상황이 그녀의 마음을 더욱 피폐하게 만들었다.

속으로 삭이는 생각은 해소되지 못하고 쌓여 갔다. 예슬에게, 규현은 특별한 사람이었다. 특별함은 바랠지언정, 특별하지 않아질 수는 없어서…… 그래서 놓지 못했다.

잘못 생각했다. 규현과의 관계는 단순히 피하는 것으로 해결될 수 있는 게 아니었다.

질질 끌어서도, 못 본 척해서도 안 된다.

놓아야 한다.

문득 주변이 너무 고요하다는 걸 깨달았다. 유리는 고개를 들었다. 아무리 골목이어도 길 한복판인데 아무런 소리도 들리지 않았다. 바람도 불지 않았다.

약한 빛이 느껴져 바라보니 자동차 한 대가 달려오던 상태 그대로 길에 멈춰 서 있었다.

규현 역시 시간이 멈춘 듯 서 있을 뿐이었다. 가까이 다가가진 못하고 유리는 주변을 바라보다 중얼거렸다.

"이게 뭐야?"

"삶의 분기점에 대한 실마리를 찾으셨군요."

그때 눈앞에 서 있던 규현이 말했다. 방금까지와는 달랐다. 단조로운 말투가 꼭 다른 사람 같았다. 이질감. 그리고 무표정에 가까운 차분한 얼굴.

"사서……?"

"네."

"하아……."

유리는 작은 탄식을 내뱉었다. 잠시 사서가 움찔한 것 같았지만 착각이겠지.

"괜찮으십니까."

"안 괜찮은데요……."

"……."

"이거 뭐야? 정예슬 선생님의 기억이나 미래의 가능성이 머릿속에 들어온다는 건 알겠는데, 방금 건 좀 달랐는데. 지금도—."

아직 감정이 갈무리가 안 됐다. 예슬의 감정이 복합적으로 밀려들어 와서 자꾸만 울컥울컥 눈물이 날 것 같았다.

"삶의 분기점 장면이디 그렇습니다. 삶의 분기점에서 달라질, 책 주인에게 일어날 일이고 그걸…… 데어자이! 당신이 마음 깊이 공감했기 때문일 겁니다."

"……그러면 여기서, 내가 뭔가를 바꾸지 않으면 그렇게 된다는 거야?"

"네."

하아. 다시 한번, 이번에는 좀 더 긴 한숨이 나왔다.

"이제 내가 뭘 하면 돼?"

"그건 말씀드렸다시피 대여자 본인이 찾아야 합니다."

은근슬쩍 넘어가 보려고 했으나 사서는 철벽이었다. 어차피 유리도 큰 기대는 하지 않았다. 유리는 얼굴 위로 흘러내린 옆머리를 뒤로 넘겼다. 좀 더 선명하게 사서가 눈에 들어왔다.

정규현의 얼굴인데도 사서라고 인지하고 나니 그다지 두렵지 않았다.

"지금 시간이 멈춘 건가?"

"일시적으로는요."

"덥네."

겨울인데도 바람이 불지 않고, 속이 요란하니 절로 덥게 느껴졌다. 사서는 아무런 호응도 공감도 하지 않았다. 다만 유리가 하는 양을 가만히 보더니 물었을 뿐이다.

"왜……."

"?"

"왜 돕고 싶어 하죠? 다른 대여자를요."

딱히 숨길 의도도 없는 듯 사서는 대놓고 물었다. 대여자가 있는 게 맞구나. 그게 이운성이라는 것도 알겠지?

사서는 정말로 궁금하다는 듯 물어왔다. 무표정이지만 대답을 기다리고 있는 눈빛이 호기심으로 물든다.

그런 사서가 마치 옛날 정규현처럼 보여서 유리는 머리를 애써 털었다. 지금 순간까지 예슬에게 동화될 필요는 없었다.

"돕고 싶으면 안 되는 거야?"

"보통은 그러지 않으니까요."

사실 누군가를 돕겠다고 마음먹고 움직인 건 아니었

다. 그냥 이곳에 대여자가 있을 거라는 실마리를 잡았고, 그게 누군지 알고 싶었다. 그 대여자가 '운성'이라는 걸 알고 나니 더더욱 돕고 싶어졌다.

"가족이 아니었어도, 말인가요?"

사서가 다시 한번 물었다. 유리는 그의 의도를 알 수 없어 미간을 좁혔다.

"당연하지."

사서는 잠시 침묵했다. 시간이 멈춘 거리는 정적 속에 갇힌 것 같았다.

"아."

그러더니 아주 작게 감탄했다. 그러고선 그녀를 보았나.

"그래서였군요."

"네?"

"그래서 당신이 '정예슬'의 삶의 분기점에 가장 잘 맞는 사람이었군요."

"그게 무슨 소리······."

어느새 코앞까지 가까이 온 사서가 유리와 두 눈을 맞췄다. 정규현의 모습을 한 사서의 눈동자 속에 예슬의 놀란 얼굴이 선명하게 보인다.

"정예슬 삶의 '중요한 순간'을 바꾸세요."

그러고선 사서는 씨익 웃었다. 기억 속 모습이 아닌, 처음으로 본 정규현의 환한 미소였다.

"정예슬과 이유리, 당신을 위해서."

다음 날 유리가 카페에서 받아 온 건 서비스 음료를 준다고 하는 열 장짜리 쿠폰이었다.

유리는 한 손으로 쿠폰을 들고 한 바퀴 돌렸다.

이걸 어떻게 전해 준담.

카페 사장님이 얘기해 준 노트는 예상대로 강지운의 노트가 맞았다. 안에는 각종 영화에 대한 분석, 끄적인 시나리오, 습작 작업, 사진과 스크랩 등으로 채워져 있었다.

귀퉁이 해진 노트는 손때가 가득 묻어 있었다. 치열하게 고민한 흔적과 기분이 좋거나 뭔가를 찾아냈을 때 쓰여 있는 느낌표는 그저 글자인데도 보는 사람에게 노트 주인의 감정을 엿볼 수 있게 해 주었다. 머릿속 장면에서 예슬이 꿈을 대하는 방식도 그랬다. 강한 열망이 숨길 수 없을 만큼 진하게 묻어 나왔다. 그토록 하고 싶었으면서. 좋아했으면서. 포기할 때의 예슬은 눈물 한 방울 흘리지 않았다.

한 번 보는 것만으로도 강지운이 얼마나 노력했는지 알 수 있을 정도였다. 그에게도 이 노트가 소중했을 것이다. 그런 노트를 다 구겨서 버리고 갈 정도면 대체 어떤 마음이었을까. 그걸 보고 있자니 유리는 또 마음이 아렸다.

이걸로 운성의 마음을 돌릴 수 있을까. 그건 모르는 일이었다. 하지만 적어도 보지 않고는 알지 못하는 것도 있었다.

운성이 이 노트를 봐야 했다. 그게 유리가 할 수 있는 최선이었다.

유리는 카페 사장에게 혹시 강지운이 이곳에 다시 온다면 노트를 전해 줄 수 있을지 부탁했다. 유리가 노트를 살펴보는 동안 걱정 어린 눈길을 하고 있던 사장이 아무래도 적임자라고 생각했기 때문이다. 사장은 처음에는 선생님이 갖고 가는 게 나을 거라 했지만, 유리가 지운의 자존심이 상할지 모른다며 거듭 부탁하자 결국 고개를 끄덕였다.

운성은 아직 강지운에 대한 모든 걸 알지 못한다. 기억이 어디까지 겹쳐졌을지는 모를 일이지만 정보를 파악하려는 시도만 유도한다면…… 카페로 가게 만드는 것도 가능해 보였다.

그래서 생각한 게 쿠폰이었다. 다만 문제는, 이걸 어떻게 자연스럽게 전달하냐는 것이었다.

유리는 점심시간 이후 진행될 국어 수업이 끝나고 아주 자연스럽게 '놓고 갔더라'라고 전하기로 했다.

그랬다가 운성이 신경도 쓰지 않고 버려 버리면…….

"음, 거기까지는 너무 우울하니까 아직 생각하지 말자."

"정예슬 선생님?"

애써 긍정적으로 마음먹고 있는 사이, 누군가 유리를 불렀다.
"네, 네?!"
고개를 들었을 때, 혜원이 유리를 보고 있었다.
"얘기 좀 할까요?"

두 사람은 점심시간에 점검도 할 겸 비어 있는 미술실에서 얘기를 나눴다.
"다음 시간 준비 좀 도와 달라고 해서 미안."
"아니야. 이걸 어떻게 혼자 다 해."
아이들의 물감, 화구 등을 하나씩 세팅하는데도 혼자서는 고된 일인데, 이젤까지 모두 놓기에 점심시간이 얼마 남지 않은 것도 사실이었다. 그리고 유리는 미술실에 들어오자마자 말이 편해진 혜원도 친근감이 들어 좋았다.
"지난번에…… 하려던 말, 해 줄 수 있어?"
혜원이 짐짓 아무렇지 않게 물었다.
"아……. 그거?"
"타이밍 너무 늦었지. 미안해."
"아니야."
말하는 게 어려운 일은 아니었지만 유리는 이미 규현을 만났다. 그리고 문제의 원인까지 알아냈으니, 이제 와 혜원에게 이 이야기를 하는 게 조금 꺼려졌다. 게다가 예슬 본인이 원하는 일이 아닐 수도 있는데 너무 쉽게 말하는 건 아닐지 고민이 들었다.

그런 생각으로 침묵을 유지하고 있으니 혜원이 말했다.

"말하기 싫으면 안 해도 돼."

"아니……. 말하기 싫은 거라기보단 고민이 돼서……."

"……해결은 된 거야?"

혜원이 조심스럽게 물었다. 혜원의 말은 다정하다. 사람을 배려하는 따뜻한 눈빛으로 상대방을 바라본다.

"해결해 가는 중이야. 인간관계라는 게 어렵네."

유리는 모든 걸 말하기 어려워 그저 그렇게 말했다. 이해할 수 없는 일이지만, 예슬과 규현은 꽤 오래된 사이로 보였다. 그러니 놓아 버리기에 너무 어려운 일일지도 모른다.

"'시절 인연'이라는 말이 있어."

"시절 인연?"

"불교 용어이긴 한데, 요즘 쓰는 의미로는 '모든 인연에는 때가 있다'라는 말이야."

"……."

"인간관계도 시작과 끝이 있고, 그 때가 있다는 말이라고 나는 생각해. 그러니 아쉬워할 것도 없고. 서운해할 것도 없고. 하나의 연이 지나면 다른 연이 오기도 하니까……."

가만히 듣고만 있는 유리를 보곤 혜원이 헛기침을 했다.
"아니 뭐, 꼰대 같은 소리를 하려던 건 아니라······."
"고마워."
이번엔 혜원의 말문이 막힌 듯했다.
"그렇게 생각하면 되는구나. 고마워, 진짜."
오래되었다고 해도, 예전에 많이 좋아하고 다정한 사람이었다고 해도. 두 사람의 인연은 여기까지인 게 맞았다. 혹시라도 예슬이 힘들어할까 걱정했던 유리는, 혜원의 말을 듣고 한결 가뿐해졌다.

두 사람이 으쌰으쌰 해서 미술실 점검을 마치고 나오는 길이었다. 복도를 지나가는데 미술실 근처에 있던 음악실에서 소리가 들렸다.
"점심시간에 누가 연주하나 보다."
혜원이 말했다. 바이올린 소리가 제법 듣기 좋았다.
음악실을 지나가며 무심코 고개를 돌린 유리는 저도 모르게 외치고 말았다.
"선우현?"
"누구? 아는 애야?"
옆에서 혜원이 물었다.
"응······. 뭐, 그런 셈이야."
"바이올린 잘 켜는데? 몰랐나 보네. 아, 나 늦었다. 먼저 가 볼게!"

혜원이 사라지고 나서도 유리는 음악실 안을 가만히 들여다보았다.

우현이 만들어 내는 선율은 부드럽고 감미로웠다. 무슨 곡인지 유리는 알 수 없었지만 자주 들어 봤던 멜로디였다. 언제부터 바이올린을 켰기에 저렇게 잘 켜는 걸까? 바이올린을 켤 수 있다고 들었던 적은 없는 것 같은데……. 양손 묵직하게 들고 있던 자료의 무게감도 잊은 채 유리가 그렇게 음악실 창문에 코를 박고 보고 있던 때였다.

문득 우현이 고개를 돌렸다. 두 눈이 마주쳤고, 유리는 놀라서 얼굴을 뒤로 물렸다. 우현이 연주하던 소리가 멈췄다.

본의 아니게 훔쳐보려다 걸린 것처럼 되어 버렸는데……. 유리는 어색하게 웃으며 음악실 안으로 들어섰다.

"선생님, 안녕하세요."

"어……. 안녕."

유리의 시선을 따라 우현의 시선도 바이올린에 머물렀다. 다시 두 눈이 마주쳤다.

"바이올린 연주했었구나."

"네, 전공이에요."

"전공? 오……."

우현이 피식 웃으며 시선을 바닥으로 향했다.

"방금 뭐 떨어뜨리셨어요."

"응? 아……."

운성에게 주려던 쿠폰이 바닥에 떨어져 있었다. 이걸 잃어버리면 말짱 도루묵이다. 주우려고 손에 들고 있던 다른 자료들을 책상 위에 놓고 돌아서니 이미 우현이 주워서 유리에게 건네고 있었다.

"쿠폰? 선생님 거예요?"

"아니. 이거 이운…… 지운이 건데 우연히 주웠어. 전달해 주려고."

다행히 준비해 놓은 멘트가 술술 나왔다.

"지운이요? 좀 있다 도서관 갈 때 제가 전달할게요."

"아, 그럴래?"

이보다 더 좋을 수는 없었다. 유리는 기대감을 담아 우현에게 부탁한다 말했고 우현은 믿음직스럽게 고개를 끄덕였다. 그렇게 말하는 유리를 보는 우현의 얼굴에 옅은 미소가 있었다. 다정한 눈빛은 마치 오래전부터 계속 봐 온 것처럼 느껴졌다.

"어……. 바이올린 연주 잘하더라."

"아직 미숙해요. 그만뒀다가 얼마 전부터 다시 시작했어요."

말은 그렇게 했지만 바이올린을 감싼 손은 소중한 것

을 다루듯 조심스러웠다.

"좋아하거든요."

좋아한다. 그 말의 울림이 유리에게도 닿았다.

"제대로 한번 다시 들려 드릴까요?"

우현의 제안은 매력적이었다. 유리는 저도 모르게 고개를 끄덕였다.

그는 웃으며 바이올린 몸체를 누이듯이 기울였고 그 위로 활을 살짝 가까이 가져갔다. 우현이 하는 일련의 몸짓은 군더더기 없이 깔끔했다. 바이올린을 잡고, 활을 잡는 간단한 자세만 보아도 자연스럽고 어색함이 없었다. 왠지 그 소리가 무척 청아할 것만 같았다. 우현이 자세를 잡았다. 그리고 두 눈이 마주쳤다 느끼는 순간, 연주가 시작되었다. 음률은 부드럽게 소리를 머금었다가 퍼져 나갔다. 한 음 한 음이 맑고 선명했다. 어디선가 들어본 적 있는 것 같기도, 세상 태어나 처음 들어 보는 곡 같기도 했다. 하지만 이내 유리는 더 이상 생각하기를 그만두었다. 제목에 집중하기보단 소리 그 자체에 집중하고 싶었다. 우현의 손가락 마디마디가 힘 있게 활을 기울였다가 떼어 내고, 부드럽게 바이올린을 스치는 모습을 눈도 깜빡하지 않고 주시했다. 무엇이 이토록 시선을 잡아끄는 것일까. 우현의 내리깐 눈동자가 생각보다 바삐 움직이는 것을, 바이올린을 쥔 양손이 한 번도 쉬지 않음을 보았다. 그런데도 다물어진 그의 입가에 은은한 미소가 감돌았다. 이내 유리는 깨달았다. 우현은 진심으로 연주를 즐기고 있었다. 어느 순간부터 유리가 있다는 사실마저 잊은 것처럼 보였다.

좋아하는 일을 하는 사람은 저렇게 빛이 나는구나. 저렇게…… 눈이 부시는구나. 몇 분이나 지났을까. 어느샌가 우현은 바이올린이 아닌 유리를 바라보고 있었다. 연주가 언제 끝난 거지? 주위가 고요했다.

"어땠어요?"

어쩐지 조금 긴장한 얼굴로 우현이 말했다. 여러 가지 감동과 생각이 유리의 머릿속을 훑고 지나갔지만 다만 해야 할 말은 하나였다. 유리는 자리에서 벌떡 일어서며 우현을 향해 엄지를 치켜세웠다.

"너무 멋있어……!"

"하핫!"

예상외로 우현은 크게 웃음을 터트렸다. 바이올린을 내려놓고서 배를 잡고 웃는다. 우현이 너무 웃으니 조금 머쓱해졌다. 괜히 오버했나?

"아, 죄송해요. 제가 아는 사람이랑 반응이 너무 똑같아서……."

"누군데?"

저렇게까지 웃으니 궁금증이 먼저 일었다. 우현은 씨

익 웃더니 대답했다.

"유리요."

우현은 아무런 설명도 덧붙이지 않았다. 마치 그걸로 충분하다는 듯이. 유리는 제 이름이 나오자 심장이 철렁 내려앉았다. 꼭 저를 부르는 것 같아서. 질투 날 정도로 밝고 다정한 미소였다. 우현을 마주하고 있으면, 유리는 지금 자신이 예슬의 모습이라는 사실을 잊게 되었다. 그게 좋았다. 유리는 그 순간 자기 자신으로 돌아가고 싶었다.

'언니는 알기 쉽게 가르쳐 주는 것 같아요!'

그렇게 말한 건 유리가 주니어 모델로 활동하던 시절에 만난 두 살 터울의 동생, 가연이었다. 어릴 적부터 연예계에 발을 들인 유리와 달리 가연은 모델 일이 처음이었다. 열네 살. 꼬마 때부터 시작하는 다른 주니어 모델들에 비해 조금 늦게 모델 일을 시작한 경우였다.

'나보다 잘하는 사람은 많은걸.'

그때쯤 유리는 이미 자기 능력에 회의감을 갖고 있었던지라, 하는 말마다 죄다 그런 식이었다. 집에 가서는 내색하지 못했기 때문에. 유리보다 잘하는 사람들 앞에서는 입이 떨어지지 않았기 때문에. 구질구질하게도 자신보다 어리고 초보인 아이들 앞에서 그런 식으로 스스로를 방어했다.

하지만 가연은 고개를 세차게 내저으며 말했다.

'아니에요. 잘한다고 잘 가르쳐 주는 건 아니에요. 얼마나 대충 말해 주는지 몰라요. 이렇게, 이렇게. 저렇게 저렇게. 그…… 느낌 알지? 이러잖아요…….'

가연이 교육 담당 강사를 따라 하는 모습을 보고 유리는 웃음을 터트렸던 것 같다. 가연은 유리를 잘 따랐다. 가연이 늦게 시작한 만큼, 그에 비해 경력이 오래인 자신이 가연을 도와주고 싶었다. 자신이 가연에게 도움이 된다는 사실이 기뻤다. 가연은 무시무시한 천재였다. 하나를 알려 주면 열을 아는 사람이 있다는 사실을, 가르쳐 주는 속도보다 배움이 빠른 사람이 있다는 사실을, 가연을 보면서 유리는 절실히 느꼈다. 어느 순간부터 유리는 가연에게 알려 줄 것이 없어졌다. 그녀가 유리보다 모든 면에서 월등해졌기 때문에. 가연은 한결같이 유리를 따랐지만, 어느 순간부터 유리는 가연을 피했다. 어차피 저 애도 속으로는 나를 무시할 거야. 잘 알지도 못하면서 알려 준다고, 우습다고 생각할 거야.

가연이 그런 아이가 아니란 걸 알았다. 하지만 마음 깊은 곳에서부터 뭉게뭉게 피어오르는 생각을 막을 방도가 없었다. 유리는 자신만이, 오롯이 자신만이 아무것도 아닌 존재인 것 같았다.

마지막으로 가연을 만났을 때, 그녀는 파리에서 열리

는 패션쇼에 나가게 되었다고 말했다.

'방송에도 나갈 거라고 해요. 언니가…… 꼭 봐 줬으면 좋겠어요.'

그게 마지막이었다. 가연은 파리로 갔다. 한동안 그곳에서 살았고, 다시 돌아온 뒤에는 유리가 감히 알았던 사이라 말하기도 어려울 정도의 톱 모델이 되었다.

연주하는 우현의 얼굴을 보며 유리는 기분이 이상해졌다. 자신은 저렇게 무언가를 하며 기분 좋게 웃어 본 적이 있었나. 어느 순간부터 누군가의 잣대 위에서 아슬아슬하게 줄타기하는 느낌이었나. 좋아서 시작한 것이었지만 매번 나와 남을 비교하며 스스로를 채찍질했다. 하지만 가연에게 뭔가를 알려 줄 때만은 달랐던 것 같다. 누군가에게 알고 있는 것을 설명하고 그들이 나아지는 모습을 보는 일. 유리는 사실 가연을 좋아했다. 언제까지고 가연이 자신이 알려 주는 일들을 해내는 모습을 보고 싶었다. 그녀가 눈을 반짝이며 유리에게 '언니 해냈어요!'라는 말을 할 때마다 마음속에서 뭔가가 일렁였다. 그건 유리 자신이 멋진 화보 속 주인공이 되는 일만큼이나, 아니 때로는 그보다도 더한 감동이 있었다.

예슬의 수업 자료를 보면서도 그랬다. 유리는 수업을 자주 듣지 않는 터라, 한 번 두 번 놓친 분량을 따라가는

데 항상 애를 먹었다. 하지만 예슬의 수업 자료는 간단명료하고 이해하기 쉬웠다.

 선생님 수업 자료 재밌다고 소문났어요. 민형이 그렇게 말했을 때 뜨끔했던 건, 그 말을 진짜 예슬이 아닌 자신이 들었기 때문이었다. 그럼에도 왠지 뿌듯해지고 말았다.

 내가 왜?

 우현의 연주를 보고, 가연을 기억해 내면서 이름 붙일 수 없던 감정에 이름을 붙인 것 같았다.

 내가 하고 싶었던 것. 잘할 수 있는 것.

 빛나는 사람이 되고 싶었다. 그게 좋아 보였고, 주인공이라면 응당 그래야 한다고 생각했다.

 하지만 그것만이 답은 아니었다.

 유리는 우현의 연주를 보고 와서 가연의 3년 전 파리 패션쇼 영상을 보았다. 당시에는 보면 안 될 것 같아서. 왠지 그녀가 너무 멀리 가는 게 서운하고 아쉬워서. 애써 못 본 척했다. 결과적으로 멀어진 건 똑같았지만 말이다.

 우아하고 당당하게 워킹하는 가연의 모습은 보는 것만으로 고양감을 주었다. 그리고 가연은 유리가 넌지시 말했던 모든 조언을 자신에 맞게 가장 효과적으로 활용하고 있었다.

 '언니가 꼭 봐 줬으면 좋겠어요.'

그 말의 의미를 오랜 시간이 지나 이제야 알았다.

그들처럼 되지 못한 자신만을 바라보는 게 능사가 아니었다.

'그들'에게 알려 줄 수도 있는 것이었다. 가연의 기뻐하던 얼굴. 그리고 가연의 영상을 보면서 얼마나 충만한 마음이 들었는지. 예슬의 자료를 보고 감탄했던 것. 나아가 그게 내 것이 되었으면 했던 마음까지 한꺼번에 와르르 쏟아졌다. 그건 지금까지 생각해 보지도 못한 자신의 열망이었다.

D-1. 머리 위의 숫자가 하루를 남기자 24시간 체계로 변경되어 자기 존재를 확고히 했다. 운성을 위해 할 수 있는 건 다 했으나, 예슬의 문제는 해결되지 않은 상태였다. 답답한 마음이 들었다. 유리는 저도 모르게 손을 뻗어 책상 두 번째 서랍을 열었다. 그 안에 무엇이 있는지는 보고 나서야 머릿속에 떠올랐다.

예슬이 먹던 약이었다. 처방받은 일자는 3개월 전. 빈 약통이 대부분이었고 이제 겨우 한 알이 남아 있었다.

유리는 이제 피하지 않기로 했다. 내가 돌아가도 예슬은 남는다. 그녀의 삶이 더 이상 망가지게 놔둘 순 없다. 심호흡을 여러 번 했다. 속은 여전히 갑갑했지만 방금 전보다는 한결 나았다. 그것만으로도 충분하다.

유리는 결심한 듯 전화를 걸었다.

"미안해."
유리의 얼굴을 보자마자 정규현은 말했다.
"내가 그날은 너무 몰아붙였지? 내가…… 내가 미친놈이야. 미안해. 그랬으면 안 됐는데 요즘 스트레스가 심했나 봐. 미안해, 예슬아."
규현은 물기 어린 목소리로 호소했다.
화내는 만큼 미안하다는 말도 어찌나 쉽게 나오는지, 그는 세상 가장 미안한 사람으로 유리 앞에 있었다.
언제나, 언제나 이렇게 넘어갔겠지?
두 사람은 카페에 앉아 있었다. 규현은 책상 위로 양손을 가지런히 모으고, 지난번과는 전혀 다른 사람인 양 굴었다.
유리는 그게 가식이라 생각하진 않았다. 우습게도 진심일 거다. 지금은. 하지만 언제나 진심이라고 해서, 상대방이 그 진심을 모두 받아 줘야 하는 건 아니다.
지금도 유리의 손은 떨리고 있었다. 심장은 불온하게 쿵쿵 뛰었다. 예슬의 몸에서 일어나는 자연스러운 반응이 유리는 안쓰러웠다. 유리는 예슬에게 가장 도움되는 방향으로 행동하기로 마음먹고 나왔다. 그러니 자신과 예슬을 분리해서 생각하도록 되뇌고 또 되뇌었다.

"예슬아, 나 용서해 줄 거지?"

그가 손을 잡으려는 제스처를 취했다. 유리는 손을 뒤로 물리고 단호하게 말했다.

"아니."

똑바로 바라본 정규현의 얼굴이 의아함으로 물들었다. 이내 표정은 서서히 바뀌어 갔다. 네가 어떻게 그럴 수 있냐는 듯한 비아냥. 어이없음. 미미한 분노. 다시금 애써 짓는 미소.

"많이 화났구나?"

"아니. 화 안 났어."

유리는 아메리카노 한 모금을 최대한 천천히 마신 후 이어 말했다.

"헤어지자."

정규현의 얼굴에 뒤틀린 미소가 지어졌다. 그제야 유리는 깨달았다. 벌써 몇 번이나 이런 말을 했었구나. 그리고 번번이 통하지 않았구나.

"왜 그런 무서운 말을 해. 당연히 안 되지."

"안 될 건 뭐야. 너와 나……. 이미 서로 맞지 않아. 각자 갈 길을 가는 게 맞다고, 너도 생각하고 있잖아."

정곡을 찌른 모양이었는지 정규현이 움찔했다. 유리는 그 틈을 놓치지 않았다.

"그만하자, 이제."

정규현의 자격지심까지 건들고 싶지는 않았다. 그가 기본적으로 다정한 사람이지만 조금 달라졌을 뿐이라고, 예슬은 믿고 있는 듯했다. 하지만 유리가 마주해 온 정규현은 달랐다. 그는 사람을 무시하고, 폭력적이었다. 비아냥거리면서 자기만족을 하는 사람이었다. 원래 그랬는지 아니면 그렇게 변했는지는 모르겠다. 하지만 예슬이 바라는 정규현의 모습은 어디까지나 과거에 머물러 있을 뿐이었다.

"헤어져. 그리고 다신 보지 마. 내가 원하는 건 이것뿐이야."

"……."

정규현이 침묵했다. 그 시간이 무척이나 길었다.

"이렇게 뭐든 너 혼자 정한다고?"

유리는 고개를 들었다. 정규현과 눈이 마주쳤다. 그의 눈동자를 통해 예슬을 볼 수 있었다. 떨리는 눈동자. 주눅 든 어깨. 이런 사람한테도 함부로 하는 사람이구나, 너는.

"……항상 이런 식이었구나."

"뭐라고?"

그때 창밖을 향한 유리의 시선 너머에 버스 정류장이 들어왔다. 버스가 왔고, 그 버스에 타는 사람 중 남학생 하나가 있었다. 그건…… 강지운이었다.

"나는 더 이상 할 말 없어."

예슬은 자리에서 일어섰다.

정규현을 향해 솔직히 더 쏘아붙이고 싶었지만 예슬의 정직한 신체 반응 때문에라도 유리도 한계였다.

속이 울렁거리고 답답했다. 이런 사람과 어떻게 연인이라고 할 수 있는 거야. 미련하다는 생각 한편으로는 한참 전부터 이랬을, 그래서 약까지 먹고 있는 예슬이 안타까웠다. 할 말은 모두 끝났고, 더 말해 봐야 소용도 없어 보였다. 이제부터 더 냉정해져야겠지만, 예슬이 그러기를 바라는 수밖에. 그와의 시절 인연은 여기까지였다.

지금은 강지운…… 아니, 운성이 이 주말에 버스까지 타고 어디로 가는 건지 알아야 했다.

유리가 몸을 돌려 나가려는 순간이었다.

"꺅!"

정규현이 유리의 손목을 세게 잡았다. 유리는 놀라서 큰 소리를 내고 말았다. 카페 안에 있던 모든 사람의 시선이 이쪽을 향했다. 그때까지도 정규현은 유리의 손목을 놓지 않고 있었다.

유리가 얼굴을 세게 찡그리자 규현의 손힘이 약해졌다.

"아가씨, 괜찮아요?"

그때 카페에 있던 중년 부부가 유리에게 다가왔다. 아저씨는 정규현의 손을 부담스럽지 않게 유리에게서 떼어

내었고 아주머니는 그녀를 향해 물었다.

"아, 감사합니다······."

"뭐가 감사야. 아저씨는 뭔데 끼어드시는데요?"

정규현의 솔직한 반응은 카페 안에 있는 모든 사람의 눈살을 찌푸리게 했다. 방해받기 싫은 정규현은 유리를 앞에고 다시 얘기를 하려 했지만, 그때부터는 사람들이 유리의 편이 되었다.

"아니, 이 아가씨가 싫어하는 것 같은데 왜 그래요."

한 명의 목소리. 이상한 듯, 궁금한 듯 이쪽을 바라보는 시선. 정규현의 얼굴이 와락 구겨지고 그가 유리 쪽으로 오려 했다. 하지만 사람들이 막아섰다.

"이거 이거······ 그 '데이트 폭력'인가 뭔가 아니야?"

"뭔 소리 하는 거야! 노망났어?"

"어허, 말본새 보소. 사장님, 안 되겠어, 경찰 불러요."

"어머어머."

몇몇 사람들은 스마트폰으로 촬영까지 하고 있었다.

어느새 사람들은 유리와 정규현 사이에 튼튼한 벽이 되어 주었다. 처음 그녀에게 말을 건 준 중년 여인이 유리에게 어서 가라고 말했다. 유리는 그 틈을 타 카페 문 앞까지 갔다.

"야! 너 내가 가만 안 둬!"

문을 열고 나가기 직전, 그가 소리쳤다. 예슬은 항상

그런 말에 두려워하고, 숙이고 들어갔다.

하지만 언제까지고 그 말에 얽매일 수는 없었다.

돌아보지 마. 유리는 피곤해진 눈두덩이를 조심스레 주물렀다.

밖으로 나와 보니 우현에게 문자가 와 있었다.

'선생님, 안녕하세요. 7반 선우현입니다. 휴일인데 죄송해요. 지운이한테 쿠폰은 전달했어요. 다름 아니라 어제 이후로 지운이랑 연락이 안 되어서요. 혹 따로 지운이랑 연락된 게 있을지 싶어서 문자 남겨요.'

무슨 일이 있으면 주저 말고 연락 날라고 말해 놓은 상태였는데, 타이밍이 좋았다.

'나 지운이 본 것 같아.'

유리는 그렇게 문자를 보내고 아까 차를 대 놓았던 카페 뒤편 주차장으로 향했다. 차에 시동을 거는데 우현에게서 전화가 걸려 왔다.

"선생님, 어디 계세요?"

"나 저번에 너희랑 만났던 카페 근처야. 지운이가 버스 타고 지나가는 걸 봐서, 따라가려고."

"저도 그 근처예요. 저도 같이 따라가면 안 될까요?"

우현이 좌표를 찍어 보냈고, 한 블록만 더 가면 있는 곳이라 유리는 우현을 태울 수 있었.

그 뒤로 버스를 따라서 30분 정도 달렸다.

도착한 곳은 어떤 주택가 골목에 있는 폐건물이었다.

강지운이 '임대' 딱지가 붙은 그 건물 안으로 들어갔다. 유리는 가까운 곳에 차를 세웠다.

우현이 잠시 자동차 내부와 유리를 번갈아 쳐다보다가 물었다.

"선생님은 운전을…… 하시네요?"

"응? 나? 뭐…… 그렇지?"

여기에 대해서 유리는 딱히 덧붙일 말이 없었다. 처음 며칠 동안 유리는 버스를 타고 출퇴근을 했다. 하지만 주말 학교 행사로 인해 학교 주차장에 방치되어 있던 예슬의 차를 빼라는 말을 들었고, 에라 모르겠다 싶은 마음에 시동을 걸었다. 그러고 나서 유리는 자신이 운전 가능하다는 사실을 깨달았다. 예슬이 체화한 기술이기 때문일 것이다. 예슬은 꽤나 운전을 잘하는 편이었고, 유리는 한 번도 차를 운전해 본 적이 없던 터라 신이 나기도 했다. 그 뒤로는 기회가 되면 운전을 계속하는 중이었다. 혹시 나중에 도움이 될까 싶은 생각도 조금은, 아주 조금은 있었다.

"그렇구나."

우현은 썩 납득한 것 같지는 않지만 그 말을 끝으로 상황을 마무리했다. 예슬이…… 운전을 못 하게 생겼나? 유리는 잠시 고민했지만 그다지 중요한 일이 아니라고 생각해 넘기기로 했다.

그새 눈이 오고 있었다. 일단 두 사람은 차 안에서 기다려 보기로 했다. 눈발이 점점 거세지는데 안으로 들어갔던 강지운이 나올 기미는 보이지 않았다.

초 단위로 줄어드는 카운트다운이 여전히 시선을 들면 바로 보였다. 실시간으로 숫자가 바뀌니 초조해졌다. 유리와 운성의 카운트다운이 같은지는 알 수 없었다. 하지만 많은 차이가 날 것 같지도 않았다.

"안 되겠어."

"……."

"들어가 봐야겠어."

유리가 차에서 내리려는 것을 우현이 막았다.

"안 돼요."

"왜."

저도 모르게 말이 사납게 나왔다.

"위험해요. 차라리 신고를 먼저 하는 게……."

"그러면 늦을 것 같단 말야!"

우현이 당황한 듯 입을 다물었다. 아차 싶었다. '강지운'이 '정예슬'에게 무엇이기에. 이토록 흥분해서는.

"……저도 지운이 걱정돼요. 하지만."

말을 고르는 그의 시선이 잠시 유리의 머리 위로 향했

다. 그럴 리 없겠지만 마치 카운트다운을 보는 것같이 느껴졌다. 하지만 우현의 시선이 닿은 건 아주 찰나였다.

"선생님 혼자 보낼 수는 없어요. 갈 거면 같이……."

"어?!"

그때였다. 건물 계단으로 사람이 내려오고 있었다. 강지운이었다. 강지운은 뛰듯이 계단을 타고 내려왔다. 보는 사람마저 아찔하게 느껴질 정도였다. 그 뒤로 강지운과 동행했던 남학생 그리고 몇 명의 무리가 뒤따르고 있었다.

"뭐지, 저건……?"

우현은 강지운과 그 무리에 집중한 듯했다. 눈을 찌르는 밝은 빛에 유리의 시선은 잠시 다른 곳을 향했다. 골목 구석에서 검은색 세단 한 대가 들어오고 있었다.

차의 속도가 골목에서 달리는 거라기엔 빨랐다. 유리는 저도 모르게 핸들을 잡은 손에 힘이 들어갔다.

건물 밖으로 튀어나온 강지운은 잠시 서서 뒤를 쳐다봤다. 뒤이어 내려오던 남학생이 강지운 바로 뒤까지 따라왔다.

그 순간 두 사람 앞으로 아까 본 세단이 달려왔다. 차의 뒷좌석엔 아무도 타고 있지 않았다.

생각할 시간도 없었다. 유리는 자신이 뭘 하는지도 모른 채 돌진했다. 엑셀을 밟았고 예슬의 차가 검은색 세단을 들이받은 건 순식간이었다.

두 대의 차가 골목에 멈춰 섰다. 유리는 천천히 고개를 들었다. 눈앞의 광경이 천천히 눈에 들어왔다. 부딪힌 상대 차량 뒷좌석. 황당한 얼굴의 상대 차 운전자. 그리고 차체 앞에 서 있는 강지운.

"선생님, 괜찮으세요?"

옆자리에 있던 우현이 물었을 때, 현실로 돌아온 느낌이 들었다.

"어……. 괜찮아. 너는 괜찮아?"

유리의 독단적인 행동에 우현은 휘말렸다. 하지만 되려 우현은 이쪽을 보며 더 걱정스러운 얼굴을 했다.

앞 차량에서 운전자가 내렸다. 약간의 뻐근한 감각을 빼면 유리도 멀쩡했다. 달려오는 차량의 노선을 변경했다는 데 의의가 있었으니까. 예슬에겐 미안했지만 불가항력이었다.

차에서 내리면서 유리는 저도 모르게 외쳤다.

"이운…… 강지운!"

약간의 의아함이 담긴 지운의 시선이 잠시 유리에게 머물렀다가 옆으로 움직였다. 우현을 발견한 그가 놀란 기색으로 물었다.

"선우현?"

"괜찮아?!"

우현과 유리는 동시에 그에게 말했다. 지운은 고개를

끄덕였지만 이내 주저앉았다.

"아, 잠시……. 긴장이 풀려서……."

"대체 뭐 하자는 거야! 괜찮아?"

아까 지운과 실랑이를 하던 남학생이 화를 잔뜩 내며 그에게 뭐라고 했다. 말투는 사납지만 진심이 느껴졌다. 그 모습을 보는 지운의 얼굴도 부드럽게 풀어져 있다.

그 와중에 앞 차량 운전자는 목덜미를 잡고서 유리를 향해 삿대질을 하고 있었다. 뭐라 뭐라 했지만 귀에 잘 들어오지 않았다. 오히려 우현이 차량 운전자를 향해 쏘아붙였다. 그 광경이 신기하기도 하고, 든든하기도 했다.

지운은 이곳에 나타난 우현을 보고 놀란 것 같았다.

"네가 왜 여깄어?"

"너 어제부터 연락이 안 돼서……. 그 와중에 선생님이 널 봤다고 해서 따라와 봤어."

우현이 유리를 쳐다보며 말했다.

"……감사합니다."

지운이 유리를 향해 인사했다.

"괜찮니?"

"네."

"다행이다."

"근데 아까 저 부를 때……."

"응?"

"아, 아니에요. 도움 주셔서 감사해요."

지운의 모습을 한 운성은 유리를 물끄러미 쳐다봤다. 설마 내가 이유리인 걸 알겠어. 유리는 생각했지만, 약간의 의구심 섞인 눈빛이 부담스럽긴 했다.

유리는 하하하 웃어 보였고 때마침 보험사가 도착했다. 일 처리를 하는 동안 지운은 같이 있던 남자애와 함께 사라졌다. 하지만 어찌 되었든 잘 해내지 않을까?

"대여 기간이 연장되었습니다."

그때까지도 유리의 옆에 있던 우현이 말했다.

"뭐……?"

돌아보자, 그곳엔 무표정의 '사서'가 있었다. 매번 불쑥불쑥 나타나더니, 이제는 우현의 얼굴을 하고서 유리에게 말을 걸었다.

"무슨 소리야, 그게……?"

"위를 보시죠."

머리 위의 카운트다운이 멈춰 있었다. 사서가 손짓하자 카운트다운은 3일이 늘어나 D-4가 되었다.

"왜 기간이 늘어났어?"

"당신이 다른 대여자를 도왔으니까요."

"대여자를 도우면 기간이 늘어나는 거야?"

"네. 일종의 보상 개념이라고 생각하시면 됩니다."

사서는 어깨를 으쓱해 보였다.

사흘. 마음 놓고 기뻐하기엔 애매한 숫자였다.

"기간이 늘어났으니 나보고 기뻐하라는 거야?"

"……꼭 그런 것은 아닙니다."

사서가 뜸을 두고 대꾸했다.

솔직히 이 상황이 썩 마음에 드는 것은 아니었다.

유리는 자신이 해야 할 일을 모두 했다고 여겼다. 정규현과의 관계를 정리했고, 운성을 도왔다. 예슬이 자기 삶을 살며 나아가길 바라지만 모든 걸 타인인 자신이 해 줄 수 없는 것도 사실이었다. 자동 반납이 될 때까지 남은 시간만 잘 보내면 된다고 생각했는데. 갑자기 시간이 늘어나니 약간 당황스러웠다.

"사흘……. 아!"

유리는 가방 안에서 예슬의 다이어리를 꺼냈다.

달력에 쳐진 빨간색 동그라미. 예슬의 자리에도, 휴대 전화 일정에도 있는 그날. 시간상 3일이 늘어나면서 그 날이 유리가 이곳에 있을 마지막 날이었다.

사흘 뒤에는 혼자서 하는 예비 수업이 있었다. 비록 보충 수업이지만 예슬의 자료 중에 분명히 그에 관한 기초 자료가 있었다.

관계의 정리만이 예슬의 후회 지점을 해결하는 건 아닐 수도 있다. 그녀의 꿈이, 하고 싶다 갈망하던 일이 바로 눈앞에 있었으니까. 오롯이 그것에 집중할 수 있으니 말이다.

다시 쳐다본 사서의 눈매가 유해졌다. 이 사람은…… 뭘까. 우현의 얼굴을 하고 있어서 그런가, 다정한 눈빛에 칭찬을 처음 받은 사람처럼 기분이 간질거렸다.

"저기요, 사서님. 개인적으로 기분 안 좋으니까 우현이한테 빙의하지 마세요."

사서를 향해 유리가 말했다. 덕분에 유리는 사서의 억울해하는 표정을 보았다.

"건투를 빕니다."

사서가 말했고, 유리는 고개를 끄덕였다. 그리고 다시금 선우현이 눈앞에 있었다.

"나, 가 봐야겠어."

"네?"

"사흘 뒤에 보자, 선우현."

우현을 뒤로한 채 유리는 걷기 시작했다. 저도 모르게 걸음이 점점 빨라졌다. 이내 유리는 뛰고 있었다.

3일 후. 다시금 카운트다운은 24시간 체계로 바뀌었다.

이른 새벽 6시 유리는 알람이 울리기 전, 침대에서 눈을 떴다.

예슬의 수업 시간과 카운트다운이 00:00:00으로 끝나는 시간은 아슬아슬하게 겹칠 것 같았다. 유리가 수업을 하지 않더라도 자동으로 돌아간다면 수업 준비를 할 필요는 없었다.

하지만 유리는 그러고 싶지 않았다. 만일 시간 차가 생겨 버린다면? 수업이 시작되었는데 아무것도 못 하고 있을 수만은 없는 노릇이었다. 갑자기 바통 터치를 하게 될 예슬도 걱정이 되었고 말이다.

그래서 유리는 예슬이 사전에 준비한 자료를 보면서 미친 듯이 준비했다.

두 시간 정도 잤을까. 사흘 내내 밤을 새우다시피 했다. 몸은 더할 나위 없이 무거웠지만, 머리는 개인 듯 명료했다. 오늘을 위해 달려온 시간이 있었다. 살면서 무언가를 목표로 두고 이토록 쉼 없이 달려 본 적이 있었던가? 없었던 것 같다.

유리는 평소보다 화장을 꼼꼼하게 했다. 예슬의 얼굴에 어울릴 만하게 나름 고심했는데, 거울을 보는 자신의 얼굴에 다른 사람을 상상하려니 여간 어려운 게 아니었다.

재킷 오케이. 스커트 오케이. 스타킹 올 안 나갔고, 구두도 먼지 없이 깔끔하다. 출근 준비를 모두 마치고 나니 긴장이 되기 시작했다.

"할 수 있다. 할 수 있어! 아자아자!"

괜스레 혼잣말도 중얼거려 보았다.

유리는 학교에 도착해서 최종 자료를 보며 머릿속에 수업 구상을 하고 있었다. 오전 수업을 끝낸 혜원이 와서 힘내라고 해 주었다.

"많이 떨렸어?"

"조금? 괜찮아. 넌 더 잘할 수 있을 거야."

한껏 후련해진 얼굴을 보자 부러운 마음이 들었다.

보충 수업은 2학년 세 개 합반 중 하나에서 이루어졌다. 아는 얼굴이 있기를 바라는 마음과 없기를 바라는 마음이 공존했다. 총 인원은 스물세 명. 유리는 출석부를 일부러 보지 않았다.

"정예슬 선생님."

"네."

"잠시, 학년 부장 선생님이 부르시네요."

수업이 30분밖에 남지 않은 시간이었다. 원래 이런 건지 몰라 유리는 혜원을 쳐다보았지만 그녀도 딱히 전달받은 사항은 없다고 했다.

유리는 학년 부장 선생님 자리로 갔다. 가자마자 그가 입을 열었다.

"정 선생님, 그 말 사실이에요?"

"네?"

어리둥절한 유리를 향해 학년 부장이 딱딱한 얼굴로 말했다.

"교사 자격이 없다는 항의 민원이 들어왔어요."

"네? 그게 무슨……."

"정신과 약을 먹고 있다면서요."

 누군가 명치를 쥐어 잡은 것처럼 속이 답답해졌다. 그의 목소리는 생각보다 컸고, 교무실 안에 있는 선생님들에게 들리기엔 충분했다. 유리가 아무런 대꾸도 하지 않자 그는 안 그래도 깊게 팬 주름을 더 깊게 만들었다.

"물론 약을 먹는다는 것만으로 뭐라고 하는 건 아니에요. 근데 듣자 하니 정도가 심한 것 같은데……. 정말이에요?"

 저도 모르게 학년 부장을 쳐다봤고, 그 순간 그와 눈이 마주쳤다. 의구심 가득 찬 눈에 비친 예슬의 당황한 모습이 보였다.

"저는……."

"게다가 얼마 전에, 병원 앞에서 우리 학교 남학생이랑 같이 있었다는 말도 들었어요. 그건 무슨 일입니까?"

 눈앞이 하얘졌다. 정신과 약을 먹는 건 불안장애와 우울증 때문이었다. 남자친구인 규현의 말에 일희일비하는, 한없이 우울한 생각으로 빠지는 자신의 모습을 조금이라도 나아지게 만들려는 노력이었다. 게다가 우현은 아무 잘못도 없었다. 단순히 교생과 학생이 학교 밖에 있었다는 사실만으로 이렇게 뭐라고 한다는 건 말도 안 되는 일이었다. 하지만 눈앞에서 윽박지르는 소리에 유리는 아무런 말도 나오지 않았다.

"저는……."

정규현이다. 식은땀이 한 방울 이마 선을 따라 귀 옆으로 흘렀다. 정규현이 학교 측에 민원을 제기한 것이다. 대체 왜. 언제까지, 어디까지 내 인생을 망칠 셈이지.

눈을 질끈 감았다. 나는 교사 자격이 없는 사람인가. 부족하더라도, 노력하더라도 도저히 안 되는 인간인 건가. 부정적인 생각이 들기 시작하자 속수무책으로 빠져들었다. 아침에는 너무 긴장하느라 약도 놓고 왔다. 곧 수업이 시작인데 나는―.

"듣다 보니 화가 나서 안 되겠네."

떨리는 손아귀에 따뜻한 체온이 느껴졌다.

"?!!"

"부장 선생님, 요즘 시대에 그런 말도 안 되는 허위 악성 민원만 가지고 사람을 몰아세우시면 어떡해요? 이거 직장 내 괴롭힘이자 인격모독입니다."

혜원이 옆으로 와서 섰다. 말하면서 그녀는 부드럽게 유리의 손을 꽉 잡았다. 따뜻한 손길이었다. 실시간으로 유리의 긴장이 완화되고 있었다.

"아니. 흠흠, 김 선생은 왜……?!"

다른 교사들도 일어서서 이쪽을 힐끔힐끔 쳐다보고 있

었다. 부장 선생님이 너무하셨어요. 누군가의 작은 한마디. 맞아, 그건 아니죠. 근거 없는 말이잖아요. 누가 신고한 거래요? 이거 사생활 침해 아니에요?

이내 덧붙이는 말들과 술렁이는 분위기가 조성되었다.

학년 부장 선생이 아차 싶었는지 몸을 사렸다.

"아니, 나는 민원이 들어왔으니 학년 부장으로서 확인을……."

당황한 학년 부장 선생은 이제 진땀을 흘리고 있었다. 말소리가 작아지는 입 모양을 바라보다, 유리가 말했다.

"제가 정신과 약을 먹는 건 사실입니다. 하지만 그것이 학생들을 가르치는 데에 문제가 된다고는 생각하지 않습니다. 저는 부끄러운 짓은 하지 않았어요. 저는…… 당당합니다."

혜원과 다른 선생님들의 시선이 유리에게 닿았다. 유리는 말하는 도중에도 떨렸다. 지금껏 수많은 사람의 시선을 받아 왔다. 그들의 기대에 충족하지 못했던 나날들. 예슬에게 깊이 동화된 지금, 유리는 빠르게 뛰는 심장 소리를 느낄 수 있었다. 이건 유리의 용기이기도 하지만 한편으로는 예슬의 용기이기도 했다. 그렇다는 확신이 들었다.

"아니 뭐, 내가 정 선생한테 문제를 넘기고자 한 것은 아니었고……. 커흠, 커흠. 민원 들어온 건 알아서 처리

할 테니까, 걱정 말아요."

학년 부장 선생은 애꿎은 헛기침만 하다가 자리에 앉았다.

유리의 손을 혜원이 한 번 더 힘주어 잡았다. 그 온기에 눈물이 핑 돌 것 같았다. 힘이 났다.

"그러면 전 이만 수업 가 보겠습니다."

유리가 뒤돌아서 교무실 밖으로 나가는 동안 아무도 유리에게 말 걸지 않았다.

"사과받지 않아도 괜찮아?"

교무실 문을 닫고 나왔을 때 혜원이 말했다. 혜원은 아직 분이 풀리지 않은 듯 씩씩거렸다.

"괜찮아. 어차피 진심이 담긴 사과도 아닐 텐데."

유리는 그렇게 말하곤 혜원을 물끄러미 쳐다보았다.

"고마워, 혜원아."

진심을 담아 유리가 말했다. 오늘이 지나면, 이런 식으로 혜원을 마주할 일도 없을 것이다.

유리는 돌아가고 싶으면서도 한편으로 아쉬운 마음이 들었다.

"아니야. 그나저나 너 멋있었어. 안 그래도 학년 부장 쌤 으스대는 꼴 참기 힘들었는데, 이번 참에 잘됐지. 아까 그 얼굴 봤어? 다른 선생님들까지 합세해서 뭐라고 하니까 얼굴이 쭈글쭈글해졌잖아."

혜원이 예쁜 얼굴을 구기면서 일부러 우스꽝스러운 표정을 지었다. 유리가 웃었고, 그제야 혜원도 하하하, 경쾌하게 웃었다.

"넌 훌륭한 선생님이 될 거야."

혜원이 유리의 어깨를 다독이며 말했다. 그 말이 너무도 다정하게 들려서 유리는 고개를 세차게 끄덕이며 울 것 같은 얼굴을 감추는 것밖에 할 수 없었다.

[2—6]

유리는 보충 수업이 이루어지는 2학년 6반 팻말 앞에 섰다. 숨을 골랐다.

걸어오는 동안 마음이 차분해졌다.

머릿속에 수업에 대한 것만 하나둘 채우고 나니 다른 잡념은 사라졌다.

오늘따라 복도를 울리는 구두 소리가 유달리 크게 들렸다.

"후……. 할 수 있다."

유리는 작게 중얼거린 후 고개를 정면으로 들었다. 절대 고개 숙이지 말자. 결과가 어찌 되었든, 얼마나 긴장하고 떨리든, 아이들을 똑바로 바라보자.

교실 문을 열었다. 그 소리마저 유리에겐 땅이 울리는 것처럼 크게 느껴졌다.

웅성거림이 있던 교실이 순식간에 조용해지는 순간을 선생님의 입장으로 마주하니 기분이 남달랐다. 아이들의 시선을 느끼며 유리는 가운데 교탁 앞으로 걸어갔다. 몸을 크게 돌려 정면을 바라보았다.

이 한 반을 채운 학생들이 유리를 바라보고 있다.

시선. 아이들의 시선.

시선의 모양은 제각각이었다. 무감각. 궁금함. 귀찮음. 기대됨. 어떤 것이든 다 있었다.

하나 같으면서도 모두 다르고, 또 다르면서도 모두 같은 시선처럼 보였다.

유리가 시선을 천천히 돌리는 사이 창가 쪽 중간보다 뒷자리에 앉아 있는 선우현 그리고 그 옆에 앉아 있는 한민형과 차례대로 눈이 마주쳤다.

보충 수업 명단에 있었구나.

선택 수업이라 반신반의했다. 아는 얼굴이 없기를 바라기도 했지만, 막상 마주치고 나니 반가웠다.

……힘이 났다.

프롤로그는 이 정도면 됐지. 유리는 코로 숨을 깊게 들이마시고 내쉬었다. 교실의 내음이 새삼스럽게도, 정겹게 다가왔다.

어렴풋이 생각하던 진실을 그제야 깨달았다. 내가 하고 싶은 일은 이것이다. 무대 위에 서는 것이 아닌, 무대로 나아갈 사람들의 힘이 되어 주는 것.

누군가를 가르치는 일.

유리는 그 순간 가연이 떠올랐다. 자신을 바라보던 반짝이는 두 눈과 그 말들이. 그녀가 파리에서 걷던 당당한 걸음걸이가.

그거면 충분하다.

학년 부장이 잡아 둔 덕에 시간은 이제 채 1분도 남지 않았다. 제대로 된 수업을 시작하기도 전에 반납 시간이 될 것 같았다.

열심히 준비한 수업을 할 수 없게 되었지만 유리는 그것으로 만족했다. 이 수업은 엄밀히 말해 예슬의 수업이었다. 예슬이 돌아와서 제대로 수업을 마무리 짓고, 자신의 꿈을 포기하지 않았으면 했다.

"오늘은 교재 3장부터 진행할게요."

아이들이 유리를 따라 교재를 펼치는 소리가 들렸다. 시간은 20초가 남아 있었다.

내가 마지막으로 할 수 있는 일.

유리는 노트를 펼쳐 한구석에 작게 '정예슬, 넌 할 수 있어!'라고 적었다.

타이밍 좋게 머리 위 카운트다운이 00:00:00으로 바뀌며 멈췄다.

시선을 잠시 아래로 내렸을 때 교탁에 유리가 준비해

온 수업 자료 외에 한 권의 책이 있었다. 유리는 그 책을 천천히 들어 올리고 나서야 깨달았다. 이곳에 오기 전 유리가 손에 쥐었던 책이었다.

문득 유리는 고개를 들었다. 교실 뒤편에 있는 거울 속, 그곳에 단정하게 차려입은 모습이 보였다.

아, 다행이다.

책이 펼쳐졌다. 이곳에 올 때처럼 주위에 바람이 불기 시작했다.

환하게 웃고 있는 얼굴은 예슬이었다.

7. 반납

우현이 눈을 떴을 때 햇살이 그의 얼굴 정면으로 쏟아지고 있었다. 우현은 눈이 부셔서 얼굴을 찡그렸다.

머리 위 한참 높은 곳에 있는 스테인드글라스를 보고 나서야 여기가 어딘지 알 수 있었다.

"……돌아왔네."

우현은 처음 아버지의 책을 집었던 공간으로 왔다. 이걸 '돌아왔다'라고 표현해도 될지 모르겠지만.

손을 올리려는데 뻑뻑함이 느껴졌다. 곁에서 부스럭거리는 소리가 났다.

"?"

그가 누워 있던 곳은 풀이 있는 바닥이었다. 책장에서 책을 꺼내고 바로 쓰러진 거라면 그것까지는 이해가 되었다.

하지만 그사이 자라난 풀들이 우현의 몸을 감싸고 있었다. 여린 잎들이라 움직이니 바로 떨어졌지만 묘한 기분이었다.

눈을 뜬 건 우현뿐이었다. 오른쪽에는 민형과 운성이, 왼쪽에는 유리가 누워 있었다.

아이들을 깨워야 하는지 고민하는 찰나 민형이 끄응, 하는 소리를 내더니 눈을 떴다. 이어서 운성도 천천히 눈을 떴다.

"안녕?"

어쩐지 우현은 무척 오랜만에 친구들을 보는 것 같았다. 어색한 인사에 운성은 손을 흔들며 몸을 일으켜 세웠다.

"하이……."

민형은 아직 잠이 덜 깬 얼굴로 하품하며 말했다.

"이거 뭐지?"

운성이 제 몸에 달라붙어 있는 풀을 떼어 내며 물었다.

"나도 잘 모르겠어. 일어나니까 그새 풀이 이렇게 자라 있더라고."

"묘하게 기분 나쁘네."

운성이 얼굴을 찡그렸다.

"왜, 이불 같고 나쁘지 않은데."

민형이 "나름 포근하잖아?"라고 덧붙이며 중얼거렸다.

아, 정말로 현실로 돌아왔구나. 두 사람의 대화를 듣고 있으니 우현은 절로 그런 생각이 들었다.

"유리는 아직 안 일어났어."

우현의 말에 운성과 민형이 유리한테 다가갔다.

유리 역시 곤히 잠든 것처럼 보였다. 그녀를 감싸고 있는 여린 풀잎은 왠지 더 싱그러웠다.

감은 눈에 기다란 속눈썹이 마치 그림 같아서, 우현의 눈에는 그 모습이 마치 '잠자는 숲속의 공주님'처럼 보였다.

햇살이 그녀의 이마를 살포시 비추었다. 우현은 유리가 괜히 더울 것 같아서 손차양을 만들었다.

그 순간 유리가 눈을 반짝 떴다.

정말 아무 소리도 없이 반짝, 하며 긴 속눈썹이 들리고 커다랗게 뜬 눈이 깜박였다.

"……뭐 해?"

그때 세 사람은 유리의 머리 위에 얼굴만 드리운 채 언제 깨어나나 보고 있었다. 깨어난 유리의 눈에는 세 명이 그녀를 빤히 바라보는 부담스러운 상황이었을 것이다.

"잠자는 숲속의 공주님?"

민형이 말했고, 우현은 속으로 뜨끔했다.

"얼씨구. 비켜 주시죠, 왕자님."

"아, 옙."

민형이 군말 없이 물러섰다. 누워 있던 유리가 불편할

것 같아 우현이 손을 내밀었다. 유리의 시선이 우현을 향했다. 뭔가…… 빤히 바라보는 것 같은 느낌이…….

그때 유리가 우현을 향해 물었다.

"너 혹시 바이올린 연주해?"

"그걸 어떻게……?"

"나중에 연주 들려줘. 다른 사람보다 먼저."

우현이 얼결에 고개를 끄덕였다. 유리가 피식 웃으며 우현의 손을 잡고 몸을 일으켰다.

"돌아오긴 했는데……. 아직 이곳이네."

민형이 말했다.

"저기 화살표 있는데?"

"으응?"

유리의 말에 나머지 세 명이 고개를 돌렸다.

과연. 그 말대로 아까까지는 없었던 화살표가 바깥 출입문을 향해 허공에 떠 있었다.

처음 들어오고 나서는 열리지 않던 문이었다.

문 옆에 작은 반납함이 있었다. 초록색으로 칠해져 있었고, 바닥에서 올라온 나무줄기가 기둥처럼 단단히 반납함을 감싸고 있었다.

맨 위에 쓰여 있는 빛바랜 '도서 반납함'이라는 문구. 그리고 그 아래 작은 구멍이 있었다. 아마도 책을 넣으라는 의미인 것 같았다.

"각자 반납하면 되는 거겠지?"

우현은 손에 들고 있는 책을 잠시 쳐다봤다.

"그래 보이네. 우리가 책을 '대여'했다고 했었으니까."

운성이 말했다.

"너희는 어디 갔다 왔어?"

우현이 아이들에게 물었다.

"나? 과거. 한 2년 전. 너는?"

민형이 말했다.

"나는 가까운 미래."

"헐, 대박."

"나도 가까운 미래야."

유리가 말했다. 어쩐지 그 말을 하며 유리와 운성은 눈빛을 주고받는 것 같았다.

"나는 한 30년 전……?"

우현이 말하자 다들 놀란 얼굴이었다. 우현의 입장에서는 미래에 갔다 왔다는 운성과 유리가 더 신기했다.

"근데 가까운 미래면 언제인데? 수능 없어져?"

"몇 달 뒤인데 무슨. 헛소리 그만."

민형이 캐묻자 운성은 고개를 내저으며 타박했다. 우현은 '몇 달 뒤'라는 사실에 주목했다. 유리도 운성처럼 몇 달 뒤 미래로 간 걸까?

우현이 책을 들고 잠시 머뭇거리는 사이 운성이 먼저

움직였다. 그는 성큼성큼 걸어가 들고 있던 책을 반납함에 집어넣었다.

아무런 소리도 나지 않았다.

"근데 왜 소리가 안 나? 여기 바닥이 없나?"

민형이 책이 떨어지는 소리가 나지 않는다고 신기해하는 사이, 우현은 보았다. 책을 반납한 운성의 손에 작은 책갈피가 들려 있는 것을.

뭘까, 저건. 우현이 생각하는 사이 신기한 현상은 또 한번 벌어졌다.

책갈피가 타들어 가듯 가장자리부터 사라져 갔다.

"엇?"

우현은 저도 모르게 소리쳤고 그 소리에 운성이 돌아봤다.

"왜?"

"아니 방금 전에 네 손에……."

운성의 손엔 이제 아무것도 없었다.

"……뭐 있지 않았어?"

"뭐가 있었어?"

운성이 대답하기도 전에, 두 사람 사이에 있던 민형이 끼어들었다.

"너도 반납해 보면 알겠지."

운성은 대수롭지 않게 상황을 넘겼다.

"그래, 반납하자!"

힘차게 외치고 민형이 그다음으로 책을 반납했다. '요잇!' 하는 묘한 구령과 함께였지만 여전히 책이 바닥으로 떨어지는 소리는 들리지 않았다.

민형의 손에도 책갈피가 있었다. 그리고 순식간에 타들어 사라졌다.

유리까지 반납하고, 가장 마지막이 우현이었다.

반납함에 책을 넣고 손이 허전해진다 여길 틈도 없이 우현의 손에도 책갈피가 나타났다.

부드럽지만 단단한 종이의 질감이 손에 느껴졌다. 맨 끝에 빨간 줄을 리본으로 매듭지어 놓았다. 책갈피 종이에는 글귀가 새겨져 있었다.

책갈피를 읽고 나서야 우현은 이 상황을 이해했다. 다른 아이들이 별다른 말 없이 넘어간 이유도.

  책을 잘 반납해 주신 당신께 '겹쳐진 도서관'은 깊은 감사를 보냅니다. 대여자의 행동으로 책 주인은 삶의 중요한 순간을 놓치지 않고, 분기점에서 나아갈 수 있었습니다. 삶의 분기점에서 비꾼 행동에 대한 기억은 책 주인에게 스며들 것입니다. 책 주인은 결국 자기 책의, 삶의 주인이니까요. 현실로 돌아가더라도 부디 이곳에서의 시간은 비밀로 해 주기를 바랍니다. 시간이란 건 강인하고도 약해서, 너무 많은 정보를 타인에게 전달한다면 흔들릴 수 있답니다. 시간선에 큰 영향을 끼칠 위험이 보이면 '겹쳐진 도서관'은 대여자의 14일 기억을 강제로 지울 수밖에 없습니다. 여러분의 여행이 진심으로 행복하고 즐거웠기를 바라며. 안녕히 가세요.

우현이 내용을 다 읽자 책갈피는 앞서 봤던 것처럼 타들어 사라졌다. 가장자리부터 떠오르는 불꽃은 전혀 뜨겁지 않고, 연기도 나지 않았다. 손안에서 책갈피가 사라지는 게 어딘지 아쉬운 느낌마저 들었다. 책갈피가 사라지고 우현은 멍하니 무언가 잡다 만 손을 쳐다보았다.

소중한 기억이었다. 잊어버리고 싶지 않다.

"가자!"

민형이 문 앞에서 외쳤다. 우현과 유리까지 가까이 가자, 네 사람은 약속이라도 한 것처럼 동시에 문을 밀었다.

문을 열고 나오니 이전에 알던 모습 그대로의 학교의 도서관이었다. 항상 앉아서 얘기를 나누던 소파와 적당히 때가 탄 낡은 데스크도 그대로였다. 정말 꿈을 꾼 것처럼 멍한 기분이었다. 우현이 다시 등 뒤에 있는 문을 열었을 때는 원래 도서관에서 아래층으로 이어지는 계단이 보였다. 돌아온 게 확실하다는 안도감과 더 이상 신비로운 그 공간에 갈 수 없다는 아쉬움이 동시에 들었다.

◇◇◇◇◇

사서는 도서관 구석에 있는, 햇빛이 따스하게 비추는 창턱에 한쪽 다리를 올린 채 누워 있었다. 얼굴 위로는 반절 펼쳐 놓은 책이 놓여 있다.

보기만 해도 나른해지는 풍경 안으로 윤기 나는 검은색 털을 가진 고양이 한 마리가 들어온다. 고양이는 부드러운 몸짓으로 늘어진 사서의 손을 한번 건든다.

부스스 하는 소리를 내며 사서가 한 손으로 책을 들고 몸을 일으켜 세웠다.

"수호."

수호라 불린 고양이는 물고 온 수첩을 제 앞에 놓으며 냐옹 하고 울었다.

한 손에 들고 다닐 만한 크기의 가죽 양장 수첩에는 '사서 일지'라고 적혀 있다.

"그래……. 더 늦어지기 전에 일지 써야지. 이리 온."

고양이 수호는 사서의 품으로 올라오며 그르릉거렸.

수호는 도서관이 처음 있을 때부터 안에 있던 고양이였다. '수호'라는 이름은 사서가 지어 줬다. 언젠가 어떤 대여자가 '당신은 수호신 같네요'라고 하는 말이 마음에 들어서였다. 이름은 양보했지만 결과적으로 계속 부를 수 있어 사서는 만족했다.

사서는 수호를 안은 채로 커다란 책장 사이로 들어갔다. 바로 앞에 놓인 나무 뒤에 숨겨져 있는 듯한 공간을 지나자 널찍한 책상이 나타났다.

사서는 자리에 앉아 사서 일지를 작성하기 시작했다. 사서 일지를 작성하는 것도 꽤 오랜만이었다.

사서 일지

 간만에 여러 명이 와서 조금 바빴지만 잘 마무리된 것 같다. 모두 온전히 반납했고 분기점으로부터 이어지는 내용도 잘 채워져 있다.

 거기까지 쓰니 딱히 쓸 말은 없었다. 하지만 정말 오랜만에 네 명이나 왔고, 모두 손수 선별한 아이였으므로 조금 더 고민해 보기로 했다.

 대여자 중 한 명이 어째서 나한테 그런 과거의 기억이(혹은 미래의 기억이) 없는데도 이 문제를 해결해야 하냐고 물었다. 나는 무언가 설명하는 데 능숙하지 못해서, 잘 설명했는지 모르겠다. 상황을 바꾸고 싶은 어떤 인간의 마음이 너무나도 클 경우 해결된 과거로, 해결된 미래로 신호를 보낸다. 그럴 때 도서관엔 책이 나타난다. 가능성의 영역에서 책 주인의 후회와 맞닿아 있거나 깊이 공감할 수 있는 아이들을 선별하는 건 중요하다. 무수한 시간대 중 대여자를 선별하는 일이 내가 하는 일이다. 자칫 대여자가 삶의 분기점을 바꾸지 않고 시간만 흘러 반납을 하게 되더라도, 사서가 할 수 있는 일은 없다. 가능성이었던 후회는 고정된 채 후회로 남아 있는 거다. 어떤 인간은 후회가 삶을 운택하게 한다고도 하는데……. 그것도 후회 나름인 것 같다. 시간 여행을 하면서 나 역시 선별을 잘못했나 잠시 고민했지만 다행히 모두에게 도움이 되었다.

사서는 길어진 일지가 마음에 들었다. 맨 처음과 달리 제법 '인간'다워지는 것 같기도 했다.

일지를 다 쓰고 나서 분기점에서 이어진 네 명의 책을 읽어 보았다. 보고 나니 흐뭇했다. 대여자 네 명의 책은 도서관에 없었다. 그들의 이어지는 삶이 궁금하긴 하지만 도서관에 책이 나타난다는 건 그들 입장에서 써 좋은 일이 아닐 터다. 부디 그들이 그토록 후회하는 일 없이, 잘 살아가기를 바랄 뿐이다.

도서관 중앙에 있는 거대한 책장 위 나무가 잎을 흔들며 쏴아아 소리를 냈다. 쉴 틈 없이 다른 대여자를 선별할 시간이었다.

사서는 고양이 수호에게 미소 지으며 말했다.

"가자."

8. 도서 위원

우현은 집에 가자마자 반가운 얼굴을 보았다.
"엄마."
"응, 왔어?"
마당에 있는 작은 화단에 물을 주고 있던 엄마가 우현에게 손을 흔들며 웃었다.
원래라면 항상 보던 일상적인 모습이라고 할 수 있었지만—.
"어머, 갑자기 왜 이래?"
엄마를 꼭 껴안은 우현이었다. 어릴 때는 그 품에 쏙 안기던 기억이 생생한데, 엄마를 안아 본 지가 언제였는지도 기억이 안 날 정도다.
잠시 어색한 반응을 하던 엄마도 우현을 마주 안아 주

었다. 흐흐흐, 웃는 엄마의 작은 몸에 울림이 느껴졌다. 혹시 무슨 일 있는 거냐고 누가 괴롭히기라도 한 거냐고 엄마가 걱정스러운 얼굴로 물어오는 통에 우현은 고개를 힘껏 저어야 했다.

엄마는 잠시 침묵했다 우현과 눈을 맞추며 물었다.

"사춘기 끝났어?"

사춘기가 끝났다.

그렇게 생각해 본 적은 없었다.

"그런가 봐."

하지만 길고 긴 시간 여행을 한 이유가 그것이라면, 나쁠 것 없었다.

"나 바이올린 다시 해 보려고."

이번엔 엄마의 얼굴을 바라볼 수 없어, 우현은 엄마의 어깨에 고개를 파묻었다. 이래서는 덩치만 컸지 다 컸다고 볼 수 없는 꼴사나운 모양새였다.

엄마는 되묻거나 의아해하지 않았다. 기뻐하거나 이상해하지도 않았다.

그저 우현을 안은 손에 더 힘을 꾹 주었을 뿐이었다.

어떤 말보다도 힘이 되는, 강한 마음이었다.

곧 학교 문화제가 열릴 예정이었다. 도서 위원들은 도서관에서도 문화제 행사를 열자며 뜻을 모았다. 학생들에게 중고 책을 기부받아 판매하거나 소개하는 방식으로 행사를 기획했고, 도서관에서 폐기 예정으로 모아 둔 책들도 함께 활용하기로 했다.

관련해 우현과 민형은 학년별로 책 나눔을 요청했다. 당시엔 수험생인 3학년은 수능이 얼마 남지 않아 예외로 두었지만, 뒤늦게 '학생 전체에게 안내하라'라는 말을 듣고 다시 요청하러 갔다.

"오늘은 늦었고, 내일 오전에 전교생 안내로 가면 되겠네."

"감사합니다."

"응? 너희가 방송실에 얘기해 놔."

"……."

3학년 부장 선생님은 거기까지 말한 후, 바쁘니 어여가 보라고 우현과 민형을 떠밀었다.

우현과 민형은 결국 방송실까지 갔다가 나왔다.

"완전 빙빙 돌렸네. 처음에 방송실에 물어볼까 했더니 2학년 부장 쌤은 3학년 부장 쌤한테 가 보라고 하고, 3학년 부장 쌤은 방송실에 말하라고 하고, 방송실에서는 또 3학년 부장 쌤한테 확인하고 진행하겠다고 하고."

"그러게."

민형의 어이없는 말투가 적극 공감되어 우현도 고개를 끄덕였다.

복도를 걸어가던 중, 민형이 누군가를 보고 아는 척을 했다.

"여!"

"여가 뭐냐."

"요잇! 이런 건 어때?"

"시끄러."

두 사람은 편한 사이처럼 보였다.

민형과 얘기하는 남학생은 키가 컸고, 눈매가 제법 사나웠다.

하지만 피식 웃을 때 고른 이가 드러나서 그런가. 무표정일 때와는 전혀 다른 인상이 되었다.

게다가 남학생의 넥타이는 남색. 3학년이었다.

3학년은 뒤늦게 민형 옆에 있던 우현을 보고 물었다.

"옆에 친구?"

"아, 네. 안녕하세요."

뭔지 모르겠지만 우현은 일단 인사했다. 궁금한 얼굴로 민형을 쳐다보니 그제야 민형이 아아, 하며 대답했다.

"여긴 선우현. 내 친구. 그리고 여긴……."

민형이 3학년을 힐끔 쳐다본다.

"우리 형."

"형님이시라고요?"

"푸하하. 누구한테 말하는 거야. 형님이래."

순간적으로 놀라 되물었고 3학년⋯⋯ 아니, 민형의 형은 우현의 말에 웃음을 터트렸다.

형은 이미 졸업했다고 하지 않았나. 아, 넷째랬지. 우현은 민형의 형이 셋이라는 말을 기억해 냈다.

놀란 이유는 또 있었다.

'전혀 안 닮았잖아.'

기본적으로 웃는 상에 서글서글한 기운이 온몸에서 뿜어져 나오는 민형과 달리 그의 형은 한 단계 낮은 기운을 풍겼다.

좀 나른해 보인달까. 지금도 한번 웃은 것 빼고는 고개를 거북이처럼 빼서 우현을 바라보는 흥미로운 눈빛이 좀⋯⋯ 부담스러웠다. 외견만 보고 섣불리 판단하면 안 되지만 예민할 것 같은 느낌이랄까.

"너, 우리가 전혀 안 닮았잖아 하는 얼굴이다."

민형의 형이 우현에게 정곡을 찔렀다. 명찰을 보니 그제야 이름이 눈에 들어왔다. 한윤형.

"얘 재밌네. 얼굴에 하는 생각이 다 보여."

"사람 그렇게 기분 나쁘게 놀리지 마. 우현인 너랑 달리 착해서 그래."

"뭐, 너?"

윤형이 눈을 부릅떴지만 노여운 기운은 없었다. 그냥⋯⋯ 제 동생이 하는 짓이 귀여운 모양이었다. 우현은 외동이라 그런 시선 하나하나가 모두 신기하게 느껴졌다.

그렇게 갑작스러운 가족 소개를 받고 다시 도서관으로 돌아가며 우현이 말했다.

"형이랑 친한가 보다."

"하핫. 그래 보였어?"

민형은 아까부터 조금 들떠 보였다. 방송실을 나올 때 구시렁거리던 표정은 온데간데없었다.

"사실 나 형이랑 친해진 지 얼마 안 됐어."

"그래?"

"응. 셋째 형인데, 얼마 전까지는 따로 살았거든."

형과 따로 살고 있었다니. 민형이네 집에 무슨 사정이 있어 보였다. 셋째 형이 골칫거리라고 했던 말도 뒤늦게 떠올랐다. 하지만 섣불리 물어보기는 어려웠다.

대신 민형이 우현의 궁금증을 풀어 주듯 이야기를 시작했다.

초등학생 때 부모님과 셋째 형이 시골로 가고, 조부모님과 나머지 형들과 함께 살았다는 것. 그게 내심 불만이었지만 이제는 같이 살자고 부모님을 설득했다는 것.

"고생했겠네."

"괜찮아. 그리고 의외로 셋째 형이 잘 도와줘서 일이 잘 풀렸어."

민형의 형, 윤형과의 서먹했던 사이가 개선되면서 부

모님의 마음을 돌리는 데도 한몫했다는 얘기였다.

"형이 너 좋아하는 것 같더라."

우현은 솔직하게 이야기했다.

"오호, 그래 보였단 말이지."

민형이 흥미로운 얼굴로 중얼거렸다.

"어쩌면 원래도 형은 너랑 친하게 잘 지내고 싶었을지도 몰라."

툭 내뱉은 우현의 말에 걸어가던 민형이 우뚝 멈춰 섰다. 우현도 덩달아 멈춰 섰다.

……내가 말실수를 했나?

"와……. 선우현. 너 진짜……."

우현이 눈을 질끈 감고 뭔지 모르겠지만 일단 미안하다고 하려는 찰나였다.

"너 진짜 감동이다."

"……응?"

민형이 우현의 어깨 위 머리를 장난스럽게 끌어당기며 와하하 웃었다. 민형의 웃음소리는 활기찼고, 어떠한 근심 걱정도 없는 말끔한 소리가 났다. 우현은 머쓱하면서도 기분 좋아 보이는 그의 웃음소리에 괜시리 뿌듯해졌다.

그로부터 도서관에 갈 때까지, 가서도 민형이 '갬동갬동' 노래를 부르느라 조금 귀찮아진 것을 빼고는 말이다.

3학년을 통해 들어온 중고 책의 50%는 1,2학년 문제집이었다.

"이게 말이 돼?"

민형이 분개했다. 사실상 쓰레기를 소각장에 버리느니 도서관에 버린다는 못된 심보라고 씩씩거렸다.

"오. 김수민 것도 있는데, 뭐. 이건 내가 가진다?"

운성은 예견했다는 듯 책 사이를 뒤지다 문제집을 한 아름 꺼내 가방에 챙겼다.

"뭐 김수민? 그게 누군데."

"3학년 학생회장. 전교 1등."

"넌 다른 학년 전교 1등 이름을 외우냐……."

"학생회장 이름도 모르는 너보단 낫다고 본다."

두 사람이 티격태격하는 사이 우현도 문제집을 훑어보았다.

남들이 쓰던 것을 굳이 써야 하나 싶은 마음이 있긴 했다. 어떤 것은 깨끗하고, 어떤 것은 같은 시기에 산 게 맞나 싶을 정도로 너덜너덜했다.

처음엔 모두 다 똑같은 문제집이었을 텐데, 이렇게까지 달라진 모습을 보니 신기하기도 했다.

"왜, 우현이도 문제집 필요함?"

"아니. 나는……."

"그럼 내가 가진다?!"

민형과 말하는 사이 다른 목소리 하나가 끼어들더니, 그의 손에 있던 문제집을 쏙 빼내어 갔다.

"오오. 이분은 공부를 되게 열심히 했나 보다."

유리가 흥미로운 눈빛으로 문제집을 팔랑팔랑 넘겼다.

"하여간 있는 놈들이 더해요."

민형은 고개를 절레절레 흔들었다.

"오랜만이야."

우현이 말했다. 유리가 씨익 웃으며 고개를 끄덕였다.

시간 여행이 끝나고 돌아온 이후, 유리는 며칠 동안 학교를 나오지 않았다. 운성에게 물어보니 원래 흔한 일이었다는 대답이 돌아왔다. 유리가 학교에 있는 게 더 이례적인 일이었다는 의미였다. 우현은 새삼 유리가 먼 존재처럼 느껴졌다.

"졸업하려면 학교 나와야지."

출석 최저 일수는 채워야 졸업을 할 수 있다. 우현은 최저 일수가 며칠인지 확인하고, 유리가 앞으로 학교에 더 나올 수 있는 날을 제대로 계산해 봐야겠다고 마음먹었다.

"에이. 요즘 문화제라고 자율로 돌리는 경우도 많구먼. 솔직히 말해, 놀려고 왔지?"

"아니거든."

가까이 다가오는 민형의 이마를 손가락 하나로 밀어내

며 유리가 일침을 가했다.

"그리고 나, 고백할 게 있어."

유리가 목소리를 높였고, 세 사람의 시선이 그녀를 향했다.

"흠흠. 각 잡고 말하려니 조금 떨리네?"

그러고 보니 유리의 헤어 스타일이 달라졌다. 원래는 허리까지 오는 긴 생머리였는데, 어깨선에 오는 깔끔한 기장으로 바뀌어 있었다. 이러나저러나 예쁘긴 매한가지였지만.

"나 그만둘 거야."

"뭐를?"

"모델 일. 그리고 아이돌······. 아이돌도 아니지, 연습생으로 준비하는 것도."

"······."

물어볼 때부터 날카로운 느낌이긴 했지만 유리의 대답에 운성의 얼굴이 굳었다.

분위기가 갑자기 푹 가라앉았고, 우현과 민형은 두 남매를 긴장감 있게 바라보았다.

"왜? 이제 와서."

"더 이상 하기 싫으니까."

어째 두 남매의 싸움처럼 분위기가 흘러가기 시작했다. 우현과 민형이 서로 시선을 주고받고 동시에 말리려고 하는 순간이었다.

"그래."

운성이 쿨하게 대답했다.

"아, 진짜?"

"나한테 허락 맡을 건 뭔데."

"어제 네가 엄마 아빠한테 앞으로 해외 안 나간다고 했잖아."

"그래서?"

"그래서 말을 못 꺼냈어. 오늘 말할 건데……. 사실 걱정돼서 그랬어."

유리가 들고 있던 문제집만 만지작거렸다. 유리가 지금까지 어떤 생각을 가지고 살아왔는지 우현은 잘 모른다.

하지만 유리는 지금 한평생 해 온 일을 그만두겠다고 말하고 있었다. 그런 말을 하는 데에는 큰 용기가 필요하다는 걸, 우현은 너무나 잘 알았다.

"그럼 이제 뭐 할 건데?"

"사범대 갈 건데."

"……."

2차 침묵. 운성은 벌린 입 그대로 멈췄다가 다물었다. 무슨 말을 해 줘야 하는지 신중하게 고민하는 것 같았다.

"……픕."

"뭐어? 픕?"

유리가 이쪽을 노려봤다.

"픕, 푸하하하."

민형이 참지 못하고 웃음을 터트렸다. 꺽꺽 웃다가 고개를 뒤로 젖히며 우현의 어깨를 흔드는데…… 우현은 웃어야 할지 울어야 할지 난감해졌다.

"와……. 올해 들은 얘기 중 가장 재밌었어."

한참 웃던 민형이 눈물을 닦으며 말했다. 유리의 귓바퀴가 새빨갛게 달아올랐다.

나중에 알았는데 유리는 학교 성적에 거의 신경을 안 쓰는 타입이었다. 고등학교 2학년의 여름이 지나가고 있는 무렵, 사범대에 가겠다는 선언은 꽤 도전적이긴 했다.

"진짜…… 너희들 다 나 무시하고……."

유리는 거의 울 것 같았다. 우현은 고개를 내저으며, 나는 절대 비웃지 않았다는 점을 어필했지만 이미 유리의 눈에 세 사람은 '너희'로 묶여 있었다.

뒤늦게 사태를 파악한 민형이 싹싹 빌었다. 운성에겐 부모님 앞에서 편을 들어줄 것을 약속받고 나서야 유리는 조금 후련한 얼굴을 했다.

이때의 세 사람은 유리가 이후 학교에 한 번도 빠지지 않고 공부만 하며, 다음 학기 성적표로 모두를 깜짝 놀라게 할 거라는 사실은 아직 모르는 채였다.

우현이 바이올린을 다시 시작했다는 이야기를 하고, 음악 선생님을 통해 연습할 시간과 레슨 일정도 조율하고 나니 도서관에 가는 일이 자연스레 줄어들었다.

바이올린도 좋았지만 우현은 도서 위원을 그만두고 싶지 않았다. 그래서 더 열심히 연습했고, 남는 시간에는 도서관에 갔다.

오랜만에 도서관에 갔을 때 그곳엔 운성만 있었다.

"오랜만이네."

"다른 애들은?"

"민형이는 국어 선생님이 불러서 갔어. 저번에 문화제 반응이 좋아서, 졸업식 때 무슨 행사를 기획할 거라나 봐. 유리는 저녁에 학원 보충 있다고 오늘은 못 온대."

우현은 소파 한쪽에 바이올린 케이스를 놓고서 그 옆에 앉았다.

"연습하고 온 거야?"

"응. 오늘은 좀 일찍 끝나서."

운성이 바이올린 케이스를 물끄러미 바라보았다. 운성은 그다지 관심이 없을 것 같았는데…… 바이올린이 궁금한 건가? 우현이 한번 보여 줄까 싶어 말을 꺼내려던 찰나였다.

"연주해 봐도 돼?"

"응, 당연히 봐도 되지……. 응?"

우현은 제가 잘못 들은 건가 싶어 다시 물었다. 하지만 운성은 바이올린을 '연주해 보고' 싶다고 했다.

"아……. 음악 하는 사람들은 자기 악기를 아낀다고 하던데…… 연주하는 건 좀 그런가?"

"아니, 그런 건 아니고……. 너무 의외라서. 갑자기 바이올린에 흥미가 생긴 거야?"

"그렇다기보단…… 내가 뭘 하고 싶은지 찾고 싶어서, 알아보는 중이야."

그제야 운성이 소파 옆에 읽으려고 쌓아 둔 책이 눈에 들어왔다. 게임, 바둑, 연기, 심리학, 고고학 등 종류는 마구잡이로 다양했다.

모범생은 장래희망을 찾는 데도 접근법이 신박하구나.

운성이 이런 걸로 장난 칠 것 같지도 않아서 우현은 괜찮다고 운성을 안심시킨 후 바이올린을 꺼냈다. 바이올린을 건넬 때까지도 운성의 눈은 흥미로 반짝거렸다.

"이걸 왼쪽 어깨에 대고……. 그렇지, 한쪽 손으로 활을 잡아. 여기 줄을 당기고 누른 채로 활을 부드럽게 쓸면……."

우현은 엉거주춤한 운성의 자세를 바로잡고, 그가 잡고 있는 활을 조심히 몸체에 가져다 대어 부드러운 한 음을 냈다.

"이게 '도'야."

"……신기하네. 음의 울림이 귀보다 몸에 먼저 느껴져."

우현은 운성의 섬세한 감각 표현에 놀랐다.

"그렇지? 연주는 누군가에게 들려주기 위해 하는 것이기도 하지만, 결국 가장 먼저 음을 마주하는 건 연주자거든. 연주를 하는 사람도 음과 함께 나아가는 셈이지."

운성이 우현의 말을 들으며 고개를 끄덕였다. 그 진중한 태도에 우현은 괜히 뿌듯해졌다.

"다른 소리는 어떻게 내?"

"아, 그건 이렇게……."

그렇게 '도레미'까지 알려 준 후 우현이 말했다.

"한번 혼자서 해 볼래?"

"내가?"

"응. 다 외웠지?"

운성은 잠시 미간을 좁히더니 해 보겠다 말했다. 그는 비록 뚝뚝 끊어지긴 해도 도, 레, 미를 소리 내었다.

"오, 잘하는데?"

우현의 진심 어린 칭찬에 힘을 낸 운성이 다시 한번 도레미를 하려는 순간이었다.

문이 열리고 민형이 들어왔다. 우현이 자세 교정을 해 줬지만, 운성은 여전히 엉거주춤한 자세로 도레미를 연주했다. 그 순간을 목격한 민형이 잠시 우뚝 멈춰 섰다.

"……."

침묵이 흘렀다. 잠시 굳어 있던 민형의 얼굴이 웃음으로 무너져 내리는 건 순식간이었다.

"푸, 푸하하하하하! 이운성 저 자세, 도레, 도레미……. 히힉!"

우현은 어쩔 줄 몰라 하며 민형을 말렸다. 하지만 한번 터진 웃음은 멈출 줄을 몰랐다. 바이올린을 조용히 내려놓은 운성은 귀를 시뻘겋게 물들인 채 민형의 웃음이 그칠 때까지 민형을 노려보았다.

그날 이후 민형은 운성의 다른 별명이 생기기 전까지 운성을 '도레미 소년'이라 불렀다.

민형은 운성이 뭔가를 시작해서 허술한 모습을 보일 때마다 별명을 지었다. 민형이 하는 게임을 시작하자마자 '킬당했을' 때는 '킬 왕', 테니스를 하러 갔다가 넘어져 발목에 깁스를 했을 때는 '큰 행님', 심리상담센터에 일일 봉사 활동 갔다가 어떤 진상 아저씨랑 싸우고 온 날에는 '모범 시민'이라고 불렀다.

놀리면 꼭 한 대씩 맞는데도 민형은 무척 즐겁게 운성을 놀려 먹었다. 놀림당하는 운성도 매번 놀려 먹힐 줄 알면서도 새로운 걸 시도했다. 우현의 눈에는 운성이 매번 진지해 보였다. '나도 하고 싶은 걸 찾아보고 싶어서' 그 말이 진심이라는 듯 운성은 언제나 열심히 했다.

민형도 놀리면서도 운성을 응원했다. 그게 그 나름의

응원하는 방법일 것이다. 언젠가 운성도 하고 싶은 일을 찾을 수 있겠지? 우현은 속으로 조용히 그를 응원했다.

가을이 끝나갈 무렵, 옆 반에 전학생이 왔다.

우현은 그 사실을 미술 시간과 체육 시간에 앞뒤 합반 수업을 하며 알게 되었다. 선한 인상을 가진 그는 우현과 금세 친해졌다. 그는 별관 건물이 내뿜는 분위기가 마음에 든다고 했다.

"사람들은 음침하다고 하던데."

"응, 그게 마음에 들어. 그렇게 말해도 넌 도서 위원이잖아. 도서관이 좋은 거 아니야?"

"나야, 뭐……. 그렇지."

시간 여행 이후로 우현에게 도서관은 더 특별한 공간이 되었다. 하지만 우현은 전학 오자마자 도서관이 마음에 든다는 지운이 꽤나 독특하다고 생각했다.

두 사람은 걸어가는 길목에서 최근에 온 교생 선생님 두 명을 마주쳤다. 두 사람은 가볍게 고개 숙여 인사하며 지나쳤다. 그때 교생 선생님 중 한 명의 주머니에서 작은 키링 하나가 떨어졌다. 뒤돌아봤지만 그녀는 알아채지 못한 것 같았다.

"저기, 선생님!"

교생 두 명이 고개를 돌렸다. 우현은 바닥에 있는 키링을 주워 갸웃거리는 두 사람 중 단발머리에 단정한 인상을 가진 쪽으로 다가가 건넸다.

"떨어뜨리셨어요."

"아, 고마워요……!"

수줍게 웃으며 선생님이 키링을 받았다. 알록달록한 비즈가 달린 토끼 인형 키링은 왠지 주인과 닮아 있었다.

전학생은 건물 앞에서도 '가까이서 보니까 더 칙칙하다'며 감탄(?)을 금치 못했다. 3층에 올라갈 때까지도 신기하다는 듯 두리번거리던 그를 우현이 도서관으로 안내했다. 도서관 문을 열기 선 이런 삭막한 분위기가 좋다면야, 조금 실망할 수도 있을지 모른다는 걱정 아닌 걱정을 했다.

도서관에 들어섰을 때 데스크에는 운성이 앉아 있었다.

"늦어서 미안."

우현이 말했지만 운성은 쳐다보지도 않은 채 책을 읽다가 손만 까딱 올렸을 뿐이었다.

평소라면 상관없겠지만 오늘은 새로운 손님이 있었다.

왠지 처음 운성을 봤을 때가 떠오른 우현이 옆에 있던 전학생을 보며 어색하게 웃었다.

우현은 운성에게 그를 소개하려고 했다.

"강지운?"

"네……?"

이름이 불린 지운이 놀라 대답했다. 명찰이 아직 없는 자신의 왼쪽 가슴을 보고 다시 눈이 동그래진다.

"너 얘 알아?"

우현이 놀라서 운성에게 물었다.

"아니."

운성이 웃으며 말했다. 뭐지?

"난 이운성이라고 해."

"아……. 난 강지운."

자신을 빤히 바라보는 운성의 눈빛에 지운이 눈만 도로록 굴려 우현을 바라본다. 지운은 쟤가 나를 아느냐고 우현에게 묻는다. 하지만 우현은 대답할 수 없다. 모르니까.

그 순간 운성이 말했다.

"너, 도서 위원 할 생각 있어?"

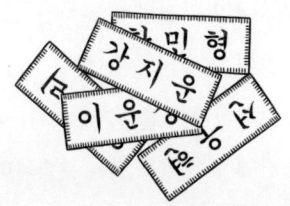

9. 도서관

졸업식 날 아침, 학교에 가장 먼저 도착한 건 예슬이었다. 교생 실습은 끝났지만 모교의 국어 선생님이 부탁한 건으로 예슬은 졸업식 북 플리마켓 행사를 기획했다. 지난 문화제 때 의외로 중고 문제집이 인기가 좋았고, 그걸 계기로 도서관 이미지 개선도 되었다는 의견이었다.

"예슬이가 좀 도와주면 어때?"

예슬은 솔직히 국어 선생님의 그 제안을 들었을 때 꼭 해 보고 싶었다.

며칠씩 붙잡고 행사를 기획하고 준비하는 것을 보며 같이 교생 실습을 했던 동료이자 친구인 혜원은 그녀가 미련하다며 툴툴거렸지만, 혜원의 도움이 없었더라면 중간에 포기했을 것이 분명하다고 예슬은 생각했다.

"드디어 오늘이 디데이네. 하여간 국어 선생님이나 너나 열정 하나는 알아줘야 해."

교문을 들어서며 혜원이 말했다.

"응, 잘됐으면 좋겠다."

예슬의 기대 어린 대답에 혜원이 피식 웃었고, 두 사람은 마지막 준비를 위해 도서관으로 향했다.

'추억을 담은 한 권의 책' 행사는 오전 10시부터 4시까지 진행하기로 했다. 졸업식과 같이 진행되는 행사여서 그런지, 학교로 오는 외부인은 대다수가 졸업식을 맞이한 학생의 가족이 주를 이뤘다.

진후는 오랜만에 학교에 왔다. 동생 윤형의 졸업식 참석을 위해서였다. 부모님과 조부모님을 모시고 학교로 오는 것도 첫째 형과 진후의 몫이었다.

학교로 오는 길에 진후는 부모님한테서 민형도 행사 준비로 학교에 있을 예정이라고 들었다.

"행사?"

"도서관에서 무슨 추억 행사? 졸업생들 포함해서 참여할 수 있게 하는 건가 봐."

졸업식이 진행되는 대강당과 도서관은 거리가 조금 있었다. 진후가 졸업할 때는 하지 않았던 행사였다. 국어 선생님은 항상 열정적이었지만 그걸 따라 줄 다른 선생님들이 없었는데.

"재밌겠네."

진후는 도서관 행사가 궁금해지는 동시에, 민형과 윤형이 마주치는 일을 피하게 해야 하나 잠시 고민했다.

한편, 졸업식이 시작하고 얼마 지나지 않아 지운은 긴장으로 물을 세 컵째 마시고 있었다. 옆에서 민형이 그를 다독이는 중이었다.

"후……하."

"걱정 마. 네가 짱이라니까? 다 기립박수 나올 거라고!"

지운은 오늘 도서관 행사 중 영화 상영회에서 자신이 만든 10분 남짓한 길이의 무성 영화를 상영하기로 했다. 이날을 위해 그토록 준비했거늘, 오늘 아침이 되자 긴장으로 목이 탔다. 민형은 양 엄지를 치켜세우며 '짱짱'을 외치고 있었지만 지운에겐 전혀 효과가 없었다. 전시할 책과 매대를 정리하며 지나가던 운성이 두 사람을 보더니 말했다.

"그게 도움이 되겠니."

"아, 그럼 어떻게 하라고."

민형이 투덜거렸다. 지운은 이제 네 컵째 물을 마시고 있는 중이었다. 운성이 지운의 컵을 뺏었다. 지운이 당황해서 운성을 쳐다봤다.

"어차피 벌어진 일이야. 오늘 영화 상영회는 취소할 수 없어. 그냥 받아들여."

운성이 말하자 이제 지운은 거의 울 것 같은 얼굴이 되었다.

"야! 이운성 이 냉혈한! 그렇게 말하면 어떻게 해!"

민형이 외치며 짜증을 냈다. 운성은 '내가 거짓말했냐'며 자기 할 일을 하러 떠났다.

"지운아, 괜찮아? 저 녀석 말은 잊어."

"그래, 어차피 엎질러진 물이야. 죽이 되든 밥이 되든가 보자고……!"

의외로 운성의 말이 먹혀 들어 지운은 마음이 한결 나아졌다. 옆에서 민형은 머쓱해져 관자놀이를 긁적였다. 어쨌든 지운이 긴장을 풀어 다행이라고 여기면서 말이다.

졸업식이 끝나자, 아이들이 운동장으로 나와 사진을 찍기 시작했다. 대국은 거의 30년 만에 마주한 학교를 보고 감탄하는 중이었다.

"여긴 여전하네."

"그러게. 당신은 졸업하고 처음이던가?"

서연이 주변을 어린아이처럼 둘러보는 대국을 바라보며 말했다. 우현이 입학할 때는 급한 일정이 있어서 참석하지 못했던 대국이었다. 졸업식 때는 무슨 일이 있어도 참석하리라 마음먹기는 했지만, 그보다 먼저 학교에 올 일이 생길 줄은 몰랐다.

운동장으로 나온 아이들 중 부모님, 조부모님까지 온

대가족도 있었다. 한 아이가 졸업하는 것으로 추정되는 형을 향해 눈을 한 뭉치 뭉쳐 얼굴에 던지는 중이었다.

"우현이는 어디 있대?"

평화로운 풍경을 보던 대국이 물었다.

"도서관에서 준비하고 있을 거라던데, 오늘 일찍 나갔어."

서연은 도서관을 가리켰다. 대국은 고개를 끄덕이고, 천천히 서연과 함께 도서관으로 향했다.

두 사람의 건너편에서 눈을 던지던 민형은 문득 고개를 돌렸다. 도서관으로 향하는 중년 부부 중 남자의 얼굴이 낯이 익었다. 그리고 옆에 있던 여자분은…….

"피아니스트 한서연 아니야?"

민형의 어머니가 손바닥을 부딪치며 말했다. 그 말을 들으니 어디서 본 것 같기도 했다.

그 순간 뭉친 눈이 민형의 옆머리에 적중했다.

"싸우는데 딴 데 보는 거 아니다."

돌아보니 윤형이 키득거리며 민형을 쳐다보고 있었다. 이미 손에는 다시 던질 눈 뭉치가 대기 중이었다.

"이런 건 원래 졸업하는 사람만 죽도록 맞는 거거든? 밀가루 아닌 게 다행인 줄 알아."

"그딴 게 어딨냐?"

두 형제는 눈을 마구잡이로 던지며 싸웠다. 말은 험하게 해도 얼굴에 웃음이 한가득이었다.

어린아이처럼 웃고 떠들며 노는 윤형과 민형을 보는 진후의 눈동자가 커졌다. 언제 이렇게까지 친해진 걸까. 두 사람이 이전만큼 사이가 나쁘지 않다는 건 알고 있었지만, 이렇게까지 가깝게 지내는 줄은 몰랐다. 진후는 사실 오래전부터 자신이 이런 장면을 바랐다는 걸 깨달았다.

"보기 좋네."

할머니가 진후의 손을 잡으며 말했다.

"그러게요."

진후는 주름진 할머니의 손을 꼭 붙잡으며 미소 지었다.

졸업식이 끝나고 도서관으로 사람들이 하나둘씩 들어오기 시작했다. 가장 인기가 많은 건 '하고 싶은 말/책 추천' 코너였다.

"오늘 졸업하신 졸업생분들은 후배들에게 '하고 싶은 말' 아니면 '책 추천'을 메모지에 남겨 주세요. 꼭 졸업생이 아니어도 됩니다. 메모 적어 주시면 예쁜 수제 책갈피를 드립니다."

매대 앞에서 유리는 사람들을 모았다. 수제 책갈피는 유리와 친구들이 모두 합심해서 만든 물건이었다. 예슬을 통해 근처 공방을 하는 사장님을 소개받고, 큰 도움을 받았다. 유리는 열과 성의를 다해서 만든 걸작 두 개를 예슬과 혜원의 몫으로 남겨 두었다.

유리는 학교에서 나름 인지도가 있어, 사람들이 알아보

고 사진을 찍곤 했다. 특정 소속사 연습생으로 있다는 말은 사실이 아닌 소문일 뿐이라고, 이제는 모델 활동도 하지 않는다고 매번 얘기했지만 믿지 않는 사람도 많았다.

"제가 써도 책갈피 주나요?"

"그럼요. 누구나 참여 가능함……. 가연아!"

말하다 말고 유리는 놀라서 소리쳤다. 검은색 비니를 눌러쓴 가연이 유리의 눈앞에 있었다. 여전히 반짝반짝 빛나는 눈동자를 한 가연이 유리를 보고 미소 지었다.

"언니, 단발머리도 잘 어울린다."

"여기까진 이젠 일이야!"

가연이 시선을 옆으로 보내며 눈짓했다. 예슬과 혜원이었다.

"선생님들!"

"아까 요 앞에서 만났는데, 데리고 왔어."

예슬은 비니를 쓰고 있음에도 압도적인 아우라를 가진 소녀가 주위를 두리번거리는 걸 보고 말을 걸었다. 유리를 찾는다는 소녀는 연예인 같았다. 옆에서 혜원이 예슬의 팔을 마구 두드리며 외쳤다.

"톱 모델 '가연'이잖아. 몰라?"

예슬은 몰랐다. 하지만 이런 사람이 톱 모델이라는 건…… 단박에 이해가 됐다.

유리는 놀라긴 했지만 가연이 무척이나 반가웠다.

"바쁠 텐데 여기까지 와 주고……. 고마워."

"아냐, 언니 SNS 보고 꼭 오고 싶었어. 마침 오늘 오프기도 했고 운이 좋았지."

말은 그렇게 해도 가연이 얼마나 바쁜지 유리는 알고 있었다. 이렇게 시간 내어 와 준 건 정말로 고마운 일이었다.

"저…… 사인 좀."

혜원이 여태껏 본 적 없는 얼굴로 가연에게 종이를 내밀고 있었다. 그 모습을 예슬이 흐뭇하게 보고 있는 것도 유리 눈엔 웃음 포인트였다.

"혜원 쌤, 뭐예요. 이런 모습 처음이야."

"지금 내 자존심이 중요해? 가연한테 사인 받을 일이 생에 몇 번이나 있겠냐고."

가연은 웃으며 혜원과 예슬에게 사인을 해 줬다. 그리고 메모지에도 '하고 싶은 말'을 꾹꾹 적었다.

"언니, 언니가 내 후배는 아니지만 하고 싶은 말 적었는데 괜찮아?"

'언제나 응원해, 내가 가장 좋아하는 유리 언니!'

가연의 '하고 싶은 말'을 본 유리가 씨익 웃었다.

"당연하지. 책갈피 줄게. 잠시만……."

그때 한쪽 구석에 챙겨 놓은 걸작 두 개가 눈에 들어왔다.

예슬이 유리 곁으로 슬쩍 오더니 말했다.

"챙겨 놓은 거야?"

"아, 이건 쌤들 주려고······."

"여기 가연 씨 줘. 주고 싶은 거 아니야?"

주고 싶었다. 하지만 이건 시간 여행을 하면서 맺게 된 인연을 놓치고 싶지 않아서, 공부를 핑계로 도움을 받으며 가까워진 예슬과 혜원, 두 선생님을 위해 유리가 만든 것이었다. 가연이 올 줄 알았더라면 하나 더 만들었을 건데.

"난 괜찮아. 나도 이미 사인 한 장 받았는걸? 그리고 유리 대학 합격하면 얻어먹어야지."

유리의 마음을 다 안다는 듯 예슬이 말했다.

"쌤······. 사랑해요!"

유리가 예슬에게 폭 안겼다. 유리의 키가 더 컸기 때문에 예슬이 끌어안긴 것처럼 보였지만 유리는 아무래도 상관없었다. 예슬 같은 선생님이 되고 싶다, 다시 한번 다짐하게 되는 순간이었다.

예슬 역시 사랑스러운 아이들을 가르칠 수 있어 행복하다고 생각했다. 아이들과 함께 기획하고 꾸민 이 공간이 오늘 하루뿐이라는 게 아쉬웠다. 사람들은 모두 환하게 웃고 있었고, 즐거워하고 있었다. 예슬은 유리의 온기를 느끼며 다짐했다. 빨리 합격해서 교사가 되자. 그리고 이 도서관을 내가 일궈 나가 보자.

책갈피를 받은 가연은 환하게 웃으며 정말로 소중히

하겠다고 말했다. 그날 오후 가연의 SNS에 '소중한 사람에게 받은 소중한 책갈피'라는 게시글에는 엄청난 수의 '좋아요'가 눌렸고, 공방에 한동안 손님이 끊이지 않았다는 훈훈한 뒷이야기가 있었지만, 어쨌든 이 순간 유리의 마음은 부풀어 오를 듯 행복해졌다.

중고 문제집 코너에 앉아 있던 운성은 낯익은 얼굴을 발견했다. 그 얼굴들이 운성이 있는 곳으로 왔다.

"중고 문제집 80% 할인? 이런 걸 누가 사."

진석은 판매자가 앉아 있는 매대 앞에서 대놓고 그런 말을 했다. 옆에 있던 지운이 그의 옆구리를 꾹꾹 눌렀지만 아랑곳하지 않았다.

"그래도, 공부 못하는 사람들은 아예 새거보다는 이게 낫거든요. 어차피 새거 사서 그냥 버릴 수도 있는데 80% 할인? 완전 이득이지."

자리에서 일어선 운성이 웃으며 말했다. 진석의 미간이 좁혀졌다.

"손님한테 딱일 것 같은데, 한번 사 보세요."

"이거 나 놀리는 거지? 야, 강지운. 얘 네 친구야?"

"진석아, 그만해……."

지운이 당황하며 진석을 말렸다. 그때 옆에서 누군가 진석의 어깨에 턱 손을 올리며 말했다.

"그만 그만. 좋은 날 싸우면 안 되지. 난 이거 마음에 드는데, 하나 사야겠어."

진영이 운성에게 문제집을 내밀었다. 운성이 잠시 멈춰 서 있자 진영이 다시 한번 건네며 묻는다.

"아, 이건 판매 안 해요?"

"아니요. 좀…… 반가워서."

진영이 의문 어린 표정을 지었지만 운성은 그저 웃을 뿐이었다. 계산을 끝내고 운성이 말했다.

"영화 상영회는 2시 반부터 저쪽 상영장에서 진행돼요. 좋은 시간 보내시길 바랍니다."

진영이 감사하다는 듯 고개를 끄덕였다. 진석은 아직도 한쪽 눈썹을 올린 채 운성을 반쯤 흘겨보았다.

"뭔가…… 낯이 익어."

"네 착각일 거야."

진영이 웃으며 진석의 등을 떠밀었다. 세 사람이 사라지는 모습을 보는데, 운성 옆으로 우현이 왔다.

"지운이 중학교 친구들인가 보네."

"응, 잘 지내는 것 같네."

우현의 손에는 바이올린 케이스가 들려 있었다. 운성은 그것을 잠시 쳐다보았다. 그러더니 혼잣말처럼 중얼거렸다.

"나, 누군가를 관찰하는 데 흥미를 느끼는 것 같아."

우현은 운성이 다시 연주를 하고 싶어 하는 건 줄 알았다. 운성의 시선은 바이올린 케이스에서 문제집으로 그리고 도서관 행사로 북적이는 사람들 사이를 향했다.

"문제집 하나하나에도 흔적이 있더라고. 그런 거 보는 게 재밌을 줄 누가 알았겠어."

별다른 말을 하진 않았지만 사람들을 쳐다보는 운성의 시선은 부드러웠다. 우현은 한동안 이것저것 해 보며 시행착오를 겪던 운성이 어느 정도 답을 찾은 게 아닐까, 하는 생각이 들었다.

"응원할게."

"역시, 너라면 그렇게 말할 줄 알고 내가 말한 거지."

"뭐어?"

우현이 웃음을 터트렸다. 운성도 그런 우현을 보고 웃었다.

영화 상영회 시작 10분 전, 우현은 스크린에 방해되지 않는 한쪽에서 바이올린 상태를 조율했다.

"우현아!"

우현은 제 이름을 부르는 쪽을 쳐다보고 환하게 미소 지었다. 손을 흔들며 아버지와 엄마가 우현 근처로 왔다.

"자랑스러운 내 아들!"

대국이 우현을 껴안았다.

"아……. 밖에서 그러지 말라니까."

우현은 혹여 다른 아이들이 볼까 봐 아버지를 슬쩍 밀어내며 말했다.

"영화 상영회라고 하기에 뭘까 했는데……. 되게 잘해 놔서 놀랐어."

서연이 우현의 등을 쓰다듬으며 말했다. 창고 옆 공간에 있던 잡동사니를 모두 치우고, 천 가림막으로 구역을 나눠 놓아 장소를 만들었다. 빔 프로젝터로 스크린에 쏴서 진행하는 영화 상영회 공간은 작은 오두막처럼 아늑했다.

"무성 영화라니, 너무 낭만 있다. 기대되네."

엄마의 설레어하는 얼굴이 우현의 눈에 들어왔다. 시간 여행 때 보았던 서연과 다름없었다.

무성 영화라는 게 어색한 사람들도 많았지만, 의외로 궁금해하는 사람도 꽤나 있었다.

"영화는 네 친구가 만든 거라고?"

대국이 물었다.

"응. 영화감독이 꿈인 친구가 있는데, 이번에 엄청 노력해서 만들었대."

"거참, 기대가 되는구먼!"

대국은 호탕하게 웃으며 자리로 갔다. 서연이 작게 손을 흔들며 우현을 응원했다.

2시 반, 영화가 시작되었다.

무성 영화는 겨울의 풍경을 담고 있었다. 영화가 시작되자 우현은 옆에서 바이올린을 연주했다. 사람들은 오디오가 아니라 실제 연주를 한다는 것에 조금 놀라고 이내 음악과 어우러지는 영화에 빠져들었다.

화면에 순백의 자연 풍경과 도시의 풍경이 번갈아 이어졌다. 영화 장면과 음악이 같이 어우러지면서 영화를 보는 사람들의 얼굴에도 평온함이 감돌았다.

"우현이 그새 늘었네."

영화를 보던 서연이 그새 물기 가득한 눈으로 우현을 바라보고 있었다.

"응, 앞으로도 잘할 거야."

대국이 힘주어 대답했다. 서연은 대국의 팔뚝을 쓸었다. 대국의 팔 안쪽에는 계단에서 떨어지는 서연을 감싸다 생긴 오래된 상처가 있다. 서연은 언제나 대국이 자신을 지켜 주었기 때문에, 피아니스트가 될 수 있었다고 여겼다. 대국은 그렇지 않다고 몇 번이고 말했지만 서연의 마음속에는 오래전부터 그런 믿음이 굳건히 존재했다.

"여기 한서연 피아노 소리가 어우러지면 진짜 환상일 텐데, 아…… 조금 아쉽네."

대국이 농담으로 분위기를 환기했다. 서연은 그 말을 들으며 피식 웃고 말았다.

그들의 옆에 앉아 있던 윤형이 옆에 있던 민형에게 귓

속말로 말했다.

"야, 네 친구들 좀 멋지다?"

"좀이 아니라 완전이지. 그치, 형?"

민형은 진후에게도 저 둘을 보라며 말했다. 진후는 고개를 끄덕였다.

민형은 제 자식 키운 것인 양 뿌듯한 얼굴로 영화를 보았다. 진후가 그런 민형의 옆얼굴을 보고 다시 영화에 집중하려는 찰나, 진후 옆 빈자리에 누군가 와서 앉았다. 주영이었다. "늦어서 미안" 작게 중얼거린 주영을 향해 괜찮다니 신우는 미소 지었다.

지운은 맨 뒤에서 영화를 보고 있었다. 진석과 진영은 그를 맨 앞으로 데려다 놓으려 애썼지만 결국 실패했다.

영화보다 영화를 보는 사람들의 얼굴을 힐끔거리는 지운을 보며 진석이 낮게 탄식했다.

"야, 너 졸라 멋지다고요. 그냥 영화 봐."

"그래도……."

"진짜 영화 감독이다, 너."

진영이 작게 감탄하며 말했다. 지운은 이전보다 훨씬 가느다래진 진영의 손목을 보았다. 누워 있던 시간이 길어서 재활하고 있는 진영이 여기까지 와 준 게 얼마나 고마운 일인지 모른다.

어느새 저도 모르게 눈물이 차오른 지운이 애써 참느

라 훌쩍였다. 그걸 먼저 알아챈 진석과 나중에 본 진영이 당황하여 지은을 토닥였다.

그 모습을 서서 운성이 보고 있었다. 눈물겹네. 웃긴다고 속으로 생각하면서도 마음에 뭔가 차오르고 있었다. 운성은 이미 본 영화보다 영화를 보는 모든 사람들의 얼굴을 하나하나 눈에 담았다. 그냥 스쳐 지나가는 사람들이 아니라, 다 모두 자신의 이야기를 담고 있는, 특별한 존재라고 생각하니 기분이 이상해졌다. 이런 생각을 하게 만든 시간 여행도 벌써 아득해져 간다.

나는 대체 어떤 어른이 되려나. 운성은 영화 속 아름다운 풍경을 보며 삼촌을 떠올렸다. 적어도 삼촌이 웃으며 '우리 운성이 대단하다'라고 말할 수 있을 법한 사람이 되고 싶었다. 될 수 있겠지, 삼촌? 속으로 물었더니 당연히 그렇다고, 삼촌이 꼭 대답해 주는 것 같았다.

유리는 우현의 연주가 들어도 들어도 좋다는 생각을 하고 있었다. 영화를 봐야 하는데 자꾸 우현만 쳐다보고 있었다. 옆에서 예슬과 혜원의 의심스러운 시선이 닿는 걸 알아도 멈출 수 없었다.

"청춘이네, 청춘이야."

"혜원아, 놀리면 안 돼."

예슬이 말렸지만 그 소리는 결국 유리의 귀에 콕 박혔다.

"쌤들 너무해요."

"귀여워 죽겠네."

혜원이 유리의 머리를 쓰다듬었다. 옆에 선 예슬도 유리의 팔짱을 끼고 푸스스 소리를 내며 웃었다.

이야기는 시작되고, 끝나간다. 시작을 알리면서 끝나가는 이야기는 누군가의 인생이고, 그게 '세상'이라 부를 만한 포괄적인 것인지도 모른다.

하나하나의 이야기가 책이라면 그게 모두 모인 곳은 도서관이다. 지금도 각자의 소중한 이야기는 쓰여지는 중이다.

같이 읽고 싶은 이야기
텍스티(TXTY)

텍스티는
모두가 같이 읽고 싶은 이야기를
만들고 제안합니다.

읽고 나면
주변에서 벌어지는 일에 관심이 생기고
다른 이들과 나누고 싶어지는 이야기를 만들겠습니다.

계속해서
이야기의 새로운 재미를 발견하고
이야기를 통한 공감이 널리 퍼지도록 애쓰겠습니다.

텍스티의 독자라면 누구나
이야기 곁에 있도록 돕겠습니다.

겹쳐진 도서관

초판 1쇄 발행	2025년 9월 30일
지은이	최세은
책임 편집	김하명
IP 제작	박혜림 조민욱 신소윤 이원석
출판 마케팅	최연욱
IP 브랜딩	홍은혜 텍수LEE
IP 비즈니스	조민욱 김하명
경영지원	장윤석 옥민주 손혜림
교정·교열	김화영
예타단 3기	모혜진 신나라 전지혜
일러스트	코아리(코호)
디자인	그리너리케이브
북-음	최희영
북-콘텐츠	유수정
인쇄	올북컴퍼니
배본	문화유통북스
사업 총괄	조민욱
발행인	유택근
발행처	㈜투유드림
출판등록	제2021-000064호
주소	(02810) 서울특별시 성북구 종암로13길 16-10
대표전화	02-3789-8907
이메일	txty42text@toyoudream.com
인스타그램	@txty_is_text
홈페이지	http://www.toyoudream.com
ISBN	979-11-93190-45-6(03810)
정가	19,800원

* 이 책은 저작권법에 따라 보호받는 저작물이므로 무단전재와 무단복제를 금지하며, 이 책 내용의 전부 또는 일부를 이용하려면 반드시 저작권자와 ㈜투유드림의 서면동의를 받아야 합니다.
* 이야기 브랜드, 텍스티(TXTY)는 ㈜투유드림의 임프린트입니다.